DER EXORZIST

WILLIAM PETER BLATTY

DER EXORZIST

AUS DEM AMERIKANISCHEN
VON JOACHIM HONNEF

WELTBILD

Die amerikanische Originalausgabe erschien unter dem Titel
The Exorcist

Besuchen Sie uns im Internet:
www.weltbild.de

Lizenzausgabe mit Genehmigung
der Verlagsgruppe Lübbe GmbH & Co. KG
für Verlagsgruppe Weltbild GmbH,
Steinerne Furt, 86167 Augsburg

Übersetzung: Joachim Honnef
Umschlaggestaltung: Johannes Frick, Augsburg
Umschlagmotiv: [M] Filmszene aus „DER EXORZIST“,
USA 1973, ©Warner Bros. / Cinetext
Bildarchiv, Frankfurt am Main / Corbis, Düsseldorf
Gesamtherstellung: Oldenbourg Taschenbuch GmbH,
Hürderstraße 4, 85551 Kirchheim
ISBN 3-8289-7508-9

2007 2006 2005 2004
Die letzte Jahreszahl gibt die aktuelle Lizenzausgabe an.

Für meine Brüder und Schwestern,
Maurice, Edward und Alyce,
und in liebevoller Erinnerung an meine Eltern

»Als er (Jesus) an Land ging, kam ihm ein Mann aus der Stadt entgegen, der von Dämonen besessen war … Denn schon seit langem hatte ihn der Geist in seiner Gewalt, und man hatte ihn wie einen Gefangenen an Händen und Füßen gefesselt. Aber immer wieder zerriß er die Ketten … Jesus fragte den Mann: Wie heißt du? Und er antwortete: Mein Name ist Legion …«

Lukas 8, 27–30

JAMES TORELLO: *Jackson wurde an diesem Fleischerhaken aufgehängt. Der Kerl war so schwer, daß er den Haken verbogen hat. Drei Tage hing er an dem Ding, bevor er abgekratzt ist.*

FRANK BUCCIERI (kichernd): *Du hättest den Typen sehen sollen, Jackie. Er sah aus wie 'n Elefant. Und als Jimmy ihm mit diesem Elektrostab eins verpaßt hat …*

TORELLO (aufgeregt): *Er hat an dem Haken gezappelt, Jackie! Wir haben Wasser über den Typen geschüttet, damit der Strom besser geleitet wird, und der Bursche schrie …*

Ausschnitt aus einem Telefongespräch der Cosa Nostra über die Ermordung William Jacksons, vom FBI abgehört

»… Es gibt keine andere Erklärung für bestimmte Taten der Kommunisten. Zum Beispiel der Priester, dem man acht Nägel in den Schädel getrieben hatte … Und da waren die sieben kleinen Jungen und ihr Lehrer. Sie beteten das Vaterunser, als die Soldaten über sie herfielen. Einer schnitt dem Lehrer mit dem Bajonett die Zunge ab. Ein anderer trieb Eßstäbchen in die Ohren der sieben kleinen Jungen. Wie behandelt man solche Fälle?«

Dr. Tom Dooley

Dachau, Auschwitz, Buchenwald

Anmerkungen des Autors

Mit Rücksicht auf die Lage des Instituts für Sprachen und Sprachwissenschaften habe ich mir einige Freiheiten herausgenommen, was die Geographie betrifft. Darüber hinaus gibt es das Haus in der Prospect Street ebensowenig wie den Empfangsraum im Wohnheim der Jesuiten, wie ich beides beschrieben habe.

Das Prosa-Fragment, das ich Lankester Merrin zugeschrieben habe, ist nicht meine Schöpfung, sondern der Predigt »Der zweite Frühling« von John Henry Newman entnommen.

Danksagungen

Mein besonderer Dank gilt Herbert Tanney, M. D.; Mr. Joseph E. Jeffs, Bibliothekar an der Georgetown University; Mr. William Bloom und Mrs. Ann Harris, meiner Redakteurin bei Harper & Row, für ihre unschätzbare Hilfe bei der Vorbereitung dieses Romans. Außerdem möchte ich Reverend Thomas V. Bermingham, S. J., Vize-Provinzial für die Provinz New York der Gesellschaft Jesu danken, der mir den Vorschlag für das Thema dieses Romans machte, und Mr. Marc Jaffe von Bantam Books für sein einzigartiges (und einsames) Vertrauen in den letztendlichen Wert dieses Romans. In meinen Dank möchte ich Dr. Bernard M. Wagner von der Georgetown University einschließen, der mir das Schreiben beigebracht hat, und die Jesuiten, die mich das Denken gelehrt haben.

Prolog

Nordirak

Die Hitze der Sonne trieb dem alten Mann Schweißperlen auf die Stirn, doch er umfaßte das Glas mit heißem, süßem Tee, als wollte er sich die Hände wärmen. Er konnte die Vorahnung nicht abschütteln. Sie lastete auf ihm wie eisige nasse Blätter.

Die Grabung war zu Ende. Das Erdreich war gesichtet, Schicht um Schicht. Der Inhalt war untersucht, etikettiert und abtransportiert: die Perlen und Anhänger; die aus Stein gehauenen Kunstwerke; die Phallussymbole; die mit Ocker gefärbten Mörserstößel und die polierten Töpfe. Nichts Außergewöhnliches. Eine assyrische Toilettendose. Die Überbleibsel eines Menschen. Die Knochen eines Menschen. Die brüchigen Reste kosmischer Qual, bei denen der alte Mann sich gefragt hatte, ob Luzifer den Arm emporstreckte, um wieder seinen Gott zu suchen. Jetzt wußte der alte Mann es besser. Der Duft von Süßholz und Tamarisken veranlaßte ihn, zu den mohnbedeckten Hügeln zu blicken, zu den schilfbewachsenen Ebenen und zur holprigen, mit Steinen übersäten Straße, die ins Nichts zu führen schien. Nordwestlich lag Mosul, östlich Erbil und im Süden Bagdad und Kirkuk sowie der Backofen von Nebukadnezar. Unter dem Tisch vor der einsamen Hütte am Straßenrand schlug der alte Mann die Beine übereinander und betrachtete die Grasflecken auf seinen Stiefeln und der Khakihose. Er nippte am Tee. Die Grabung war zu Ende, und damit begann … *was*? Der alte Mann untersuchte diesen Gedanken wie ein Fundstück, das in einer Lehmschicht erhalten war, konnte ihn aber nicht greifen, nicht einordnen.

Im Innern der Hütte schnaufte jemand asthmatisch, und der alte Mann schlurfte zu dem Kurden, der dieses Geräusch verursacht hatte. Die Schuhe made in Rußland, die der alte Mann trug, wirbelten Staub auf und gaben Laute von sich, die sich wie ein Stöhnen anhörten. Sein Schatten fiel über den Tisch.

»*Kaman chay, chawaga?*«

Der alte Mann in Khaki schüttelte den Kopf und starrte auf seine Schuhe, die ohne Schnürsenkel und dick vom Schutt des Lebensleids überzogen waren.

Der Staub des Kosmos, dachte er, und dennoch irgendwie geistig. Der Geist und die Schuhe waren für ihn lediglich Erscheinungsformen von irgend etwas Fundamentalerem, völlig anderem.

Der Schatten bewegte sich. Der Kurde stand wartend da. Der alte Mann schaute auf und blickte in Augen, die von einer feuchten, trüben Schicht überzogen waren. Glaukom.

Der alte Mann zog seine zerfledderte Brieftasche hervor und wühlte darin: ein paar Dinar, ein irakischer Führerschein, eine verblichene, zwölf Jahre alte Plastikkalenderkarte. Auf der Rückseite stand: WENN WIR STERBEN, NEHMEN WIR MIT, WAS WIR DEN ARMEN GEGEBEN HABEN. Die Karte war in den Missionsstationen der Jesuiten gedruckt worden. Der alte Mann bezahlte den Tee und ließ 50 Fils Trinkgeld auf dem verkratzten Tisch liegen, der die Farbe der Trauer trug.

Er ging zu seinem Jeep. Das leise Klicken des Schlüssels, der ins Zündschloß glitt, klang überlaut in der Stille. Einen Moment wartete der Mann, ließ diese Stille auf sich einwirken. Auf der Kuppe eines Hügels in der Ferne duckten sich die beinahe eingefallenen Dächer von Erbil; sie wirkten wie die schmutzigen Trümmer einer einstigen Segnung. Der alte Mann hatte das Gefühl, die kalten, feuchten Blätter würden sich noch eisiger auf seinen Rücken pressen.

Irgend etwas wartete.

»Allah, ma'ak, chawaga.«

Verfaulte Zähne. Der Kurde grinste, winkte zum Abschied. Der Mann in Khaki suchte nach ein bißchen Herzlichkeit tief in seinem Innern und brachte ein Winken und ein gezwungenes Lächeln zustande. Es erlosch, als er den Blick abwandte. Er ließ den Motor an, wendete und fuhr Richtung Mosul.

Der Kurde schaute ihm nach, verwirrt von einem Gefühl des Verlusts, als der Jeep beschleunigte. *Was* war es, das er verlor? Was hatte er in der Nähe des Fremden empfunden? Ja, so etwas wie Sicherheit; ein Gefühl von Schutz und Wohlbefinden. Jetzt verschwanden diese Empfindungen mitsamt dem Fremden in der Ferne. Der Kurde fühlte sich merkwürdig einsam.

Die gewissenhafte Inventur war um 18 Uhr 10 beendet. Der Kustos für Antiquitäten von Mosul, ein Araber mit Hängewangen, schrieb sorgfältig eine letzte Eintragung in das Hauptbuch auf seinem Schreibtisch. Einen Moment hielt er inne, blickte zu seinem Freund auf und tunkte seinen Füllfederhalter in ein Tintenfäßchen. Der alte Mann in Khaki wirkte gedankenverloren. Die Hände in den Taschen, stand er an einem Tisch und starrte auf irgendein getrocknetes, etikettiertes Flüstern der Vergangenheit. Der Kustos beobachtete ihn neugierig; dann widmete er sich wieder der Eintragung, schrieb in kleiner, ordentlicher Schrift. Schließlich seufzte er und legte den Füller zur Seite, als er bemerkte, wie spät es war. Der Zug nach Bagdad fuhr um 20 Uhr. Er drückte ein Blatt Löschpapier auf das Geschriebene und bot dem alten Mann in Khaki Tee an.

Der Alte schüttelte den Kopf, den Blick starr auf einen Gegenstand gerichtet, der auf dem Tisch lag. Der Araber beobachtete den Mann ein wenig beunruhigt. Was war los? Irgend etwas lag in der Luft. Der Araber stand auf, trat näher an den Mann in Khaki heran. Er verspürte ein Prickeln im Nacken, als sein Freund sich endlich aus der Erstarrung löste, ein Amulett vom Tisch nahm und es nachdenklich in der Hand hielt. Es war ein grüner, steinerner Kopf des Dämons Pazuzu, die Personifizierung des Südwestwindes. Krankheit und Leid waren die Herrschaftsgebiete dieses Dämons. Der Kopf war durchbohrt: der Besitzer des Amuletts hatte es offenbar als Schild getragen.

»Teufel gegen Teufel«, flüsterte der Kustos und fächelte sich mit einer wissenschaftlichen Zeitschrift aus Frankreich Luft zu, auf dem Umschlag befand sich ein verschmierter Daumenabdruck aus Olivenöl.

Sein Freund rührte sich nicht, sagte nichts.

»Ist was?«

Keine Antwort.

»Pater?«

Der Mann in Khaki schien immer noch nichts zu hören, wirkte vertieft in die Betrachtung des Amuletts, des letzten seiner Feinde. Nach einer Weile setzte er sich, blickte den Araber fragend an. Hatte der etwas gesagt?

»Nichts.«

Sie murmelten Abschiedsworte.

An der Tür schüttelte der Kustos dem alten Mann fest die Hand. »Mein Herz will, daß du nicht gehst, Pater.«

Sein Freund antwortete leise mit Entschuldigungen; er wolle keinen Tee, er habe keine Zeit mehr, er müsse etwas erledigen.

»Nein, nein«, sagte der Kustos. »Ich will nicht, daß du heimgehst.«

Der Mann in Khaki schaute auf ein Stückchen Kichererbse in einem Mundwinkel des Arabers; doch sein Blick war wie in weite Ferne gerichtet. »Heim«, wiederholte er. Das Wort hatte den Beiklang der Endgültigkeit.

»In die Staaten«, fügte der arabische Kustos hinzu und fragte sich sofort, warum er das gesagt hatte.

Der Mann in Khaki sah die tiefe Besorgnis des anderen. Es war ihm nie schwergefallen, diesen Mann zu mögen.

»Leb wohl«, flüsterte er; dann wandte er sich rasch ab und trat in die zunehmende Dämmerung, um eine Heimreise anzutreten, deren Dauer unbestimmt war.

»Ich sehe dich in einem Jahr!« rief der Kustos ihm von der Tür nach. Der Mann in Khaki blickte nicht zurück. Der Araber beobachtete, wie er eine schmale Straße überquerte und beinahe vor eine Droschke gelaufen wäre, in der eine korpulente alte Araberin saß, deren Gesicht wie ein Schatten hinter dem schwarzen Spitzenschleier wirkte, der ihren Kopf wie ein Leichentuch einhüllte. Der Kustos verlor seinen davoneilenden Freund rasch aus den Augen.

Der Mann in Khaki bewegte sich wie unter einem Zwang. Er gelangte an den Stadtrand und überquerte den Tigris. Als er sich den Ruinen näherte, wurde er langsamer, denn mit jedem Schritt nahm seine Vorahnung deutlichere, schrecklichere Gestalt an. Doch er mußte Gewißheit haben. Er würde sich vorbereiten müssen.

Eine Holzplanke der Brücke über den Khosr, ein schlammiges Flüßchen, knarrte unter seinem Gewicht. Und dann war er am Ziel: Er befand sich auf dem Hügel, auf dem einst die fünfzehn Tore von Ninive gestanden hatten, das gefürchtete Nest assyrischer Horden. Jetzt lag die Stadt im blutbefleckten Staub ihres vorherbestimmten Schicksals. Dennoch war *er* hier. Die Luft war immer noch erfüllt von *ihm*, dem anderen, der den alten Mann in seinen Träumen heimsuchte.

Ein kurdischer Wächter, der um eine Ecke kam, schwang sein Gewehr von der Schulter und rannte auf den alten Mann zu. Dann erkannte er ihn, blieb abrupt stehen, winkte grinsend und setzte seine Patrouille fort.

Der Mann in Khaki streifte durch die Ruinen. Der Nabu-Tempel. Der Tempel der Ishtar. Am Palast des Ashurbanipal verharrte er und warf einen Blick auf eine Kalksteinstatue, die *in situ* aufragte; schartige Schwingen; knolliger, vorspringender, stummelartiger Penis und ein Maul, das zu einem barbarischen Grinsen verzogen war. Der Dämon Pazuzu.

Schlagartig verließ ihn der Mut.

Nun war es gewiß.

Die Ahnung würde sich erfüllen.

Er starrte auf den Staub. Die Schatten wurden jetzt rasch dunkler. Der alte Mann hörte das gedämpfte Kläffen wilder Hunde, die am Stadtrand umherschlichen. Der Glutball der Sonne versank am Horizont. Der alte Mann rollte seine Hemdsärmel herunter und knöpfte sie zu, als er in einer Brise erschauerte. Sie kam aus Südwesten.

Er eilte in Richtung Mosul zu seinem Zug, von der schrecklichen Überzeugung erfüllt, bald einem alten Feind gegenüberzustehen …

Erster Teil

Der Beginn

1.

Wie das verhängnisvolle Blitzen explodierender Sonnen schwach in der Erinnerung eines Erblindeten verhaftet ist, begann der Schrecken beinahe unbemerkt und wurde anfangs vielleicht gar nicht mit all dem Grauen in Verbindung gebracht, das bevorstand.

Das Gebäude war ein Mietshaus. Brütend. Eng. Ein mit Efeu überwuchertes Backsteingebäude im Kolonialstil, das im Viertel Georgetown in Washington stand. Gegenüber, auf der anderen Straßenseite, befand sich der Campus der Georgetown University. Hinter dem Haus führte eine steile Böschung zur belebten M Street; hinter dieser Straße wiederum floß der schlammige Potomac. In der Nacht zum 1. April war es still in dem Haus. Chris MacNeil saß im Bett und las im Drehbuch ihren Text für die Filmaufnahmen am nächsten Tag. Regan, ihre Tochter, schlief oben in ihrem Zimmer. Unten, in einer Kammer neben dem Anrichteraum, schliefen Willie und Karl, die Bediensteten, ein Ehepaar in mittlerem Alter. Um kurz vor halb eins in der Nacht blickte Chris verwundert von ihrem Skript auf. Sie hörte sonderbare, klopfende Geräusche. Gedämpft. Tief. Rhythmisch. Wie ein gespenstischer Kode, der von einem Toten durch Klopfzeichen übermittelt wurde.

Seltsam.

Chris lauschte einen Moment; dann verbannte sie den Gedanken an das Geräusch. Doch als das Klopfen wieder einsetzte, konnte sie sich nicht mehr konzentrieren. Ärgerlich legte sie das Skript auf dem Bett ab.

Verdammt!

Chris stand auf, ging zu der Treppe, die in die Halle führte, und schaute sich um. Die Geräusche schienen aus Regans Schlafzimmer zu kommen.

Was tut sie?

Chris ging in die Halle hinunter. Die klopfenden Geräusche wurden plötzlich viel lauter, viel schneller. Als sie die Tür aufschob und das Zimmer betrat, verstummten die Geräusche abrupt.

Was, zum Teufel, ist da los?

Chris' hübsche elfjährige Tochter schlief und hielt einen großen Stoff-Panda in den Armen. Pookey. Abgenutzt von Jahren der Liebkosungen und ungezählter Küsse.

Chris trat leise neben das Bett und beugte sich über Regan. »Rags?« flüsterte sie. »Bist du wach?«

Gleichmäßige Atemzüge. Schwer. Tief.

Chris ließ den Blick durchs Zimmer schweifen. Schwaches Licht aus der Halle fiel blaß auf die Gemälde in Regans Zimmer, auf die Bastelarbeiten und auf weitere Stofftiere.

Okay, Rags. Du hast deiner alten Mutter einen Streich gespielt. Jetzt sag: »April, April!«

Aber das paßte gar nicht zu Regan. Das Kind war schüchtern und sehr scheu. Wer machte *dann* diese Klopfgeräusche? Irgendein Witzbold wahrscheinlich, der jemand auf den Arm nehmen wollte, indem er auf Heizungs- oder Wasserrohre klopfte.

Einmal, in den Bergen von Bhutan, hatte Chris stundenlang auf einen buddhistischen Mönch gestarrt, der auf dem Boden saß und meditierte. Plötzlich hatte sie geglaubt, den Mann schweben zu sehen. Vielleicht *war* er geschwebt. Wenn sie die Geschichte erzählte, fügte sie stets ›vielleicht‹ hinzu. Und vielleicht hatte sich ihr Geist, dieser unermüdliche Phantast, die Klopfgeräusche nur eingebildet.

Quatsch! Ich habe das Klopfen gehört!

Sie warf einen schnellen Blick zur Decke. Da! Ein leises Kratzen.

Ratten. Auf dem Speicher. Ratten!

Chris seufzte. *Natürlich. Ratten. Wie appetitlich.* Trotzdem fühlte sie sich sonderbar erleichtert. Und dann bemerkte sie die Kälte. Im Zimmer war es eisig.

Sie tappte zum Fenster. Überprüfte es. Geschlossen. Sie berührte den Heizkörper. Heiß.

Tatsächlich?

Verwirrt ging sie zum Bett und berührte Regans Wange. Glatt und warm, sogar leicht verschwitzt.

Ich muß krank sein!

Chris betrachtete ihre Tochter, die Stupsnase und die Sommersprossen; dann neigte sie sich über Regan und küßte sie auf die Wange. »Ich liebe dich«, flüsterte sie.

Chris kehrte in ihr Zimmer und ihr Bett und zu ihrem Skript zurück. Eine Zeitlang vertiefte sie sich in ihren Text. Der Film war eine musikalische Komödie, eine Neuverfilmung von *Mr. Smith Goes to Washington.* Eine Nebenhandlung drehte sich um Aufstände auf dem Campus der Universität. Chris hatte eine Hauptrolle. Sie spielte eine Psychologieprofessorin, die für die rebellischen Studenten Partei ergriff. Sie haßte die Rolle.

Diese Szene ist totaler Schwachsinn! Das Drehbuch ist bescheuert!

Reg dich ab. Nur noch eine Woche.

Sie hatten die Innenaufnahmen in Hollywood beendet. Jetzt blieben nur noch ein paar Außenaufnahmen, Szenen auf dem Campus der Georgetown University, Drehbeginn morgen. Die Studenten waren in den Osterferien.

Chris wurde schläfrig, bekam schwere Lider. Sie blätterte eine Seite um, die am Rand zerfetzt war. Belustigt lächelte sie, als ihr Blick darauf fiel. Ihr englischer Regisseur. Wenn er besonders angespannt war, riß er mit zitternden Händen einen schmalen Streifen vom Rand einer Seite ab und kaute darauf herum.

Der gute Burke.

Chris gähnte. Dann betrachtete sie die angekauten Seiten ihres Skripts und mußte an die Ratten denken. *Die kleinen Bastarde haben tatsächlich ein Gefühl für Rhythmus.* Sie nahm sich vor, gleich morgen früh Karl Bescheid zu sagen, daß er Fallen aufstellte.

Ihre Finger entspannten sich. Das Skript glitt ihr aus den Händen. Sie ließ es fallen. *Blöde. Es ist blöde.* Sie tastete zum Lichtschalter. *Da ist er.* Sie seufzte. Eine Zeitlang lag sie reglos da, im Halbschlaf; dann trat sie träge die Decken von sich. *Zu heiß, verdammt.*

Die Fensterscheiben beschlugen.

Chris schlief. Und träumte vom Tod. Von einem ganz besonderen Tod, als wäre es der Tod von etwas nie Gehörtem, während irgend etwas klingelte und Chris sich schwer atmend aufzulösen und ins Nichts zu gleiten schien, wobei sie immer wieder dachte: *Ich werde nicht mehr sein, ich sterbe, ich werde tot sein für immer und ewig, oh, Papa, laß es nicht zu, das dürfen sie nicht tun, o bitte, laß nicht zu, daß ich für immer und ewig nichts bin und schmelze, mich auflöse* … klingele … das Klingeln …

Das Telefon!

Sie fuhr mit rasendem Puls auf, griff nach dem Telefonhörer und hatte das Gefühl, schwerelos zu sein, ein Kern ohne Inhalt, und das Telefon klingelte.

Chris meldete sich. Der Regieassistent war am Apparat.

»Um achtzehn Uhr in der Maske, Chris, okay?«

»Alles klar.«

»Wie fühlst du dich?«

»Glänzend, wenn ich ins Badezimmer gehe und es nicht abbrennt.«

Er lachte. »Bis dann.«

»Bis dann. Und danke.«

Sie legte den Hörer auf, saß eine Weile reglos da und dachte an den Traum. Ein Traum? Nein. Eher Gedanken in halbwachem Zustand. Diese schreckliche Klarheit. Nicht existieren. Unwiderruflich. Das konnte sie sich nicht eingebildet haben. *Gott, es kann nicht sein!*

Sie dachte darüber nach. Schließlich nickte sie. *Aber es ist so.*

Sie ging ins Badezimmer, zog einen Morgenrock an und eilte hinunter in die Küche und hinein ins Leben und zu brutzelndem Speck.

»Ah, guten Morgen, Mrs. MacNeil.«

Die ergraute Willie mit ihrem leichten Akzent und den dunklen Ringen unter den Augen preßte Orangen aus. Was war das für ein Akzent? Schweizerisch. Wie bei Karl. Willie wischte ihre Hände an einem Papiertuch ab und wollte zum Herd gehen.

»Ich hol's mir selbst, Willie.« Chris, stets feinfühlig, hatte die Müdigkeit der alten Frau bemerkt. Willie nickte und wandte sich wieder der Spüle zu, und Chris schenkte sich Kaffee ein und ging zur Frühstücksecke, setzte sich und lächelte, als sie ihren Teller sah. Eine rote Rose lag darauf. Regan. *Der süße kleine Engel.* An vielen Morgen schlüpfte Regan leise aus dem Bett, ging in die Küche, legte ihrer Mutter eine Blume auf den Frühstückstisch und ging wieder ins Bett. Als Chris' Blick nun auf die Rose fiel, spiegelten die großen, grünen Augen in ihrem Gesicht – dem Gesicht eines verlassenen Kindes – für einen Moment Trauer wider. Sie hatte an eine andere Blume denken müssen. An einen Sohn. Jamie. Er war vor langer Zeit gestorben, im Alter von drei Jahren, als Chris noch sehr jung und eine unbekannte Revuetänzerin am Broadway gewesen war. Jetzt war sie zweiunddreißig und hatte sich geschworen, sich nie wieder hinzugeben, wie sie es für Jamie getan hatte. Für seinen Vater, Howard McNeil. Sie blickte rasch auf die Rose, und als ihr Traum vom Tod aus dem Kaffee emporzusteigen schien, zündete sie sich hastig eine Zigarette an.

Willie brachte Orangensaft. Chris fielen die Ratten ein. »Wo ist Karl?« fragte sie die Haushälterin.

»Ich bin hier, Madam!«

Katzenhaft geschmeidig kam er durch die Tür des Anrichteraums. Achtunggebietend. Dynamisch. Unterwürfig. Er drückte sich ein Papiertaschentuch ans Kinn, wo er sich beim Rasieren geschnitten hatte. »Ja?« Muskelbepackt verharrte er beim Tisch. Glitzernde Augen. Adlernase. Glatze.

»Wir haben Ratten auf dem Speicher, Karl. Besorgen Sie bitte ein paar Fallen, und stellen sie die Dinger auf.«

»Ratten?«

»Ja. Auf dem Speicher.«

»Aber der Speicher ist sauber.«

»Na gut, dann haben wir eben *saubere* Ratten.«

»Es gibt dort keine Ratten.«

»Ich habe die Biester heute nacht gehört«, sagte Chris geduldig.

»Vielleicht waren es Geräusche in den Leitungen«, meinte Karl. »Vielleicht das Knarren von Brettern?«

»Vielleicht *Ratten*. Würden Sie die verdammten Fallen bitte kaufen und mit der fruchtlosen Diskussion aufhören?«

»Sehr wohl, Madam.« Karl setzte sich eilig in Bewegung. »Ich gehe sofort.«

»Nicht *sofort*, Karl. Die Geschäfte haben geschlossen.«

»Genau. Sie haben geschlossen«, sagte Willie.

»Das wollen wir erst mal sehen.«

Damit verschwand Karl.

Chris und Willie tauschten Blicke; dann widmete Willie sich kopfschüttelnd wieder dem Braten des Specks. Chris nippte am Kaffee. *Sonderbar.* Karl war ein merkwürdiger Mann. Wie Willie arbeitete er hart, war loyal und diskret. Und doch bereitete irgend etwas an ihm Chris Unbehagen. Aber *was*? Eine subtile Arroganz? Widerspenstigkeit? Nein. Etwas anderes, das schwer zu erklären war. Das Paar war jetzt fast sechs Jahre bei Chris, doch Karl war ihr immer noch ein Rätsel – eine lebende, atmende, nicht entschlüsselte Hieroglyphe. Doch hinter der Maske bewegte sich irgend etwas …

Chris drückte ihre Zigarette aus. Augenblicke später hörte sie, wie die Haustür knarrend aufging und dann geschlossen wurde.

»Die Geschäfte haben geschlossen«, murmelte Willie.

Chris stocherte in ihrem gebratenen Speck herum und aß nur ein paar Bissen. Dann ging sie auf ihr Zimmer zurück, zog Pullover und Rock an. Sie blickte in den Spiegel und betrachtete ihr kurzes rotes Haar, das ständig zerzaust aussah, und die Sommersprossen. Dann schielte sie sich an und grinste wie eine Idiotin. *Hallo, kleines wunderbares Mädchen von nebenan! Kann ich mit deinem Mann sprechen? Mit deinem Geliebten? Deinem Zuhälter? Oh, dein Pimp ist im Armenhaus? Avon ruft an und will dich als Beraterin!*

Chris streckte sich die Zunge heraus. Dann sanken ihre Schultern herab. *Allmächtiger, was für ein Leben!* Sie nahm ihre Perückenschachtel, ging nach unten und trat hinaus auf die Allee.

Einen Moment verharrte sie vor dem Haus und genoß den Morgen. Sie blickte nach rechts. Neben dem Haus führte eine steile alte Steintreppe hinunter zur M Street. Jenseits davon befand sich der Eingang zum Lokal ›Car Barn‹, früher ein Depot für Straßenbahnwagen. Mediterraner Stil, Ziegeldach, Rokotürmchen, antiker Backstein. Chris betrachtete es nachdenklich. *Spaßig. Lustige Straße. Verdammt, warum bleibe ich nicht? Warum kaufe ich das Haus nicht und fange an zu leben?* Irgendwo begann eine Glocke zu läuten. Chris blickte in die Richtung, aus der das Geräusch erklang. Es war die Turmuhr auf dem Campus der Georgetown University. Der melancholische Klang hallte über den Fluß, ließ Chris erschauern, drang bis zu ihrem müden Herzen durch.

Sie machte sich auf den Weg zu ihrer Arbeitsstätte, einer gräßlichen Kulisse, und schritt durch das vordere Haupttor des Campus. Ihre düsteren Gedanken verflogen, als sie die Garderobenwagen am Zufahrtsweg nahe der südlichen Mauer stehen sah. Um acht Uhr, bei der ersten Filmaufnahme des Tages, war Chris fast schon wieder sie selbst. Sie brach einen Streit über das Drehbuch vom Zaun.

»He, Burke. Wirf mal einen Blick in dieses dämliche Geschmiere, ja?«

»Oh, Euer Gnaden haben tatsächlich ein Skript! Wie nett!« Regisseur Burke Dennings, angespannt und koboldhaft, das linke Auge mit einem Tic und funkelnd vor Boshaftigkeit, riß mit zitternder Hand einen schmalen Streifen von einer Seite des Skripts. »Ich glaube, ich werde jetzt erst mal was essen«, sagte er kichernd.

Sie standen auf dem Platz vor dem Verwaltungsgebäude inmitten von Schauspielern, Beleuchtern, Technikern, Statisten und Kulissenschiebern. Hier und dort standen ein paar Zuschauer auf dem Rasen, hauptsächlich Jesuiten vom Lehrkörper und ein paar Kinder. Der Kameramann nahm gelangweilt ein Exemplar der Zeitung *Daily Variety*, als Dennings sich den vom Drehbuch abgerissenen Papierstreifen in den Mund steckte und kicherte, wobei sein Atem nach dem ersten Whisky dieses Morgens roch.

»Ja, ich bin *verdammt* froh, daß man dir ein Skript gegeben hat.«

Er war ein schmächtiger Mann Anfang 50, der mit breitem britischem Akzent sprach – so kultiviert und korrekt, daß bei ihm sogar die übelsten Obszönitäten gewählt klangen, und wenn er trank, vermittelte er stets den Eindruck, als wollte er jeden Moment in schallendes Gelächter ausbrechen; er schien ständig darum zu kämpfen, seinen Übermut zu zügeln.

»Sag's mir, Baby. Was ist? Was ist verkehrt?«

Die fragliche Szene im Drehbuch verlangte vom Dekan des fiktiven Colleges, eine Ansprache vor einer Versammlung von Studenten zu halten, wobei er sich bemühte, einen angedrohten Sitzstreik zu verhindern. Chris würde die Treppe zum Versammlungsplatz hinaufrennen, dem Dekan das Megaphon entreißen, auf das Hauptverwaltungsgebäude zeigen und rufen: »Laßt es uns niederreißen!«

»Es ist völliger Schwachsinn«, sagte Chris.

»Ich finde es vollkommen verständlich«, log Dennings.

»Warum, zum Teufel, sollten sie den Bau niederreißen, Burke?«

»Was soll die Fragerei? Willst du mich nerven?«

»Nein. Ich möchte nur wissen, weshalb sie das Gebäude niederreißen wollen.«

»Weil es da steht, Mädchen!«

»Im Skript?«

»Nein, auf dem Campus!«

»Es ergibt keinen Sinn, Burke. Kein Mensch käme auf die Idee.«

»Und ob.«

»Blödsinn.«

»Sollen wir den Autor kommen lassen? Ich glaube, er ist in Paris!«

»Er versteckt sich?«

»Er *fickt.*«

Er sprach das Wort einwandfrei aus, und seine Fuchsaugen glitzerten, als es klar und deutlich zu gotischen Kirchturmspitzen emporstieg. Chris mußte lachen. »Oh, Burke, du bist unmöglich!«

»Ja«, erwiderte er wie Caesar, der bescheiden Berichte über seine dreimalige Ablehnung der Krone bestätigte. »Also, was ist nun, machen wir weiter?«

Chris hörte nicht zu. Sie blickte verstohlen und verlegen auf einen Jesuiten, der in der Nähe stand, um zu sehen, ob er die Obszönität mitbekommen hatte. Dunkles, zerfurchtes Gesicht.

Wie das eines Boxers. Anfang 40. Irgend etwas Trauriges lag in seinem Blick, etwas Schmerzliches, und doch war es freundlich und beruhigend, als er Chris anschaute. Der Mann *hatte* es gehört. Er lächelte. Mit einem Blick auf seine Armbanduhr ging er davon.

»Ich habe gefragt, ob wir *weitermachen sollen!*«

Burke riß Chris aus ihren Gedanken. Sie wandte sich ihm zu. »Ja. Ziehen wir's durch.«

»Dem Himmel sei Dank.«

»Da wäre aber noch was.«

»Allmächtiger!«

Chris beklagte sich über das Ende der Szene. Nach ihrer Ansicht war der Höhepunkt mit ihrem Text erreicht und nicht damit, daß sie sofort anschließend durch die Tür des Gebäudes rannte.

»Das macht keinen Sinn«, sagte Chris. »Es ist einfach ... dämlich.«

»Stimmt genau, Mädchen«, gab Burke ehrlich zu. »Aber der Cutter besteht darauf«, fuhr er leise fort. »Also tun wir's. Okay?«

»Nein.«

»Nein. Natürlich nicht. Es *ist* bescheuert. Weißt du, weil die folgende Szene ...«, er kicherte, »... damit beginnt, daß Jed durch eine Tür auf uns *zu*kommt, glaubt der Cutter, für einen Oscar nominiert zu werden, wenn die *vorherige* Szene damit endet, daß du durch eine Tür gehst.«

»Das ist Schwachsinn.«

»Natürlich. Es ist beschissen! Idiotisch! Wie wär's, wenn wir es aufnehmen und du mir vertraust, daß ich es beim letzten Schnitt herausschnipple? Es dürfte ziemlich schmackhaft sein.«

Chris lachte. Und sagte: »Okay.« Burke blickte zum Cutter, der als jähzorniger Egotist bekannt war – ein Mann, der zu Streitereien neigte, die nur Zeit kosteten. Der Cutter sprach mit dem Kameramann. Dennings seufzte erleichtert.

Während Chris auf dem Rasen am Fuß der Treppe wartete, bis die Scheinwerfer sich erwärmten, blickte sie zu Dennings, der nun einen unglücklichen Kulissenschieber mit einem üblen Schimpfwort anschnauzte und dabei sichtlich aufblühte. Er schien sich in seiner exzentrischen Art zu gefallen. Doch wenn Dennings genug Alkohol intus hatte, würde er plötzlich vor Jähzorn explodieren, wie Chris wußte, und wenn es um drei oder vier am Morgen war, und dann rief er einflußreiche Leute an und beschimpfte sie unflätig wegen irgendwelcher Lappalien. Chris erinnerte sich an einen Studioleiter, dessen einziges Vergehen darin bestanden hatte, bei Dreharbeiten vorsichtig anzumerken, daß die Manschetten von Dennings' Hemd leicht ausgefranst aussähen. Daraufhin hatte Dennings den Mann gegen drei Uhr morgens telefonisch geweckt, um ihn als idiotisches Arschloch zu beschimpfen, dessen Vater ›höchstwahrscheinlich ein *Irrer!*‹ gewesen war. Und am folgenden Tag behauptete er dann, sich an nichts erinnern zu können, strahlte jedoch vor Freude, wenn man ihm die Einzelheiten der Beleidigungen beschrieb. Wenn es ihm paßte, erinnerte er sich auch bisweilen daran, was er gesagt hatte. Chris dachte mit einem Lächeln an die Nacht, als Dennings, vom Gin berauscht, bei einem Wutanfall seine Bürosuite im Studio zertrümmert hatte. Später, als er mit Polaroidfotos und einer detaillierten Rechnung für den Schaden konfrontiert worden war, hatte er sie schelmisch als ›offensichtliche Fälschungen, denn der Schaden war viel, viel größer‹ abgetan. Chris bezweifelte, daß Dennings Alkoholiker oder ein hoffnungsloser Problemtrinker war. Sie glaubte eher, er trank, weil es von ihm erwartet wurde; er wurde seiner Legende gerecht.

Na gut, dachte sie. *Ich nehme an, es ist eine Art Unsterblichkeit.*

Sie blickte über die Schulter zu dem Jesuiten, der sie angelächelt hatte, und sah den Mann in der Ferne. Er ging irgendwie verzagt, mit gesenktem Kopf, wie eine einsame schwarze Wolke auf der Suche nach Regen.

Chris hatte nie viel für Priester übrig gehabt. Sie waren so überzeugt. So selbstsicher. Doch dieser …

»Bereit, Chris?« Dennings.

»Ja.«

»Absolute Ruhe!« rief der Regieassistent.

»Film ab!« rief Burke.

»*Action!*«

Chris rannte die Treppe hinauf, während Statisten jubelten und Dennings sie beobachtete und sich fragte, was sie im Schilde führte. Chris hatte viel zu schnell nachgegeben. Er warf einen vielsagenden Blick zum Regieassistenten, der pflichtschuldig zu ihm trottete und ihm sein aufgeschlagenes Drehbuch hinhielt, wie ein betagter Meßdiener seinem Priester das Meßbuch beim Hochamt.

Sie arbeiteten bei zeitweilig aussetzendem Sonnenschein. Um 16 Uhr war der Himmel dicht bewölkt, und der Regieassistent entließ die ganze Truppe für den Tag.

Chris ging nach Hause. Sie war müde. An der Ecke 36. Straße und O Street gab sie dem älteren Angestellten eines italienischen Lebensmittelgeschäfts, der ihr von der Ladentür aus applaudiert hatte, ein Autogramm. Chris schrieb ihren Namen und ›Alles Gute‹ auf eine braune Einkaufstüte. Als sie an der Kreuzung wartete, blickte sie auf die katholische Kirche gegenüber. Sankt Sowieso. Eine Kirche der Jesuiten. In dieser Kirche hatte John F. Kennedy angeblich Jackie geheiratet und dort öfters den Gottesdienst besucht. Chris versuchte, sich das vorzustellen: John F. Kennedy zwischen den Opferkerzen und frommen, runzligen alten Frauen; John F. Kennedy, gebeugt im Gebet; *Ich glaube* … die Entspannung in den amerikanisch-russischen Beziehungen … *Ich glaube, ich glaube* … die Jungs von Apollo 9 beim Beten des Rosenkranzes … *Ich glaube … an die Auferstehung und das ewige Leben* …

Das ist es. Das ist die Bauernfängerei.

Chris riß sich aus diesen Gedanken und beobachtete einen Bierwagen, der mit aufmunternden flüssigen Versprechungen vorbeirumpelte.

Sie überquerte die Straße. Als sie die O Street hinunterging und an der Aula der Grundschule vorüberkam, wurde sie von einem Priester überholt, der die Hände in die Taschen einer Windbluse aus Nylon geschoben hatte. Jung. Sehr nervös. Brauchte dringend eine Rasur. Er bog nach rechts in einen Durchgang ab, der in einen Hof hinter der Kirche führte.

Chris verharrte bei dem Durchgang und beobachtete den Jesuiten neugierig. Sein Ziel war anscheinend ein weißes Fachwerkhäuschen. Eine alte Drahtgittertür wurde geöffnet, und ein anderer Priester erschien. Er wirkte bedrückt und sehr unruhig. Kurz nickte er dem jungen Mann zu, der mit gesenktem Blick schnell auf eine Tür zuging, die in die Kirche führte. Abermals wurde die Tür des Fachwerkhäuschens von innen geöffnet. Ein anderer Priester. Er sah aus wie – *he, er ist es! Der gelächelt hat, als Burke von ›ficken‹ sprach!* Jetzt aber wirkte er ernst, als er den Neuankömmling stumm begrüßte und ihm den Arm um die Schultern legte, eine Geste, die irgendwie väterlich war. Er ließ ihn eintreten, und die Tür schloß sich langsam und mit leisem Knarren.

Chris starrte auf ihre Schuhe. Sie war verwirrt. *Was hat das zu bedeuten?* Sie fragte sich, ob Jesuiten zur Beichte gingen.

Schwaches Donnergrollen. Blitze zuckten in der Ferne. Chris blickte zum Himmel. Würde es regnen? *Die Auferstehung und …*

Ja. Ja, klar. Nächsten Dienstag. Ruf uns nicht an, wir werden dich anrufen.

Chris stellte ihren Jackenkragen auf und ging langsam weiter. Sie hoffte auf strömenden Regen.

Binnen einer Minute war sie zu Hause, eilte auf die Toilette und ging anschließend in die Küche.

»Hi, Chris, wie ist es gelaufen?«

Eine hübsche Blondine Mitte Zwanzig saß am Tisch. Sharon Spencer aus Oregon. Seit drei Jahren Privatlehrerin für Regan und Chris' Sekretärin.

»Ach, wie üblich. Beschissen.« Chris schlenderte zum Tisch und blätterte die Post durch. »Irgendwas Wichtiges?«

»Möchtest du nächste Woche im Weißen Haus dinieren?«

»Hm, ich weiß nicht. Was würdest *du* an meiner Stelle tun?«

»Mir den Bauch mit Süßigkeiten vollschlagen, bis sie mir zu den Ohren rauskommen.«

Chris lachte. »Wo ist Rags?«

»Unten im Spielzimmer.«

»Was tut sie?«

»Sie bastelt. Einen Vogel, nehme ich an. Er ist für dich.«

»Aha«, murmelte Chris. Sie ging zum Herd und schenkte sich heißen Kaffee ein. »War das mit dem Abendessen im Weißen Haus ein Scherz?«

»Natürlich nicht«, antwortete Sharon. »Es ist am Donnerstag.«

»Eine große Party?«

»Nein. Nur fünf oder sechs Leute, glaube ich.«

»Das kann nicht dein Ernst sein.«

Chris war erfreut, aber nicht allzu überrascht. Man schätzte ihre Gesellschaft: Taxifahrer, Dichter, Professoren, Präsidenten. Was mochten die Leute an ihr? Chris setzte sich an den Tisch. »Wie war der Unterricht?«

Sharon zündete sich eine Zigarette an und runzelte die Stirn. »Sie hatte wieder Probleme mit Mathe.«

»Ach? Das ist seltsam.«

»Ja. Wo es ihr Lieblingsfach ist«, sagte Sharon.

»Na ja, die Mengenlehre. Menschenskind, ich könnte mir nicht mal das Wechselgeld für den Bus ausrechnen, wenn ich ...«

»Hi, Mom!«

Regan stürmte durch die Tür, die dünnen Arme ausgestreckt.

Roter Pferdeschwanz. Weiches, hellhäutiges Gesicht voller Sommersprossen.

»Hi, Stinkerchen!« Strahlend schloß Chris sie ungestüm in die Arme, drückte sie und gab ihr einen schmatzenden Kuß auf die Wange, von Liebe zu ihrer Tochter erfüllt. Schmatz-*schmatz-schmatz!* Weitere Küsse. Dann hielt sie Regan auf Armlänge von sich und blickte ihr forschend ins Gesicht. »Was hast du heute so gemacht? Irgendwas Aufregendes?«

»Ah, so 'n Zeug.«

»Was für *Zeug?*«

»Laß mal überlegen.« Regan drückte die Knie gegen die ihrer Mutter und wiegte sich sanft vor und zurück. »Na ja, ich hab' natürlich gelernt.«

»Hm-hm.«

»Und gemalt.«

»Was?«

»Äh ... Blumen. Gänseblümchen. Alle rosa. Und dann ... o ja! Dieses *Pferd!*« Die Augen des Mädchens glänzten und spiegelten ihre Aufregung wider. »Dieser Mann hatte ein *Pferd*, weißt du, der unten beim Fluß. Wir waren spazieren, Mom, und dann kam dieses *Pferd* zu uns ... es war *wunderschön!* Oh, Mom, du hättest es sehen sollen. Und der Mann ließ mich drauf *sitzen!* Eine ganze Minute!«

Chris zwinkerte Sharon belustigt zu. »Der Mann persönlich?« fragte sie und hob eine Braue. Als Chris wegen der Dreharbeiten für den Film einige Zeit nach Washington gezogen war, hatte die blonde Sekretärin, die jetzt praktisch zur Familie gehörte, im Obergeschoß des Hauses in einem Gästeschlafzimmer gewohnt. Bis sie den »Reiter« in einem nahen Reitstall kennengelernt hatte, worauf Chris sich gesagt hatte, daß Sharon eine Unterkunft brauchte, in der sie ungestört war. Sie hatte Sharon in einer Suite in einem teuren Hotel einquartiert und darauf bestanden, die Rechnung zu bezahlen.

»Er persönlich.« Sharon erwiderte Chris' Lächeln.

»Es war ein *graues* Pferd!« sagte Regan. »Mommy, krieg' ich ein Pferd? Bitte!«

»Wir werden sehen, Baby.«

»Wann kann ich's haben?«

»He, langsam. Wo ist der Vogel, den du gemalt hast?«

Regan blickte einen Moment verständnislos drein. Dann drehte sie sich zu Sharon um und grinste, daß ihre Zahnspangen funkelten. In ihren Augen lag schüchterner Tadel. »Du hast es verraten!« Dann zu ihrer Mutter: »Es sollte eine Überraschung sein.«

»Du meinst ...?«

»Mit dem langen lustigen Schnabel, wie du's wolltest!«

»Oh, Rags, wie süß. Kann ich ihn sehen?«

»Nein, ich muß ihn noch bunt malen. Wann gibt's Abendessen, Mom?«

»Bist du hungrig?«

»Und wie!«

»Du meine Güte, es ist nicht mal fünf.« Chris wandte sich an Sharon. »Wann habt ihr zu Mittag gegessen?«

»So gegen zwölf«, antwortete Sharon.

»Wann kommen Willie und Karl zurück?«

Chris hatte den beiden den Nachmittag freigegeben.

»Ich glaube, um sieben«, sagte Sharon.

»Mom, können wir im Hot Shoppe essen?« bettelte Regan. »Sag ja!«

Chris ergriff die Hand ihrer Tochter, lächelte liebevoll und küßte sie. »Geh nach oben und zieh dich an. Wir gehen aus essen.«

»Oh, *jaaa!*«

Regan stürmte aus der Küche.

»Zieh das neue Kleid an, Schatz!« rief Chris ihr nach.

»Wie würde es dir gefallen, eine Elfjährige zu sein?« fragte Sharon nachdenklich.

»Ist das ein Angebot?«

Chris nahm ihre Post und begann lustlos die Schmeicheleien zu sortieren.

»Würdest du es annehmen?«

»Mit meinem jetzigen Verstand und allen Erinnerungen?«

»Ja.«

»Nie und nimmer.«

»Denk mal drüber nach.«

»Hm.« Chris nahm ein Drehbuch mit einem darauf gehefteten Begleitschreiben. Jarris. Ihr Agent. »Ich habe denen doch gesagt, sie sollen mich eine Zeitlang mit Drehbüchern verschonen.«

»Das solltest du dir aber mal anschauen«, sagte Sharon.

»Wirklich?«

»Ja, ich hab' es heute morgen gelesen.«

»Gut?«

»Besser.«

»Ich soll eine Nonne spielen, die entdeckt, daß sie lesbisch ist, stimmt's?«

»Nein, du sollst nichts spielen.«

»Was redest du da, Sharon? Und was soll das Grinsen?«

»Sie wollen dich als Regisseurin.« Sharon blies den Rauch ihrer Zigarette aus.

»Was?«

»Lies den Brief.«

»Mein Gott, Shar, du willst mich auf den Arm nehmen!«

Chris stürzte sich auf den Brief und verschlang den Text: ›... neues Drehbuch ... Dreiteiler ... das Studio will Sir Stephen Moore ... vorausgesetzt, er nimmt die Rolle an ...‹

»Bei diesem Teil führe ich Regie!«

Chris warf die Arme hoch und stieß einen schrillen Freudenschrei aus. Dann drückte sie den Brief mit beiden Händen an die Brust. »Oh, Steve, du Engel, du hast dich daran erinnert!« Filmaufnahmen in Afrika. Betrunken. Auf Klappstühlen. Vor dem blutroten Sonnenuntergang. »*Ah, das Filmgeschäft ist beschissen! Denn die Schauspieler sind beschissen, Steve!*« – »*Oh, mir gefällt's.*« – »*Es ist Scheiße, Steve! Weißt du nicht, worauf es in diesem Geschäft ankommt? Auf die Regie!*« – »*Ah, ja.*« – »*Dann hast du etwas geschaffen, das dir gehört. Ich meine, etwas Beständiges!*« – »*Tja, dann tu's.*« – »*Ich hab's versucht. Die meinen, ich kann das nicht.*« Liebevolle Erinnerung. Liebevolles Lächeln. Lieber Steve …

»Mom, ich kann das Kleid nicht finden!« rief Regan vom oberen Treppenabsatz.

»Im Schrank«, antwortete Chris.

»Da ist es nicht!«

»Ich komme sofort!« rief Chris. Einen Moment blätterte sie im Drehbuch, dann verlor sich ihre Euphorie. »Wahrscheinlich ist es Schwachsinn.«

»Jetzt mach mal halblang. Ich finde es wirklich gut.«

»Du hast auch mal gesagt, *Psycho* könnte noch ein paar lustige Szenen mehr vertragen.«

Sharon lachte.

»Mommy?«

»Ich komme!« Chris erhob sich langsam. »Bist du verabredet, Shar?«

»Ja.«

Chris wies auf die Post. »Dann ab mit dir. Wir können uns am Morgen um diesen Kram kümmern.«

Sharon stand auf.

»Nein, warte«, verbesserte sich Chris, der etwas eingefallen war. »*Einen* Brief müssen wir noch schreiben. Er soll heute noch raus.«

»Okay.« Die Sekretärin griff nach ihrem Stenoblock.

»Mommy!« Ein ungeduldiger Aufschrei.

»Warte, bis ich wieder runterkomme«, sagte Chris zu Sharon. Sie wollte die Küche verlassen, verharrte jedoch, als Sharon einen Blick auf die Armbanduhr warf.

»Ach, du meine Güte, es ist Zeit für meine Meditation, Chris«, sagte sie.

Chris musterte sie mit leichter Verärgerung. Im letzten halben Jahr hatte sie beobachtet, wie ihre Sekretärin plötzlich auf der ›Suche nach der Wahrheit‹ war. Es hatte in Los Angeles mit Selbsthypnose angefangen und dann zu buddhistischen Gesängen geführt. Während der vergangenen Wochen, in denen Sharon im Zimmer oben einquartiert gewesen war, hatte es im Haus nach Weihrauch gerochen, und zu den unmöglichsten Zeiten waren monotone Gesänge ertönt – für gewöhnlich, wenn Chris den Text ihrer Rolle hatte lernen müssen. Dann hatte ihr beispielsweise in den Ohren gedröhnt: *»Nam myoho renge kyo«* (»Weißt du, Chris, mehr mußt du gar nicht singen, immer nur das, und du bekommst jeden Wunsch erfüllt ...«) Sharon hatte ihrer Arbeitgeberin bei einem dieser Anlässe großzügig erklärt: »Du kannst ruhig den Fernseher einschalten. Mir macht das nichts. Ich kann trotzdem singen. Es stört mich kein bißchen.« Jetzt beschäftigte Sharon sich mit transzendentaler Meditation.

»Meinst du wirklich, das bewirkt etwas Gutes für dich?« fragte Chris mit tonloser Stimme.

»Es gibt mir inneren Frieden«, erwiderte Sharon.

»Aha«, sagte Chris trocken. Sie wandte sich ab und wünschte Sharon einen guten Abend. Von einem Brief sagte sie nichts mehr, und als sie die Küche verließ, murmelte sie: *»Nam myoho renge kyo.«*

»Das mußt du fünfzehn oder zwanzig Minuten durchhalten«, sagte Sharon. »Vielleicht wirkt es dann auch bei dir.«

Chris blieb kurz stehen und überlegte sich eine angemessene Antwort. Dann gab sie es auf, ging nach oben in Regans Schlafzimmer und zum Schrank. Regan stand mitten im Zimmer und starrte zur Decke.

»Was tust du da?« fragte Chris und durchstöberte den Schrank nach dem Kleid. Es war ein hellblaues Baumwollkleid. Sie hatte es vor einer Woche gekauft und erinnerte sich daran, daß sie es in den Schrank gehängt hatte.

»Ich hör' so komische Geräusche«, sagte Regan.

»Ich weiß. Wir haben Freunde bekommen.«

Regan schaute sie an. »Freunde?«

»Ratt... Eichhörnchen, Schatz. Es sind Eichhörnchen auf dem Speicher.« Regan hatte Angst vor Ratten. Schon wenn sie eine Maus sah, wurde sie hysterisch.

Die Suche nach dem Kleid war erfolglos.

»Siehst du, Mom? Es ist nicht da.«

»Ja, ich seh's.«

»Es ist verschwunden.«

»Ja. Na gut, dann zieh das Marineblaue an. Das ist auch schön.«

Sie gingen zum Hot Shoppe. Chris aß einen Salat, während Regan Suppe, vier Brötchen, ein halbes Brathähnchen, einen Schokoladen-Shake und anderthalb Stück Heidelbeerkuchen mit Kaffee-Eiskrem vertilgte. *Wo steckt sie das nur hin?* fragte Chris sich liebevoll. Das Kind war mager wie eine flüchtige Hoffnung.

Zu ihrem Kaffee zündete Chris sich eine Zigarette an und schaute durchs Fenster zu ihrer Rechten. Der Fluß war dunkel und strömte träge dahin.

»Das war lecker, Mom!«

Chris wandte sich ihr zu – und wie so oft stockte ihr der Atem, und sie empfand wieder den Schmerz, wenn sie Howard in Regans Gesichtszügen wiedererkannte. Sie blickte auf Regans Teller.

»Läßt du das halbe Stück Kuchen etwa übrig?« fragte sie.

Regan schlug die Augen nieder. »Ich hatte zu Hause schon ein paar Bonbons gegessen.«

Chris drückte ihre Zigarette aus und lachte. »Gehen wir.«

Kurz vor 19 Uhr waren sie wieder im Haus. Willie und Karl waren bereits zurückgekehrt. Regan flitzte ins Spielzimmer im Kellergeschoß, begierig darauf, die Bastelarbeit für ihre Mutter zu Ende zu bringen. Chris ging in die Küche, um das Drehbuch zu holen. Sie traf Willie an, die Kaffee kochte, grobkörnig gemahlen, im offenen Topf. Willie wirkte gereizt.

»Na, Willie? Haben Sie sich gut amüsiert?«

»Fragen Sie nicht.« Sie gab ein Stück Eierschale und eine Prise Salz in den brodelnden Inhalt des Topfes. Sie waren ins Kino gegangen, erklärte Willi. Sie hatte die Beatles sehen wollen, aber Karl hatte darauf bestanden, sich einen Kulturfilm über Mozart anzuschauen. »Schrecklich«, schimpfte Willie, während sie die Gasflamme kleiner stellte. »Dieser *Blödian!*«

»Das tut mir leid.« Chris klemmte sich das Skript unter den Arm. »Ach, Willie, haben Sie das Kleid gesehen, das ich vorige Woche für Rags gekauft habe? Das blaue Baumwollkleid?«

»Ja, ich hab's im Schrank gesehen. Noch heute morgen.«

»Wohin haben Sie's getan?«

»Es ist noch im Schrank.«

»Sie haben es nicht irrtümlich mit der schmutzigen Wäsche mitgenommen?«

»Nein. Ist noch im Schrank.«

»Nein, da ist es nicht. Ich habe nachgeschaut.«

Willie setzte zum Sprechen an, preßte dann jedoch die Lippen aufeinander und blickte finster auf den Kaffee. Karl war ins Zimmer getreten.

»Haben Sie die Fallen aufgestellt?« fragte Chris.

»Es gibt da oben keine Ratten.«

»Haben Sie die Fallen aufgestellt?«

»Gewiß, Madam. Aber der Speicher ist sauber.«

»Sagen Sie mal, Karl, wie war der Film?«

»Wunderbar.« Sein Gesicht war ausdruckslos.

Chris wollte die Küche verlassen, wobei sie einen Song

summte, den die Beatles berühmt gemacht hatten. Dann aber blieb sie an der Tür stehen und wandte sich um. *Nur noch einen Versuch!*

»Hatten Sie Probleme, die Fallen zu bekommen, Karl?«

»Nein, nicht die geringsten.«

»Um sechs Uhr am Morgen?«

»Ich habe sie in einem Laden gekauft, der die ganze Nacht auf hat.«

Allmächtiger!

Chris nahm ein langes, genüßliches Bad. Als sie zum Kleiderschrank in ihrem Schlafzimmer ging, um ihren Morgenmantel zu holen, entdeckte sie Regans verschwundenes Kleid. Es lag zerknittert und zusammengeknüllt auf dem Boden des Schranks.

Chris hob es auf. *Wie kommt das Kleid hierhin?*

Das Etikett klebte noch daran. Chris überlegte eine Zeitlang. Dann erinnerte sie sich, daß sie an dem Tag, als sie das Kleid gekauft hatte, auch zwei oder drei Dinge für sich erworben hatte. *Ich muß alles zusammengeworfen haben.*

Chris ging mit dem Kleid in Regans Schlafzimmer und hängte es mit einem Bügel auf den Haken. Sie betrachtete Regans Garderobe. *Schöne Sachen. Ja, Rags, sieh dir das hier an und denk nicht an den Vater, der niemals schreibt.*

Als Chris sich vom Schrank abwandte, stieß sie mit einem Zeh gegen den Fuß einer Kommode. *Oh, verdammt, tut das weh!* Sie massierte den Zeh und bemerkte, daß die Kommode nicht mehr am gleichen Platz stand. Sie war um fast einen Meter verschoben. *Kein Wunder, daß ich mich daran gestoßen habe. Willie muß die Kommode verrückt haben, um staubzusaugen.*

Sie ging mit dem Drehbuch ins Arbeitszimmer hinunter.

Im Unterschied zum großen Wohnzimmer mit seinen Erkerfenstern und dem prachtvollen Ausblick besaß das Arbeitszimmer eine Atmosphäre der Abgeschiedenheit und Stille. Aus Ziegeln gemauerter Kamin; Eichenvertäfelung; Holzbalken, die von einer Zugbrücke zu stammen schienen. Die einzigen Anzeichen, die auf die Jetztzeit hindeuteten, waren die Bar, die später hinzugekommen war, ein paar farbige Kissen und ein Leopardenfell, das auf dem Kiefernholzboden beim Kamin ausgebreitet war. Chris streckte sich auf dem Fell aus und lehnte sich mit Kopf und Schultern an die Front eines Sofas.

Sie warf einen weiteren Blick auf den Brief ihres Agenten. *Vertrauen, Hoffnung, Liebe.* Drei Episoden, jede mit anderer Besetzung und Regie. Ihre würde *Hoffnung* sein. Die Idee gefiel ihr, und sie mochte den Titel. Vielleicht ein wenig langweilig, dachte sie, aber in seiner Schlichtheit kultiviert. *Sie werden ihn vermutlich in etwas wie ›Karussell der Tugenden‹ ändern.*

Die Türglocke schlug an. Burke Dennings. Der alleinstehende Mann schaute oftmals vorbei. Chris lächelte wehmütig und schüttelte den Kopf, als sie hörte, wie er Karl, den er ständig piesackte, weil er ihn anscheinend nicht ausstehen konnte, mit einer Obszönität beschimpfte.

»Hallo? Wo gibt's hier einen Drink?« fragte Dennings, betrat das Arbeitszimmer und ging schnurstracks zur Bar, die Hände in den Taschen seines verknitterten Regenmantels.

Er setzte sich auf einen Barhocker. Nervös. Mit unstetem Blick.

»Wieder auf der Pirsch?« fragte Chris.

»Was, zum Teufel, meinst du damit?«

»Du hast wieder diesen komischen Blick.« Chris hatte diesen Blick schon mal gesehen, als sie in Lausanne an einem Film gearbeitet hatten. An ihrem ersten Abend dort, in einem ruhigen Hotel mit Blick auf den Genfer See, hatte Chris Probleme mit dem Einschlafen gehabt. Gegen fünf Uhr hatte sie es nicht mehr im Bett gehalten. Sie hatte sich angezogen und war in die Hotelhalle gegangen, um einen Kaffee oder Gesellschaft zu finden. Als sie in der Halle auf einen Aufzug gewartet hatte, war ihr Blick durch ein Fenster gefallen, und sie hatte Dennings gesehen, der steifbeinig am Ufer des Sees entlangspaziert war, die Hände tief in den Taschen seines Mantels, um sie gegen die Winterkälte zu schützen. Als Chris in der Halle aus dem Aufzug getreten war, hatte Dennings gerade das Hotel betreten. »Keine Nutte weit und breit!« hatte er enttäuscht hervorgestoßen und war mit gesenktem Kopf an ihr vorbeigegangen. Dann hatte er den Lift betreten und war nach oben gefahren, um zu Bett zu gehen. Als Chris den Zwischenfall später lachend erwähnte, war der Regisseur wütend geworden und hatte sie beschuldigt, ›idiotische Halluzinationen‹ zu verbreiten, die ›von den Leuten wahrscheinlich geglaubt werden, nur weil du ein Star bist!‹ Darüber hinaus hatte er sie als ›verrückte dumme Kuh‹ bezeichnet, dann jedoch in dem Bemühen, sie zu besänftigen, eingeräumt, Chris habe ›vielleicht‹ doch jemanden gesehen und diesen Jemand irrtümlich für ihn, Dennings, gehalten. ›Schließlich‹, hatte er erklärt, ›war meine Ururgroßmutter Schweizerin.‹

Chris ging jetzt hinter die Bar und erinnerte ihn an diese Episode.

»O nein, sei nicht albern!« stieß Dennings hervor. »Ich brauch' unbedingt 'nen Drink. Den ganzen Abend habe ich bei verdammtem *Tee* verbracht! Bei einer *Teegesellschaft* in der Fakultät!«

Chris stützte sich auf die Bar. »Du hast nur Tee getrunken?«

»Ja, verdammt.«

»Du hast dich mit Tee betrunken«, sagte Chris trocken. »Du und ein paar Jesuiten.«

»Nein, die Jesuiten waren nüchtern.«

»Die trinken nicht?«

»Daß ich nicht lache!« brüllte er los. »Die haben nicht getrunken, die haben *gesoffen!* Ich hab' noch nie erlebt, daß jemand soviel in sich reinschütten kann! In meinem *ganzen Leben* nicht!«

»He, beruhig dich, Burke! Denk an Regan!«

»Ja, ja«, sagte Dennings im Flüsterton. »Wo, zur Hölle, ist mein *Drink?*«

»Erzählst du mir, was du bei einer Teegesellschaft in der Fakultät zu suchen hattest?«

»Öffentlichkeitsarbeit. Die eigentlich *du* erledigen solltest.«

Chris reichte ihm einen Gin on the rocks.

»Gott, wie wir ihr Gelände versaut haben«, murmelte der Regisseur vor sich hin, das Glas an den Lippen. »O ja, nur zu, lach! Zu mehr taugst du sowieso nicht. Lachen und mit dem Hintern wackeln.«

»Ich lächle nur.«

»Nun, *jemand* mußte eine gute Figur machen.«

»Und wie oft hast du ›ficken‹ gesagt, Burke?«

»Darling, das ist geschmacklos«, tadelte er sanft. »Jetzt sag mir endlich, wie's dir geht.«

Sie antwortete mit einem verzagten Achselzucken.

»Bist du sauer? Na komm, sag's mir.«

»Ich weiß nicht.«

»Sag es deinem Onkel.«

»Ich glaube, ich brauche auch was zu trinken.« Chris nahm ein Glas.

»Ja, das ist gut für den Magen. Also, was ist los?«

Sie schenkte Wodka ein. »Hast du jemals ans Sterben gedacht?«

»Ich verstehe nicht ...«

»Ans Sterben. Hast du jemals darüber nachgedacht, Burke? Was es bedeutet? Ich meine, was es *tatsächlich* bedeutet?«

Leicht nervös antwortete er. »Ich weiß es nicht. Nein, keine Ahnung. Ich denke überhaupt nicht über so was nach. Wie kommst du auf ein solches Thema?«

Chris zuckte mit den Schultern. »Ich weiß es nicht«, antwortete sie leise. Sie warf Eiswürfel in ihr Glas; betrachtete den Inhalt nachdenklich. »Doch ... ich weiß es«, fügte sie hinzu. »Ich ... ich habe heute morgen darüber nachgedacht ... habe es geträumt und bin dann aufgewacht. Ich meine ... mich traf sozusagen die Erkenntnis, was es bedeutet ... das Ende ... *das Aus*.« Sie schüttelte den Kopf. »O Gott, hat es mich erschreckt! Ich hatte das Gefühl, mit hundert Stundenmeilen von dem verdammten Planeten zu fallen.«

»Quatsch. Der Tod ist eine Erlösung«, erwiderte Dennings.

»Nicht für *mich,* Burke.«

»Du lebst in deiner Tochter weiter.«

»Ach, hör auf! Sie ist nicht ich.«

»Ja. Gott sei Dank. Eine reicht völlig.«

»Denk darüber nach, Burke! Nicht mehr zu existieren – für immer! Es ist, als ob ...«

»Um Himmels willen! Laß dich nächste Woche beim Tee in der Fakultät sehen. Vielleicht können diese Pater dich trösten!«

Er knallte sein Glas auf die Bar. »Gib mir noch einen.«

»Ich wußte gar nicht, daß Geistliche trinken.«

»Du bist ja auch 'ne dumme Nudel.«

Sein Blick war bösartig. Chris fragte sich, ob Burke jenen Punkt erreicht hatte, an dem er unausstehlich war. Sie hatte das Gefühl, einen Nerv getroffen zu haben – aber war das wirklich der Fall?

»Gehen die Jesuiten zur Beichte?« fragte sie.

»Woher soll *ich* das wissen?« Er schrie es fast.

»Na ja, hast du nicht studiert, um ...«

»*Wo ist der verdammte Drink?*«

»Willst du einen Kaffee?«

»Red keinen Stuß. Ich will noch 'nen Gin.«

»Trink eine Tasse Kaffee.«

»Nun mach schon. Einen als Wegzehrung. Nun mach schon, verdammt, gieß ein!«

Er schob sein Glas über die Bar, und Chris schenkte ein.

»Vielleicht sollte ich ein paar von ihnen herüberbitten«, murmelte Chris.

»*Wen* bitten?«

»Na ja, irgend einen von ihnen.« Sie zuckte die Achseln.

»Die würdest du nie wieder von der Bar wegbekommen. Die Typen sind verdammte Schmarotzer.« Er kippte seinen Gin.

Ja, es geht rapide bergab mit ihm, dachte Chris und wechselte schnell das Thema. Sie erzählte von dem Drehbuch und ihrer Chance, Regie zu führen.

»Oh, gut«, murmelte Dennings.

»Es macht mir angst.«

»Blödsinn. Baby, das Schwierige beim Regie führen ist, den Eindruck zu erwecken, *daß* es schwierig ist. Ich hatte beim ersten Mal absolut keine Ahnung – und hier bin ich, der Meisterregisseur. Es ist ein Kinderspiel.«

»Burke, um ehrlich zu sein ... jetzt, da man mir diese Chance bietet, bin ich völlig verunsichert. Ich meine, ich habe keinen blassen Schimmer von all diesem technischen Kram.«

»Quatsch. Überlaß all das dem Aufnahmeleiter, dem Kameramann und dem Scriptgirl. Besorg dir gute Leute, und sie werden alles für dich schaukeln. Wichtig ist, mit der Besetzung zurechtzukommen, und darin bist du wunderbar, einfach *phantastisch.* Du kannst ihnen nicht nur *sagen*, wie sie sich bewegen sollen, Baby, du kannst es ihnen auch *vormachen.* Denk nur an Paul Newman und *Rachel, Rachel.* Und sei nicht so hysterisch!«

Sie blickte immer noch zweifelnd. »Trotzdem, mir macht die technische Seite Kummer.« Betrunken oder nüchtern, Dennings war einer der besten Regisseure in diesem Geschäft. Chris wollte seinen Rat hören.

»Was, zum Beispiel?« fragte er.

Fast eine Stunde lang erforschte Chris die Hürden der Einzelheiten. Die Fakten waren leicht in Texten von Drehbüchern zu finden, aber das Lesen strapazierte ihre Geduld. Statt dessen las sie lieber in Menschen. Sie war von Natur aus wißbegierig; sie löcherte die Leute mit Fragen, wrang sie förmlich aus. Aber

Drehbücher konnten nicht ausgewrungen werden. Bücher waren nicht zu packen. Sie sagten ›zweifellos‹, wenn es überhaupt nicht zweifellos war, und die Umschreibungen konnten nie in Frage gestellt werden. Bücher konnten niemals mit einem cleveren, entwaffnenden »Moment mal, ich bin zu dumm, kann ich das noch einmal hören?« gestoppt werden. Man konnte sie nie festnageln, zum Zappeln bringen, sezieren. Bücher waren wie … wie Karl.

»Mädchen, alles, was du wirklich brauchst, ist ein hervorragender Cutter«, sagte der Regisseur abschließend. »Einen wahren Könner seines Fachs.«

Dennings war zugänglich geworden, hatte anscheinend den drohenden Tiefpunkt überwunden.

»Verzeihung, Madam. Wünschen Sie etwas?«

Karl stand plötzlich an der Tür des Arbeitszimmers.

»Oh, hallo, Thorndike.« Dennings kicherte. »Oder ist es Heinrich? Ich kann das nicht auseinanderhalten.«

»Es ist Karl.«

»Ja, natürlich. Verdammt. Das hatte ich vergessen. Sagen Sie mal, Karl, war das, was Sie mir über Ihre Arbeit für die Gestapo erzählt haben, Public Relations oder Gesellschaftspflege? Ich glaube, da gibt es einen Unterschied.«

Karl antwortete höflich: »Weder noch, Sir. Ich bin Schweizer.«

»Ah, ja, natürlich.« Der Regisseur brach in schallendes Gelächter aus. »Und ich nehme an, Sie haben nie mit Goebbels zusammen gekegelt.«

Karl ignorierte ihn und wandte sich an Chris.

»Und Sie sind nie mit Rudolf Heß geflogen!« rief Dennings.

»Haben Madam Wünsche?« fragte Karl.

»Oh, *ich* nicht. Burke, möchtest du einen Kaffee?«

»*Scheiße!*«

Der Regisseur stand abrupt auf und verließ wütend das Zimmer und das Haus.

Chris schüttelte den Kopf und wandte sich an Karl. »Ziehen Sie bitte die Telefonkabel heraus«, wies sie ihn mit ausdrucksloser Miene an. »Ich will jetzt nur noch meine Ruhe haben.«

»Sehr wohl, Madam. Sonst noch etwas?«

»Oh, vielleicht ein paar Schlaftabletten. Wo ist Rags?«

»Unten im Spielzimmer. Soll ich sie rufen?«

»Ja, es ist Schlafenszeit. Das heißt … warten Sie, Karl. Lassen Sie Regan. Ich gehe selbst zu ihr und schaue mir den Vogel an, den sie für mich gemalt hat. Holen Sie mir nur die Tabletten, bitte.«

»Jawohl, Madam.«

»Und ich möchte mich für Burke entschuldigen.«

»Ich habe seinen Bemerkungen keinerlei Beachtung geschenkt.«

»Ich weiß. Und das wurmt ihn.«

Chris ging zur Eingangshalle des Hauses, zog die Tür zum Kellergeschoß auf und stieg die Treppe hinunter.

»He, Stinkerchen, was tust du da unten? Hast du den Vogel fertig?«

»O ja, komm und sieh ihn dir an! Komm runter, es ist alles fertig!«

Das Spielzimmer war getäfelt und hell tapeziert. Staffeleien. Gemälde. Plattenspieler. Spieltische. Ein Basteltisch. Rote und weiße Fähnchen, Überbleibsel von einer Party für den halbwüchsigen Sohn des Vormieters.

»He, das ist toll!« rief Chris, als ihre Tochter ihr die Bastelarbeit zeigte. Sie war noch nicht ganz trocken und wirkte ein wenig wie ein ›Sorgenvogel‹, orangefarben ausgemalt bis auf den Schnabel, der seitlich grünweiß gestreift war. Ein Federbusch war auf den Kopf geklebt.

»Gefällt er dir?« fragte Regan.

»Oh, Schatz, und wie er mir gefällt! Hast du ihm einen Namen gegeben?«

Regan schüttelte den Kopf.

»Wie soll er denn heißen?«

»Weiß nicht.« Regan zuckte die Achseln.

»Laß mich mal überlegen.« Chris stützte nachdenklich ihr Kinn. »Mir fällt nichts ein. Wie wäre es mit … Was hältst du von ›Blödvogel‹? Na? Einfach ›Blödvogel‹.«

Regan kicherte, die Hand auf dem Mund, um die Zahnspangen zu verbergen. Nickte.

»Ein überwältigender Wahlsieg für ›Blödvogel‹! Ich lasse ihn zum Trocknen hier, und dann nehme ich ihn mit in mein Zimmer.«

Chris legte den Vogel ab und sah die Alphabettafel für spiritistische Sitzungen direkt daneben auf dem Tisch. Beinahe hatte sie vergessen, daß sie diese Alphabettafel besaß. Chris war sehr neugierig, etwas über sich selbst und andere zu erfahren, und hatte die Alphabettafel deshalb als mögliches Hilfsmittel gekauft, Hinweise aus ihrem Unterbewußtsein ans Licht zu bringen. Es hatte nicht geklappt. Sie hatte die Tafel ein-, zweimal zusammen mit Sharon benutzt und einmal mit Dennings, der die Plastiktafel so geschickt eingesetzt hatte (»Bist du es, der sie bewegt, Süße?«), daß all die ›Botschaften‹ obszön gewesen waren, und anschließend hatte er die Schuld den ›verdammten Geistern‹ gegeben.

»Hast du mit der Alphabettafel gespielt?«

»Hm.«

»Weißt du, wie das geht?«

»Na klar. Komm, ich zeig's dir.« Regan setzte sich vor die Tafel.

»Hm. Ich nehme an, man braucht *zwei* Personen, Schatz.«

»Nein, braucht man nicht, Mom. Ich spiel's immer allein.«

Chris zog sich einen Stuhl heran. »Spielen wir zusammen, ja?«

Zögern. »Okay.« Regan legte die Fingerspitzen auf die weiße Tafel. Als Chris die Hand ausstreckte, um es ihr gleichzutun, bewegte sich plötzlich die Anzeige und schnellte auf die Position, die auf der Tafel mit NO markiert war.

Chris lächelte ihre Tochter verschmitzt an. »Heißt das, du willst lieber allein spielen? Willst du nicht, daß ich mitspiele?«

»Doch, *ich* will es. Captain *Howdy* hat ›nein‹ gesagt.«

»Captain wer?«

»Captain Howdy.«

»Wer ist Captain Howdy?«

»Oh, das weißt du. Ich stelle Fragen, und er gibt die Antworten.«

»Wirklich?«

»Er ist sehr nett.«

Chris bemühte sich, zu verbergen, daß plötzlich Besorgnis in ihr aufstieg. Das Kind hatte seinen Vater sehr geliebt, jedoch nie sichtbar auf die Scheidung seiner Eltern reagiert. Das hatte Chris gar nicht gefallen. Vielleicht hatte Regan in ihrem Zimmer geweint; Chris wußte es nicht. Aber sie befürchtete, daß die Gefühle des Mädchens eines Tages auf gefährliche Art ausbrechen könnten. *Ein Spielkamerad in der Phantasie*. Das klang seltsam, ja bedrohlich. Warum ›Howdy‹? Für Howard? Ihren Vater? *Das ist ziemlich nahe dran.*

»Wie kommt es, daß dir nicht mal ein Name für einen blöden Vogel eingefallen ist und du mich dann mit so was wie ›Captain Howdy‹ überraschst? Warum nennst du ihn so?«

»Weil er so *heißt*, natürlich.« Regan kicherte.

»Wer sagt das?«

»Na, *er*.«

»Natürlich.«

»*Natürlich*.«

»Und was sagt er sonst noch zu dir?«

»So Sachen.«

»Was für Sachen?«

Regan zuckte mit den Schultern. »Einfach … so Sachen.«

»Zum Beispiel?«

»Ich zeig's dir. Ich stell' ihm ein paar Fragen.«

»Ja.«

Regan hielt die Fingerspitzen auf die Tafel und starrte mit angespannter Konzentration darauf. »Captain Howdy, findest du nicht auch, daß meine Mom hübsch ist?«

Eine Sekunde … fünf … zehn … zwanzig …

»Captain Howdy?«

Weitere Sekunden. Chris war überrascht. Sie hatte erwartet, daß ihre Tochter die Anzeige auf den Bereich schieben würde, der mit YES markiert war. *Um Gottes willen, was ist denn das? Eine unbewußte Feindseligkeit? Das ist verrückt!*

»Captain Howdy, das ist *wirklich* nicht sehr höflich«, tadelte Regan.

»Vielleicht schläft er, Schatz.«

»Meinst du?«

»Ich meine, *du* solltest schlafen.«

»Jetzt schon?«

»Komm! Ab ins Bett!« Chris erhob sich.

»Er ist ein Trottel«, murmelte Regan und folgte ihrer Mutter die Treppe hinauf.

Chris brachte das Mädchen ins Bett und setzte sich auf die Bettkante.

»Sonntag muß ich nicht arbeiten, Regan. Möchtest du was unternehmen?«

»O ja! Und was?«

Als sie nach Washington gekommen waren, hatte Chris sich bemüht, Spielkameradinnen für Regan zu finden. Sie hatte nur eine gefunden, ein zwölfjähriges Mädchen namens Judy. Aber Judys Familie war über Ostern verreist, und jetzt war Chris besorgt, daß Regan sich einsam fühlen könnte.

»Na, *ich* weiß es nicht«, erwiderte Chris. »Irgendwas. Möchtest du eine Besichtigungstour machen? He, vielleicht die Kirschblüte! Ja, die ist früh dieses Jahr! Willst du sie sehen?«

»O ja, Mom!«

»Und morgen abend gehen wir ins Kino! Was hältst du davon?«

»O *ja!*«

Regan umarmte sie, und Chris drückte sie innig an sich und flüsterte: »Oh, Rags, Schatz, ich liebe dich.«

»Du kannst Mr. Dennings mitbringen, wenn du willst.«

Chris löste sich von Regan und musterte sie forschend. »Mr. Dennings?«

»Ja. Ich finde, das ist okay.«

Chris lachte. »Nein, es ist nicht okay. Warum sollte ich Mr. Dennings mitbringen, Schatz?«

»Na, du magst ihn.«

»Klar, ich mag ihn. Du nicht?«

Sie gab keine Antwort.

»Baby, was ist los?« Chris schaute ihre Tochter prüfend an.

»Du wirst ihn heiraten, Mommy, nicht wahr?« Es war keine Frage, sondern eine verdrossene Feststellung.

Chris mußte lachen. »Oh, Regan, natürlich heirate ich ihn *nicht!* Was redest du da, um Himmels willen? Mr. Dennings *heiraten*? Wie kommst du auf diese Idee?«

»Aber du magst ihn.«

»Ich mag auch Pizza, aber ich würde nie eine heiraten! Er ist ein Freund, Schatz. Bloß ein verrückter alter Freund.«

»Du magst ihn nicht wie Daddy?«

»Ich *liebe* deinen Daddy, Schatz. Ich werde deinen Daddy immer lieben. Mr. Dennings schaut oft hier vorbei, weil er einsam ist. Er ist ein Freund, das ist alles.«

»Aber ich hab' gehört …«

»Was hast du gehört? Und von wem?«

Zweifel in den Augen. Zögern. Dann ein Achselzucken. »Ich weiß es nicht. Ich dachte nur.«

»Das ist albern. Vergiß es.«

»Okay.«

»Und jetzt schlaf.«

»Darf ich noch lesen? Ich bin nicht müde.«

»Na gut. Lies in deinem neuen Buch, bis du müde wirst.«

»Danke, Mommy.«

»Gute Nacht, Schatz.«

»Gute Nacht.«

Chris warf ihr von der Schwelle eine Kußhand zu und schloß die Tür. Sie stieg die Treppe hinunter. *Kinder! Wie kommen sie nur auf solche Ideen?* Chris fragte sich, ob Regan Dennings mit ihrer Scheidung in Zusammenhang brachte, die sie eingereicht hatte. *Unsinn!* Regan wußte nur, daß Chris die Scheidung eingereicht hatte, doch Howard hatte sie gewollt. Lange Trennungen. Minderwertigkeitsgefühle als Ehemann eines Stars. Außerdem hatte er eine andere gefunden. Und Regan wußte nichts davon …

Oh, hör auf mit dieser stümperhaften Psychoanalyse und versuch, ein bißchen mehr Zeit mit deiner Tochter zu verbringen!

Zurück ins Arbeitszimmer. Das Drehbuch. Chris las. Mitten in der Lektüre kam Regan zu ihr.

»Schatz! Was ist los?«

»Da sind wieder diese komischen Geräusche, Mom.«

»In deinem Zimmer?«

»Es hört sich an wie Klopfen. Ich kann nicht einschlafen.«

Wo, zum Teufel, hast du die Fallen aufgestellt, Karl?

»Schlaf in meinem Zimmer, Schatz, und ich sehe nach, was es ist.«

Chris führte Regan zu ihrem Schlafzimmer und brachte sie zu Bett.

»Darf ich fernsehen, bis ich schlafe?«

»Klar, okay.« Chris stellte einen Kanal des tragbaren Fernsehers ein. »Laut genug?«

»Ja, Mom.«

»Versuch zu schlafen.«

Chris schaltete das Licht aus und ging nach unten in die Halle. Sie stieg die schmale, mit Teppich belegte Treppe hinauf, die zum Speicher führte. Sie öffnete die Tür, tastete nach dem Lichtschalter, fand ihn, drehte ihn und trat gebückt ein.

Sie schaute sich auf dem Speicher um. Kartons mit Zeitungsausschnitten und Korrespondenz auf dem Kiefernholzboden. Sonst nichts. Nur die Fallen. Sechs Stück. Mit Köder. Der Speicher war makellos sauber. Sogar die Luft war rein und kühl. Der Dachboden war ungeheizt. Keine Rohre. Kein Heizkörper. Keine kleinen Löcher im Dach.

»Da ist nichts.«

Chris erschrak fast zu Tode. »*O Gott!*« keuchte sie hervor und preßte sich eine Hand auf die Brust, in der ihr Herz wild pochte. »Du liebe Güte, Karl, erschrecken Sie mich nicht so!«

Er stand auf der Treppe.

»Es tut mir sehr leid. Aber sehen Sie? Der Speicher ist sauber.«

»Ja, er ist sauber. Vielen Dank.«

»Vielleicht wäre eine Katze besser.«

»Was?«

»Um Ratten zu fangen.«

Ohne auf eine Antwort zu warten, nickte Karl ihr zu und zog sich zurück.

Eine Zeitlang starrte Chris auf die Tür. Entweder hatte der Mann überhaupt keinen Sinn für Humor, oder sein Humor war so hintergründig, daß sie ihn nicht bemerkt hatte. Sie wußte nicht, was von beidem zutraf.

Sie dachte wieder an die Klopfgeräusche und blickte zum schrägen Dach hinauf. Die Straße wurde von verschiedenen Bäumen beschattet, die meisten knorrig und mit Kletterpflanzen überwuchert, und die Zweige einer gewaltigen Linde beschirmten ein Drittel der Front des Hauses. Hatten doch Eichhörnchen die Geräusche verursacht? *So muß es sein. Oder*

Zweige. Genau. Es können Zweige gewesen sein. Die Nächte waren windig gewesen.

»*Vielleicht wäre eine Katze besser ...*«

Chris blickte wieder zur Tür. *Klugscheißer.* Plötzlich lächelte sie, frech und schelmisch.

Sie ging zu Regans Schlafzimmer, nahm etwas an sich und brachte es auf den Speicher. Dann kehrte sie zu ihrem Schlafzimmer zurück. Regan war vor dem Fernseher eingeschlummert. Chris brachte sie in ihr eigenes Zimmer, legte sie ins Bett, kehrte in ihr Schlafzimmer zurück, schaltete den Fernseher aus und ging schlafen.

Im Haus war es still bis zum Morgen.

Als Chris frühstückte, erzählte sie Karl wie nebenbei, daß sie glaubte, während der Nacht das Zuschnappen einer Falle gehört zu haben.

»Möchten Sie hinaufgehen und nachsehen?« fragte Chris, nippte an ihrem Kaffee und gab vor, in die Morgenzeitung vertieft zu sein. Kommentarlos stieg Karl zum Speicher hinauf.

Chris kam ihm auf dem Flur im oberen Stock entgegen, als er zurückkehrte. Er starrte auf eine große Stoffmaus, die er in den Händen hielt. Karl hatte sie mit der Schnauze eingeklemmt in einer der Fallen gefunden.

Als Chris zu ihrem Schlafzimmer ging, hob sie eine Braue und blickte auf die Maus.

»Irgendein Spaßvogel«, murmelte Karl, als er an Chris vorbeiging. Er brachte das Stofftier in Regans Schlafzimmer zurück.

»Ja, ein Spaßvogel. Wirklich lustig«, murmelte Chris und betrat kopfschüttelnd ihr Schlafzimmer. Sie streifte den Morgenrock ab und kleidete sich an, um zur Arbeit zu gehen. *Ja, vielleicht wäre eine Katze besser. Viel besser.*

Die Dreharbeiten verliefen an diesem Tag problemlos. Später am Morgen kam Sharon beim Set vorbei; während der Drehpausen erledigten sie und Chris in der fahrbaren Garderobe geschäftliche Dinge: ein Brief an ihren Agenten (sie würde über das Skript nachdenken); eine Zusage für das Weiße Haus; ein Telegramm an Howard, um ihn daran zu erinnern, an Regans Geburtstag anzurufen; ein Anruf an ihren Manager, um ihn zu fragen, ob sie es sich erlauben konnte, für ein Jahr zu pausieren; Pläne für eine Dinnerparty am 23. April.

Am frühen Abend ging Chris mit Regan ins Kino, und am nächsten Tag fuhren sie mit Chris' Jaguar XKE zu verschiedenen Sehenswürdigkeiten. Lincoln Memorial. Capitol. Botanischer Garten. Sie aßen in einem Restaurant. Dann ging es über den Fluß zum Friedhof Arlington und dem Grabmal des unbekannten Soldaten. Regan wurde ernst. Später, am Grab von John F. Kennedy, schien sie distanziert und ein wenig traurig zu werden. Sie betrachtete eine Zeitlang das Ewige Licht; dann griff sie nach Chris' Hand. »Mom, warum müssen die Menschen sterben?«

Die Frage war wie ein Stich in die Seele ihrer Mutter. *Oh, Rags, du auch? Du auch? O nein!* Was sollte sie dem Mädchen sagen? Lügen? Das konnte sie nicht. Sie blickte ins Gesicht ihrer Tochter hinunter, in deren Augen Tränen schimmerten. Hatte sie die Gedanken ihrer Mutter gespürt? Das war oft der Fall gewesen … schon sehr oft. »Die Leute werden müde, Schatz«, beantwortete sie Regans Frage behutsam.

»Warum läßt Gott sie müde werden?«

Chris starrte sie an. Sie war verwirrt. Beunruhigt. Als Atheistin hatte sie Regan nie Religion gelehrt, weil sie es für unredlich hielt. »Wer hat dir von Gott erzählt?« fragte sie.

»Sharon.«

»Oh.« Sie würde mit ihr sprechen müssen.

Chris schaute in Regans traurige Augen, die Schmerz widerspiegelten, und kapitulierte; sie konnte ihr nicht sagen, was sie glaubte. »Nun ja, nach einer Weile hat Gott Sehnsucht nach uns, Rags. Er will uns zurückhaben.«

Regan verfiel in Schweigen. Sie blieb während der Heimfahrt still, und ihre bedrückte Stimmung hielt den Rest des Tages und am Montag an.

Am Dienstag, Regans Geburtstag, schien die Depression nachzulassen. Chris nahm sie mit zu den Dreharbeiten, und als die Filmaufnahmen für diesen Tag vorüber waren, sangen die Schauspieler und das Filmteam ›Happy Birthday‹ und schenkten Regan eine Geburtstagstorte. Dennings, stets charmant und freundlich, wenn er nüchtern war, ließ die Scheinwerfer wieder anschalten und filmte Regan, als sie die Torte anschnitt. Er nannte es ›Testaufnahmen‹ und versprach Regan, sie zum Star zu machen. Sie wirkte sehr fröhlich.

Doch nach dem Abendessen und dem Auspacken der Geschenke schien die gute Stimmung zu schwinden. Kein Wort von Howard. Chris versuchte, ihn telefonisch in Rom zu erreichen, doch in seinem Hotel erklärte ein Angestellter, er sei ein paar Tage lang nicht dort gewesen und könne nicht erreicht werden. Er sei irgendwo auf einer Jacht.

Chris erfand Entschuldigungen für ihn. Regan nickte bedrückt und schüttelte ablehnend den Kopf, als ihre Mutter vorschlug, ins Hot Shoppe zu gehen und einen Shake zu trinken. Wortlos ging Regan ins Spielzimmer im Kellergeschoß, wo sie bis zur Schlafenszeit blieb.

Als Chris am nächsten Morgen die Augen öffnete, fand sie Regan halbwach bei sich im Bett.

»Was, zum … was tut du *hier?*« fragte Chris lachend.

»Mein Bett hat gewackelt.«

»Dummerchen.« Chris küßte sie und zog die Bettdecken über das Mädchen. »Schlaf, es ist noch früh.«

Was wie der Morgen wirkte, war der Beginn endloser Nacht.

2

Er stand am Rand des verlassenen Bahnsteigs und lauschte auf das Rattern einer U-Bahn, das den Schmerz lindern würde, der stets in ihm war. Wie sein Puls. Hörbar nur in der Stille. Er wechselte seine Tasche in die andere Hand und starrte in den Tunnel. Lichtpunkte. Sie stachen in das Dunkel wie Wegweiser zur Hoffnungslosigkeit.

Ein Husten. Er schaute nach links. Der graubärtige Penner, der in einer Lache seines Urins lag, setzte sich auf. Mit gelbverfärbten Augen starrte er auf den Priester mit dem zerfurchten, traurigen Gesicht.

Der Priester wandte den Blick ab. Der Penner würde zu ihm kommen. Würde betteln. *Könn' Se 'nem alten Meßdiener helfen, Father? Bitte!* Die mit Erbrochenem besudelte Hand des Penners würde sich auf die Schulter des Priesters legen. Der Gestank von tausend Beichten, zusammen mit dem Wein und dem Knoblauch und den schalen Todsünden würde ihn einhüllen …

Der Priester hörte den Penner aufstehen.

Komm nicht her!

Hörte einen Schritt.

O Gott, laß mich in Ruhe!

»He, Father.« *Wie ›Faddah‹.*

Er zuckte zusammen. Konnte sich nicht umwenden. Konnte es nicht ertragen, wieder in Gestank und eingefallenen Augen nach einem Christen zu suchen; nach dem Christen von Eiter und blutenden Exkrementen, dem Christen, der nicht sein konnte. Mit einer geistesabwesenden Geste tastete er zu seinem Ärmel wie nach einem unsichtbaren Trauerflor. Er erinnerte sich schwach an einen anderen Christen.

»He, *Faddah!«*

Das ferne Rattern eines nahenden Zuges. Dann stolpernde

Schritte. Er blickte zu dem Penner. Er torkelte. Brach zusammen. Mit einem Satz war der Priester bei ihm, fing ihn auf, schleifte ihn zur Bank an der Wand.

»Ich bin Kattolick«, lallte der Penner. »Katto-lick.«

Der Priester ließ ihn auf die Bank sinken, streckte ihn aus. Er sah seinen Zug, nahm rasch einen Dollar aus seiner Brieftasche und steckte ihn in die Jackentasche des Penners. Dann sagte er sich, daß der Mann den Schein verlieren würde. Er klaubte ihn aus der Jackentasche des Penners und stopfte ihn in eine vom Urin feuchte Hosentasche. Dann nahm er seine Tasche und stieg in die U-Bahn.

Er setzte sich auf einen Eckplatz und stellte sich schlafend. Am Ende der Bahnlinie ging er zu Fuß zur Fordham University; der Dollar war für ein Taxi gedacht gewesen.

Als er die Halle für Besucher der Internatsuniversität erreichte, trug er seinen Namen ins Anmeldebuch ein. *Damien Karras*, schrieb er und betrachtete es prüfend. Irgend etwas stimmte nicht. Dann erinnerte er sich und fügte *S. J.* hinzu.

Er nahm ein Zimmer in der Weigel Hall, und eine Stunde später konnte er endlich einschlafen.

Am nächsten Tag besuchte er eine Tagung der Amerikanischen Psychiatrischen Vereinigung. Als Hauptredner hielt er einen Vortrag mit dem Titel ›Psychologische Aspekte spiritueller Entwicklung‹. Am Ende des Tages gönnte er sich in Gesellschaft einiger anderer Psychiater ein paar Drinks und einen Happen zu essen. Sie zahlten. Er verließ sie früh. Er würde seine Mutter besuchen müssen.

Er ging zu dem verfallenen Brownstone-Mietshaus in Manhattan East, Einundzwanzigste Straße. Er verharrte bei der Treppe, die zur Haustür führte, und betrachtete die Kinder auf der kleinen Veranda vor dem Haus. Ungepflegt. Schlecht gekleidet. Kein Zuhause. Er erinnerte sich an Zwangsräumungen, Demütigungen und daran, wie er mit einer Schulfreundin nach Hause ging und seiner Mutter begegnete, die gerade hoffnungsvoll eine Mülltonne an der Ecke durchwühlte. Er stieg die Treppe hinauf und öffnete die Tür, als wäre sie eine noch nicht verheilte Wunde. Kochgerüche. Wie fauliges Parfüm. Er erinnerte sich an die Besuche bei Mrs. Choirelli in ihrem winzigen Apartment mit den achtzehn Katzen. Er klammerte sich am Geländer fest und stieg die Treppe hinauf, plötzlich überwältigt von einer Erschöpfung, die in Schuldgefühlen wurzelte. Er hätte sie nie verlassen sollen. Nie allein lassen sollen.

Ihre Begrüßung war freudig. Ein Ruf. Ein Kuß. Sie beeilte sich, Kaffee zu machen. Dunkle, kurze und dicke Beine. Knorrig. Er saß in der Küche und hörte sich ihr Gerede an, umgeben von fleckigen Wänden und schmutzigem Boden. Diese Atmosphäre schien in seine Knochen zu kriechen. Die Wohnung war ein elendes Loch. Vom Sozialamt. Jeden Monat ein paar Dollar von einem Bruder.

Sie setzte sich an den Tisch. Erzählte. Tante dies, Onkel das. Immer noch mit dem Akzent der Einwanderin. Er vermied es, in diese Augen zu sehen, die Spiegel des Leids waren – Augen, die ihre Zeit damit verbrachten, aus dem Fenster zu starren.

Er hätte sie nie verlassen sollen.

Später schrieb er einen Brief für sie. Sie konnte Englisch weder lesen noch schreiben. Dann verbrachte er einige Zeit mit der Reparatur des Lautsprechers eines alten Kofferradios. Ihre Welt. Die Nachrichten. Bürgermeister Lindsay.

Er ging ins Badezimmer. Vergilbtes Zeitungspapier war auf den Fliesen ausgebreitet. Rostflecken an der Wanne und dem Waschbecken. Ein altes Korsett auf dem Boden. Samen für göttliche Berufung. Vor ihnen war er in die Liebe geflüchtet. Jetzt war die Liebe erkaltet. In der Nacht hörte er sie durch die Kammern seines Herzens pfeifen wie ein verlorener, weinender Wind.

Um Viertel vor elf küßte er sie zum Abschied und versprach,

so bald wie möglich wiederzukommen. Als er ging, war das Radio auf den Nachrichtensender eingestellt.

Wieder in seinem Zimmer in der Weigel Hall, spielte er mit dem Gedanken, einen Brief an den Vorsteher der Jesuiten der Ordensprovinz Maryland zu schreiben. Er hatte schon mit dem Mann korrespondiert. Gesuch um eine Versetzung in die Ordensprovinz New York, um näher bei seiner Mutter zu sein. Gesuch um ein Lehramt und die Befreiung von seinen Ordenspflichten. Bei letzterem hatte er als Begründung ›Untauglichkeit‹ für die Arbeit angegeben. Der Provinzial von Maryland hatte seinen Fall im Zuge seiner jährlichen Inspektionsreise zur Georgetown University aufgegriffen, eine Funktion, die sehr der eines Generalinspekteurs der Army ähnelte, der denjenigen vertrauliche Anhörungen garantierte, die Kummer oder Beschwerden hatten. Im Fall von Damien Karras' Mutter hatte der Provinzial genickt und sein Mitgefühl ausgedrückt. Doch bei der Frage nach der ›Untauglichkeit‹ hatte Damien Karras Widerspruch in seiner Miene zu sehen geglaubt. Dennoch hatte Karras den Kurs beibehalten:

»Es geht um mehr als um Psychiatrie, Tom. Sie wissen das. Einige ihrer Probleme führen dazu, daß sie sich Fragen nach der inneren Berufung stellen, zum Sinn ihres Lebens. Es dreht sich nicht immer um Sex, es ist der Zweifel an ihrem Glauben, und ich kann ihn einfach nicht zerstreuen, Es ist zuviel für mich, Tom. Ich muß da raus. Ich habe selbst Probleme. Ich meine … Zweifel.«

»Welcher denkende Mensch hat die nicht, Damien?«

Der Provinzial, ein gestreßter Mann, hatte ihn nicht bedrängt, die Gründe für seine Zweifel zu nennen. Dafür war Karras dankbar. Er wußte, daß seine Antworten verrückt geklungen hätten: *Das Bedürfnis, etwas zwischen die Zähne zu bekommen und dann Stuhlgang zu haben. Das Dahinsiechen meiner Mutter. Stinkende*

Socken. Verkrüppelte Babys. Ein Zeitungsartikel über einen jungen Soldaten, der an einer Bushaltestelle wartete. Angepöbelt von Fremden, bespritzt mit Benzin und angezündet. Nein. Zu emotional. Vage. Mehr in Logik verwurzelt war das Schweigen Gottes. In der Welt war das Böse. Und viel von dem Bösen resultierte aus Zweifel, aus der Verwirrung von Menschen guten Willens. Würde ein vernünftiger Gott sich weigern, dem ein Ende zu machen? Würde er sich nicht offenbaren. Würde er schweigen?

»Herr, gib uns ein Zeichen …«

Die Worte des Lazarus waren in ferner Vergangenheit verhallt. Kein Lebender hatte sein Lachen gehört.

Warum kein Zeichen?

Manchmal sehnte der Priester sich danach, mit Christus zusammengelebt zu haben; ihn berührt zu haben, in Seine Augen geblickt zu haben. *Ah, mein Gott, laß mich Dich sehen! Laß mich Dich kennen! Komm in meinen Träumen!*

Die Sehnsucht verzehrte ihn.

Er saß mit dem Federhalter in der Hand an seinem Schreibtisch. Vielleicht war es nicht die Zeit, die den Provinzial zum Schweigen gebracht hatte. Vielleicht verstand er, daß der Glaube schließlich eine Sache der Liebe war.

Der Provinzial hatte versprochen, die Gesuche zu prüfen, aber bis jetzt hatte sich nichts getan. Karras schrieb den Brief und ging zu Bett.

Er erwachte um fünf Uhr, ging in die Kapelle der Weigel Hall, besorgte sich eine Hostie, kehrte in sein Zimmer zurück und las die Messe.

»Et clamor meus ad te veniat …«

Er hob die Hostie, um die Wandlung zu vollziehen, und empfand eine schmerzliche Erinnerung an die Freude, die ihn einst dabei erfüllt hatte; er spürte wieder einmal, wie jeden Morgen, den Schmerz bei einem unerwarteten kurzen Blick auf eine ferne, lange verlorene Liebe.

Er brach die Hostie über dem Abendmahlskelch.

»›Nehmt und eßt alle davon. Dies ist mein Leib, der für euch hingegeben wird.‹«

Er steckte die Hostie in den Mund und schluckte den papierähnlichen Geschmack von Verzweiflung.

Als die Messe vorüber war, wischte er den Abendmahlskelch ab und verstaute ihn sorgfältig in seiner Reisetasche. Er eilte zum Zug, mit dem er um zehn nach sieben nach Washington zurückfahren wollte, und trug den Schmerz in einer schwarzen Reisetasche.

3

Am frühen Morgen des 11. April rief Chris bei ihrem Arzt in Los Angeles an und bat ihn, ihr einen Psychiater für Regan zu empfehlen.

»Was ist denn los?«

Chris erklärte es ihm. Seit dem Tag nach Regans Geburtstag – und nachdem Howard nicht angerufen hatte –, bemerkte sie eine plötzliche und dramatische Veränderung am Verhalten und der Stimmung ihrer Tochter. Schlaflosigkeit. Streitsucht. Wutanfälle. Sie trat um sich. Warf mit Gegenständen. Schrie. Wollte nicht essen. Außerdem war sie hyperaktiv. Sie war zappelig, ständig in Bewegung; sie rannte und sprang herum. Machte schlechte Schulaufgaben. Dachte sich Phantasie-Spielgefährten aus. Versuchte mit ausgefallenen Taktiken Aufmerksamkeit auf sich zu ziehen.

»Und wie, zum Beispiel?« fragte der Arzt.

Chris begann bei ihrer Aufzählung mit den Klopfgeräuschen. Seit der Nacht, in der sie auf dem Speicher gewesen war, hatte sie diese Geräusche noch zweimal gehört. Beide Male war Regan in dem Zimmer gewesen, aus dem die Geräusche gedrungen waren;

das Klopfen hatte in dem Moment aufgehört, als Chris das Zimmer betreten hatte. Zweitens, berichtete sie dem Arzt, ›verlor‹ Regan Dinge in dem Zimmer: ein Kleid, ihre Zahnbürste, Bücher, ihre Schuhe. Sie beschwerte sich, jemand ›verschiebe‹ ihre Möbel. Schließlich, am Morgen nach dem Dinner im Weißen Haus, hatte Chris gesehen, wie Karl in Regans Schlafzimmer eine Kommode an ihren Platz zurückgeschoben hatte, die mitten im Zimmer gestanden hatte. Als Chris ihn gefragt hatte, was los war, hatte Karl sein ›Irgendein Spaßvogel‹ wiederholt und sich geweigert, genauere Auskünfte zu geben. Aber kurze Zeit später hatte Chris ihre Tochter in der Küche angetroffen, wo sie sich beklagt hatte, jemand verschiebe all ihre Möbel in der Nacht, während sie schlafe.

Dies war der Zwischenfall, erklärte Chris, aus dem sich ihr Verdacht herauskristallisiert hatte. Für sie gab es keinen Zweifel mehr, daß ihre Tochter das alles tat.

»Sie meinen, Regan ist Schlafwandlerin? Was sie tut, das tut sie unbewußt im Schlaf?«

»Nein, Marc. Sie tut es, wenn sie wach ist. Um Aufmerksamkeit zu auf sich zu lenken.«

Chris erwähnte die Sache mit dem wackelnden Bett, die angeblich zweimal passiert war und stets dazu geführt hatte, daß Regan darauf bestanden hatte, bei ihrer Mutter zu schlafen.

»Nun, das könnte physische Gründe haben«, gab der Internist zu bedenken.

»Nein, Marc. Ich habe nicht gesagt, das Bett *wackelt*. Ich habe gesagt, Regan *behauptet* es.«

»Wissen Sie, daß es *nicht* wackelt?«

»Nein.«

»Es könnten klonische Krämpfe sein«, murmelte er.

»*Was?*«

»Schüttelkrämpfe. Hat Regan erhöhte Temperatur?«

»Nein. Was meinen Sie?« fragte Chris. »Sollte ich mit Regan zu einem Psychiater gehen?«

»Sie haben Regans Schulaufgaben erwähnt, Chris. Wie klappt es bei ihr mit Mathematik?«

»Warum fragen Sie?«

»Wie kommt sie damit zurecht?« hakte er unbeirrt nach.

»Hundsmiserabel. Ich meine, *plötzlich* ist sie sehr schlecht in Mathe.«

Er stieß einen Grunzlaut aus.

»Warum fragen Sie?« wollte Chris wissen.

»Nun, es gehört zum Syndrom.«

»Welches Syndrom?«

»Nichts Ernstes. Ich möchte nicht am Telefon darüber sprechen. Haben Sie was zum Schreiben zur Hand?«

Er wollte ihr den Namen eines Washingtoner Internisten geben.

»Marc, können Sie nicht herkommen und die Untersuchung selbst vornehmen?« Jamie. Eine chronische Infektion. Der Arzt hatte Chris damals ein neues Breitband-Antibiotikum verschrieben. Als sie das Rezept in einer örtlichen Apotheke vorgelegt hatte, war der Apotheker vorsichtig gewesen. »Ich will Sie ja nicht beunruhigen, Ma'am, aber dieses Medikament … nun, es ist ziemlich neu auf dem Markt, und man hat festgestellt, daß es in Georgia einen Fall von Aplasie … das angeborene Fehlen von Gliedern oder Organen …« Jamie. Jamie. Tot. Und seither hatte Chris den Ärzten nie mehr vertraut. Nur Marc. Und das erst nach Jahren. »Marc, können *Sie* nicht kommen?« bat sie ihn inständig.

»Tut mir leid, das geht nicht. Aber machen Sie sich keine Sorgen. Der Kollege ist hervorragend. Der beste. Haben Sie was zum Schreiben?«

Zögern. Dann: »Ja.«

Sie notierte den Namen.

»Er soll Regan untersuchen und mich dann anrufen«, riet der Internist. »Und vergessen Sie vorerst den Psychiater.«

»Sind Sie sicher?«

Er hielt ihr einen flammenden Vortrag über die Bereitschaft der Allgemeinheit, psychosomatische Erkrankungen zu diagnostizieren, anstatt das Gegenteil zu erkennen: daß die Krankheit des Körpers oftmals die Ursache scheinbarer seelischer Krankheiten ist.

»Was würden Sie sagen«, führte er als Beispiel an, »wenn Sie meine Ärztin wären – Gott behüte! – und ich bei Ihnen über Kopfschmerzen, wiederkehrende Alpträume, Übelkeit, Schlaflosigkeit und Sehstörungen klagte? Wenn ich mich allgemein unwohl fühlte und schreckliche Angst um meinen Arbeitsplatz hätte? Würden Sie das für eine Neurose halten?«

»Mich können Sie schlecht fragen, Marc. Ich *weiß*, daß Sie verrückt sind.«

»Die Symptome, die ich Ihnen genannt habe, sind die gleichen bei Gehirntumoren, Chris. Lassen Sie den Körper untersuchen. Das ist das erste. Dann sehen wir weiter.«

Chris rief die Praxis des Internisten an und ließ sich einen Termin noch für diesen Nachmittag geben. Sie konnte jetzt frei über ihre Zeit verfügen. Die Dreharbeiten waren vorüber, jedenfalls für sie. Burke Dennings arbeitete weiter, beaufsichtigte die Arbeit der ›zweiten Garnitur‹, eine im allgemeinen weniger teure Crew, die unbedeutendere Szenen drehte, hauptsächlich Außenaufnahmen aus dem Helikopter von verschiedenen Schauplätzen außerhalb der Stadt; außerdem Stunt-Aufnahmen und Szenen ohne einen der Hauptdarsteller. Dennings wollte jeden Filmmeter perfekt haben.

Der Arzt hatte seine Praxis in Arlington und hieß Samuel Klein. Während Regan verdrossen in einem Untersuchungszimmer saß, bat Dr. Klein ihre Mutter in sein Büro und ließ sich kurz den Fall schildern. Sie erzählte ihm von den Problemen. Er hörte zu, nickte des öfteren, machte sich Notizen. Als Chris das Wackeln des Betts erwähnte, runzelte er mißbilligend die Stirn. Doch Chris fuhr fort:

»Marc hielt es anscheinend für bezeichnend, daß Regan große Schwierigkeiten mit ihren Mathematikaufgaben hat. Wie kommt er darauf?«

»Sie meinen Probleme mit der Schule?«

»Ja, mit den Schulaufgaben, aber besonders mit Mathe. Was hat das zu bedeuten?«

»Warten wir, bis ich sie untersucht habe, Mrs. MacNeil.«

Dann entschuldigte er sich und unterzog Regan einer Generaluntersuchung, einschließlich Urin- und Blutprobe. Die Urinprobe diente der Prüfung ihrer Leber und der Nierenfunktionen; bei der Blutprobe sollte aus der Zahl der roten Blutkörperchen eine mögliche Anämie festgestellt werden; die Zahl der weißen Blutkörperchen konnte auf Blutkrankheiten hinweisen.

Nach der Untersuchung setzte der Arzt sich eine Zeitlang zu Regan und sprach mit ihr, beobachtete ihr Verhalten, kehrte dann zu Chris zurück und schrieb ein Rezept aus.

»Sie hat offenbar eine hyperkinetische Verhaltensstörung.«

»Eine was?«

»Eine nervliche Störung. Mit hoher Wahrscheinlichkeit jedenfalls. Wir kennen noch nicht den Grund, aber so etwas wird in der Vorpubertät oft beobachtet. Sie zeigt die typischen Symptome – Hyperaktivität, Stimmungsschwankungen, die Leistungen in Mathematik.«

»Was hat die Mathematik damit zu tun?«

»Sie wirkt sich auf die Konzentration aus.« Er riß das Rezept von dem kleinen blauen Block ab und reichte es Chris. »Das ist ein Rezept für Ritalin.«

»Was?«

»Methylphenidate.«

»Oh.«

»Zehn Milligramm, zweimal täglich. Ich empfehle eine Tablette um acht Uhr morgens und die andere um zwei am Mittag.«

Sie betrachtete das Rezept.

»Was ist es? Ein Tranquilizer?«

»Ein Stimulans.«

»*Stimulans*? Sie ist doch schon überaktiv.«

»Ihre Verfassung ist nicht so, wie es den Anschein hat«, erklärte Klein. »Es ist eine Art Überreaktion auf Depressionen.«

»Depressionen?«

Klein nickte.

»Depressionen ...«, murmelte Chris nachdenklich.

»Sie haben Regans Vater erwähnt«, sagte Klein.

Chris blickte auf. »Meinen Sie, ich sollte mit ihr zu einem Psychiater gehen?«

»O nein. Ich würde abwarten, wie das Ritalin wirkt. Ich glaube, es ist die Lösung des Problems. Warten Sie zwei, drei Wochen.«

»Sie meinen, es ist alles nervlich bedingt?«

»Ich nehme es an.«

»Und diese Lügen, die sie erzählt hat? Wird das aufhören?«

Seine Antwort verwirrte Chris. Er fragte sie, ob sie von Regan jemals Flüche oder Obszönitäten gehört hatte.

»Nie«, antwortete Chris.

»Nun, wissen Sie, das ist ganz ähnlich wie ihr Lügen – untypisch nach dem, was Sie mir erzählen, aber bei gewissen Nervenstörungen ist es möglich, daß ...«

»Moment mal«, unterbrach Chris verwundert. »Wie kommen Sie auf die Idee, daß sie Obszönitäten benutzt?«

Klein betrachtete Chris einen Moment neugierig, wog seine Worte ab. Dann fragte er vorsichtig: »Weil ich es gehört habe. Wußten Sie denn nichts davon?«

»Ich weiß es *immer noch nicht!* Wovon reden Sie?«

»Sie hat einiges vom Stapel gelassen, als ich sie untersuchte, Mrs. MacNeil.«

»Sie machen Witze! Zum Beispiel?«

Er wirkte ausweichend. »Nun ja ... ich würde sagen, ihr Vokabular ist ziemlich ausgefallen.«

»Was soll das heißen? Nennen Sie mir ein Beispiel.«

Er zuckte die Achseln.

»Sie meinen ›Scheiße‹ oder ›Ficken‹?«

Er entspannte sich. »Ja, diese Wörter hat sie auch benützt.«

»Und was sonst hat sie gesagt? Ich meine, können Sie das genauer ausdrücken?«

»Nun, genauer ausgedrückt, Mrs. MacNeil, riet sie mir, meine gottverdammten Finger von ihrer Fotze zu lassen.«

Chris schnappte schockiert nach Luft. »Das soll *Regan* gesagt haben?«

»Es ist nicht so ungewöhnlich, Mrs. MacNeil, und ich würde mir an Ihrer Stelle deswegen keine Sorgen machen. Es ist ein Teil des Syndroms.«

Sie schüttelte den Kopf und blickte auf ihre Schuhspitzen. »Ich kann es kaum glauben.«

»Wissen Sie, ich bezweifle, daß Regan überhaupt verstanden hat, was sie sagte«, meinte Klein beruhigend.

»Ja, vielleicht hat sie es nicht verstanden«, murmelte Chris.

»Versuchen Sie es mit dem Ritalin«, riet er ihr. »Wir werden die Entwicklung beobachten. Und in zwei Wochen möchte ich mir Regan wieder ansehen.«

Er zog eine Kalenderblock auf seinem Schreibtisch zu Rate. »Mal sehen ... sagen wir, Mittwoch, den Siebenundzwanzigsten? Wäre das passend?« Er blickte auf.

»Ja, sicher«, murmelte Chris und erhob sich. Sie schob das Rezept in eine Tasche ihrer Kostümjacke. »Der Siebenundzwanzigste paßt mir gut.«

»Ich bin übrigens ein großer Fan von Ihnen«, sagte Klein, als er ihr die Tür zur Halle aufhielt.

Sie verharrte auf der Türschwelle, in Gedanken versunken, eine Fingerspitze auf den Lippen, und blickte den Arzt an.

»Sie meinen also, ich sollte mit Regan nicht zum Psychiater gehen?«

»Ich weiß nicht. Aber die beste Erklärung ist immer die einfachste. Warten wir ab. Wie heißt es so schön? Abwarten und Tee trinken.« Er lächelte aufmunternd. »Und unterdessen sollten Sie versuchen, sich keine Sorgen zu machen.«

»Und wie soll ich das schaffen?«

Sie ging.

Auf der Heimfahrt fragte Regan, was der Doktor gesagt hatte.

»Daß du nervös bist.«

Chris hatte beschlossen, nichts von ihren üblen Ausdrücken zu sagen. *Burke. Sie hat es von Burke aufgeschnappt.*

Doch Chris redete später mit Sharon darüber und fragte sie, ob sie von Regan jemals solche Obszönitäten gehört hatte.

»Nie«, erwiderte Sharon. »Ich meine, nicht mal in letzter Zeit. Aber ich glaube, ihre Kunstlehrerin hat eine diesbezügliche Bemerkung gemacht.« Eine Privatlehrerin, die Hausunterricht erteilte.

»Du meinst kürzlich?« fragte Chris.

»Ja, erst letzte Woche. Aber du kennst die Frau ja. Ich dachte mir, Regan hat vielleicht ›verdammt‹ oder ›Scheiße‹ gesagt. So was in dieser Art.«

»Hast *du* mit ihr über Religion geredet, Shar?«

Sharon errötete.

»Na ja, ein wenig. Es ist manchmal kaum zu vermeiden. Weißt du, sie hat so viele Fragen gestellt und ...« Sie zuckte hilflos mit den Schultern. »Wie soll ich antworten, ohne zu sagen, was ich für eine große Lüge halte?«

»Laß ihr mehrere Möglichkeiten zur Auswahl.«

In den Tagen vor der geplanten Dinnerparty sorgte Chris äußerst gewissenhaft dafür, daß Regan ihr Ritalin nahm. Doch bis zum Abend vor der Party konnte sie immer noch keinerlei merkliche Verbesserung feststellen. Es gab sogar Anzeichen für eine allmähliche Verschlechterung: zunehmende Vergeßlichkeit, Unordentlichkeit, hin und wieder Übelkeit. Die vertrauten Taktiken, Aufmerksamkeit zu erlangen, wiederholten sich zwar nicht, aber es gab anscheinend eine neue: Berichte von einem fauligen, unangenehmen ›Geruch‹ in Regans Schlafzimmer. Auf Regans Drängen schnüffelte Chris eines Tages im Zimmer ihrer Tochter.

»Du riechst es nicht?«

»Riechst du es denn jetzt, in diesem Augenblick?« hatte Chris gefragt.

»Na klar!«

»Wie riecht es denn?«

Regan rümpfte die Nase. »Wie was Verbranntes.«

»Ja?« Chris hatte von neuem geschnüffelt.

»Riechst du's immer noch nicht?«

»Doch, Schatz, ja, jetzt rieche ich's auch«, hatte Chris gelogen. »Nur schwach. Laß uns eine Zeitlang das Fenster aufmachen und frische Luft hereinlassen.«

In Wirklichkeit hatte Chris gar nichts gerochen, sich jedoch für das Abwarten entschieden, zumindest bis zum Termin beim Arzt. Sie wurde auch von anderen Sorgen geplagt. Eine galt den Vorbereitungen für die Dinnerparty. Eine andere hatte mit dem Drehbuch zu tun. Obwohl die Aussicht, Regie zu führen, Chris begeisterte, hatte sie aus angeborener Vorsicht keine sofortige Entscheidung getroffen. Unterdessen rief ihr Agent täglich an. Sie behauptete, das Skript Dennings gegeben zu haben, um seine Meinung zu hören, und hoffe, daß er es lesen und nicht essen würde.

Die dritte – und wichtigste – von Chris' Sorgen war das Scheitern zweier finanzieller Transaktionen: ein Kauf von Wandelobligationen sowie eine Investition in ein Ölbohr-Projekt im südlichen Libyen. Beide Transaktionen hatten dazu dienen sollen, Steuern zu sparen. Aber dann hatte eine schlimme Entwicklung eingesetzt: Die Bohrungen waren unergiebig gewesen, und ein rapider Kursverfall hatte Chris zum Verkauf ihrer Aktien veranlaßt.

Aus diesem Grund kam Chris' verdrossener Finanzmanager zu einer Besprechung in die Stadt. Er traf am Donnerstag mit dem Flugzeug ein. Chris ließ ihn am Freitag anhand von Zahlen, Daten und Fakten berichten. Schließlich entschied sie sich für eine Vorgehensweise, die der Manager für sinnvoll hielt – zumindest nickte er zustimmend. Aber er runzelte die Stirn, als Chris den Kauf eines Ferrari zur Sprache brachte.

»Sie meinen, einen neuen?«

»Warum nicht? Wissen Sie, ich hab' mal in einem Film einen gefahren. Wenn wir nach Italien schreiben und die Firma daran erinnern, räumen sie uns vielleicht Sonderkonditionen ein. Meinen Sie nicht auch?«

Er meinte nicht. Und er hielt den Kauf eines Neuwagens für unbedacht.

»Ben, ich habe im vergangenen Jahr *achthunderttausend* Dollar verdient! Und da meinen Sie, ich kann mir keinen popeligen *Wagen* leisten? Finden Sie das nicht lächerlich? Wo ist denn das Geld geblieben?«

Er erinnerte sie daran, daß der größte Teil des Geldes fest angelegt war. Dann zählte er die verschiedenen Abzüge von ihrem Bruttoeinkommen auf: Einkommensteuer, Steuervorauszahlungen, Umsatzsteuer, Steuern auf ihre Immobilien, zehn Prozent Provision für ihren Agenten, fünf für ihn, fünf für ihren Werbeagenten, anderthalb als Spende für den Wohlfahrtsfonds der Filmschaffenden, Kosten für Garderobe, die der neuesten Mode entsprach, die Gehälter für Willie und Karl und Sharon und den Verwalter des Hauses in Los Angeles, verschiedene Reisekosten und schließlich ihre monatlichen Ausgaben.

»Werden Sie in diesem Jahr in einem weiteren Film spielen?« fragte er.

Sie zuckte die Achseln. »Ich weiß es nicht. Muß ich das?«

»Ja. Ich finde, Sie sollten es.«

Chris stützte das Gesicht in beide Hände und schaute ihn niedergeschlagen an. »Wie wär's mit einem Honda?«

Er gab keine Antwort.

Als der Mann sich verabschiedet hatte, versuchte Chris, ihre Sorgen zu verdrängen und sich mit den Vorbereitungen für die Party am nächsten Abend zu beschäftigen.

»Servieren wir ein Büfett. Ich möchte kein steifes Essen am Tisch«, sagte sie zu Willie und Karl. »Wir könnten einen Tisch hinten im Wohnzimmer aufstellen, nicht wahr?«

»Gewiß, Madam«, antwortete Karl schnell.

»Was meinst du, Willie? Ein frischer Obstsalat zum Dessert?«

»Sehr gut.«

»Danke, Willie.«

Sie lud eine interessante Mischung von Gästen ein. Zusätzlich zu Burke (›Komm nüchtern, verdammt!‹) und dem jungen Regisseur der zweiten Besetzung erwartete sie einen Senator (nebst Gattin); einen Apollo-Astronauten (nebst Gattin); zwei Jesuiten von der Georgetown University; ihre Nachbarn sowie Mary Jo Perrin und Ellen Cleary.

Mary Jo Perrin war eine rundliche, grauhaarige Wahrsagerin aus Washington, die Chris beim Essen im Weißen Haus kennengelernt und auf Anhieb sympathisch gefunden hatte.

Ellen Cleary war Sekretärin im Außenministerium, die in der US-Botschaft in Moskau gearbeitet hatte, als Chris eine Tournee durch Rußland gemacht hatte. Ellen hatte sich große Mühe gegeben, Chris im Verlauf ihrer Reisen bürokratische Schwierigkeiten und Hürden aus dem Weg zu räumen, die nicht zuletzt auf die Launen der rothaarigen Diva zurückzuführen gewesen waren. Chris hatte sich im Laufe der Jahre oft liebevoll an Ellen

Cleary erinnert und sie besucht, wenn sie in Washington gewesen war.

»Sag mal, Shar«, fragte sie, »welche Pater kommen?«

»Das weiß ich noch nicht. Ich habe den Rektor und den Dekan vom College eingeladen. Der Dekan hat zugesagt, aber der Rektor schickt einen Stellvertreter. Seine Sekretärin rief mich heute morgen an und sagte, er habe einen Termin außerhalb der Stadt.«

»Wen schickt er?« fragte Chris mit mäßigem Interesse.

»Mal sehen.« Sharon blätterte ihre Notizzettel durch. »Ja, da ist es, Chris. Seinen Assistenten ... Pater Joseph Dyer.«

»Vom Campus?«

»Ich bin mir nicht sicher ...«

»Okay.«

Chris wirkte enttäuscht.

»Halte morgen abend ein Auge auf Burke«, wies sie Sharon an.

»Mach' ich.«

»Wo ist Rags?«

»Unten.«

»Weißt du, vielleicht solltest du deine Schreibmaschine dort haben, meinst du nicht? So könntest du sie im Auge behalten, wenn du tippst. Okay? Ich möchte nicht, daß das Mädchen soviel allein ist.«

»In Ordnung.«

»Okay, bis dann. Geh nach Hause. Meditieren. Spiele mit deinen Pferden.«

Das Planen und Vorbereiten war zu Ende. Chris dachte wieder besorgt an Regan. Sie versuchte, sich mit Fernsehen abzulenken. Konnte sich nicht konzentrieren. Fühlte sich unruhig. Es war etwas Sonderbares im Haus ... eine Stille, die sich hinabsenkt ... lastender Staub.

Um Mitternacht schliefen alle im Haus.

Es gab keine Störungen. In dieser Nacht.

4

Chris begrüßte ihre Gäste in einem limonengrünen Kostüm mit Puffärmeln und ausgestellten Hosenbeinen. Dazu trug sie Freizeitschuhe – ein Symbol der Hoffnung, daß es ein ungezwungener Abend wurde.

Als erster Gast traf die Wahrsagerin Mary Jo Perrin ein, die mit Robert kam, ihrem halbwüchsigen Sohn. Der letzte war Pater Dyer, ein Mann mit rosigem Teint. Er war jung und klein, und seine Augen blickten schelmisch hinter einer Brille mit Metallfassung. An der Tür entschuldigte er sich für seine Verspätung. »Konnte nicht die richtige Krawatte finden«, erklärte er Chris mit ausdrucksloser Miene. Einen Moment starrte sie ihn verständnislos an, dann brach sie in Gelächter aus. Ihre Depression, die den ganzen Tag angehalten hatte, ließ nach.

Die Drinks zeigten Wirkung. Um Viertel vor zehn waren die Gäste im Wohnzimmer und aßen oder standen in plaudernden Gruppen beisammen.

Chris füllte ihren Teller am Büfett und hielt Ausschau nach Mary Jo Perrin. Sie saß mit Pater Wagner, dem Jesuiten-Dekan, auf einem Sofa. Chris hatte bereits kurz mit Wagner gesprochen, einem Mann mit kahlem Schädel, Sommersprossen und einer trockenen, sanften Art. Chris schlenderte zum Sofa und hockte sich vor den Beistelltisch, als die Wahrsagerin gerade fröhlich lachte.

»Ach, hören Sie auf, Mary Jo«, sagte der Dekan lächelnd und führte eine Gabel mit Currysalat zum Mund.

»Ja, hören Sie auf, Mary Jo«, echote Chris.

»Oh, hallo! Ausgezeichneter Currysalat«, sagte der Dekan.

»Nicht zu scharf?«

»Überhaupt nicht, genau richtig. Mary Jo hat mir gerade von einem Jesuiten erzählt, der ebenfalls ein Medium war.«

»Und er glaubt mir nicht!« sagte die Wahrsagerin lachend.

»Ah, *distinguo*«, verbesserte der Dekan. »Ich sagte nur, es ist *schwer* zu glauben.«

»Sie meinen ein spiritistisches Medium?« fragte Chris.

»Natürlich«, sagte Mary Jo. »Er konnte sogar schweben!«

»Oh, das tue ich jeden Morgen«, sagte der Jesuit.

»Sie meinen, er hielt Séancen ab?« fragte Chris Mary Jo Perrin.

»Nun ja«, antwortete sie. »Er war im neunzehnten Jahrhundert sehr berühmt. Der vermutlich einzige Spiritist dieser Zeit, der nie eindeutig des Betrugs überführt wurde.«

»Wie ich schon gesagt habe, er war kein Jesuit …«, bemerkte der Dekan.

»Du meine Güte, doch! *War* er!« Mary Jo lachte. »Als er zweiundzwanzig war, schloß er sich den Jesuiten an und gelobte, nicht mehr als Medium zu arbeiten, aber sie verbannten ihn aus Frankreich.« Sie lachte lauter. »Gleich nach einer Séance, die er in den Tuilerien abhielt. Wißt ihr, was er getan hatte? Mitten in der Séance sagte er der Kaiserin, sie würde von den Händen eines Geist-Kindes berührt, das materialisieren würde, und als man plötzlich alle Lichter anmachte …« Sie schüttelte sich vor Lachen, »… erwischte man ihn, wie er dasaß und den nackten *Fuß* auf den *Arm* der Kaiserin drückte! Könnt ihr euch das vorstellen?«

Der Jesuit lächelte und stellte seinen Teller ab. »Jetzt suchen Sie bloß nicht nach Geschichten für die Gewährung größerer religiöser Freiheiten an Dissidenten und Katholiken, Mary Jo.«

»Ach, kommen Sie, jede Familie hat ein schwarzes Schaf.«

»Wir drücken unsere Quote auf die der Medici-Päpste.«

»Wissen Sie, ich hatte mal ein Erlebnis …«, begann Chris.

Der Dekan unterbrach sie. »Machen Sie das zu einer Sache der Konfession?«

Chris lächelte. »Nein, ich bin nicht katholisch.«

»Oh, das sind die Jesuiten auch nicht«, sagte Mrs. Perrin und lachte.

»Verleumdung durch die Dominikaner«, meinte der Dekan. Dann wandte er sich an Chris. »Verzeihung, was wollten Sie sagen?«

»Na ja, daß ich mal glaubte, ich hätte jemand schweben sehen. In Bhutan.«

Sie erzählte die Geschichte. »Halten Sie das für möglich?« fragte sie anschließend.

Er zuckte die Achseln. »Wer weiß schon, was Schwerkraft *wirklich* ist?«

»Möchten Sie meine Meinung hören?« warf Mrs. Perrin ein.

Der Dekan sagte: »Nein, Mary Jo. Ich habe ein Armutsgelübde abgelegt.«

»Ich auch«, murmelte Chris.

»Wie meinen Sie das?« fragte der Dekan.

»Oh, nichts. Sagen Sie … ich hätte da eine Frage. Kennen Sie das Häuschen dort hinter der Kirche?« Sie wies in die ungefähre Richtung.

»Die Dreieinigkeitskirche?« fragte der Dekan.

»Ja. Was geschieht dort?«

»Es heißt, dort finden schwarze Messen statt«, sagte Mrs. Perrin.

»Schwarze … *was*?

»Schwarze Messen.«

»Was ist das?«

»Mary Jo macht Witze«, sagte der Dekan.

»Ich weiß«, erwiderte Chris, »aber ich bin dumm. Was genau *ist* eine schwarze Messe?«

»Oh, im wesentlichen ist es eine Travestie auf die katholische Messe«, erklärte der Dekan. »Es gibt einen Zusammenhang mit Hexerei und Teufelsanbetung.«

»Ach? Sie meinen, so was gibt es tatsächlich?«

»Ich weiß es wirklich nicht. Obwohl ich mal von einer Statistik gehört habe, nach der allein in Paris jedes Jahr an die fünfzigtausend schwarze Messen stattfinden.«

»Sie meinen … *heutzutage?*« Chris staunte.

»Ich habe es nur gehört«, erwiderte der Dekan.

»Wissen Sie, in Los Angeles hört man viele Geschichten über Kulte«, sagte Chris. »Ich habe mich oft gefragt, ob sie stimmen.«

»Wie gesagt, ich weiß es nicht«, erklärte der Dekan. »Aber ich kann Ihnen sagen, *wer* es vielleicht weiß. Joe Dyer. – Wo ist Joe?«

Der Dekan schaute sich um.

»Ah, da drüben.« Er nickte zu dem anderen Priester, der mit dem Rücken zu ihnen beim Büfett stand. Er bediente sich ein zweites Mal. »Joe?«

Der junge Priester wandte sich um. Sein Gesicht war ausdruckslos. »Sie haben gerufen, Dekan?«

Der Jesuit winkte ihn zu sich.

»Ich komme. Kleinen Moment noch«, antwortete Dyer und setzte seine Attacke auf den Currysalat und andere Leckerbissen fort.

Der Dekan nippte an seinem Wein. »In der vergangenen Woche gab es ein paar Fälle von Schändung in der Dreieinigkeitskirche. Joe sagte, in einem dieser Fälle erinnerte ihn irgend etwas an bestimmte Dinge, die bei einer schwarzen Messe benutzt werden. Deshalb nehme ich an, daß Joe etwas über dieses Thema weiß.«

»Was ist denn in der Kirche passiert?« fragte Mary Jo Perrin.

»Oh, das ist wirklich zu abscheulich«, sagte der Dekan.

»Ach, kommen Sie schon. Wir haben schon gegessen.«

»Nein, bitte. Es ist zu widerlich«, zierte er sich.

»Erzählen Sie, bevor ich es tue.«

»Sie meinen, Sie können meine Gedanken nicht lesen, Mary Jo?« fragte der Dekan.

»Oh, das könnte ich«, erwiderte sie, »aber ich bezweifle, daß ich würdig bin, in diesen Heiligsten der Heiligen *einzudringen!*« Sie lachte.

»Nun ja, es war wirklich … krankhaft«, begann der Dekan.

Er beschrieb die Schändungen. Beim ersten der Zwischenfälle

hatte der Küster, ein älterer Mann, menschliche Exkremente auf dem Altartuch direkt vor dem Tabernakel entdeckt.

»Igitt. Das ist wirklich krank.« Mrs. Perrin schnitt eine Grimasse.

»Die anderen Zwischenfälle waren sogar noch schlimmer«, bemerkte der Dekan und schilderte auf Umwegen und mit einigen Beschönigungen, daß man einen großen Phallus aus Ton gefunden hatte, der an der Christusstatue auf dem linken Nebenaltar angeklebt war.

»Was halten Sie *davon?*« Er schüttelte den Kopf.

Chris bemerkte, daß Mary Jo wirklich beunruhigt war, als sie sagte: »Oh, das reicht jetzt. Tut mir leid, daß ich gefragt habe. Wechseln wir bitte das Thema.«

»Nein«, sagte Chris. »Ich bin fasziniert.«

»Ich bin ja auch ein faszinierender Mensch.«

Es war Pater Dyer. Den Teller in der Hand, ragte er vor Chris auf. »Geben Sie mir nur einen Augenblick, dann komme ich wieder. Ich muß noch etwas mit dem Astronauten besprechen.«

»Und was?« fragte der Dekan.

Pater Dyer hob die Brauen. Sein Gesicht war ausdruckslos. »Würden Sie an den ersten Missionar auf dem Mond glauben?« fragte er.

Die anderen brachen in Gelächter aus.

»Sie haben gerade die richtige Größe, Pater Dyer«, meinte Mrs. Perrin. »Man könnte Sie in die Spitze der Rakete stecken.«

Lächelnd blickte Dyer zum Astronauten.

»Lieber nicht. Entschuldigen Sie mich jetzt bitte«, sagte er und ging davon.

»Ich mag ihn«, sagte Mrs. Perrin.

»Ich auch«, meinte Chris. Dann wandte sie sich an den Dekan. »Sie haben mir noch nicht erzählt, was in dem Häuschen hinter der Kirche passiert«, erinnerte sie ihn. »Wer ist dieser Priester, den ich dort immer sehe? Dunkler Typ. Wissen Sie, wen ich meine?«

»Pater Karras«, sagte der Dekan mit gesenkter Stimme und einer Spur von Traurigkeit.

»Was tut er?«

»Er ist ein Berater.« Der Dekan stellte sein Weinglas ab und drehte es am Stiel. »Mußte gestern nacht einen ziemlich harten Schicksalsschlag hinnehmen, der arme Kerl.«

»Welchen?« fragte Chris mit plötzlicher Besorgnis.

»Seine Mutter ist gestorben.«

Chris empfand ein Gefühl der Trauer, das sie sich nicht erklären konnte. »Oh, das tut mir leid«, sagte sie.

»Er nimmt es anscheinend ziemlich schwer«, fuhr der Jesuit fort. »Seine Mutter lebte allein, wissen Sie. Ich nehme an, sie war schon ein paar Tage tot, als sie gefunden wurde.«

»Oh, wie schrecklich«, murmelte Mrs. Perrin.

»Wer hat sie gefunden?« fragte Chris ernst.

»Der Hausmeister. Wahrscheinlich hätte man sie jetzt noch nicht entdeckt, wenn nicht ... nun, die Nachbarn haben sich beschwert, weil ihr Radio dauernd lief.«

»Eine traurige Geschichte«, murmelte Chris.

»Verzeihen Sie bitte, Madam ...«

Chris blickte auf. Karl stand mit einem Tablett voller Gläser und Getränke vor ihr.

»Stellen Sie es dorthin, Karl. Danke.«

Chris zog es vor, ihren Gästen selbst die Getränke zu servieren. Ihrer Meinung nach trug es zu einer vertrauteren Atmosphäre bei.

»Na denn. Ich werde mit euch anfangen«, sagte sie zum Dekan und Mrs. Perrin und bediente sie. Dann ging sie herum, nahm Bestellungen entgegen und holte das Gewünschte für jeden ihrer Gäste. Inzwischen hatten sich neue Gesprächsgruppen gebildet, abgesehen von Dyer und dem Astronauten, deren Unterhaltung sich anscheinend vertieft hatte. »Nein, ich bin eigentlich kein Priester«, hörte Chris Dyer mit ernster Stimme sagen, den Arm um die Schulter des Astronauten. »Ich bin eher ein schrecklich avantgardistischer Rabbi.« Und kurz darauf hörte sie Dyer den Astronauten fragen: »Was ist das All?« Als der Astronaut die Achseln zuckte und sagte, er wisse es nicht, blickte Pater Dyer ihn stirnrunzelnd und mit ernster Miene an und sagte: »Das sollten Sie aber wissen.«

Danach plauderte Chris mit Ellen Cleary. Die Frauen schwelgten in Erinnerungen an Moskau, als Chris eine vertraute, durchdringende, ärgerliche Stimme hörte, die aus der Küche ertönte.

O Gott! Burke!

Er schrie jemanden an, beschimpfte ihn obszön.

Chris entschuldigte sich und ging rasch in die Küche, in der Dennings sich Karl vorgenommen hatte, während Sharon vergeblich versuchte, ihn zur Ruhe zu bringen.

»Burke!« rief Chris. »Hör auf!«

Der Regisseur beachtete sie nicht. Er tobte weiterhin, Speichel in den Mundwinkeln, während Karl stumm und mit verschränkten Armen und gleichmütiger Miene an der Spüle lehnte, den Blick standhaft auf Dennings gerichtet.

»Karl!« fuhr Chris ihn an. »Gehen Sie, ja? *Raus!* Sehen Sie nicht, in welcher Verfassung er ist?«

Aber der Schweizer rührte sich erst von der Stelle, als Chris ihn zur Tür schob.

»*Nazi-Schwein!*« brüllte Dennings hinter ihm her. Und dann wandte er sich freundlich zu Chris um und rieb sich die Hände. »Was gibt's zum Dessert?« erkundigte er sich sanft.

»Das Dessert!« Chris schlug sich mit der Hand an die Stirn.

»Ich hab' Hunger«, jammerte er.

Chris wandte sich an Sharon. »Versorg du ihn. Ich muß Regan ins Bett bringen. Und du, Burke … *um Himmels willen,* benimm dich! Nebenan sind Priester!«

Er furchte die Stirn, und seine Augen spiegelten plötzliches und offenbar aufrichtiges Interesse wider.

Chris verließ die Küche und ging ins Spielzimmer im Kellergeschoß, wo ihre Tochter den ganzen Tag verbracht hatte. Regan spielte mit der Alphabettafel für spiritistische Sitzungen; sie wirkte geistesabwesend und entrückt. *Na, dann sie ist wenigstens nicht reizbar,* dachte Chris. In der Hoffnung, sie abzulenken, brachte sie ihre Tochter ins Wohnzimmer, um sie ihren Gästen vorzustellen.

»Oh, ist sie nicht süß!« sagte die Frau des Senators.

Regan benahm sich auffallend gut, nur Mrs. Perrin gegenüber nicht, mit der sie weder sprach, noch ihr die Hand gab. Aber die Wahrsagerin machte einen Scherz daraus.

»Sie weiß, daß ich eine Schwindlerin bin.« Sie zwinkerte Chris zu. Dann aber – mit neugierigem, prüfendem Blick – ergriff sie Regans Hand mit sanftem Druck, wie um ihren Puls zu überprüfen. Regan schüttelte die Hand der Frau ab und starrte sie feindselig an.

»Hm, sie muß müde sein«, sagte Mrs. Perrin leichthin, beobachtete Regan jedoch weiterhin prüfend.

»Sie hat sich krank gefühlt«, murmelte Chris entschuldigend und blickte auf Regan hinab. »Nicht wahr, Schatz?«

Regan gab keine Antwort. Sie starrte weiterhin zu Boden.

Nur noch dem Senator und Robert, Mrs. Perrins Sohn, war Regan nicht vorgestellt worden, und Chris hielt es für das beste, dies zu übergehen. Sie brachte Regan nach oben ins Bett.

»Meinst du, du kannst einschlafen?«

»Weiß nicht«, antwortete Regan abwesend, drehte sich auf die Seite und starrte an die Wand.

»Möchtest du, daß ich dir etwas vorlese?«

Kopfschütteln.

»Okay. Dann versuch zu schlafen.«

Chris neigte sich über Regan und küßte sie. Dann ging sie zur Tür und knipste das Licht aus.

»Gute Nacht, Schatz.«

Chris war fast durch die Tür, als Regan ihr ganz leise nachrief: »Mommy, was stimmt nicht mit mir?«

So gequält. So verzweifelt. So ganz anders als ihre scheinbare Verfassung. Einen Moment war Chris erschüttert und verwirrt, fing sich aber schnell.

»Es ist so, wie ich gesagt habe, Schatz. Es sind die Nerven. Du mußt ein paar Wochen lang diese Pillen nehmen, und dann fühlst du dich wieder prima. Versuche jetzt zu schlafen. Okay, Schatz?«

Keine Antwort. Chris wartete.

»Okay?« wiederholte sie.

»Okay«, flüsterte Regan.

Chris bemerkte, wie sie plötzlich eine Gänsehaut auf dem Unterarm bekam. Sie rieb darüber. *Großer Gott, es wird kalt in diesem Zimmer. Woher kommt der Luftzug?*

Sie ging zum Fenster und schaute nach, ob es richtig geschlossen war. Alles war in Ordnung. Sie wandte sich an Regan. »Ist es dir warm genug, Baby?«

Keine Antwort.

Chris ging zum Bett. »Regan? Schläfst du?« wisperte sie.

Die Augen geschlossen. Tiefe Atemzüge.

Chris schlich auf Zehenspitzen aus dem Zimmer.

Aus der Halle hörte sie Gesang. Als sie die Treppe hinunterstieg, sah sie erfreut Pater Dyer auf dem Klavier neben dem Panoramafenster des Wohnzimmers spielen und eine Gruppe dirigieren, die sich zu einem fröhlichen Lied um ihn versammelt hatte. Als Chris das Wohnzimmer betrat, hatten sie soeben ›Till We Meet Again‹ beendet.

Chris wollte sich zu der Gruppe gesellen, doch der Senator und seine Frau, die ihre Mäntel über den Armen hielten, fingen sie ab. Sie wirkten ein wenig nervös.

»Wollen Sie schon gehen?« fragte Chris.

»Tut mir wirklich leid, meine Liebe, wir hatten einen *wunderbaren* Abend«, sagte der Senator überschwenglich. »Aber die arme Martha hat Kopfschmerzen bekommen.«

»Ja, leider, ich fühle mich schrecklich«, stöhnte die Frau des

Senators. »Entschuldigen Sie uns, Chris? Es war eine wunderschöne Party.«

»Es tut mir wirklich leid, daß Sie gehen müssen«, sagte Chris.

Sie begleitete die beiden zur Tür und hörte Pater Dyer im Hintergrund fragen: »Kennt jemand den Text zu ›Rose of Tokyo‹?«

Als Chris auf dem Rückweg zum Wohnzimmer war, trat Sharon leise aus dem Arbeitszimmer.

»Wo ist Burke?« erkundigte sich Chris.

»Da drinnen«, antwortete Sharon und nickte zum Arbeitszimmer. »Er schläft seinen Rausch aus. Was hat der Senator gesagt?«

»Wie meinst du das?« fragte Chris. »Er und seine Frau sind soeben gegangen.«

»Das habe ich mir gedacht.«

»Was soll das heißen, Sharon?«

»Burke.« Sharon seufzte. Mit gesenkter Stimme schilderte sie eine Begegnung zwischen dem Senator und dem Regisseur. Dennings hatte im Vorübergehen die Bemerkung gemacht: »Anscheinend schwimmt da ein fremdes Schamhaar in meinem Gin, Senator.« Dann hatte er in leicht anklagendem Tonfall hinzugefügt. »So was hab' ich noch nie im Leben gesehen! *Sie* etwa?«

Chris kicherte, als Sharon weiter beschrieb, wie die verlegene Reaktion des Senators bei Dennings einen seiner überspannten Wutanfälle ausgelöst hatte, bei dem er seine ›grenzenlose Dankbarkeit‹ für die Existenz von Politikern ausgedrückt hatte, denn ›ohne Politiker könnte man nicht unterscheiden, wer die *Staatsmänner* sind‹.

Als der Senator sich gekränkt und fluchtartig zurückgezogen hatte, hatte der Regisseur sich an Sharon gewandt und stolz gesagt: »Sehen Sie? Ich habe nicht geflucht. Meinen Sie nicht auch, daß ich das ziemlich elegant hingekriegt habe?«

Chris mußte lachen. »Laß ihn schlafen, Shar. Aber du solltest bei ihm bleiben, falls er aufwacht. Macht dir das was aus?«

»Überhaupt nicht.« Sharon ging ins Arbeitszimmer.

Im Wohnzimmer saß Mary Jo Perrin allein und nachdenklich in einem Sessel in der Ecke. Sie wirkte nervös. Chris wollte sich zu ihr setzen, ließ es dann aber, als einer der anderen Gäste sich zu Mrs. Perrin gesellte.

Statt dessen ging Chris zum Klavier. Dyer brach sein Spiel ab und blickte auf. »Na, junge Lady? Was können wir heute für Sie tun? Wir bieten ein Special mit Novenen.«

Chris lachte mit den anderen. »Eigentlich wollte ich Sie fragen, was bei schwarzen Messen vor sich geht. Pater Wagner sagte, daß Sie der Experte auf diesem Gebiet sind.«

Die Gruppe am Piano verstummte, hörte interessiert zu.

»Nein, eigentlich nicht«, sagte Dyer und schlug ein paar Akkorde an. »Wie kommen Sie auf schwarze Messen?«

»Nun ja, einige von uns sprachen vorhin über … über diese Dinge, die man in der Dreieinigkeitskirche fand, und …«

»Sie meinen die Schändungen?« unterbrach Dyer.

»He, jemand sollte uns mal einen Tip geben, worum es geht«, sagte der Astronaut.

»Genau«, sagte Ellen Cleary. »Ich weiß auch nicht, was Sache ist.«

»In der Kirche ein Stück die Straße hinunter wurden Schändungen verübt«, erklärte Dyer.

»Was für Schändungen?« fragte der Astronaut.

»Vergessen sie's«, riet ihm Pater Dyer. »Sagen wir … Obszönitäten.«

»Pater Wagner sagte, Sie hätten ihm erklärt, es sei wie bei einer schwarzen Messe gewesen.« Chris ließ nicht locker. »Und da habe ich mich gefragt, was bei einer solchen Messer vor sich geht.«

»Oh, ich weiß wirklich nicht viel«, erwiderte der Pater. »Eigentlich habe ich das meiste, was ich davon weiß, von einem anderen Jeb gehört.«

»Was ist ein Jeb?« fragte Chris.

»Eine Kurzbezeichnung für Jesuit. Pater Karras ist der Experte für solche Dinge.«

Schlagartig nahm Chris' Interesse zu. »Der dunkle Priester von der Dreieinigkeitskirche?«

»Sie kennen ihn?« fragte Dyer.

»Nein, ich habe nur gehört, daß er erwähnt wurde.«

»Ich glaube, er hat mal eine Abhandlung über schwarze Messen geschrieben. Aus psychiatrischer Sicht.«

»Aus psychiatrischer Sicht? Wie meinen Sie das?« fragte Chris.

»Was meinen Sie, wie ich es meine?«

»Wollen Sie sagen, dieser Pater Karras ist Psychiater?«

»Ja. Ich dachte, Sie wissen das.«

»He, kann mich einer mal aufklären?« fragte der Astronaut ungeduldig. »Was geschieht denn nun bei schwarzen Messen?«

»Sagen wir … Perversionen.« Dyer zuckte mit den Schultern. »Obszönitäten. Blasphemien. Es ist eine teuflische Parodie auf die Messe, bei der statt Gott Satan verehrt wird und manchmal Menschenopfer dargebracht werden.«

Ellen Cleary schüttelte den Kopf und ging davon. »Das wird mir zu gruselig.« Sie lächelte leicht.

Chris schenkte ihr keine Aufmerksamkeit. Der Dekan gesellte sich unauffällig zu der Gruppe.

»Aber wie können Sie das *wissen?*« fragte Chris den jungen Jesuiten. »Selbst wenn es so etwas wie schwarze Messen gibt – wer kann sagen, was sich dabei abspielt, wenn er nicht dabei war?«

»Ich nehme an, indem man seine Informationen von denen bekommt, die bei einer schwarzen Messe geschnappt wurden und ein Geständnis ablegten.«

»Ach, Unsinn«, sagte der Dekan. »Diese Geständnisse waren wertlos, Joe. Sie wurden aus den Leuten herausgefoltert.«

»Nur die übelsten«, sagte Dyer.

Nervöses Gelächter. Der Dekan warf einen Blick auf seine

Armbanduhr. »Tja, ich sollte wirklich gehen«, sagte er zu Chris. »Ich lese die Sechsuhrmesse in der Dahlgren Chapel.«

»Ich habe die Spätmesse.« Dyer strahlte. Dann glitt sein Blick zu einer Stelle im Zimmer hinter Chris, und schlagartig wurde er ernst. »Ich glaube, wir haben Besuch, Mrs. MacNeil«, sagte er.

Chris wandte sich um und schnappte nach Luft, als sie Regan in ihrem Nachthemd sah, die auf den Teppich urinierte. Starr blickte sie den Astronauten an und sagte mit tonloser Stimme: »Du wirst da oben krepieren.«

»*O Gott!*« stieß Chris entsetzt hervor und eilte zu ihrer Tochter. »Oh, Gott, Baby, komm mit mir!«

Sie nahm Regan am Arm und führte sie fort, wobei sie sich über die Schulter mit bebender Stimme beim Astronauten entschuldigte, der blaß geworden war. »Es tut mir sehr leid. Regan ist krank gewesen. Sie schlafwandelt und weiß nicht, was sie sagt ...«

»Vielleicht sollten wir jetzt gehen«, hörte Chris jemanden sagen.

»Nein, nein, bleiben Sie«, rief sie und drehte sich kurz um. »Bleibt alle. Bitte! Es ist okay! Ich bin gleich zurück!«

Chris schaute bei der Küche vorbei und wies Willie an, sich um den Teppich zu kümmern, bevor der Fleck nicht mehr herausging. Dann stieg sie mit Regan die Treppe hinauf in ihr Badezimmer, badete sie und wechselte das Nachthemd. »Warum hast du das gesagt, Schatz?« fragte Chris mehrmals, doch Regan schien sie nicht zu verstehen und murmelte Unverständliches. Ihr Blick war leer.

Chris brachte sie zu Bett, und Regan schien augenblicklich einzuschlafen. Chris wartete noch einen Moment und lauschte ihren Atemzügen. Dann verließ sie das Zimmer.

Am Fuß der Treppe begegnete sie Sharon und dem jungen Regieassistenten, die Dennings aus dem Arbeitszimmer halfen. Sie hatten telefonisch ein Taxi bestellt und wollten ihn zurück zu seiner Suite im Sheraton-Park-Hotel bringen.

»Reg dich nicht auf, ja?« sagte Chris, als sie das Haus verließen, Dennings in der Mitte.

Kaum bei Bewußtsein, lallte der Regisseur: »Leckt mich am Arsch!« und sank halb ohnmächtig ins wartende Taxi.

Chris kehrte ins Wohnzimmer zurück, wo die verbliebenen Gäste ihr Mitgefühl ausdrückten, als sie ihnen kurz von Regans Krankheit berichtete. Als Chris die Klopfgeräusche und die anderen Phänomene erwähnte, ›die Aufmerksamkeit erheischen‹ sollten, starrte Mrs. Perrin sie aufmerksam an. Chris rechnete mit einer Bemerkung, doch Mrs. Perrin sagte nichts, und Chris fuhr fort.

»Schlafwandelt sie häufiger?« fragte Pater Dyer.

»Nein, heute war es das erste Mal. Jedenfalls das erste Mal, von dem ich weiß. Ich nehme an, es ist die Hyperaktivität. Meinen Sie nicht auch?«

»Das kann ich wirklich nicht sagen«, erwiderte der Priester. »Schlafwandeln kann in der Pubertät vorkommen, soviel ich gehört habe, es sei denn ...« Er verstummte mit einem Schulterzucken. »Ich weiß es nicht. Sie sollten einen Arzt fragen.«

Während des gesamten Gesprächs saß Mrs. Perrin still da und beobachtete den Tanz der Flammen im Kamin. Chris bemerkte, daß der Astronaut, dessen Flug zum Mond für dieses Jahr geplant war, ebenfalls in sich gekehrt wirkte. Er starrte in seinen Drink und stieß nur dann und wann einen Laut aus, um Interesse und Aufmerksamkeit zu bekunden. Wie in stillschweigendem Einvernehmen erwähnte niemand, was Regan zu ihm gesagt hatte.

»Nun, ich muß die Frühmesse lesen«, sagte der Dekan schließlich und erhob sich, was einen allgemeinen Aufbruch auslöste. Die Gäste standen auf und bedankten sich bei Chris für das Essen und den netten Abend.

An der Tür ergriff Pater Dyer Chris' Hand und blickte ihr ernst in die Augen. »Meinen Sie, es gibt in einem Ihrer Filme eine Rolle für einen unbedeutenden Pater, der Klavier spielen kann?« fragte er.

»Wenn es keine gibt, werde ich eine für Sie schreiben lassen«, erwiderte Chris lachend.

»Ich dachte an meinen Bruder«, erklärte er ihr ernst.

»Oh, Sie Schlingel!« Chris lachte von neuem und wünschte ihm herzlich eine gute Nacht.

Als letzte gingen Mary Jo Perrin und ihr Sohn. Chris plauderte an der Tür noch kurz mit ihnen. Sie hatte das Gefühl, daß Mary Jo sich mit irgend etwas beschäftigte, es jedoch verschwieg. Die besorgte Chris bat Mary Jo um ihre Meinung über Regans ständige Benutzung der Alphabettafel für spiritistische Sitzungen und ihre Fixierung auf Captain Howdy. »Meinen Sie, das könnte schädlich für sie sein?«

Chris hatte mit einer oberflächlichen Antwort gerechnet und war überrascht, als Mrs. Perrin die Stirn runzelte und den Blick auf die Türschwelle senkte. Sie schien nachzudenken. Den Kopf noch immer gesenkt, trat sie nach draußen zu ihrem Sohn, der auf der Veranda wartete.

Als sie schließlich den Kopf hob, waren ihre Augen im Schatten.

»Ich würde ihr die Alphabettafel wegnehmen«, sagte sie ruhig und gab ihrem Sohn die Zündschlüssel. »Bobby, laß den Motor an«, wies sie ihn an. »Es ist kalt.«

Bobby versicherte Chris, daß sie ihm in all ihren Filmen sehr gefallen habe; dann ging er schüchtern zu einem alten, verbeulten Mustang, der ein Stück die Straßen hinunter geparkt war.

Mrs. Perrins Augen waren immer noch im Schatten.

»Ich weiß nicht, wie Sie über mich denken«, sagte sie langsam. »Viele Leute verbinden mich gedanklich mit Spiritismus. Aber das ist falsch. Ja, ich glaube, ich habe eine Gabe«, fuhr sie mit ruhiger Stimme fort. »Aber sie ist nicht okkulter Natur. Ich halte diese Gabe für natürlich. Vollkommen natürlich. Als Katholikin glaube ich, daß wir alle einen Fuß in zwei Welten haben. Die eine, die uns bewußt ist, ist die Zeit. Aber dann und wann erhascht jemand wie ich einen ganz kurzen Blick in die *andere* Welt. Und die ist, wie ich annehme, in der Ewigkeit. Und in der Ewigkeit gibt es keine Zeit. Da ist die Zukunft gegenwärtig. Wenn ich diese andere Welt *fühle*, glaube ich in die Zukunft zu blicken. Aber vielleicht bilde ich es mir auch nur ein. Vielleicht ist das alles Zufall.« Sie zuckte die Achseln. »Und was das Okkulte angeht ...« Sie hielt inne, suchte nach Worten. »Das Okkulte ist etwas anderes. Ich habe mich davon ferngehalten. Ich glaube, es kann gefährlich sein, sich oberflächlich damit zu befassen. Dazu gehört auch das Spielen mit einer Alphabettafel für spiritistische Sitzungen.«

Bis jetzt hatte Chris sie für eine harmlose Frau gehalten. Nun aber fand sie irgend etwas an Mary Jos Art zutiefst beunruhigend. Sie hatte eine böse Vorahnung, die sie zu verbannen versuchte.

»Na, na, Mary Jo«, sagte sie lächelnd. »Wissen Sie nicht, wie diese Alphabettafeln funktionieren? Da kommt nichts aus dem Jenseits, aus der Geisterwelt. Da meldet sich allenfalls das Unterbewußtsein eines Menschen zu Wort.«

»Ja, vielleicht«, antwortete die Wahrsagerin. »Vielleicht. Es könnte alles Suggestion sein. Aber in vielen Geschichten habe ich etwas über spiritistische Sitzungen erfahren, über Alphabettafeln, über *all* das, und sie schienen immer irgendeine Tür zu öffnen. Oh, vielleicht nicht zur Geisterwelt. Daran glauben Sie ja sowieso nicht. Sie glauben, daß sich eine Tür zum Unterbewußtsein öffnet. Nun, ich weiß es nicht. Ich weiß nur, daß diese Dinge offenbar *wirklich* geschehen. Und es gibt Irrenhäuser in der ganzen Welt, die voller Leute sind, die sich oberflächlich mit dem Okkulten befaßt haben.«

»Was meinen Sie damit? Soll das ein Scherz sein?«

Kurze Zeit herrschte Schweigen. Dann ertönte wieder die leise Stimme aus der Dunkelheit. »Da gab es eine Familie in Bayern, Chris. Es war 1921. Ich erinnere mich nicht an den Namen der Leute, aber es war eine elfköpfige Familie. Wahrscheinlich können Sie es in alten Zeitungen nachlesen. Kurze Zeit, nachdem sie eine Séance versucht hatten, verloren sie alle den Verstand. Alle elf. Sie veranstalteten eine wahre Feuerorgie in ihrem Haus. Als sämtliche Möbel verbrannt waren, begannen sie mit dem drei Monate alten Baby einer der jüngeren Töchter. Gott sei Dank verschafften die Nachbarn sich Zutritt ins Haus und hielten die Leute auf. Die ganze Familie wurde in eine Irrenanstalt gesperrt.«

»O Gott!« flüsterte Chris, als sie an Captain Howdy dachte. Er hatte jetzt etwas Bedrohliches angenommen. Geisteskrankheit? »Ich wußte gleich, daß ich mit Regan zu einem Psychiater muß.«

»Um Himmels willen«, sagte Mrs. Perrin und trat ins Licht. »Es hat nichts zu sagen, was ich erzählt habe! Hören Sie nur auf Ihren Arzt.« Sie bemühte sich um einen beruhigenden Tonfall, der jedoch nicht überzeugend war. »Ich verstehe mich sehr gut darauf, die Zukunft vorherzusagen ...«, Mrs. Perrin lächelte, »... aber was die Gegenwart betrifft, bin ich völlig hilflos.« Sie kramte in ihrer Handtasche. »Wo habe ich denn meine Brille? Sehen Sie. Ich habe sie verlegt. Ah, da ist sie ja.« Mrs. Perrin hatte sie in ihrer Manteltasche gefunden. »Schönes Haus«, bemerkte sie, als sie die Brille aufsetzte und den Blick über die Fassade schweifen ließ. »Gibt einem das Gefühl von Wärme und Geborgenheit.«

»Allmächtiger, ich bin erleichtert! Einen Moment dachte ich, Sie würden mir sagen, hier spukt es!«

Mrs. Perrin blickte sie an. »Warum sollte ich so etwas sagen?«

Chris dachte an eine Freundin, eine bekannte Schauspielerin in Beverly Hills, die ihr Haus verkauft hatte, weil sie der festen Überzeugung war, daß ein Poltergeist darin wohne. »Ich weiß es nicht.« Chris lächelte matt. »Vielleicht habe ich an Ihr Metier gedacht. Es war ein Scherz.«

»Es ist ein sehr schönes Haus«, beteuerte Mrs. Perrin mit ruhiger Stimme. »Ich bin zuvor schon in diesem Haus gewesen, wissen Sie. Sehr oft.«

»Tatsächlich?«

»Ja. Der Besitzer war ein Admiral, ein Freund von mir. Er schreibt mir ab und zu einen Brief. Man hat ihn wieder zur See geschickt, den Armen. Aber ich weiß nicht, ob *er* mir fehlt, oder ob es dieses Haus ist.« Sie lächelte. »Aber vielleicht laden Sie mich ja mal wieder ein.«

»Mary Jo, ich würde Sie *liebend gern* wieder einladen. Im Ernst. Sie sind eine der faszinierendsten Personen, die ich kenne.«

»Nun ja, jedenfalls bin ich die *nervtötendste* Person, die Sie kennen.«

»Na, hören Sie mal! Rufen Sie mich an. Bitte. In der nächsten Woche?«

»Gut. Ich möchte erfahren, wie es Ihrer Tochter geht.«

»Haben Sie die Telefonnummer?«

»Ja. Zu Hause in meinem Buch.«

Chris überlegte, was sich verändert hatte. Dann erkannte sie es: Mrs. Perrins Tonfall.

»Also dann, gute Nacht«, sagte Mrs. Perrin. »Und noch einmal danke für den reizenden Abend.« Bevor Chris eine Antwort geben konnte, ging Mary Jo Perrin mit schnellen Schritten die Straße hinunter.

Chris schaute ihr einen Moment nach; dann schloß sie die Haustür. Tiefe Mattigkeit überkam sie. *Was für ein Abend,* dachte sie. *Was für ein Abend* …

Sie ging ins Wohnzimmer und blieb neben Willie stehen, die bei dem Urinfleck kniete. Sie rieb über den Flor des Teppichs.

»Ich habe Essig benutzt«, murmelte Willie. »Zweimal.«

»Geht der Fleck raus?«

»Vielleicht. Ich weiß es nicht. Wir werden sehen.«

»Stimmt. Das kann man erst sagen, wenn der Teppich trocken ist.«

Ja, brillant, Dummerchen. Eine wirklich geistreiche Bemerkung. Menschenskind, Mädchen, geh ins Bett!

»Lassen Sie das jetzt trocknen, Willie. Gehen Sie schlafen.«

»Nein, ich mache das zu Ende.«

»Also gut. Und danke. Gute Nacht.«

»Gute Nacht, Madam.«

Chris ging müde die Treppe hinauf. »Der Currysalat war ausgezeichnet, Willie. Hat jedem geschmeckt.«

»Danke, Madam.«

Chris schaute nach Regan. Das Mädchen schlief immer noch. Dann erinnerte sie sich an die Alphabettafel. Sollte sie das Ding verstecken? Wegwerfen? *Mrs. Perrin ist seltsam empfindlich bei diesem Thema.* Doch Chris war sich darüber im klaren, daß ein erfundener Spielgefährte für ein Kind unnatürlich, beinahe krankhaft war. *Ja, vielleicht sollte ich die Tafel wegwerfen.*

Dennoch zögerte sie. Als sie neben dem Bett stand und auf Regan hinunterschaute, erinnerte sie sich an einen Zwischenfall mit ihrer damals dreijährigen Tochter. An diesem Abend hatte Howard erklärt, daß Regan viel zu alt sei, um weiterhin mit ihrem Babyfläschchen zu schlafen, an das sie sich so sehr gewöhnt hatte, daß sie fast abhängig davon war. Er hatte es ihr weggenommen, und Regan hatte bis vier Uhr morgens geschrien und sich dann tagelang hysterisch aufgeführt. Nun befürchtete Chris eine ähnliche Reaktion.

Aber ich warte lieber, bis ich mit einem Psychiater gesprochen habe, sagte sie sich dann. *Außerdem hat sich die Wirkung des Ritalin noch nicht voll entfalten können.*

Chris ging in ihr Zimmer, legte sich erschöpft ins Bett und schlief fast sofort ein. Irgendwann wurde sie von furchtsamen, hysterischen Schreien geweckt, die sie zuerst nur am Rande ihres Bewußtseins wahrnahm.

»Mommy! Komm! Komm *her!* Ich hab' *Angst!*«

»Ich komme! Ganz ruhig, mein Schatz!«

Chris stürmte zu Regans Schlafzimmer. Wimmern. Weinen. Geräusche wie von Bettfedern.

»Baby, was ist los?« rief Chris, als sie das Licht einschaltete.

Großer Gott!

Regan lag völlig verspannt auf dem Bett, das Gesicht tränenüberströmt und verzerrt vor Entsetzen, während sie sich an die Seiten des schmalen Betts klammerte.

»Mommy, warum *wackelt* es so? Mach, daß es aufhört! Ich hab' *Angst!* Es soll *aufhören*! Mommy, bitte, es soll *aufhören!*«

Das Bett wurde heftig durchgeschüttelt.

Zweiter Teil

Die Grenze

In unserem Schlaf fällt Schmerz, der nicht vergessen werden kann, Tropfen für Tropfen auf unser Herz, bis es in unserer Verzweiflung, gegen unseren Willen, Weisheit durch die unermeßliche Gnade Gottes bekommt …

Äschylos

1

Sie bestatteten Mary Karras auf einem Friedhof, auf dem die Grabsteine dicht an dicht standen.

Die Totenmesse war so einsam, wie ihr Leben gewesen war. Ihre Brüder aus Brooklyn waren gekommen. Der Lebensmittelhändler an der Ecke, bei dem sie hatte anschreiben können. Als Damien Karras sah, wie der Sarg in die Dunkelheit gesenkt wurde, in eine Welt ohne Fenster, schluchzte er und empfand eine so tiefe Trauer wie lange nicht.

»Ah, Dimmy, Dimmy …«

Ein Onkel legte ihm den Arm um die Schultern.

»Sie ist jetzt im Himmel, Dimmy, sie ist glücklich.«

O Gott, laß es so sein! O Gott, bitte! O Gott, bitte, laß es so sein!

Sie warteten im Wagen, während er am Grab verweilte. Er konnte den Gedanken nicht ertragen, allein zu sein.

Auf der Fahrt zur Pennsylvania Station hörte er seine Onkel in gebrochener Einwanderersprache über ihre Krankheiten reden.

»… Emphysem … mußte mit dem Rauchen aufhören … wäre letztes Jahr fast gestorben, weißt du das?«

Zorn wallte in ihm auf, doch er unterdrückte ihn und schämte sich. Er blickte aus dem Fenster. Sie kamen an der Ausgabestelle für Lebensmittel vorbei, wo Mutter an ungezählten Samstagmorgen mitten im Winter Milch und Kartoffeln abgeholt hatte, während Damien im Bett lag; sie fuhren am Central-Park-Zoo vorüber, wo Mutter ihn im Sommer zurückgelassen hatte, während sie am Brunnen vor dem Plaza Hotel bettelte. Als der Wagen an diesem Hotel vorbeifuhr, begann Karras zu schluchzen. Dann aber verbannte er die Erinnerungen, wischte die Tränen brennender Schuldgefühle aus den Augen. Er fragte sich, warum seine Liebe so lange gewartet hatte – auf den Moment, da der Kontakt und die menschliche Hingabe auf die Größe des gedruckten Kärtchens geschrumpft waren, das nun in seiner Brieftasche steckte: *In Memoriam* …

Er kannte diese Trauer. Sie war alt.

Zur Abendessenszeit traf er in Georgetown ein, doch er hatte keinen Appetit. Er ging in seinem Häuschen auf und ab. Befreundete Jesuiten schauten vorbei, kondolierten, blieben kurz und versprachen, für die Verstorbene zu beten.

Kurz nach zehn erschien Joe Dyer mit einer Flasche Scotch. Er zeigte sie stolz. »Chivas Regal!«

»Woher hast du das Geld dafür? Aus dem Opferstock?«

»He, he. Ich verstoße doch nicht gegen mein Armutsgelübde.«

»Woher hast du das Geld dann?«

»Geklaut.«

Karras lächelte und holte kopfschüttelnd ein Glas und einen Kaffeebecher aus Zinn. Er spülte beides im Waschbecken des winzigen Badezimmers aus und kehrte zu Dyer zurück, der auf der Liege saß und die Flasche öffnete. Karras setzte sich neben ihn.

»Ich glaube dir«, sagte er.

»Fein. Möchtest du mir jetzt Absolution erteilen oder später?«

»Schenk ein«, sagte Karras, »und wir werden uns gegenseitig Absolution erteilen.«

Dyer füllte das Glas und den Zinnbecher. »College-Rektoren sollten ja nicht trinken«, murmelte er. »Das wäre ein schlechtes Vorbild. Ich glaube, ich habe ihn vor einer schrecklichen Versuchung bewahrt.«

Karras schluckte den Scotch, nicht aber die Geschichte. Er kannte die Art des Rektors zu gut. Ein Mann mit Takt und Feingefühl, der stets zu Umwegen neigte. Karras wußte, daß Dyer nicht nur als Freund, sondern auch als Gesandter des Rektors gekommen war. Als Dyer schließlich eine beiläufige Bemerkung machte, er, Karras, bräuchte vielleicht ›eine Pause‹, wertete er das als hoffnungsvolles Omen für die Zukunft und verspürte vorübergehend tiefe Erleichterung.

Dyers Gesellschaft tat Karras gut. Er brachte ihn zum Lachen, indem er neue Anekdoten über den für Glaubensdisziplin zuständigen Pater am Jesuitenkolleg erzählte. Dyer selbst trank wenig, füllte jedoch ständig Karras' Glas nach. Als er der Meinung war, Karras sei betrunken genug, um schlafen zu können, erhob er sich von der Liege, damit Karras sich ausstrecken konnte. Er setzte sich an den Schreibtisch und sprach weiterhin mit Karras, bis dem die Augen zufielen.

Dyer stand auf, band die Schnürriemen von Karras' Schuhen auf und zog sie ihm aus.

»Stiehlst du mir meine Schuhe?« murrte Karras mit schwerer Zunge.

»Nein, ich wahrsage anhand der Falten im Leder. Jetzt halt die Klappe und schlaf.«

»Du bist ein Jesuiten-Räuber.«

Dyer lachte leise und deckte Karras mit einer Jacke zu, die er aus dem Schrank nahm. »Jemand muß sich schließlich darum kümmern, daß hier die Rechnungen bezahlt werden. Ihr Jungs klappert ja nur mit den Rosenkranzperlen und betet für die Hippies in der M Street.«

Karras gab keine Antwort. Er atmete tief und gleichmäßig. Dyer ging leise zur Tür und knipste das Licht aus.

»Stehlen ist Sünde«, murmelte Karras in der Dunkelheit.

»*Mea culpa*«, sagte Dyer leise.

Er wartete, bis er sicher war, daß Karras schlief. Dann verließ er das Häuschen.

Mitten in der Nacht erwachte Karras mit tränennassem Gesicht. Er hatte von seiner Mutter geträumt. Er stand in Manhattan hoch oben an einem Fenster und sah sie aus einer U-Bahnstation gegenüber der Straße kommen. Sie stand mit einer braunen Papiertüte am Bordstein und suchte ihn. Er winkte. Sie sah ihn nicht. Sie wollte über die Straße, doch es ging nicht. Busse. Lastwagen. Unfreundliche Menschenmengen. Sie wurde immer ängstlicher, ging schließlich zur U-Bahnstation zurück und stieg hinab. Karras geriet in Panik, rannte zur Straße und brach in Tränen aus, als er nach ihr rief … als er sie nicht finden konnte … als er sie vor seinem geistigen Auge hilflos und verwirrt durch das Labyrinth der Tunnel irren sah.

Er wartete, bis sein Schluchzen verebbte und tastete nach der Flasche Scotch. Er setzte sich auf und trank in der Dunkelheit. Wieder rannen ihm Tränen über die Wangen. Sie würden nicht versiegen. Diese Trauer war wie die Trauer in der Kindheit.

Karras erinnerte sich an einen Telefonanruf von seinem Onkel:

»*Dimmy, das Ödem hat sich auf ihr Gehirn ausgeweitet. Aber sie läßt keinen Doktor an sich heran. Schreit nur herum. Redet sogar mit einem verdammten Radio. Ich glaube, sie muß ins Bellevue, Dimmy. In einem normalen Krankenhaus kann man ihr nicht helfen, aber nach ein paar Monaten im Bellevue ist sie bestimmt wieder auf dem Damm. Okay? Um ehrlich zu sein, Dimmy … wir haben sie schon eingeliefert. Man hat ihr heute morgen eine Spritze gegeben und sie mit einem Krankenwagen weggebracht. Wir wollten dich nicht beunruhigen. Aber du mußt zu einer Anhörung und dann die Papiere unterschreiben. Was meinst du? … Privatklinik? Wer hat das Geld dafür, Dimmy? Du?«*

Karras wußte nicht mehr, wann er eingeschlafen war.

Er erwachte wie aus einer Betäubung, und bei der Erinnerung an den Verlust verkrampfte sich sein Magen. Er wankte ins Badezimmer, duschte, rasierte sich und zog eine Soutane an. Es war halb sechs. Er schloß die Tür zur Dreieinigkeitskirche auf, legte sein Meßgewand an und las die Messe am linken Nebenaltar.

»*Memento etiam …*«, betete er verzweifelt. »Erinnere Dich Deiner Dienerin Mary Karras …«

In der Tabernakeltür sah er das Gesicht der Krankenschwester am Empfang im Bellevue-Hospital, hörte wieder die Schreie aus der Isolierstation.

»*Sie sind ihr Sohn?*«

»Ja. Ich bin Damien Karras.«

»Ich würde nicht dort hineingehen. Sie hat einen Anfall.«

Er blickte durch die Luke in den fensterlosen Raum, in dem eine nackte Glühbirne von der Decke hing. Eine Gummizelle. Kahl. Es gab nichts außer der Pritsche, auf der Mary Karras lag, tobend und phantasierend.

»… gib ihr, wir bitten dich, einen Platz der Labsal, des Lichts und des Friedens …«

Als sie ihn bemerkt hatte, war sie plötzlich verstummt, war zu der Luke gekommen und hatte ihn verwirrt angeschaut.

»*Warum tust du das, Dimmy? Warum?*«

Der Blick war frommer als der eines Lamms gewesen.

»*Agnus Dei …*«, murmelte Karras und verneigte sich. »Lamm Gottes, du nimmst hinweg die Sünde der Welt, erbarme dich unser …«

Als er die Augen schloß und die Hostie hielt, sah er seine Mutter bei der Anhörung vor sich, die Hände im Schoß verschränkt, ihr Gesichtsausdruck fügsam und verwirrt, als der Richter ihr das Gutachten des Psychiaters vom Bellevue-Hospital erklärte.

»Haben Sie das verstanden, Mary?«

Sie nickte nur, wollte den Mund nicht aufmachen. Man hatte ihr das künstliche Gebiß weggenommen.

»Was sagen Sie dazu, Mary?«

Stolz antwortete sie: *»Mein Junge spricht für mich.«*

Karras stöhnte gequält auf, als er den Kopf über die Hostie neigte. *Domine, non sum dignus* … Ich bin nicht würdig …

Wider gegen jede Vernunft, gegen jedes Wissen, betete er darum, daß jemand sein Gebet erhörte.

Er bezweifelte es.

Nach der Messe kehrte er zu dem Häuschen zurück und versuchte zu schlafen. Ohne Erfolg.

Später am Morgen erschien ein junger Priester, den Karras noch nie gesehen hatte. Er klopfte an und schaute herein.

»Sind Sie beschäftigt? Darf ich Sie kurz sprechen?«

Im Blick nervöse Unruhe, im Tonfall ein Flehen.

Für einen Moment haßte Karras ihn.

»Kommen Sie rein«, sagte er freundlich. Innerlich war er zornig auf diesen Teil seines Selbst, den er nicht kontrollieren konnte, der in ihm schlummerte und stets auf den Aufschrei eines Menschen wartete, der ihn brauchte. Dieser Teil seines Selbst bewirkte, daß Karras niemals Frieden fand, nicht einmal im Schlaf. Am Rande seiner Träume vernahm er oft ein Geräusch, das wie ein schwacher Hilfeschrei eines Gepeinigten klang, fast unhörbar in der Ferne. Immer der gleiche Schrei. Und noch Minuten nach dem Erwachen hatte er Angst, irgendeine Pflicht versäumt zu haben.

Der junge Priester druckste verlegen herum, suchte nach Worten. Karras wartete geduldig. Bot Zigaretten an. Pulverkaffee. Zwang sich dann zu einer interessierten Miene, als der niedergeschlagene Besucher ein vertrautes Problem darlegte: die schreckliche Einsamkeit von Priestern.

Von allen Ängsten, denen Karras in der Gemeinde begegnet war, war dieses Problem in jüngster Zeit am bedeutsamsten geworden. Getrennt von ihren Familien und von Frauen, hatten viele Jesuiten Angst davor, Zuneigung zu anderen Priestern zu zeigen, tiefe und innige Freundschaften zu entwickeln.

»Ich möchte meinen Arm um die Schulter eines Gefährten legen, aber ich habe Angst, er könnte mich für schwul halten. Ich meine, man hört all diese Theorien über latent Homosexuelle, die sich zur Priesterschaft hingezogen fühlen. Deshalb kann ich mich einfach mit keinem anfreunden. Ich gehe nicht mal zu jemandem ins Zimmer, um Schallplatten zu hören, zu reden oder zu rauchen. Es ist nicht so, daß ich Angst vor *ihm* hätte. Ich befürchte nur, er könnte Angst vor *mir* haben.«

Karras spürte, wie die Last sich langsam von den Schultern des anderen hob und auf die seinen senkte. Er warf einen Blick auf die gerahmten Worte, die jemand ihm vergangenes Jahr zu Weihnachten geschenkt hatte. MEIN BRUDER LEIDET. ICH TEILE SEINEN SCHMERZ. ICH BEGEGNE GOTT IN IHM, las er. Eine versäumte Begegnung. Karras gab sich die Schuld daran. Er hatte die Leidenswege seines Bruders aufgezeichnet, war diese Wege jedoch nie gegangen; das glaubte er jedenfalls. Den Schmerz, den er empfand, hielt er für seinen eigenen.

Schließlich blickte Karras' Besucher auf seine Armbanduhr. Es war Zeit zum Mittagessen im Refektorium. Er erhob sich und wandte sich zum Gehen. Dann verharrte er und betrachtete einen allgemein bekannten Roman auf Karras' Schreibtisch.

»Haben Sie das Buch gelesen?« fragte Karras.

Der junge Priester schüttelte den Kopf. »Nein. Sollte man es lesen?«

»Ich weiß nicht. Ich habe es gerade erst durch und bin mir nicht sicher, ob ich es wirklich verstanden habe«, log Karras. Er nahm das Buch und reichte es dem anderen. »Möchten Sie es mitnehmen? Ich würde gern die Meinung eines anderen darüber hören.«

»Selbstverständlich«, sagte der Jesuit und überflog den Klappentext. »In ein paar Tagen gebe ich's Ihnen zurück.«

Offenbar war seine Stimmung jetzt besser.

Als sich die Verandatür hinter ihm schloß, empfand Karras ein vorübergehendes Gefühl des Friedens. Er nahm sein Brevier und trat in den Hof hinaus, wo er langsam auf und ab ging und betete.

Am Nachmittag hatte er noch einen Besucher, den älteren Pastor der Dreieinigkeitskirche, der sich in einen Sessel am Schreibtisch setzte und Karras sein Beileid zum Tod der Mutter aussprach.

»Ich habe ein paar Messen für sie gelesen, Damien. Und eine für Sie«, erklärte er mit leichtem irischem Akzent.

»Sehr aufmerksam von Ihnen. Vielen Dank.«

»Wie alt ist sie gewesen?«

»Siebzig.«

»Ein stolzes Alter.«

Karras heftete den Blick auf eine Altarkarte, die der Pastor mitgebracht hatte. Es war eine von dreien, die bei der Messe benutzt wurden. Sie war mit Plastik überzogen und mit einem Teil der Gebete beschrieben, die der Priester sprach. Der Psychiater fragte sich, was er damit anfangen sollte.

»Nun, Damien, wir hatten heute hier eine andere von diesen Karten. In der Kirche. Eine … eine weitere Schändung.«

Eine Statue der Heiligen Jungfrau war wie eine Hure bemalt worden, berichtete der Pastor. Dann reichte er Karras die Altarkarte. »Und das hier fand man am Morgen Ihrer Abreise nach New York. War es am Samstag? Ja, Samstag. Sehen Sie sich das bitte an. Ich hatte soeben ein Gespräch mit einem Polizeisergeant, und … aber schauen Sie sich diese Karte erst einmal an, Damien.«

Als Karras die Karte betrachtete, erklärte der Pastor, daß jemand einen maschinegeschriebenen Zettel zwischen die Originalkarte und ihren Plastiküberzug geschoben hatte. Der Ersatztext enthielt zwar einige durchgestrichene Wörter und verschiedene Tippfehler, war im wesentlichen aber in sehr gutem Latein verfaßt und schilderte in lebhaften pornographischen Einzelheiten eine eingebildete lesbische Begegnung zwischen der Jungfrau Maria und Maria Magdalena.

»Das reicht, Sie müssen nicht alles lesen«, sagte der Pastor und riß die Karte an sich, als befürchtete er, sie könne eine Möglichkeit zur Sünde bieten. »Das ist ausgezeichnetes Latein, nicht wahr? Es hat Niveau. Das Niveau von *Kirchen*latein. Der Sergeant sagte, er hat mit einem Kollegen gesprochen, mit einem Psychologen, und der meint, daß derjenige, der das geschrieben hat ... nun, er könnte Priester sein, ein sehr kranker Priester. Meinen Sie das auch?«

Karras, der ja ebenfalls Psychiater war, dachte eine Zeitlang nach. Dann nickte er. »Ja. Ja, das könnte so sein. Jemand, der möglicherweise aus einer Rebellion heraus gehandelt hat ... in völligem Somnambulismus. Ich weiß es nicht. Es könnte sein.«

»Könnten Sie sich Kandidaten vorstellen, Damien?«

»Ich kann Ihnen nicht ganz folgen.«

»Na ja, früher oder später kommen sie zu *Ihnen*, die Krankhaften vom Campus, falls es welche gibt. Kennen Sie jemanden, auf den *das hier* passen könnte? Ich meine, diese Art Krankheit.«

»Nein.«

»Schon gut. Ich habe sowieso bezweifelt, daß Sie mir Namen nennen.«

»Ich wüßte auch keine. Somnambulismus ist eine Art Mechanismus, um bestimmte Konfliktsituationen zu lösen, und die übliche Form der Lösung ist symbolisch. Deshalb kann ich wirklich nichts wissen. Und wenn der Täter Schlafwandler ist, hat er vermutlich Gedächtnisschwund, und selbst *er* hat keine Ahnung, was er getan hat.«

»Was wäre, wenn *Sie* es ihm sagten?« fragte der Pastor listig.

»Wem denn? Ich weiß es doch nicht«, wiederholte der Psychiater.

»Hm. Tja, ich habe wirklich bezweifelt, daß ich es von Ihnen erfahre.« Der Pastor erhob sich und ging zur Tür. »Wißt ihr, wie ihr seid, ihr Psychiater? Wie Priester!« schimpfte er.

Als Karras lachte, kam der Pastor noch einmal zurück und legte die Altarkarte auf den Schreibtisch. »Ich glaube, Sie sollten das Ding genau untersuchen«, murmelte er. »Vielleicht fällt Ihnen etwas ein.«

Dann ging er zur Tür.

»Hat man die Karte auf Fingerabdrücke überprüft?« fragte Karras.

Der Pastor blieb stehen und wandte den Kopf. »Das bezweifle ich. Schließlich sind wir nicht hinter einem Verbrecher her, stimmt's? Wahrscheinlicher ist, daß es sich um ein geistesgestörtes Gemeindemitglied handelt. Wie denken Sie darüber, Damien? Meinen Sie, es könnte jemand in der Gemeinde sein? Ich jedenfalls nehme es an. Der Täter war kein Priester, sondern jemand aus der Gemeinde.« Er zupfte an seinem Ohrläppchen. »Meinen Sie nicht auch?«

»Vielleicht«, erwiderte Karras. »Kann sein.«

Der Pastor seufzte. »Schon gut. Ich wußte gleich, daß ich von Ihnen nichts erfahre.«

Später an diesem Tag wurde Karras von seinen Pflichten als Berater entbunden und der medizinischen Fakultät der Georgetown University als Dozent für Psychiatrie zugeteilt. Seine Anweisungen lauteten, sich zu ›erholen‹.

2

Regan lag mit dem Rücken auf Dr. Kleins Untersuchungstisch, Arme und Beine gespreizt. Der Arzt nahm ihren rechten Fuß in beide Hände und beugte ihn am Knöchel. Einen Moment hielt er ihn angespannt und ließ ihn dann plötzlich los. Der Fuß entspannte sich, nahm wieder die normale Haltung ein.

Dr. Klein wiederholte den Vorgang mehrmals, doch am Ergebnis änderte sich nichts. Alles war normal – bis Regan sich abrupt aufsetzte und dem Arzt ins Gesicht spuckte. Er wies eine Schwester an, im Behandlungszimmer zu bleiben, und kehrte in sein Büro zurück, um mit Chris zu sprechen.

Es war der 26. April. Klein war am Sonntag und Montag nicht in der Stadt gewesen; Chris hatte ihn erst an diesem Morgen erreicht und ihm von den Ereignissen auf der Party und dem Rütteln und Schütteln des Bettes erzählt.

»Es hat sich tatsächlich bewegt?«

»Ja, es hat sich bewegt.«

»Wie lange?«

»Ich weiß es nicht. Vielleicht zehn, fünfzehn Sekunden. Ich meine, mehr habe ich nicht gesehen. Dann wurde Regans Körper starr, als hätte sie einen Krampf, und sie machte ins Bett. Vielleicht war das schon vorher passiert; ich weiß es nicht. Dann schlief sie plötzlich tief und fest und ist erst am nächsten Nachmittag aufgewacht.«

Dr. Klein betrat jetzt nachdenklich das Büro.

»Was ist es?« fragte Chris besorgt.

Bei ihrem Eintreffen hatte Klein die Vermutung geäußert, das Wackeln des Bettes sei durch klonische Kontraktion verursacht worden, eine abwechselnde Spannung und Entspannung der Muskeln. Die chronische Form einer solchen Verfassung, hatte er Chris erklärt, sei der Schüttelkrampf, für gewöhnlich ein Anzeichen auf eine krankhafte Veränderung im Gehirn.

»Nun, die Untersuchung war negativ«, sagte er und beschrieb die Prozedur, erklärte, daß beim Schüttelkrampf das abwechselnde Anspannen und Entspannen des Fußes eine Aufeinanderfolge klonischer Kontraktionen ausgelöst hätte. Als er sich an seinen Schreibtisch setzte, wirkte er immer noch beunruhigt. »Ist Regan jemals gefallen?«

»Sie meinen, auf den Kopf gefallen?« fragte Chris.

»Ja.«

»Nicht daß ich wüßte.«

»Kinderkrankheiten?«

»Die üblichen. Masern, Mumps und Windpocken.«

»Hat sie eine Vorgeschichte als Schlafwandlerin?«

»Bisher nicht.«

»Was meinen Sie? Hat sie auf der Party geschlafwandelt?«

»Nun ja … Regan weiß immer noch nicht, was sie an dem Abend getan hat. Und es gibt noch andere Dinge, an die sie sich nicht erinnert.«

»In jüngster Zeit?«

Ja. Sonntag. Regan hatte noch geschlafen. Ein Anruf von Howard aus Übersee.

»Wie geht es Rags?«

»Vielen Dank für den Anruf an ihrem Geburtstag.«

»Tut mir leid. Ich saß auf einer Jacht fest. Gib mir um Himmels willen nicht immer die Schuld. Ich habe sofort angerufen, als ich wieder im Hotel war.«

»Na klar.«

»Hat sie es dir nicht erzählt?«

»Du hast mit ihr telefoniert?«

»Ja. Deshalb hielt ich es für besser, dich anzurufen. Was, zum Teufel, ist mit ihr los?«

»Wie meinst du das?«

»Sie nannte mich nur ›Wichser‹ und hat aufgelegt.«

Chris berichtete Dr. Klein von dem Vorfall und erklärte, daß

Regan sich nach dem Erwachen weder an den Telefonanruf noch an die Ereignisse am Abend der Party erinnert hatte.

»Dann hat sie möglicherweise auch nicht gelogen, als sie behauptet hat, daß die Möbel sich verschieben«, meinte Dr. Klein.

»Ich verstehe nicht ...«

»Regan selbst hat das getan ... vielleicht in dieser Verfassung, bei der sie nicht weiß, was sie tut, und die man als Automatismus bezeichnet. Es ist wie ein Trancezustand. Der Patient weiß nicht oder erinnert sich nicht, was er getan hat.«

»*Regan* soll die Möbel verschoben haben? Du lieber Himmel, Doc! In ihrem Zimmer steht eine Kommode aus Teakholz, die fast eine halbe Tonne wiegt. Wie sollte Regan die verschieben?«

»Außergewöhnliche Kraft ist ziemlich häufig in der Pathologie.«

»Tatsächlich? Wie kommt das?«

Der Arzt zuckte mit den Schultern. »Das weiß keiner«, antwortete er. »Ist Ihnen irgendein anderes absonderliches Verhalten Regans aufgefallen?«

»Sie ist schlampig geworden.«

»Das ist nicht absonderlich.«

»Für Regan schon. Moment mal ... ja, da war diese Sache ... Erinnern Sie sich, daß Regan mit dieser Alphabettafel für spiritistische Sitzungen gespielt hat? Mit Captain Howdy?«

»Dem erfundenen Spielgefährten.« Der Internist nickte.

»Jetzt kann sie ihn hören«, sagte Chris.

Der Arzt beugte sich vor und verschränkte die Arme. »Das müssen Sie mir genauer erzählen«, sagte er, und seine Augen blickten aufmerksam.

»Gestern morgen konnte ich hören, wie Regan in ihrem Schlafzimmer mit Howdy geredet hat«, berichtete Chris. »Ich meine, sie sagte etwas und hat dann anscheinend gewartet, als würde sie währenddessen mit der Alphabettafel spielen. Doch als ich ins

Zimmer schaute, war keine Alphabettafel zu sehen. Nur Regan war da. Sie nickte, als würde sie dem beipflichten, was Captain Howdy gesagt hatte.«

»Haben Sie ihn gesehen?«

»Nein. Und ich bezweifle, daß Regan ihn gesehen hat. Sie hatte den Kopf zur Seite geneigt, wie wenn sie sich Schallplatten anhört.«

Der Arzt nickte nachdenklich. »Ich verstehe. Noch irgendwelche anderen derartigen Phänomene? Sieht sie Dinge? Riecht sie Dinge?«

»Ja, sie riecht etwas«, erinnerte sich Chris. »Sie erzählte mir von einem üblen Geruch in ihrem Schlafzimmer.«

»Nach Verbranntem?«

»He, das stimmt!« rief Chris. »Woher wissen Sie das?«

»Es ist manchmal das Symptom einer Störung der chemoelektrischen Aktivität des Gehirns. Bei Ihrer Tochter im temporalen Lobus.« Er tippte sich oben auf den Schädel. »Hier oben, im vorderen Teil des Hirns. Es kommt selten vor, aber es verursacht bizarre Halluzinationen und ist üblicherweise das Vorzeichen eines Krampfes. Ich nehme an, daß es deshalb oft für Schizophrenie gehalten wird; aber es ist keine Schizophrenie. Es wird durch eine krankhafte Veränderung des Gehirnabschnitts im Schläfenbereich verursacht. Allerdings war der Test auf Schüttelkrampf negativ, deshalb möchte ich ein EEG machen.«

»Was ist das?«

»Ein Elektroenzephalogramm. Das Aufzeichnen der Gehirnströme. Daran kann man für gewöhnlich gut Anzeichen auf Abnormitäten entdecken.«

»Aber Sie denken an Schüttelkrampf?«

»Die Symptome sind vorhanden, Mrs. MacNeil. Zum Beispiel die Unordentlichkeit, die Streitsucht, gesellschaftlich peinliches Verhalten. Auch der Automatismus gehört dazu. Und natürlich die Anfälle, bei denen das Bett wackelt. Für gewöhnlich folgt

Bettnässen oder Erbrechen oder beides – und dann sehr tiefer Schlaf.«

»Wollen Sie das EEG gleich machen?« fragte Chris.

»Ja, wir sollten es sofort machen, aber sie braucht Beruhigungsmittel. Wenn Regan sich bewegt oder Zuckungen bekommt, macht das die Resultate zunichte. Ich müßte ihr ... sagen wir mal, fünfundzwanzig Milligramm Librium geben.«

»O Gott. Also gut. Tun Sie, was Sie tun müssen«, sagte Chris erschüttert.

Sie begleitete ihn ins Untersuchungszimmer. Als Regan sah, wie er die Spritze aufzog, schrie sie und gab einen Schwall von Obszönitäten von sich.

»Schatz, es soll dir *helfen!*« beteuerte Chris unglücklich. Sie hielt Regan fest, während Dr. Klein ihr die Injektion gab.

»Ich komme gleich zurück«, sagte der Arzt. Während eine Schwester das EEG-Gerät ins Untersuchungszimmer rollte, ging Klein hinaus, sich um einen anderen Patienten kümmern. Als er kurze Zeit später zurückkam, zeigte das Librium immer noch keine Wirkung.

Klein wirkte überrascht. »Das war eine ziemlich starke Dosis«, sagte er zu Chris.

Er injizierte weitere fünfundzwanzig Milligramm, ging wieder zu einem anderen Patienten, kam zurück und traf Regan ruhig und gefügig an.

»Was tun Sie da?« fragte Chris, als Dr. Klein die in eine Lösung getauchten Elektroden an Regans Kopf anbrachte.

»Wir nehmen vier für jede Seite«, erklärte er. »Das ermöglicht es uns, die Hirnströme der linken und rechten Seite des Gehirns zu messen und zu vergleichen.«

»Warum vergleichen?«

»Nun, Abweichungen könnten aufschlußreich sein. Ich hatte zum Beispiel einen Patienten, der unter Wahnvorstellungen litt«, sagte Klein. »Er sah und hörte Dinge, die in Wirklichkeit nicht da waren. Nun, ich fand eine Diskrepanz beim Vergleich der linken und rechten Hirnströme und entdeckte, daß der Mann nur auf *einer* Seite des Kopfes Halluzinationen hatte.«

»Das ist ja ein Ding!«

»Das linke Auge und Ohr funktionierten normal, nur die rechte Seite hatte optische und akustische Visionen. Also gut, dann wollen wir mal sehen.« Er stellte die Apparatur an. Wellenlinien erschienen auf dem Leuchtschirm. »Das sind jetzt beide Seiten zusammen«, erklärte Klein. »Ich suche jetzt nach Abweichungen in den Wellen ...«, er vollführte mit dem Zeigefinger eine Wellenbewegung in der Luft, »... besonders nach sehr hohen Amplituden, von denen es vier bis acht pro Sekunde gibt. Das ist ein temporaler Lobus.«

Er betrachtete eingehend die aufgezeichneten Hirnströme, entdeckte aber keine Unregelmäßigkeiten. Keine Zacken, keine abgeflachten Wellenbewegungen. Als er auf die Vergleichsablesung schaltete, war das Ergebnis ebenfalls negativ.

Klein runzelte die Stirn, konnte es nicht begreifen. Er wiederholte den Vorgang und stellte keine Veränderung fest.

Er wies eine Schwester an, sich um Regan zu kümmern, und ging mit Chris in sein Büro.

»Wie sieht das Ergebnis aus?« fragte Chris.

Der Arzt setzte sich nachdenklich auf die Schreibtischkante. »Es gibt keine Unregelmäßigkeiten. Seltsam. Es könnte Hysterie sein, aber das Verhaltensmuster vor und nach den Anfällen war zu auffallend.«

Chris furchte die Stirn. »Wissen Sie, Sie haben mehrmals von ›Zuckungen‹ geredet. Wie lautet die genaue Bezeichnung dieser Krankheit?«

»Nun, es ist keine Krankheit«, sagte er mit ruhiger Stimme.

»Und wie nennen Sie es? Ich meine, genau?«

»Sie kennen es als Epilepsie, Mrs. MacNeil.«

»O Gott!«

Chris sank auf einen Stuhl.

»Immer mit der Ruhe«, sagte Dr. Klein beruhigend. »Wissen Sie, praktisch jeder kann Zuckungen bekommen. Die meisten Menschen werden mit einer ziemlich hohen Resistenz gegen Zuckungen geboren, einige mit einer geringen; deshalb ist der Unterschied zwischen Ihnen und einem Epileptiker eine Sache des Resistenzgrades. Das ist alles. Nur der Grad der Resistenz. Es ist keine Krankheit.«

»Was ist es dann, um Himmels willen?«

»Eine Störung. Eine kontrollierbare Störung. Und es gibt sehr viele Arten davon, Mrs. MacNeil. Nehmen wir mal an, Sie hatten für eine Sekunde einen Blackout, und Ihnen ist ein bißchen von dem entgangen, was ich gesagt habe. Tja, das ist schon eine Art Epilepsie, Mrs. MacNeil.«

»Aber so ist es ja nicht bei Regan«, wandte Chris ein. »Und wie kommt es, daß es ganz plötzlich passiert?«

»Nun ja, ich gebe zu, daß Sie möglicherweise von Anfang an recht hatten und die Sache psychosomatisch bedingt ist. Aber ich bezweifle es. Und um Ihre Frage zu beantworten – eine Reihe von Veränderungen in der Funktion des Gehirns kann einen Anfall bei einem Epileptiker auslösen: Sorgen, Müdigkeit, emotionaler Streß, sogar der bestimmte Ton eines Musikinstruments. Ich hatte mal einen Patienten, der nur Anfälle bekam, wenn er mit einem Bus fuhr und eine Querstraße von zu Hause entfernt war. Wir entdeckten schließlich, was die Anfälle auslöste: das flackernde, von einem weißen Metallzaun reflektierte Licht, der sich in der Seitenscheibe spiegelte. Zu einer anderen Tageszeit oder wenn der Bus mit einer anderen Geschwindigkeit fuhr, bekam der Mann keine Krämpfe. Er litt unter einer krankhaften Veränderung, einer Narbe im Gehirn, die von irgendeiner Krankheit im Kindesalter herrührte. Im Fall Ihrer Tochter würde die Narbe vorne sein – oben im Schläfenbereich –, und wenn sie durch einen bestimmten elektrischen Impuls von einer gewissen Wellenlänge und Periodizität getroffen wird, löst sie einen plötzlichen Ausbruch abnormer Reaktionen tief in einem Brennpunkt im Schläfenbereich aus. Verstehen Sie?«

»So ungefähr.« Chris seufzte deprimiert. »Aber ich will Ihnen die Wahrheit sagen, Doktor. Ich verstehe nicht, wie sich Regans ganze Persönlichkeit verändern kann.«

»Im temporalen Lobus ist das sehr häufig und kann Tage, sogar Wochen dauern. Manchmal kommt es zu destruktivem, ja kriminellem Verhalten. Vor zwei-, dreihundert Jahren kam es vor, daß Leute mit Störungen des temporalen Lobus oftmals als vom Teufel besessen galten.«

»Als … *was?*«

»Als Besessene. Vom Geist eines Dämonen übernommen. So etwas wie eine abergläubische Version von gespaltener Persönlichkeit.«

Chris schloß die Augen und neigte die Stirn auf eine Faust. »Sagen Sie mir zur Abwechslung mal was Erfreuliches?« murmelte sie.

»Seien Sie nicht zu sehr beunruhigt. *Falls* es eine krankhafte Veränderung ist, hat das Kind in gewisser Weise Glück. Dann brauchen wir nur die Narbe zu entfernen.«

»Verstehe …«

»Oder es könnte lediglich Druck aufs Hirn sein. Ich würde gern Regans Kopf röntgen. Wir haben einen Radiologen hier im Gebäude. Vielleicht kann ich es einrichten, daß er sie jetzt gleich untersucht. Soll ich ihn anrufen?«

»Ja. Erledigen wir das.«

Dr. Klein rief an und regelte die Sache. Regan würde sofort geröntgt, versicherte man ihm.

Er legte den Hörer auf und schrieb ein Rezept aus. »Zimmer einundzwanzig im zweiten Stock. Morgen oder am Donnerstag rufe ich Sie an. Ich möchte einen Neurologen hinzuziehen. In der

Zwischenzeit werde ich das Ritalin absetzen. Versuchen wir es eine Weile mit Librium.«

Er riß das Rezept vom Block und reichte es Chris. »Ich würde an Ihrer Stelle in der Nähe Ihrer Tochter bleiben, wenn möglich, Mrs. MacNeil. Bei diesen schlafwandlerischen Phasen besteht immer die Gefahr, daß sie sich verletzt. Ist Ihr Schlafzimmer nahe bei dem Ihrer Tochter?«

»Ja.«

»Sehr gut. Im Erdgeschoß?«

»Nein. Erster Stock.«

»Haben Sie große Fenster im Schlafzimmer?«

»Eins. Weshalb fragen Sie?«

»Ich würde versuchen, es geschlossen zu halten, vielleicht sogar ein Schloß anbringen. Im Trancezustand könnte Regan hindurchsteigen. Ich hatte mal einen ...«

»... Patienten«, ergänzte Chris mit einem matten Lächeln.

Klein grinste. »Ich nehme an, ich habe ein paar zu viel für Sie, nicht wahr?«

»Ein paar.«

Sie stützte ihr Gesicht mit einer Hand und neigte sich nachdenklich vor. »Wissen Sie, mir ist da gerade ein Gedanke gekommen.«

»Und welcher?«

»Sie sagten, nach einem Anfall fällt Regan in tiefen Schlaf. Wie Samstag abend. Das haben Sie doch gesagt?«

»Ja.« Klein nickte.

»Wie kommt es dann, daß sie zu den anderen Zeiten, als sie über das Wackeln des Bettes klagte, immer hellwach war?«

»Das haben Sie mir nicht gesagt.«

»Aber so ist es. Sie wirkte putzmunter. Sie kam in mein Zimmer und wollte zu mir ins Bett.«

»Bettnässen? Erbrechen?«

Chris schüttelte den Kopf. »Es ging ihr prima.«

Klein runzelte die Stirn und nagte an der Unterlippe. »Na, sehen wir uns erst mal die Röntgenbilder an«, sagte er schließlich.

Chris fühlte sich erschöpft und wie betäubt, als sie Regan zum Radiologen führte. Sie blieb bei ihr, als sie geröntgt wurde; dann fuhren Mutter und Tochter nach Hause. Regan war seit der zweiten Spritze sonderbar still geworden, und Chris versuchte nun, sie aufzumuntern.

»Sollen wir Monopoly spielen? Oder was anderes?«

Regan schüttelte den Kopf und starrte ihre Mutter mit verschleiertem Blick an, der in unendliche Ferne gerichtet zu sein schien. »Ich bin so müde«, sagte sie, und der Klang der Stimme paßte zum Ausdruck ihrer Augen. Dann wandte sie sich ab und stieg die Treppe zu ihrem Schlafzimmer hinauf.

Das muß die Wirkung vom Librium sein, dachte Chris, als sie ihr nachschaute. Sie seufzte und ging in die Küche, schenkte Kaffee ein und setzte sich zu Sharon an den Tisch.

»Wie ist es gelaufen?«

»O Gott, frag nicht!«

Chris legte das Rezept auf den Tisch. »Besorg das hier, ja?« sagte sie und erklärte, was der Arzt ihr gesagt hatte. »Wenn ich beschäftigt oder außer Haus bin, behalte sie genau im Auge, Shar. Der Arzt meinte …« Plötzlich kam ihr ein Gedanke. »Da fällt mir was ein.«

Sie stand auf und ging zu Regans Schlafzimmer, wo sie ihre Tochter unter der Bettdecke und offenbar schlafend vorfand.

Chris ging zum Fenster und vergewisserte sich, daß es fest geschlossen war. Sie blickte nach unten. Das Fenster an der Seite des Hauses lag zur steilen öffentlichen Treppe hinaus, die zur M Street tief unten führte.

O Gott, ich sollte sofort einen Schlosser bestellen.

Chris ging in die Küche zurück und fügte die Aufgabe jener Liste hinzu, nach der Sharon arbeitete. Dann sagte sie Willie, was sie zum Abendessen wünschte, und erwiderte einen Anruf ihres Agenten.

»Was ist mit dem Skript?« wollte er wissen.

»Es ist großartig, Ed. Machen wir's«, sagte Chris. »Wann ist Drehbeginn?«

»Deine Episode wird im Juli gedreht. Du mußt also gleich anfangen.«

»Du meinst sofort?«

»Sofort. Das ist kein Schauspielern, Chris. Du bist an der gesamten Vorproduktion beteiligt. Du mußt mit dem Bühnenbildner zusammenarbeiten, mit dem Maskenbildner, mit dem Produzenten. Und du mußt einen Kameramann und einen Cutter auswählen und deine Aufnahmen besprechen. Du weißt doch, wie das abläuft.«

»O Scheiße!«

»Gibt's ein Problem?«

»Ja.«

»Und welches?«

»Regan ist krank. Ziemlich krank.«

»Das tut mir leid. Was hat sie denn?«

»Wissen die Ärzte noch nicht. Ich warte auf Untersuchungsergebnisse. Hör mal, Ed, ich kann das Mädchen nicht allein lassen.«

»Wer sagt denn, daß du sie allein lassen sollst?«

»Nein, du verstehst nicht, Ed. Ich muß bei ihr bleiben. Hier, zu Hause. Sie braucht meine Aufmerksamkeit. Ich kann's nicht erklären, Ed, es ist zu kompliziert. Warum warten wir nicht eine Zeitlang, bis …«

»Das können wir nicht. Sie wollen das Projekt über Weihnachten in der Music Hall aufführen. Ich glaube, die Zeit drängt *jetzt* schon.«

»Zwei Wochen können sie doch wohl warten, Ed. Komm schon, nun stell dich nicht so an.«

»Hör mal, du hast mir in den Ohren gelegen, daß du Regie führen willst, und jetzt auf einmal ...«

»Ich weiß, Ed, ich weiß. Ich will's ja auch. Aber du mußt den Leuten sagen, daß ich mehr Zeit brauche.«

»Wenn ich das sage, können wir die Sache vergessen. Sie wollen dich ohnehin nicht als Regisseurin. Sie tun das nur für Moore. Wenn sie ihm jetzt sagen ›Chris ist nicht ganz sicher, ob sie's machen will‹, wird er stinksauer sein. Also sei vernünftig, Chris. Okay, du kannst tun, was du willst, mich juckt's nicht. Mit der Sache ist sowieso nicht das große Geld zu verdienen. Aber wenn du das Projekt machen willst, sag' ich dir eins: Wenn ich um einen Aufschub bitte, ist die Sache gestorben. Also, was soll ich den Leuten sagen?«

»Mensch, Ed!« Chris seufzte.

»Es ist nicht leicht, ich weiß.«

»Da hast du recht. Hör mal ...«

Sie überlegte rasch. Dann schüttelte sie den Kopf. »Ed, sie *müssen* warten«, sagte sie müde.

»Es ist deine Entscheidung.«

»Halte mich auf dem laufenden.«

»Mach' ich. Ich rufe an.«

»Danke, Ed. Bis dann.«

Sie legte deprimiert den Hörer auf und zündete sich eine Zigarette an. »Ich habe übrigens mit Howard telefoniert, habe ich dir das erzählt?« sagte sie zu Sharon.

»So? Wann? Hast du ihm erzählt, was mit Rags passiert ist?«

»Ja. Und ich habe ihm gesagt, er sollte herkommen und sie besuchen.«

»Kommt er?«

»Keine Ahnung. Wahrscheinlich nicht.«

»Diese kleine Mühe könnte er sich nun wirklich machen.«

»Ja, ich weiß.« Chris seufzte. »Aber man muß Verständnis für seine Komplexe haben. Ich weiß, daß es daran liegt.«

»Woran?«

»Na, an der ganzen Rederei. ›Der Mann von Chris MacNeil‹. ›Das Anhängsel von dem Filmstar‹. Rags war ein Teil dieses Rummels. Sie war dabei, und Howard stand abseits. Stets war ich mit Rags zusammen auf den Titelseiten der Illustrierten. Mutter und Tochter. Elfenzwillinge.« Sie schnippte Asche von ihrer Zigarette. »Verrückt, das ganze Filmgeschäft. Was zählt, ist die Vermarktung.«

Sie nahm ein Buch, das neben Sharon lag. »Was liest du denn da?«

»Was …? Ach so. Das Buch ist für dich. Ich hab's vergessen. Mrs. Perrin hat es vorbeigebracht.«

»Sie war hier?«

»Ja, heute morgen. Es tut ihr leid, daß sie dich verpaßt hat, soll ich dir ausrichten. Sie reist irgendwohin, aber sie ruft an, sobald sie zurück ist.« Chris nickte und warf einen Blick auf den Titel des Buches. *Eine Studie der Teufelsanbetung und verwandter okkulter Phänomene.* Sie schlug das Buch auf und fand einen handgeschriebenen Zettel von Mary Jo Perrin.

Liebe Chris, ich war zufällig in der Bibliothek der Georgetown University und habe das hier für Sie ausgeliehen. Es gibt einige Kapitel über schwarze Messen darin. Sie sollten aber das ganze Buch lesen. Ich glaube, Sie werden die anderen Abschnitte besonders interessant finden. Bis bald.

Mary Jo

»Nette Frau«, sagte Chris.

»Ja, das ist sie«, pflichtete Sharon ihr bei.

Chris blätterte das Buch durch. »Wer liest denn über schwarze Messen? Das geht doch bestimmt an die Nerven.«

»Weiß ich nicht«, antwortete Sharon. »Ich hab's nicht gelesen.«

»Nicht gut für die Gemütsruhe, was?«

Sharon reckte sich und gähnte. »Bestimmt nicht.«

Chris schob das Buch über den Tisch zu Sharon. »Hier, lies es und sag mir, was da passiert.«

»Soll ich Alpträume bekommen?«

»Was meinst du, wofür du bezahlt wirst?«

»Nicht fürs Kotzen.«

»Schon gut«, murmelte Chris und nahm die Abendzeitung, legte sie wieder beiseite. »Würdest du das Radio einschalten, Shar? Ich möchte die Nachrichten hören.«

Später aß Sharon mit Chris im Haus zu Abend und ging dann zu einer Verabredung. Chris starrte das Buch an, das auf dem Tisch lag, und spielte mit dem Gedanken, darin zu lesen, fühlte sich aber zu müde. Sie ging nach oben und schaute nach Regan, die immer noch unter den Decken zu schlafen schien. Noch einmal überprüfte Chris das Fenster. Als sie das Zimmer verließ, ließ sie die Tür weit offen – wie auch die Tür ihres eigenen Zimmers, bevor sie zu Bett ging.

Am nächsten Morgen war das Buch über die Teufelsanbetung vom Tisch verschwunden.

Niemand bemerkte es.

3

Der zu Rate gezogene Neurologe hängte die Röntgenbilder wieder auf und suchte nach ›Dellen‹, wie er es nannte, die aussahen, als wäre der Schädel wie Kupfer mit einem winzigen Hammer bearbeitet worden. Dr. Klein stand mit verschränkten Armen hinter ihm. Beide suchten nach krankhaften Veränderungen und Ansammlungen von Flüssigkeit; nach einer möglichen Veränderung der Zirbeldrüse. Nun hielten sie nach verräterischen Vertiefungen Ausschau, die auf einen chronischen Druck innerhalb des Schädels hinweisen würden.

Sie fanden nichts. Es war Donnerstag, der 28. April.

Der Neurologe nahm seine Brille ab und steckte sie in die linke Brusttasche seines Jacketts. »Da ist nichts, Sam. Nichts, das ich sehen könnte.«

Klein blickte mit gerunzelter Stirn zu Boden und schüttelte den Kopf. »Ich verstehe das nicht.«

»Möchten Sie eine weitere Reihe machen?«

»Nein, das dürfte nichts bringen. Ich werde es mit einer Lumbalpunktion versuchen.«

»Gute Idee.«

»Könnten Sie sich das Mädchen vielleicht einmal anschauen?«

»Ja, sicher. Ich ...« Das Summen des Telefons. »Entschuldigen Sie.« Er nahm den Hörer ab. »Mrs. MacNeil ist in der Leitung. Sie sagt, es ist dringend.«

»Welche Leitung?« fragte Klein.

»Zwölf.«

Er drückte auf den Knopf des Nebenanschlusses. »Hier Dr. Klein, Mrs. MacNeil. Was kann ich für Sie tun?«

Ihre Stimme klang am Rande der Hysterie. »O Gott, Doc, es ist was mit Regan! Können Sie sofort kommen?«

»Was ist denn los?«

»Ich weiß es nicht, ich kann es einfach nicht beschreiben! Oh, kommen Sie her, um Gottes willen! Schnell!«

»Ich mache mich sofort auf den Weg!«

Er unterbrach die Verbindung und informierte seine Sprechstundenhilfe: »Susan, sagen Sie Dresner, er soll meine Termine übernehmen.« Er nahm sein Jackett und wandte sich an den Neurologen. »Das ist sie. Möchten Sie mitkommen? Es ist gleich hinter der Brücke.«

»Ich habe eine Stunde Zeit.«

»Gehen wir.«

Sie waren binnen Minuten am Ziel. An der Tür, wo sie von Sharon begrüßt wurden, hörten sie Stöhnen und Schreie des Entsetzens aus Regans Schlafzimmer. Sharon wirkte erschreckt. »Ich bin Sharon Spencer«, stellte sie sich vor. »Kommen Sie bitte herein. Sie ist oben.«

Sie führte die Männer zur Tür von Regans Schlafzimmer, öffnete sie einen Spalt und rief: »Die Ärzte, Chris!«

Chris kam sofort zur Tür, das Gesicht verzerrt vor Furcht. »O Gott, kommen Sie herein!« sagte sie mit zitternder Stimme. »Kommen Sie rein, und sehen sie sich an, was Regan tut!«

»Das ist Doktor ...«

Dr. Klein kam nicht mehr dazu, seinen Kollegen vorzustellen. Er verstummte, als er Regan sah. Sie kreischte hysterisch und schlug wild mit den Armen um sich, während ihr Körper sich waagerecht in die Luft zu heben schien und dann auf die Matratze zurückfiel.

»Mommy! Er soll *aufhören!*« kreischte Regan. »Er soll aufhören! Er will mich totmachen! Halt ihn auf! *Aaaaufhööören! Aaah, Mommyyyy!*«

»Oh, mein Baby!« schluchzte Chris, preßte eine Faust vor den Mund und biß darauf. Sie wandte sich mit einem flehenden Blick an Klein. »Was ist das? Was geschieht da?«

Klein schüttelte den Kopf, den Blick auf Regan geheftet, als das Phänomen andauerte. Jedesmal schwebte Regan ungefähr dreißig Zentimeter hoch und fiel dann mit einem keuchenden Atemzug aufs Bett hinunter, als wäre sie von unsichtbaren Händen emporgehoben und herabgeworfen worden.

Chris beschattete die Augen mit einer zitternden Hand. »O Gott!« stieß sie heiser hervor. »*Was ist das?*«

Das Auf und Ab endete abrupt, und das Mädchen wälzte sich wie im Fieber hin und her; ihre Augen rollten in den Höhlen, bis daß nur noch das Weiße zu sehen war.

»Er verbrennt mich … *verbrennt mich!*« stöhnte Regan. »Ich brenne! Ich *brenneeee …!*«

In rascher Folge kreuzte sie die Beine und schlug sie wieder auseinander.

Die Ärzte traten näher, jeder auf einer Seite des Bettes. Regan, die sich immer noch wälzte und zuckte, bog den Kopf zurück, und ihr geschwollener Hals war zu sehen. In einem seltsam gutturalen Tonfall murmelte sie irgend etwas Unverständliches.

»… nowonmai … nowonmai …«

Klein ergriff ihre Hand, um den Puls zu überprüfen.

»Mal sehen, wo das Problem liegt …«, sagte er beinahe heiter.

Und taumelte unvermittelt zurück, wie betäubt von der Wucht eines Hiebs von Regans Arm, als das Mädchen sich aufsetzte, das Gesicht von schrecklichem Zorn verzerrt.

»Die Sau gehört *mir!*« brüllte sie mit rauher, kräftiger Stimme. »Sie gehört *mir!* Bleib weg davon! Sie *gehört mir!*«

Sie stieß ein schrilles Lachen aus und prallte so wuchtig mit dem Rücken aufs Bett, als hätte sie einen brutalen Stoß erhalten. Sie zog ihr Nachthemd hoch und entblößte ihre Geschlechtsteile. »*Fick* mich! *Fick* mich!« schrie sie die Ärzte an und begann mit beiden Händen zu masturbieren.

Einen Augenblick später lief Chris mit einem erstickten Schluchzen aus dem Zimmer, als Regan die Finger in den Mund steckte und ableckte.

Als Klein sich von der Seite des Bettes näherte, schien Regan sich selbst zu umarmen und ihre Arme zu streicheln.

»Ah, ja, meine Perle …«, summte sie mit dieser sonderbar rauhen Stimme. Ihre Augen waren wie in Ekstase geschlossen. »Mein Kind … meine Blume … meine Perle …«

Dann wälzte sie sich abermals hin und her, stöhnte immer wieder Unverständliches. Plötzlich setzte sie sich ruckartig hin. In ihren weit aufgerissenen Augen spiegelte sich hilfloses Entsetzen.

Sie miaute wie eine Katze.

Dann bellte sie.

Dann wieherte sie.

Und dann, in der Hüfte gebeugt, begann sie den Oberkörper in schnellen Kreisen zu drehen. Sie schnappte nach Luft und kreischte: »Halt ihn *auf!* Biiitteee! Es tut so weh! Mach, daß er *aufhört!* Ich … krieg' … keine … Luft …«

Klein hatte genug gesehen. Er holte seine Arzttasche zum Fenster und bereitete mit zitternden Fingern eine Injektion vor.

Der Neurologe blieb neben dem Bett und sah, wie Regan zurückprallte, als hätte sie einen fürchterlichen Schlag vor die Brust erhalten. Wieder verdrehte sie die Augen und begann mit gutturalen Lauten irgend etwas zu murmeln. Der Neurologe neigte sich näher zu ihr, versuchte etwas zu verstehen. Dann sah er, daß Klein ihm winkte, und ging zu ihm.

»Ich gebe ihr Librium«, erklärte Klein leise und hielt die Spritze ans Licht vor dem Fenster. »Aber Sie werden mit ihr reden müssen.«

Der Neurologe nickte. Er wirkte in Gedanken versunken und neigte den Kopf zur Seite, als lausche er dem Gemurmel vom Bett her.

»Was sagt sie?« wisperte Klein.

»Ich weiß es nicht. Nur Gestammel. Unverständliche Silben.« Doch seine eigenen Worte schienen ihn nicht zufriedenzustellen. »Aber sie spricht die Silben aus, als *hätten* sie eine Bedeutung. Es hat einen bestimmten Rhythmus.«

Klein nickte zum Bett hin, und er und der Neurologe näherten sich ihm leise von beiden Seiten. Plötzlich wurde Regan starr, lag regungslos wie in einem schrecklichen Krampf. Die Ärzte tauschten vielsagende Blicke. Dann schauten sie wieder auf Regan, als diese begann, ihren Körper in eine nahezu unmögliche Position aufwärts zu wölben; dann beugte sie ihn zurück wie einen Bogen, bis ihre Stirn die Füße berührte. Sie schrie vor Schmerzen.

Klein, der bleich geworden war, gab dem Neurologen ein Zeichen. Doch bevor er Regan packen konnte, erschlaffte sie in einer Ohnmacht und näßte das Bett ein.

Klein neigte sich über sie, hob eins ihrer Lider an und überprüfte ihren Puls. »Sie wird eine Weile bewußtlos sein«, stieß er keuchend hervor. »Ich nehme an, sie hatte einen Krampf. Meinen Sie das auch?«

»Ja ...«

»Gut, gehen wir auf Nummer Sicher«, sagte Klein.

Geschickt setzte er die Spritze.

»Was hat sie Ihrer Meinung nach?« fragte Klein den Spezialisten, als er einen sterilen Tupfer auf die Punktur drückte.

»Temporaler Lobus. Sicher, Schizophrenie wäre eine andere Möglichkeit, Sam, aber der Ausbruch ist viel zu plötzlich. Sie hat keine Krankengeschichte, nicht wahr?«

»Keine.«

»Neurasthenie?«

Klein schüttelte den Kopf.

»Dann vielleicht Hysterie«, meinte der Spezialist.

»Daran habe ich auch gedacht.«

»Aber ... sie muß völlig außer sich geraten, um ihren Körper so zu verdrehen, wie sie es getan hat, meinen Sie nicht auch?« Der Neurologe schüttelte den Kopf. »Nein, das ist pathologisch, Sam. Diese Kraft ... die Paranoia ... die Halluzinationen. Ja, sicher, diese Symptome sprechen für Schizophrenie. Aber temporaler Lobus würde diese Krämpfe ebenfalls erklären. Und da ist eine Sache, die mich beunruhigt ...« Er verstummte mit einem Stirnrunzeln.

»Welche?«

»Ich bin mir nicht ganz sicher, aber ich glaube, ich habe Anzeichen auf Bewußtseinsspaltung bemerkt. ›Meine Perle‹, hat sie gesagt. ›Mein Kind ... meine Blume ... die Sau‹. Ich glaube, daß sie von sich selbst gesprochen hat. Hatten Sie auch den Eindruck?«

Klein rieb sich über die Lippen, während er über die Frage nachdachte. »Ehrlich gesagt, vorhin kam es mir gar nicht in den Sinn, aber jetzt, wo Sie es sagen …« Er stieß einen Grunzlaut aus. »Könnte sein. Ja, könnte sein.« Dann verbannte er den Gedanken mit einem Schulterzucken. »Ich mache gleich jetzt eine LP, während sie bewußtlos ist, dann erfahren wir vielleicht mehr.«

Der Neurologe nickte.

Klein kramte in seiner Arzttasche, fand eine Pille und steckte sie in seine Tasche. »Können Sie noch bleiben?«

Der Neurologe blickte auf die Armbanduhr. »Eine halbe Stunde.«

»Reden wir mit der Mutter.«

Sie verließen das Zimmer.

Chris und Sharon lehnten mit gesenktem Kopf an der Balustrade bei der Treppe. Als die Ärzte näher kamen, schneuzte sich Chris mit einem zerknüllten, feuchten Taschentuch die Nase. Ihre Augen waren vom Weinen gerötet.

»Sie schläft«, sagte Klein.

»Gott sei Dank«, seufzte Chris.

»Und sie hat starke Beruhigungsmittel bekommen. Vermutlich wird sie bis morgen durchschlafen.«

»Das ist gut«, sagte Chris mit schwacher Stimme. »Doc, es tut mir leid, daß ich mich wie ein kleines Kind benommen habe.«

»Sie halten sich prima«, versicherte er ihr. »Es ist eine schreckliche Prüfung. Übrigens, das ist Dr. David.«

»Guten Tag«, sagte Chris mit einem schwachen Lächeln.

»Er ist Neurologe.«

»Was ist denn nun mit Regan? Was meinen Sie?« fragte Chris die beiden Ärzte.

»Nun, wir denken immer noch, es ist temporaler Lobus«, antwortete Klein, »und …«

»Mein Gott, wie *reden* Sie darüber!« brach es aus Chris heraus.

»Sie hat sich wie eine Irre verhalten, wie eine gespaltene Persönlichkeit! Und Sie reden von …«

Sie verstummte, preßte eine Hand auf die Stirn, und atmete tief durch. »Tut mir leid.« Sie blickte zu Klein auf. »Was sagten Sie?«

Dr. David gab die Antwort. »Es hat kaum mehr als hundert authentische Fälle von gespaltener Persönlichkeit gegeben, Mrs. MacNeil. Es ist ein sehr seltenes Phänomen. Ich weiß, daß die Versuchung groß ist, sich auf die Psychiatrie zu stürzen, aber jeder verantwortungsbewußte Psychiater würde zuerst die somatischen Möglichkeiten ausschöpfen. Das ist die sicherste Vorgehensweise.«

»Also gut. Was kommt als nächstes?« Chris seufzte.

»Eine Lumbalpunktion.«

»Eine Rückenmarkentnahme?«

Dr. David nickte. »Was uns beim Röntgen und dem EEG entgangen ist, könnte sich dabei herausstellen. Zumindest würde die Punktion bestimmte andere Möglichkeiten ausschließen. Ich möchte es jetzt tun, gleich hier, während sie schläft. Ich werde ihr natürlich eine örtliche Betäubung geben, aber ich muß auch dafür sorgen, daß sie sich nicht bewegt.«

»Wie könnte sie in diesem Zustand aus dem Bett springen?« fragte Chris, und ihr Gesicht spiegelte tiefe Besorgnis wider.

»Ich glaube, darüber haben wir schon gesprochen«, sagte Klein. »Pathologische Zustände können zu abnormer Kraft und gesteigerter motorischer Leistung führen.«

»Aber Sie wissen nicht warum«, sagte Chris.

»Nun, es hat anscheinend etwas mit Motivation zu tun«, bemerkte David. »Also, dann nehme ich jetzt die Spinalpunktur vor … mit Ihrem Einverständnis.«

Chris atmete tief durch. Ihre Schultern sackten herab, und sie starrte auf den Boden.

»Also gut«, murmelte sie. »Tun Sie, was Sie tun müssen. Hauptsache, Regan wird wieder gesund.«

»Wir werden alles versuchen«, sagte Klein. »Darf ich Ihr Telefon benutzen?«

»Gewiß. Kommen Sie mit ins Arbeitszimmer.«

»Ach ja, Regans Bettzeug muß gewechselt werden«, sagte Klein, als Chris sich umwandte, um vorauszugehen.

»Ich erledige das«, sagte Sharon und ging zu Regans Schlafzimmer.

»Soll ich Ihnen Kaffee machen?« fragte Chris, als die Ärzte ihr die Treppe hinunter folgten. »Ich habe dem Haushalter-Ehepaar heute nachmittag freigegeben, aber ich kann schnell Pulverkaffee machen.«

Die Männer lehnten ab.

»Ich habe gesehen, daß Sie das Fenster noch nicht gesichert haben«, bemerkte Klein.

»Nein, wir haben angerufen«, erklärte Chris. »Die Leute von der Firma kommen morgen und bringen Läden an, die man abschließen kann.«

Klein nickte. »Sehr gut.«

Sie betraten das Arbeitszimmer, wo Klein in seiner Praxis anrief und einen Assistenten bat, die erforderliche Ausrüstung und Medikamente zu bringen.

»Und bereiten Sie das Labor für eine spinale Untersuchung vor«, wies Klein an. »Ich werde sie selbst durchführen, sobald die Punktur vorgenommen wurde.«

Als Klein den Hörer auflegte, wandte er sich an Chris und fragte sie, was sich ereignet hatte, seit sie zum letzten Mal mit Regan in seiner Praxis gewesen war.

»Dienstag …«, Chris überlegte, »… ist überhaupt nichts passiert. Sie ging gleich zu Bett und schlief bis zum nächsten Morgen durch … dann … o nein, nein, warten Sie«, verbesserte sie sich. »Sie hat nicht durchgeschlafen. Willie, meine Haushälterin, sagte irgend etwas davon, daß sie Regan in aller Frühe in der Küche gehört hat. Ich weiß noch, daß ich froh war, weil Regan endlich Appetit hatte. Aber dann ging sie wieder ins Bett, nehme ich an, denn sie blieb den ganzen Tag auf ihrem Zimmer.«

»Hat sie geschlafen?« fragte Klein.

»Nein, ich glaube, sie hat gelesen«, antwortete Chris. »Ich habe mich ein wenig besser gefühlt. Es hatte ja den Anschein, als wäre Librium genau das, was Regan brauchte. Sie wirkte zwar ... nun ja, entrückt, und das beunruhigte mich ein wenig, aber es war immer noch eine erhebliche Verbesserung ihres Zustands. Und auch gestern abend schien alles in Ordnung zu sein«, fuhr Chris fort. »Bis es heute morgen anfing.«

Sie holte tief Luft.

»Und wie es anfing!« Sie schüttelte den Kopf.

Sie hatte in der Küche gesessen, erzählte sie den Ärzten, als Regan schreiend die Treppe heruntergekommen war, sich Schutz suchend hinter ihren Sessel geduckt, sich an ihre Mutter geklammert und mit entsetzter Stimme erklärt hatte, Captain Howdy jage sie; er habe sie gequält, geschlagen, sie herumgeschubst, ›schlimme Worte‹ zu ihr gesagt und gedroht, sie zu töten. »Da ist er!« hatte sie plötzlich gekreischt und zur Küchentür gewiesen. Dann war sie zu Boden gefallen, und ihr Körper hatte in Krämpfen gezuckt, während sie nach Luft geschnappt, geweint und geschrien hatte, daß Howdy sie treten würde. Dann, plötzlich, berichtete Chris, hatte Regan sich mitten in der Küche aufgestellt, die Arme hochgereckt und sich ›schnell wie ein Kreisel‹ gedreht, ein paar Minuten lang, bis sie vor Erschöpfung zusammenbrach.

»Und dann sah ich auf einmal ...«, beendete Chris ihre Schilderung unglücklich, »... in ihren Augen *Haß*, diesen *Haß*, und sie sagte mir ...«

Sie konnte nicht weitersprechen.

»Sie nannte mich ... o Gott!«

Sie begann zu schluchzen und hielt eine Hand vor die Augen, als sie weinte.

Klein ging schnell zur Bar, schenkte Mineralwasser ein und kam mit dem Glas zu Chris zurück.

»Oh, Mist. Wo ist meine Zigarette?« sagte Chris mit bebender Stimme und wischte sich mit dem Handrücken über die Augen.

Klein gab ihr das Wasser und eine kleine grüne Pille. »Versuchen Sie statt einer Zigarette das hier«, riet er.

»Ist das ein Tranquilizer?«

»Ja.«

»Dann nehme ich zwei.«

»Eine reicht.«

»Sehr großzügig«, murmelte Chris mit einem matten Lächeln. Sie schluckte die Pille und gab Dr. Klein dann das leere Glas. »Danke«, sagte sie leise und neigte die Stirn auf ihre zitternden Hände. »Ja, dann fing es an«, fuhr sie niedergeschlagen fort. »All das andere. Es war, als ob Regan eine andere wäre.«

»Wie Captain Howdy vielleicht?« fragte David.

Chris schaute verwirrt zu ihm auf. Er blickte sie gespannt an. »Was meinen Sie damit?« fragte Chris.

»Ich weiß es nicht.« Er zuckte die Achseln. »War nur eine Frage.«

Chris blickte geistesabwesend zum Kamin. »Ich kann es nicht erklären«, sagte sie. »Nur daß Regan wie … wie jemand anders wirkte.«

Eine Zeitlang herrschte Schweigen. Dann stand David auf und erklärte, er müsse sich eines Termins wegen auf den Weg machen. Er sagte Chris einige beruhigende Worten und verabschiedete sich.

Klein brachte ihn zur Tür. »Überprüfen Sie die Zuckerwerte?« fragte David.

»Nein, ich bin der Dorftrottel.«

David lächelte leicht. »Tut mir leid. Ich bin selbst ein bißchen nervös«, sagte er. Sein Blick wurde gedankenverloren. »Merkwürdiger Fall.« Er strich sich übers Kinn, schien vor sich hin zu brüten. Dann blickte er zu Klein auf. »Lassen Sie mich wissen, was Sie herausfinden.«

»Sind Sie zu Hause zu erreichen?«

»Ja. Rufen Sie bitte an.« Dann ging er.

Kurze Zeit später, nachdem die medizinische Ausrüstung gebracht worden war, betäubte Klein Regans spinalen Bereich mit Novocain. Während Chris und Sharon zuschauten, entnahm er Rückenmarksflüssigkeit und behielt dabei das Manometer im Auge. »Der Druck ist normal«, murmelte er.

Als er fertig war, ging er zum Fenster, um festzustellen, ob die Flüssigkeit klar oder trüb war.

Sie war klar.

Er verstaute die Röhrchen sorgfältig in seiner Arzttasche.

»Ich bezweifle es, aber *falls* Regan mitten in der Nacht aufwacht und unruhig wird … Sie könnten eine Schwester brauchen, die ihr ein Beruhigungsmittel spritzt.«

»Kann ich das nicht selbst machen?« fragte Chris besorgt.

»Warum möchten Sie keine Schwester?«

Chris wollte nicht erwähnen, daß sie Ärzten und Schwestern gegenüber ein tiefes Mißtrauen hegte. »Ich würde es lieber selbst machen«, sagte sie nur. »Könnte ich das nicht?«

»Nun, eine Spritze zu setzen will gelernt sein«, erwiderte er. »Schon eine winzige Luftblase ist sehr gefährlich.«

»Oh, ich weiß, wie es gemacht wird«, warf Sharon ein. »Meine Mutter leitete ein Pflegeheim in Oregon.«

»Würdest du Regan eine Spritze setzen, Shar?« fragte Chris. »Bleibst du heute nacht hier?«

»Nun, über diese Nacht hinaus braucht Ihre Tochter vielleicht intravenöse Ernährung, je nachdem, wie ihre Verfassung ist«, sagte Klein.

»Könnten Sie mir beibringen, wie das gemacht wird?« fragte Chris.

Klein nickte. »Ja.«

Er schrieb ein Rezept für lösliches Thorazin und Einwegspritzen aus und reichte es Chris. »Lassen Sie das gleich besorgen.«

Chris gab das Rezept an Sharon weiter. »Erledige das bitte für mich, ja? Ruf an und laß es bringen. Ich möchte den Doktor begleiten, wenn er diese Untersuchungen vornimmt ... Macht Ihnen meine Anwesenheit etwas aus?« Sie blickte Klein fragend an.

Er bemerkte die Zeichen der Anspannung um ihre Augen, den Ausdruck von Verwirrung und Hilflosigkeit.

»Ich weiß, wie Sie sich fühlen.« Er lächelte sie freundlich an. »Ich fühle mich ähnlich, wenn ich mit Mechanikern über meinen defekten Wagen rede.«

Sie verließen das Haus um genau 16 Uhr 18.

In seinem Labor im Ärztehaus in Rosslyn nahm Klein eine Reihe von Untersuchungen vor. Als erstes analysierte er den Proteingehalt.

Normal.

Dann zählte er die Blutkörperchen.

»Zu viele rote bedeuten eine Blutung«, erklärte er. »Und zu viele weiße würden auf eine Infektion hindeuten.«

Klein suchte besonders nach einer Pilzinfektion, die oftmals die Ursache für chronisches bizarres Verhalten war. Aber wieder war die Suche vergebens.

Schließlich untersuchte Klein den Zuckergehalt der entnommenen Flüssigkeit.

»Was hat das zu bedeuten?« fragte Chris angespannt.

»Der spinale Zucker sollte zwei Drittel der Menge des Blutzuckers betragen. Alles, was unter diesem Wert liegt, würde auf eine Krankheit hindeuten, bei der Bakterien den Zucker in der Spinalflüssigkeit zerstören. Und wenn das der Fall ist, könnte es die Ursache für die Symptome sein.«

Doch er fand nichts.

Chris schüttelte den Kopf und verschränkte die Arme. »Also wären wir wieder am Anfang«, murmelte sie niedergeschlagen.

Klein dachte angestrengt nach. Schließlich wandte er sich zu Chris um. »Haben Sie irgendwelche Drogen im Haus?« fragte er.

»Wie bitte?«

»Amphetamine? LSD?«

»Du meine Güte, nein. Ich würde es Ihnen wirklich sagen. Nein, hier gibt es nichts dergleichen.«

Er nickte und starrte auf seine Schuhspitzen. Dann blickte er auf. »Nun … ich glaube, es ist an der Zeit, daß wir einen Psychiater zu Rate ziehen, Mrs. MacNeil.«

Chris war um 19 Uhr 21 wieder zu Hause. An der Tür rief sie: »Sharon?«

Sharon war nicht da.

Chris eilte nach oben in Regans Schlafzimmer. Sie schlief immer noch tief und fest und rührte sich nicht. Chris bemerkte, daß das Fenster weit offenstand. Und sie nahm den Geruch nach Urin wahr. *Sharon muß das Fenster geöffnet haben, um zu lüften,* dachte sie. Sie schloß es. *Wohin ist sie gegangen?*

Chris ging nach unten, als Willie eintraf.

»Hallo, Willie. Haben Sie sich gut amüsiert heute?«

»Ich war einkaufen. Und im Kino.«

»Wo ist Karl?«

Willie machte eine wegwerfende Handbewegung. »Er hat mich diesmal die Beatles anschauen lassen. Allein.«

»Gut gemacht.«

Willie hob die Hand und spreizte zwei Finger zum Zeichen des Sieges ab. Es war 19 Uhr 35.

Um 20 Uhr 01, als Chris im Arbeitszimmer mit ihrem Agenten telefonierte, kam Sharon mit mehreren Päckchen durch die Tür, sank in einen Sessel und wartete.

»Wo bist du gewesen?« fragte Chris, als sie das Telefonat beendet hatte.

»Hat er dir das nicht gesagt?«

»Hat *wer* mir das nicht gesagt?«

»Burke. Ist er nicht hier? Wo ist er?«

»Er war hier?«

»Soll das heißen, er war nicht mehr hier, als du nach Hause gekommen bist?«

Chris seufzte. »Ich schlage vor, du fängst ganz von vorn an.«

»Oh, dieser Blödmann!« Sharon schüttelte den Kopf. »Ich konnte den Apotheker nicht dazu bringen, die Sachen zu liefern. Als Burke vorbeischaute, sagte ich mir, prima, da kann er hier bei Regan bleiben, während ich das Thorazin besorge.« Sie zuckte die Achseln. »Ich hätte es wissen müssen.«

»Allerdings. Was hast du da gekauft?«

»Eine Gummiunterlage für Regans Bett.« Sharon zeigte sie Chris.

»Hast du schon was gegessen?«

»Nein. Ich mach' mir ein Sandwich. Möchtest du auch eins?«

»Gute Idee.«

»Was haben die Untersuchungen ergeben?« fragte Sharon auf dem Weg zur Küche.

»Überhaupt nichts«, antwortete Chris niedergeschlagen. »Regan braucht einen Psychiater.«

Nach Sandwiches und Kaffee zeigte Sharon Chris, wie eine Injektion gesetzt wird.

»Du mußt vor allem auf zwei Dinge achten«, erklärte sie. »Daß keine Luftblasen in der Spritze sind, und du mußt aufpassen, daß du kein Blutgefäß triffst. So wird abgesaugt …«, sie zeigte es Chris, »… und du siehst, wenn Blut in der Spritze ist.«

Chris übte die Prozedur eine Zeitlang an einer Pampelmuse und wurde immer geschickter. Um 21 Uhr 28 klingelte es an der Haustür. Willie öffnete. Es war Karl. Als er auf dem Weg zu seinem Zimmer durch die Küche ging, nickte er grüßend und bemerkte, daß er vergessen hatte, seinen Schlüssel mitzunehmen.

»Ich kann es nicht glauben«, sagte Chris zu Sharon. »Er hat zum ersten Mal einen Fehler zugegeben.«

Sie verbrachten den Abend vor dem Fernseher im Arbeitszimmer.

Um 23 Uhr 46 nahm Chris einen Anruf entgegen. Es war der junge Regieassistent. Seine Stimme klang ernst.

»Haben Sie die Neuigkeiten schon gehört, Chris?«

»Nein. Welche?«

»Schlimme.«

»Was ist denn passiert?« fragte sie.

»Burke ist tot.«

Er war betrunken gewesen. War gestolpert, die steile Treppe neben dem Haus hinuntergestürzt, und in die Tiefe gefallen, wo ein Passant auf der M Street beobachtet hatte, wie er in der Dunkelheit verschwunden war. Gebrochenes Genick. Eine blutige, schreckliche Szene. Seine letzte.

Als Chris der Hörer aus der Hand fiel, weinte sie lautlos und schwankte. Sharon eilte zu ihr und stützte sie, legte den Hörer auf und führte sie zum Sofa.

»Burke ist tot«, schluchzte Chris.

»O Gott!« stieß Sharon hervor. »Wie ist das passiert?«

Doch Chris konnte noch nicht sprechen. Sie weinte.

Später unterhielten die Frauen sich lange Zeit. Chris trank und schwelgte in Erinnerungen an Burke Dennings. Lachte und weinte. »O Gott«, seufzte sie immer wieder. »Armer Burke … armer Kerl …«

Ihr Traum vom Tod kam ihr wieder in den Sinn.

Kurz nach fünf am Morgen stand Chris niedergeschlagen hinter der Bar, die Ellenbogen aufgestützt, den Kopf gesenkt, mit traurigem Blick. Sie wartete, daß Sharons mit einem Tablett voll Eis aus der Küche kam.

»Ich kann es immer noch nicht glauben«, seufzte Sharon, als sie das Arbeitszimmer betrat.

Chris blickte auf – und erstarrte.

Spinnenartig gleitend, schnell, dicht hinter Sharon, den Körper zurückgebogen, so daß ihr Kopf fast ihre Füße berührte, war Regan. Ihre Zunge züngelte aus ihrem Mund, zuckte vor und zurück, wobei sie wie eine Schlange zischte.

»Sharon …«, flüsterte Chris wie betäubt und starrte auf Regan.

Sharon blieb stehen. Regan ebenfalls. Sharon wandte sich um, sah aber nichts. Und dann schrie sie, als sie Regans Zunge an ihrem Knöchel spürte.

Chris wurde bleich. »Ruf den Arzt an! Hol ihn aus dem Bett! Hol ihn *sofort!*«

Wohin Sharon sich auch bewegte, Regan folgte ihr.

4

Freitag, 29. April. Während Chris auf dem Flur vor dem Schlafzimmer wartete, wurde Regan von Dr. Klein und einem renommierten Nervenarzt untersucht.

Die Ärzte beobachteten sie eine halbe Stunde lang. Wie sie tobte. Kreischte. Sich an den Haaren riß. Das Gesicht verzerrt und die Hände auf die Ohren preßte, wie um ein plötzliches, schrilles Geräusch zu dämpfen. Sie brüllte Obszönitäten. Schrie vor Schmerzen. Warf sich mit dem Gesicht voran aufs Bett und zog die Beine unter dem Leib an. Stöhnte Unverständliches.

Der Psychiater forderte Klein mit einer Geste auf, vom Bett wegzugehen.

»Stellen wir sie ruhig«, flüsterte er. »Vielleicht kann ich mit ihr reden.«

Der Internist nickte und bereitete eine Injektion von fünfzig Milligramm Thorazin vor. Doch als der Arzt sich dem Bett näherte, schien Regan es zu spüren, drehte sich blitzschnell um, keifte und kreischte wütend, als der Psychiater sie festzuhalten versuchte. Sie biß ihn. Kämpfte gegen ihn an. Wehrte ihn ab. Erst als Karl zu Hilfe gerufen wurde, konnten sie Regan lange genug festhalten, daß Klein ihr die Injektion geben konnte.

Die Dosis reichte nicht aus. Klein spritzte ihr weitere 50 Milligramm Thorazin. Die Männer warteten.

Regan wurde ruhiger. Dann gefügig. Schließlich starrte sie die Ärzte in plötzlicher Bestürzung an. »Wo ist Mom? Ich will zu Mom!« Sie brach in Tränen aus.

Auf ein Nicken des Psychiaters verließ Klein das Zimmer, um Chris zu holen.

»Deine Mutter wird gleich hiersein«, sagte der Psychiater zu Regan, setzte sich aufs Bett und streichelte ihr übers Haar. »Es ist alles in Ordnung. Ich bin Arzt.«

»*Ich will zu Mommy!*« sagte Regan weinend.

»Sie kommt. Hast du Schmerzen, Regan?«

Sie nickte.

»Wo?«

»Überall!« schluchzte Regan. »Alles tut mir weh!«

»Oh, mein Baby!«

»*Mommy!*«

Chris eilte zum Bett und nahm Regan in die Arme. Küßte sie. Tröstete und beruhigte sie. Dann brach sie selbst in Tränen aus. »Oh, Rags, du bist wieder zurück. Du bist wieder du selbst!«

»Oh, Mommy, er tut so weh!« Regan schniefte. »Mach, daß er aufhört! Bitte, bitte!«

Chris blickte ihre Tochter verwirrt an und schaute dann fragend zu den Ärzten.

»Sie steht unter starken Beruhigungsmitteln«, sagte der Psychiater freundlich.

»Sie meinen …?«

Er schnitt ihr das Wort ab. »Wir werden sehen.« Dann wandte er sich an Regan. »Kannst du mir erzählen, was los ist?«

»Ich *weiß* es nicht«, antwortete sie. »Ich weiß nicht, warum er mir das antut.« Tränen strömten ihr über die Wangen. »Er war immer mein Freund!«

»Wer?«

»Captain Howdy! Und dann ist er auf einmal wie jemand anders in mir drin und zwingt mich, Sachen zu tun!«

»Captain Howdy?«

»Ich weiß es nicht!«

»Ist er eine Person?«

Regan nickte.

»*Wer* ist er?«

»Ich *weiß* es nicht!«

»Schon gut, Regan. Laß uns ein Spiel versuchen.« Der Psychiater griff in die Tasche und zog einen glänzenden Spielzeuganhänger hervor, der an einem Silberkettchen hing. »Hast du schon mal in einem Film gesehen, wenn jemand hypnotisiert wird?«

Regan nickte.

»Ich bin Hypnotiseur, weißt du. Ich hypnotisiere viele Leute. Aber nur, wenn sie es mir erlauben. Wenn ich dich hypnotisiere, Regan, wird es dir helfen, und du wirst dich wieder gut fühlen. Das Ding in dir drin wird rauskommen. Möchtest du hypnotisiert werden?«

Regan blickte fragend zu Chris.

»Bitte, Schatz, tu es«, drängte Chris. »Versuch es.«

Regan blickte den Psychiater an und nickte. »Okay«, sagte sie zaghaft, »aber nur ein bißchen.«

Der Psychiater lächelte und blickte sich abrupt um, als hinter ihm etwas zerbrach. Eine Porzellanvase war von einer Kommode gefallen, auf die Dr. Klein den Unterarm stützte. Er schaute auf den Arm und starrte dann verdutzt auf die Scherben am Boden; dann bückte er sich, um sie aufzuheben.

»Lassen Sie's gut sein, Doc. Willie wird sich darum kümmern«, sagte Chris.

»Würden Sie bitte die Läden schließen, Sam?« fragte der Psychiater. »Und die Vorhänge zuziehen?«

Als das Zimmer verdunkelt war, nahm der Psychiater die Kette mit den Fingerspitzen und schwang den Anhänger wie ein Pendel hin und her. Er leuchtete mit einer kleinen Taschenlampe darauf, daß der Anhänger glänzte. Der Psychiater begann mit dem hypnotischen Ritual. »Sieh darauf, Regan, sieh genau hin, bald wirst du fühlen, wie deine Lider schwerer und schwerer werden …«

Kurz darauf wirkte Regan wie in Trance.

»Extrem suggerierbar«, murmelte der Psychiater. Dann fragte er das Mädchen: »Fühlst du dich wohl, Regan?«

»Ja.« Ihre Stimme klang leise, beinahe flüsternd.

»Wie alt bist du, Regan?«

»Zwölf.«

»Ist jemand in dir?«

»Manchmal.«

»Wann?«

»Zu unterschiedlichen Zeiten.«

»Ist es eine Person?«

»Ja.«

»*Wer* ist es?«

»Weiß ich nicht.«

»Captain Howdy?«

»Weiß ich nicht.«

»Ein Mann?«

»Weiß ich nicht.«

»Aber er ist da?«

»Ja, manchmal.«

»Jetzt?«

»Weiß ich nicht.«

»Wenn ich ihn bitte, es mir zu sagen, läßt du ihn dann antworten?«

»Nein!«

»Warum nicht?«

»Ich hab' Angst!«

»Wovor?«

»Weiß ich nicht!«

»Ich glaube, wenn er mit mir spricht, Regan, wird er dich verlassen. Willst du, daß er dich verläßt?«

»Ja.«

»Dann laß ihn sprechen. Willst du ihn sprechen lassen?«

Eine Pause. Dann: »Ja.«

»Ich spreche jetzt zu der Person in Regan«, sagte der Psychiater mit fester Stimme. »Wenn du da drin bist, bist du *ebenfalls* hypnotisiert und mußt meine Fragen beantworten.« Er legte eine Pause ein, um die Suggestion einwirken zu lassen. Dann wiederholte er: »Wenn du da drin bist, dann bist *du* hypnotisiert und mußt meine Fragen beantworten. Also antworte: Bist du da drin?«

Stille. Dann geschah etwas Merkwürdiges. Regans Atem wurde plötzlich übelriechend, drang wie ein fauliger Schwall aus ihrem Mund. Der Psychiater schauderte. Er richtete den Lichtstrahl der kleinen Taschenlampe auf Regans Gesicht.

Chris stockte der Atem. Das Gesicht ihrer Tochter war zu einer gräßlichen Fratze verzerrt; die Lippen waren in die Breite gezogen, die geschwollene Zunge hing wölfisch aus ihrem Mund.

»O Gott!« hauchte Chris.

»Bist du die Person in Regan?« fragte der Psychiater.

Sie nickte.
»Wer bist du?«
»Nowonmai«, antwortete sie kehlig.
»Das ist dein Name?«
Sie nickte.
»Bist du ein Mann?«
Sie sagte: »Ja.«
»Hast du geantwortet?«
»Du sagst es.«
»Wenn das ein ›Ja‹ ist, nicke mit dem Kopf.«
Sie nickte.
»Sprichst du in einer fremden Sprache?«
»Du sagst es.«
»Woher stammst du?«
»Hund.«
»Du meinst, du stammst von einem Hund ab?«
»Dogmorfmocion«, sagte Regan.

Der Psychiater dachte einen Moment nach und versuchte dann, die Sache anders anzugehen. »Wenn ich dir jetzt Fragen stelle, wirst du antworten, indem du deinen Kopf bewegst. Ein Nicken für ›ja‹ und ein Kopfschütteln für ›nein‹. Hast du verstanden?«

Regan nickte.
»Hatten deine Antworten etwas zu bedeuten?« fragte er. *Ja.*
»Bist du jemand, den Regan gekannt hat?« *Nein.*
»Den sie kennt?« *Nein.*
»Bist du jemand, den sie erfunden hat?« *Nein.*
»Existierst du wirklich?« *Ja.*
»Bist du ein Teil von Regan?« *Nein.*
»Warst du jemals ein Teil von Regan?« *Nein.*
»Magst du sie?« *Nein.*
»Kannst du sie nicht leiden?« *Ja.*
»Haßt du sie?« *Ja.*

»Wegen etwas, das sie getan hat?« *Ja.*

»Gibst du ihr die Schuld für die Scheidung ihrer Eltern?« *Nein.*

»Hat es etwas mit ihren Eltern zu tun?« *Nein.*

»Mit einem Freund?« *Nein.*

»Aber du haßt sie?« *Ja.*

»Bestrafst du Regan?« *Ja.*

»Du willst ihr schaden?« *Ja.*

»Sie töten?« *Ja.*

»Wenn sie stirbt, würdest du dann ebenfalls sterben?« *Nein.*

Die Antwort schien den Psychiater zu beunruhigen. Die Bettfedern quietschten, als er nervös sein Gewicht verlagerte. In der lastenden Stille klang Regans Atmen wie das Keuchen eines verfaulten Blasebalgs. Er war im Zimmer und dennoch fern – unheimlich fern.

Der Psychiater hob den Blick wieder zu dem schrecklich verzerrten Gesicht. Seine Augen funkelten.

»Kann Regan etwas tun, das dich dazu bringt, sie zu verlassen?« *Ja.*

»Kannst du mir sagen, was es ist?« *Ja.*

»Wirst du es mir sagen?« *Nein.*

»Aber ...«

Der Psychiater schnappte schmerzerfüllt nach Luft, als ihm voller Entsetzen klar wurde, daß Regan seinen Hodensack mit einer Hand quetschte, die ihn wie eine eiserne Klaue umklammert hielt. Seine Augen quollen hervor, als er sich aus dem Griff befreien wollte. Es gelang ihm nicht. »Sam ... Sam, helfen Sie mir!« krächzte er.

Chris blickte auf, sprang zum Lichtschalter.

Klein eilte zum Bett.

Regan warf den Kopf in den Nacken, kicherte dämonisch und heulte dann wie ein Wolf.

Chris ertastete den Lichtschalter. Drehte ihn. Sah den körnigen, flackernden Film eines Alptraums in Zeitlupe. Regan und die

Ärzte wanden sich in einem Gewirr aus Armen und Beinen auf dem Bett – ein Durcheinander aus Grimassen, Keuchen und Flüchen, Heulen und Kläffen und schrecklichem Gelächter. Regan jaulte, wieherte, lachte grell. Der Film lief schneller; das Bett wackelte heftig hin und her, während Chris hilflos beobachtete, wie die Augen ihrer Tochter sich in den Höhlen drehten.

Dann stieß Regan einen schrillen Schrei des Entsetzens aus und brach bewußtlos zusammen. Irgend etwas Scheußliches verließ das Zimmer.

Einen atemlosen Moment bewegte sich niemand. Langsam, behutsam erhoben sich die Ärzte. Sie starrten auf Regan. Nach einer Weile prüfte Klein mit bleichem Gesicht den Puls des Mädchens, zog ihr die Decke über und nickte den anderen zu. Sie verließen das Zimmer und gingen hinunter ins Arbeitszimmer.

Eine Zeitlang sprach niemand ein Wort. Chris saß auf dem Sofa. Klein und der Psychiater hatten ihr gegenüber Platz genommen. Der Psychiater war nachdenklich, nagte an der Unterlippe und starrte auf den Tisch. Dann seufzte er und schaute Chris an. Sie richtete den Blick auf ihn. »Was geht da vor, um Himmels willen?« fragte sie in verstörtem Flüsterton.

»Haben Sie die Sprache erkannt, die Regan gesprochen hat?« fragte der Psychiater.

Chris schüttelte den Kopf.

»Sind Sie religiös?«

»Nein.«

»Ihre Tochter?«

»Nein.«

Der Psychiater stellte eine Reihe von Fragen bezüglich Regans psychologischer Vorgeschichte. Als er damit fertig war, wirkte er beunruhigt.

»Was ist es?« fragte Chris, und ihre Knöchel traten weiß hervor, als sie die Hand um ein zerknülltes Taschentuch schloß und wieder öffnete. »Was hat sie?«

»Es ist ziemlich verwirrend«, sagte der Psychiater ausweichend. »Und ehrlich gesagt, wäre es verantwortungslos von mir, nach einer so kurzen Untersuchung eine Diagnose zu stellen.«

»Aber Sie müssen doch irgendeinen Verdacht haben«, sagte Chris.

Der Psychiater seufzte und rieb sich über die Stirn. »Ich weiß, daß Sie besorgt sind. Also gut. Ich werde Ihnen meine vorläufigen Vermutungen nennen.«

Chris neigte sich vor und nickte angespannt. Die Hände auf dem Schoß, fummelten sie an dem Taschentuch, als wäre es ein Rosenkranz aus Leinen.

»Zunächst einmal ist es höchst unwahrscheinlich, daß Regan uns etwas vormacht«, sagte der Psychiater.

Klein pflichtete ihm mit einem Nicken bei.

»Eine Reihe von Gründen spricht dafür«, fuhr der Psychiater fort. »Zum Beispiel das abnorme und schmerzvolle Verkrümmen des Körpers. Die unglaubliche Veränderung ihres Gesichtsausdrucks, wenn wir mit der sogenannten Person sprachen, die Regan in sich wähnt. Wissen Sie, eine solche körperliche Reaktion ist unwahrscheinlich, es sei denn, Regan *glaubt* an diese Person. Können Sie mir folgen?«

»Ich glaube, ja«, antwortete Chris und kniff verwirrt die Augen zusammen. »Aber ich verstehe nicht, woher diese Person kommt. Ich meine, man hört so viel von ›gespaltener Persönlichkeit‹, aber ich habe nie eine Erklärung dafür gewußt.«

»Die hat auch sonst niemand, Mrs. MacNeil. Wir benutzen Begriffe wie ›Bewußtsein‹, ›Verstand‹ und ›Persönlichkeit‹, aber wir wissen gar nicht, was das ist.« Er schüttelte den Kopf. »Wenn wir also von multiplen oder gespaltenen Persönlichkeiten sprechen, haben wir nur Theorien, die mehr Fragen aufwerfen als Antworten geben. Freud war der Meinung, daß gewisse Gedanken und Gefühle vom Verstand unterdrückt werden, im Unterbewußtsein jedoch lebendig bleiben, und daß diese Gedanken und

Gefühle sich durch verschiedene Symptome auszudrücken versuchen. Wenn nun dieses unterdrückte oder dissoziierte Material – Dissoziierung bedeutete eine Abspaltung vom Hauptstrom des Bewußtseins –, also, wenn dieses Material stark genug ist oder die Persönlichkeit der betreffenden Person gestört und schwach ist, kann das Ergebnis eine schizophrene Psychose sein. Schizophrenie bedeutet *Zerrüttung* der Persönlichkeit. Aber wenn das dissoziierte Material stark genug ist, um sich im Unterbewußtsein der Person zu *organisieren* – nun, dann funktioniert es bisweilen unabhängig, wie eine eigene Persönlichkeit, und übernimmt auch körperliche Funktionen.«

Er holte tief Luft. Chris hörte aufmerksam zu, als er fortfuhr: »Das ist die eine Theorie. Es gibt verschiedene andere. Einige zielen darauf ab, daß der Betroffene versucht, in das Unterbewußtsein zu entkommen, um vor einem Konflikt oder einem emotionalen Problem zu flüchten. Aber kommen wir auf Regan zurück. Sie hat keine Vorgeschichte von Schizophrenie, und das EEG zeigt nicht das Gehirnstrom-Muster, das diese Krankheit für gewöhnlich begleitet. Deshalb können wir in Regans Fall Schizophrenie ausschließen. Bleibt nur das allgemeine Feld der Hysterie.«

»Dafür spricht die vergangene Woche«, murmelte Chris traurig.

Der Psychiater lächelte leicht. »Hysterie«, fuhr er fort, »ist eine Form von Neurose, bei der emotionale Störungen in körperliche umgewandelt werden. Manchmal äußert sie sich als Bewußtseinsspaltung. Bei der Psychasthenie, zum Beispiel, verliert die Person das Verantwortungsbewußtsein für ihre Taten, aber sie handelt und führt ihre Taten auf jemand anders zurück. Die Vorstellung von dieser zweiten Persönlichkeit ist allerdings vage – so wie Regans Vorstellung. Also kommen wir zu dem, was Freud die Umkehrform der Hysterie nennt. Sie wächst aus unbewußten Schuldgefühlen und dem Verlangen, bestraft zu werden. Hier ist

Bewußtseinsspaltung das Hauptmerkmal, ja, sogar multiple Persönlichkeiten. Das Syndrom kann außerdem der Epilepsie ähnelnde Krämpfe, Halluzinationen sowie abnormale motorische Erregung hervorrufen.«

»Krämpfe, Halluzinationen ... das klingt sehr nach Regan«, meinte Chris niedergeschlagen. »Finden Sie nicht auch? Ich meine, abgesehen von den Schuldgefühlen. Weshalb sollte sie sich schuldig fühlen?«

»Nun, ein Grund könnte Ihre Scheidung sein«, erwiderte der Psychiater. »Kinder haben oftmals das Gefühl, daß *sie* abgelehnt werden und verantwortlich für die Trennung ihrer Eltern sind. Bei Ihrer Tochter gibt es Grund zu der Annahme, daß es so sein *könnte*. Es treten tiefe Depressionen bei der Vorstellung auf, daß die Menschen sterben – die Thanatophobie. Bei Kindern ist sie begleitet von Schuldgefühlen, die auf Streß in der Familie und sehr oft auf Furcht vor dem Verlust der Eltern zurückzuführen sind. Daraus entstehen Zorn und intensive Frustration. Außerdem braucht das Schuldgefühl bei dieser Form der Hysterie dem bewußten Verstand nicht erkennbar zu sein. Es kann sogar das Schuldgefühl sein, das wir als ›latent‹ bezeichnen – ein allgemeines Schuldgefühl, das sich auf nichts Bestimmtes bezieht.«

Chris schüttelte den Kopf. »Ich bin völlig durcheinander«, murmelte sie. »Ich meine, woher kommt diese neue Persönlichkeit?«

»Das ist eine weitere Vermutung. Aber mal angenommen, es ist tatsächlich eine umgekehrte Form der Hysterie, zurückzuführen auf Schuldgefühle, dann ist die zweite Persönlichkeit der Vermittler, der die Bestrafung vornimmt. Würde Regan sich selbst bestrafen, würde das bedeuten, daß sie ihre Schuld *anerkennt*. Aber sie will vor diesem Eingeständnis flüchten. Deshalb die zweite Persönlichkeit.«

»Das ist die Erklärung?«

»Wie gesagt, ich weiß es nicht«, erwiderte der Psychiater,

immer noch ausweichend. Er schien seine Worte sorgfältig abzuwägen wie jemand, der sich moosbedeckte Steine aussucht, um einen Bach zu durchqueren. »Es ist äußerst ungewöhnlich für ein Kind in Regans Alter, daß sie in der Lage ist, die Komponenten einer neuen Persönlichkeit zusammenzufügen und zu organisieren. Und gewisse ... nun, andere Dinge sind ebenfalls verwirrend. Das Spielen mit der Alphabettafel, zum Beispiel, würde auf extreme Beeinflußbarkeit hinweisen; dennoch habe ich Regan offenbar nie richtig hypnotisiert.« Er zuckte die Achseln. »Vielleicht hat sie sich widersetzt. Aber das wirklich Verblüffende ist die offenbare Frühreife der neuen Persönlichkeit. Es ist überhaupt keine Zwölfjährige. Es ist eine viel, viel ältere Persönlichkeit. Und ihre Ausdrucksweise ...« Er starrte auf den Läufer vor dem Kamin und zupfte nachdenklich an seiner Unterlippe. »Es gibt einen bestimmten Zustand, aber wir wissen nicht viel darüber. Eine Form des Somnambulismus, wo die Person plötzlich Kenntnisse oder Fähigkeiten beweist, die sie niemals gelernt hat, und wo die Absicht der zweiten Persönlichkeit die Zerstörung der ersten ist.« Unvermittelt blickte der Psychiater zu Chris auf. »Es ist sehr kompliziert«, sagte er, »und ich habe die Dinge noch stark vereinfacht.«

»Und was ist das Resümee?« fragte Chris.

»Im Augenblick leider eine Niete«, antwortete er. »Regan muß intensiv von einem Expertenteam untersucht werden – zwei oder drei Wochen klinische Beobachtung. Ich würde sagen, in der Barringer-Klinik in Dayton.«

Chris senkte den Blick.

»Ist das ein Problem?«

»Nein.« Sie seufzte. »Ich habe nur soeben die *Hoffnung* verloren.«

»Ich verstehe nicht ...«

»Es ist eine persönliche Tragödie.«

Der Psychiater telefonierte von Chris' Arbeitszimmer aus mit der Barringer-Klinik. Regan konnte schon am nächsten Tag aufgenommen werden.

Die Ärzte verabschiedeten sich und gingen.

Chris kämpfte gegen den Schmerz bei der Erinnerung an Dennings, bei der Erinnerung an den Tod und die Leere, die entsetzliche Einsamkeit, die Stille und Dunkelheit unter der Grasnarbe, unter der sich nichts bewegte, nichts, gar nichts ... Sie weinte. *Zuviel ... zuviel* ... Dann verbannte sie die Gedanken und begann zu packen.

Chris stand im Schlafzimmer und wählte eine tarnende Perücke aus, die sie in Dayton tragen wollte, als Karl erschien. Da wolle sie jemand sprechen, sagte er.

»Wer?«

»Ein Detective.«

»Und er will *mich* sprechen?«

Karl nickte. Dann reichte er Chris eine Visitenkarte. Verdutzt blickte sie darauf. WILLIAM F. KINDERMAN, LIEUTENANT OF DETECTIVES. In der linken unteren Ecke war, etwas kleiner, der Hinweis auf die Mordkommission. Der Schrifttyp war verschnörkelt und altmodisch.

Chris blickte mißtrauisch von der Visitenkarte auf. »Hat er etwas bei sich, das ein Manuskript sein könnte? Einen großen Umschlag oder so etwas?«

Sie war zu der Erkenntnis gelangt, daß fast jeder Mensch der zivilisierten Welt einen Roman oder ein Skript oder einen Entwurf für eines von beidem in einem Schrank oder sonstwo versteckt hatte. Und sie, Chris, schien diese Entwürfe anzuziehen wie ein Priester Betrunkene.

Doch Karl schüttelte den Kopf. Chris wurde sofort neugierig und ging die Treppe hinunter. Burke? Hatte es etwas mit Burke zu tun?

Er stand mit hängenden Schultern in der Halle, den zerknautschten Schlapphut in den kurzen, dicken, frisch manikürten Fingern. Ein rundlicher Mann Mitte Fünfzig. Hängewangen, die nach Seife glänzten. Doch die verknitterte Hose, mit Aufschlag und ausgebeult, strafte seine fleißige Körperpflege Lügen. Ein grauer Tweedmantel, offenstehend und altmodisch, und seine feuchten braunen Augen schienen längst vergangene, bessere Zeiten gesehen zu haben. Er keuchte asthmatisch, während er wartete.

Chris näherte sich ihm. Der Detective streckte ihr in einer müden, irgendwie väterlichen Art die Hand entgegen und sprach mit heiserem, kurzatmigem Flüstern. »Ich würde dieses Gesicht unter Tausenden von Steckbriefen erkennen, Miss MacNeil.«

»Ist es auf einem?« fragte Chris mit ernster Miene, als sie seine Hand ergriff.

»Du meine Güte, nein.« Kinderman wischte die Vorstellung mit einer Handbewegung beiseite, als würde er nach einer Fliege schlagen. Er hatte die Augen geschlossen und den Kopf gesenkt; die andere Hand ruhte auf seinem Wanst.

Chris hatte ein *Gott bewahre!* erwartet. »Nein, es ist reine Routine«, versicherte er ihr. »Nur Routine. Sie sind beschäftigt? Dann werde ich morgen wiederkommen.«

Er wandte sich ab, wie um zu gehen, doch Chris fragte besorgt: »Worum geht es? Um Burke? Burke Dennings?«

Die gleichgültige Lässigkeit des Detectives hatte ihre Spannung gesteigert.

»Eine Schande. Welch eine Schande«, flüsterte der Detective mit gesenktem Blick und einem Kopfschütteln.

»Wurde er *ermordet?*« fragte Chris mit schockierter Miene. »Ich meine, sind Sie deshalb hier? Er wurde umgebracht? Ist es das?«

»Nein, nein, es ist Routine«, wiederholte er. »Reine Routine. Wissen Sie, bei einem so bekannten Mann können wir einfach nicht darüber hinwegsehen.« Er blickte sie hilflos an. »Wir müssen wenigsten ein, zwei Fragen stellen. Ist er gestürzt? Wurde er gestoßen?« Während er diese Fragen stellte, neigte Kinderman den Kopf von Seite zu Seite und hielt die Hand wie lauschend ans Ohr. Dann zuckte er die Achseln und flüsterte: »Wer weiß?«

»Wurde er *beraubt?*«

»Nein, nicht beraubt, Miss MacNeil, nie beraubt, aber wer braucht heutzutage ein Motiv?« Seine Hände waren in ständiger Bewegung wie ein schlaffer Handschuh, der von einem gähnenden Marionettenspieler bewegt wird. »Heutzutage, Miss MacNeil, ist ein Motiv nur hinderlich für einen Mörder, eigentlich ein Abschreckungsmittel.« Er schüttelte den Kopf. »Diese Drogen, diese Drogen«, klagte er. »Dieses LSD.«

Er schaute Chris an, während er mit den Fingerspitzen auf seine Brust klopfte. »Glauben Sie mir – ich bin ein Vater, und wenn ich sehe, was los ist, bricht es mir das Herz. Haben Sie Kinder?«

»Ja, eines.«

»Ein Sohn?«

»Eine Tochter.«

»Nun …«

»Kommen Sie in mein Arbeitszimmer«, unterbrach Chris und wandte sich ab, um voranzugehen. Sie verlor alle Geduld.

»Miss MacNeil, darf ich Sie um etwas bitten?«

Sie wandte sich in der schwachen, müden Erwartung um, daß er ein Autogramm für seine Kinder haben wollte. Es war nie für die Leute selbst; es war stets für ihre Kinder. »Ja, sicher«, sagte sie.

»Mein Magen.« Er schnitt eine Grimasse. »Haben Sie vielleicht ein Glas Mineralwasser? Nur wenn es Ihnen keine Mühe macht …«

»Ganz und gar nicht.« Chris seufzte. »Nehmen Sie schon mal im Arbeitszimmer Platz.« Sie wies dorthin und eilte zur Küche. »Ich glaube, da ist eine Flasche im Kühlschrank.«

»Ich werde Sie in die Küche begleiten«, sagte Kinderman und folgte ihr. »Ich möchte Ihnen wirklich keine Umstände machen.«

»Nicht der Rede wert.«

»Haben Sie Kinder?« Er ging neben ihr her. »Oje. Wie dumm, Sie haben eine Tochter, sagten Sie, stimmt ja. Nur die eine?«

»Nur die eine.«

»Und wie alt?«

»Sie ist gerade zwölf geworden.«

»Dann brauchen Sie sich keine Sorgen zu machen«, sagte er in seinem heiseren Flüsterton. »Noch nicht. Später sollten Sie allerdings aufpassen.« Er nickte. Chris bemerkte, daß sein Gang mehr ein Watscheln war. »Wenn man tagein, tagaus all die Krankheit sieht«, fuhr er fort. »Unglaublich. Verrückt. Wissen Sie, ich habe es meiner Frau erst vor ein paar Tagen gesagt ... oder waren es Wochen? Ich hab's vergessen. Ich sagte, Mary, sagte ich, die Welt – die *ganze* Welt – hat einen gewaltigen Nervenzusammenbruch. Alle. Die ganze Welt.« Er machte eine allumfassende Geste.

Sie hatten die Küche betreten, wo Karl das Innere des Herds polierte. Karl wandte sich weder um, noch nahm er ihre Anwesenheit sonstwie zur Kenntnis.

»Dies ist wirklich zu peinlich«, schnaufte der Detective, als Chris den Kühlschrank öffnete. Sein Blick war jedoch auf Karl gerichtet; er ließ ihn kurz über den Rücken, die Arme und den Nacken Karls schweifen. »Da treffe ich einen berühmten Filmstar«, fuhr er fort, »und ich bitte um Mineralwasser. O Mann!«

Chris hatte die Flasche gefunden und suchte nun nach einem Öffner. »Eis?« fragte sie.

»Nein, pur.«

Sie öffnete die Flasche.

»Erinnern Sie sich an Ihren Film *Angel?*« fragte er. »Ich habe ihn mir sechsmal angesehen.«

»Wenn Sie nach dem Verbrecher suchen«, murmelte Chris, als

sie das sprudelnde Wasser einschenkte, »verhaften Sie den Produzenten und den Cutter.«

»O nein, der Film war ausgezeichnet!«

»Nehmen Sie Platz.« Chris nickte zum Tisch hin.

»Danke.« Er setzte sich. »Ja, der Film war erstklassig«, beteuerte er. »Sehr rührend. Bis auf eine klitzekleine Sache.«

Sie stellte ihm das Glas Wasser hin, setzte sich an die andere Seite des Tisches und faltete die Hände.

»Nur ein ganz kleiner Makel«, fuhr er entschuldigend fort. »Wirklich nicht der Rede wert. Und glauben Sie mir, ich bin bloß Laie. Bloß Publikum. Aber wissen Sie was? Irgendwie hatte ich als Laie den Eindruck, daß die Musik bei gewissen Szenen störte. Sie war zu aufdringlich.« Er war jetzt ernst, in Gedanken. »Das erinnerte mich daran, daß es ein Film war. Verstehen Sie? Diese Musik, Miss MacNeil ... war die vielleicht bei Mendelssohn geklaut?«

Chris trommelte leicht mit den Fingerspitzen auf dem Tisch. Ein sonderbarer Detective. Und warum blickte er ständig zu Karl?

»Ich weiß es nicht«, sagte sie, »aber es freut mich, daß Ihnen der Film gefallen hat. Sie sollten das Wasser trinken.« Sie wies mit einem Kopfnicken auf das Glas. »Es wird schal.«

»Ja, natürlich. Ich bin schrecklich geschwätzig, und Sie sind sehr beschäftigt. Entschuldigen Sie bitte.«

Er hob das Glas, wie um ihr zuzuprosten, und trank es leer, wobei sein kleiner Finger von den anderen abgespreizt war. »Ah, das ist gut«, sagte er zufrieden. Als er das Glas abstellte, fiel sein Blick auf Regans gebastelten Vogel. Er war jetzt der Mittelpunkt des Tisches; sein Schnabel ragte über die Salz- und Pfefferstreuer. »Drollig.« Kinderman lächelte. »Schön.« Er blickte auf. »Wer ist der Künstler?«

»Meine Tochter«, erwiderte Chris.

»Sehr schön.«

»Hören Sie, ich möchte Sie ja nicht drängen, aber ...«

»Ja, ja, ich weiß. Ich bin eine Plage. Nun, wissen Sie, nur ein, zwei Fragen, und wir sind fertig. Eigentlich ist es nur eine einzige Frage, und dann gehe ich.« Er blickte auf seine Armbanduhr, als sei er besorgt, zu spät zu einer Verabredung zu kommen. »Da der arme Mr. Dennings …«, er atmete schnaufend, »… seine Filmarbeiten in dieser Gegend beendet hat, haben wir uns gefragt, ob er in der Nacht des Unfalls vielleicht jemanden besucht hat. Hat er – abgesehen von Ihnen – Freunde in dieser Gegend?«

»Oh, er war an diesem Abend *hier*«, sagte Chris.

»So?« Seine Augenbrauen ruckten hoch. »Ungefähr zum Zeitpunkt des Unfalls?«

»Wann ist es passiert?« fragte Chris.

»Neunzehn Uhr fünf«, sagte er.

»Ja, das dürfte hinkommen.«

»Nun, damit ist der Fall erledigt.« Er nickte und drehte sich auf seinem Stuhl, als wollte er sich erheben. »Er war betrunken, verließ das Haus und fiel die Treppe hinunter. Ja, damit ist der Fall erledigt. Zweifellos. Hören Sie, nur für die Akten, können Sie mir sagen, wann ungefähr er das Haus verlassen hat?«

Er tastete nach der Wahrheit, wie ein des Kochens überdrüssiger Single auf dem Markt Gemüse betatscht, um festzustellen, ob es frisch ist. Chris fragte sich, wie er es jemals bis zum Lieutenant geschafft hatte. »Ich weiß es nicht«, erwiderte sie. »Ich habe ihn nicht gesehen.«

»Ich verstehe nicht …«

»Nun, er kam und ging, während ich außer Haus war. Ich war drüben in Rosslyn in der Praxis eines Arztes.

»Ah, ich verstehe.« Er nickte. »Natürlich. Aber woher wissen Sie dann, daß er hier war?«

»Nun, Sharon sagte …«

»Sharon?« fiel er ihr ins Wort.

»Sharon Spencer. Meine Sekretärin. Sie war hier, als Burke vorbeischaute. Sie …«

»Burke war hier, um *Sharon* zu besuchen?«

»Nein, mich.«

»Ja, natürlich. Verzeihen Sie die Unterbrechung.«

»Meine Tochter war krank, und Sharon bat Burke, hier auf sie aufpassen, während sie ein Rezept in der Apotheke abholte. Doch als ich nach Hause kam, war Burke verschwunden.«

»Wann war das?«

»Zwischen Viertel nach sieben und halb acht.«

»Wann hatten Sie das Haus verlassen?«

»Ungefähr um achtzehn Uhr fünfzehn.«

»Und wann hatte Miss Spencer es verlassen?«

»Das weiß ich nicht.«

»Und in der Zeit, als Miss Spencer fort war und Sie zurückkehrten – wer war hier mit Mr. Dennings im Haus?«

»Niemand außer Regan.«

»Niemand. Und er hat Regan allein gelassen?«

Chris nickte.

»Keine Bediensteten?«

»Nein, Willie und Karl waren …«

»Wer ist das?«

Chris hatte plötzlich das Gefühl, auf schwankendem Boden zu sein. Sie erkannte, daß die unbeholfene Befragung zu einem strengen Verhör geworden war. »Karl ist gleich dort.« Chris wies mit dem Kopf, den Blick auf den Rücken des Mannes gerichtet, der immer noch den Herd polierte. »Willie ist seine Frau«, fügte sie hinzu. »Die beiden führen mir den Haushalt. Sie hatten den Nachmittag frei, und als ich nach Hause kam, waren sie noch nicht zurück. Willie …« Chris verstummte.

»Was ist mit Willie?«

»Nichts.« Sie zuckte die Achseln, während sie den Blick vom muskulösen Rücken des Haushälters löste. Der Herd war blitzblank, das hatte sie bemerkt. Warum polierte Karl immer noch?

Sie griff nach einer Zigarette. Kinderman gab ihr Feuer.

»Also weiß nur Ihre Tochter, wann Dennings das Haus verlassen hat.«

»War es wirklich ein Unfall?«

»Natürlich. Es ist eine Routinesache, Miss MacNeil, reine Routine. Mr. Dennings wurde nicht beraubt und hatte keine Feinde hier im Distrikt, jedenfalls keine, von denen wir wissen.«

Chris warf einen flüchtigen Blick zu Karl, schaute dann jedoch schnell wieder Kinderman an. Hatte er es bemerkt? Offenbar nicht. Er betastete die Bastelarbeit.

»Diese Vogelart hat einen Namen, aber er fällt mir nicht ein. Irgendwie ...« Er bemerkte, daß Chris ihn anstarrte, und wirkte leicht verlegen. »Entschuldigen Sie, Sie sind beschäftigt. Aber es dauert nur einen Moment, und wir sind fertig. Ihre Tochter müßte also wissen, wann Mr. Dennings das Haus verlassen hat.«

»Nein. Sie hatte starke Beruhigungsmittel bekommen.«

»Oje. Zu schade.« Sein Blick wurde betroffen. »Ist es was Ernstes?«

»Ja, das befürchte ich.«

»Darf ich fragen ...?« Er blickte sie forschend an.

»Wir wissen es noch nicht.«

»Passen Sie auf Durchzug auf«, mahnte er eindringlich.

Chris blickte ihn verwirrt an.

»Durchzug in einem beheizten Haus im Winter ist eine Brutstätte für Bakterien. Das pflegte meine Mutter zu sagen. Vielleicht ist es eine Sage. Vielleicht auch nicht.« Er zuckte die Achseln. »Aber eine Sage ist für mich wie ein Menü in einem französischen Luxusrestaurant. Falscher Glanz. Eine komplizierte Tarnung dafür, daß man etwas vorgesetzt bekommt, das sich nur durch einen hochtrabenden Namen auszeichnet«, sagte er ernst.

Chris entspannte sich. Der struppige Hund, der durch ein Getreidefeld tappte, war zurückgekehrt.

»Ist da oben ihr Zimmer?« Er wies mit dem Daumen zur Decke. »Das mit diesem großen Fenster, das zur Treppe hin liegt?«

Chris nickte.

»Halten Sie das Fenster geschlossen, und es wird ihrer Tochter bald bessergehen.«

»Es ist stets geschlossen, und die Läden sind zu«, sagte Chris, als er mit einer dicken Hand in seine Jackettasche griff.

»Es wird ihr bessergehen«, wiederholte er lehrerhaft. »Denken Sie immer daran. Vorbeugen ist besser …«

Chris trommelte wieder mit den Fingerspitzen auf der Tischplatte.

»Sie haben noch zu tun, sicher. Nun, wir sind gleich fertig. Nur noch eine Notiz für die Akten – Routine – und wir sind durch.«

Er zog die verknitterte Ablichtung des Programmhefts einer High-School-Aufführung von *Cyrano de Bergerac* aus der Tasche und kramte dann in den Taschen seines Mantels, wo er einen angekauten gelben Bleistiftstummel fand, dessen Spitze aussah, als wäre sie mit einer Schere angespitzt worden. Er drückte das Programmheft auf den Tisch und strich es glatt. »Nur ein, zwei Namen«, schnaufte er asthmatisch. »Dieses Spencer wird mit *c* geschrieben?«

»Ja, mit *c*.«

»Ein *c*«, wiederholte er und schrieb den Namen an den Rand des Programms. »Und die Haushälter? John und Willie …«

»*Karl* und Willie Engstrom.«

»Karl. Richtig, Karl. Karl Engstrom.« Er kritzelte die Namen in dicker Schrift. »Und nun die Zeiten, die ich mir merken muß«, erklärte er mit heiserer Stimme und drehte das Programm, um eine freie Stelle zu suchen. »Da wäre erst mal … nein, warten Sie. Ich hab' was vergessen. Ja, die Haushälter. Wann sagten Sie, sind sie nach Hause gekommen?«

»Davon habe ich gar nichts gesagt. – Karl, wann sind Sie gestern abend gekommen?« rief Chris.

Der Schweizer wandte sich um, das Gesicht unergründlich. »Genau um einundzwanzig Uhr dreißig, Madam.«

»Ja, stimmt, Sie hatten Ihren Schlüssel vergessen. Ich erinnere mich, daß ich auf die Uhr in der Küche schaute, als Sie geklingelt haben.«

»Haben Sie einen guten Film gesehen?« fragte der Detective Karl. »Ich halte nicht viel von Kritiken, wissen Sie«, erklärte er Chris mit schnaufender Stimme. »Mir ist viel wichtiger, was die *Leute* denken, das *Publikum*.«

»Paul Scofield in *Lear*«, informierte Karl den Detective.

»Ah, den habe ich auch gesehen. Er ist ausgezeichnet. Exzellent. Phantastisch. In welchem Kino waren Sie?«

»Im Crest«, antwortete Karl. »Die Achtzehnuhrvorstellung. Nach Ende des Films nahm ich den Bus vor dem Kino und …«

»Bitte, das ist nicht nötig.« Der Detective hob abwehrend die Hände. »*Bitte.*«

»Es macht mir nichts aus.«

»Wenn Sie darauf bestehen.«

»Ich stieg an der Ecke Wisconsin Avenue und M Street aus. Vielleicht um einundzwanzig Uhr zwanzig. Dann ging ich zum Haus.«

»Das hätten Sie mir wirklich nicht zu sagen brauchen«, erklärte der Detective, »trotzdem vielen Dank, sehr aufmerksam von Ihnen. Der Film hat Ihnen auch gefallen?«

»Ja, sehr.«

»Das dachte ich mir. Nun …« Er widmete sich wieder Chris und dem Bekritzeln des Programmhefts. »Ich habe Ihre Zeit verplempert, tut mir leid.« Er zuckte die Achseln. »Nur noch einen Moment, und wir sind fertig. Tragisch … tragisch …« Er schnaufte, als er Notizen an den Rand des Programms kritzelte. »Solch eine Begabung. Ein Mann, der die Menschen kannte und mit ihnen umgehen konnte. In einem Beruf mit so vielen Facetten. Man muß auf den Kameramann eingehen können, den Tontechniker, den Drehbuchautor. Bitte verbessern Sie mich, wenn ich mich irre, aber für mich sieht es so aus, daß heutzutage ein bedeutender Regisseur fast ein Dale Carnegie sein muß. Sehe ich das richtig?«

»Oh, Burke hatte Launen.« Chris seufzte.

Der Detective nahm wieder das Programmheft. »Tja, das ist bei den großen Stars nun mal so. Bei Leuten mit seinen Erfolgen.« Er kritzelte abermals. »Aber der Schlüssel zum Erfolg sind die kleinen Leute, die Diener, diejenigen, die sich um die unbedeutenden Einzelheiten kümmern, die zu *bedeutenden* Einzelheiten werden, wenn sie *falsch* erledigt werden. Finden Sie nicht auch?«

Chris blickte auf ihre Fingernägel und nickte wehmütig. »Wenn Burke ausfallend wurde, diskriminierte er niemals«, murmelte sie mit einem melancholischen Lächeln. »Nur wenn er trank.«

»Fertig. Wir sind fertig. Ah, nein, warten Sie«, sagte er, als ihm plötzlich noch etwas einfiel. »Mrs. Engstrom. Sie und ihr Mann gingen und kamen zusammen?« Er wies zu Karl hinüber.

»Nein, sie hat sich einen Film mit den Beatles angeschaut«, antwortete Chris, gerade als Karl sich umdrehte, um sich dazu zu äußern. »Sie traf ein paar Minuten nach mir ein.«

»Warum habe ich das nur gefragt? Es war unwichtig.« Kinderman zuckte die Achseln, faltete das Programmheft und steckte es zusammen mit dem Bleistift in sein Jackett. »Nun, das war's. Wenn ich wieder im Büro bin, fällt mir zweifellos etwas ein, das ich noch hätte fragen sollen. Das geht mir immer so. Aber dann kann ich Sie ja anrufen.« Er stand schnaufend auf.

Chris erhob sich ebenfalls.

»Ich werde ein paar Wochen nicht in der Stadt sein«, sagte sie.

»Es kann warten«, versicherte er. »Es kann warten.« Lächelnd blickte er auf den gebastelten Vogel. »Niedlich, sehr niedlich.« Er neigte sich vor, nahm den Vogel in die Hand und rieb mit dem Daumen über den Schnabel.

Chris bückte sich und hob einen Faden vom Küchenboden auf.

»Haben Sie einen guten Arzt?« fragte der Detective. »Ich meine, für Ihre Tochter?«

Er legte den Vogel wieder auf den Tisch und wandte sich zum Gehen. Chris folgte ihm bedrückt und wickelte den Faden um ihren Daumen.

»Jedenfalls hat sie bald Ärzte genug«, murmelte Chris. »Ich bringe sie in eine Klinik, wo die Ärzte großartig sein sollen.«

»Ist diese Klinik außerhalb der Stadt?«

»Ja.«

»Eine gute Klinik?«

»Wir werden sehen.«

»Halten Sie Ihre Tochter von Durchzug fern.«

Sie hatten die Haustür erreicht. Kinderman legte eine Hand auf die Klinke. »Nun, ich würde sagen, es war mir ein Vergnügen, aber unter den gegebenen Umständen …« Er senkte den Kopf. »Es tut mir leid. Wirklich. Es tut mir schrecklich leid.«

Chris verschränkte die Arme und blickte auf den Läufer. Sie nickte kurz.

Kinderman öffnete die Tür und trat aus dem Haus. Als er sich noch einmal zu Chris umwandte, setzte er seinen Hut auf. »Viel Glück mit Ihrer Tochter.«

»Danke.« Sie lächelte matt. »Viel Glück mit den Ganoven.«

Er nickte lächelnd und watschelte davon. Chris schaute ihm nach, als er zu einem wartenden Streifenwagen ging, der nahe der Ecke vor einem Hydranten parkte. Er hielt seinen Hut fest, bevor eine Böe des Südwinds ihn fortwehen konnte. Der Saum seines Mantels flatterte. Chris schloß die Tür.

Als er auf der Beifahrerseite des Streifenwagens eingestiegen war, wandte Kinderman den Kopf und blickte zum Haus zurück. Er glaubte, eine Bewegung an Regans Fenster gesehen zu haben: das schnelle Huschen einer geschmeidigen Gestalt zur Seite. Er war sich nicht sicher, hatte es nur aus dem Augenwinkel wahrgenommen, als er den Kopf drehte. Aber er bemerkte, daß die Fensterläden geöffnet waren. Sonderbar. Kinderman wartete einen Moment. Niemand erschien. Mit einem verwirrten Stirnrunzeln wandte der Detective sich um, öffnete das Handschuhfach und nahm einen kleinen braunen Umschlag und ein Taschenmesser heraus. Er klappte die kleinste Klinge des Messers auf, hielt den Daumen in das Kuvert und kratzte sorgfältig Farbe von Regans Bastelarbeit unter seinem Daumennagel weg. Als er damit fertig war und den Umschlag zuklebte, nickte er dem Sergeant hinter dem Steuer zu. Er fuhr los.

Auf der Prospect Street steckte Kinderman den Umschlag in die Tasche. »Lassen Sie sich Zeit«, mahnte er den Sergeant und blickte auf den Verkehr, der sich vor ihnen staute. »Das ist dienstlich, kein Vergnügen.« Er rieb sich müde über die Augen. »Ah, was für ein Leben«, seufzte er. »Was für ein Leben.«

Später an diesem Abend, als Dr. Klein Regan fünfzig Milligramm Sparine injizierte, um dafür zu sorgen, daß sie auf der Reise nach Dayton ruhig blieb, stand Lieutenant Kinderman brütend in seinem Büro, die Handflächen auf seinen Schreibtisch gestützt, während er über Fragmente verwirrender Daten grübelte. Der schmale Strahl einer alten Schreibtischlampe fiel auf eine Ansammlung verstreuter Berichte. Kein anderes Licht brannte im Büro. Kinderman glaubte, daß ihm das half, seine Konzentration zu bündeln.

Er atmete schwer in der Dunkelheit, während sein Blick mal hierhin, mal dorthin glitt. Dann holte er tief Luft und schloß die Augen. *Schlußverkauf an geistiger Klarheit!* sagte er sich wie jedesmal, wenn er wünschte, seinen Verstand auf einen neuen Gesichtspunkt zu lenken. *Absolut alles muß raus!*

Er öffnete die Augen und las den Bericht, den der Pathologe über Dennings angefertigt hatte:

… Bruch des Rückgrats, Schädel- und Genickbruch sowie zahlreiche Quetschungen, Fleischwunden und Hautabschürfungen; Überdehnung der Nackenhaut; flächenhafter Bluterguß der Nackenhaut; Risse des Spleniusmuskels, an der Handwurzel und verschiedenen anderen kleinen Muskeln; Bruch der Wirbelsäule und Beschädigung der vorderen und hinteren spinalen Bänder …

Kinderman schaute aus dem Fenster auf die Stadt in der Dunkelheit. Das Licht der Kuppel des Capitols leuchtete. Im Kongreß wurde noch spät gearbeitet. Wieder schloß er die Augen und rief sich sein Gespräch mit dem Pathologen des Distrikts in Erinnerung, das er um 23 Uhr 05 in der Nacht von Dennings Tod geführt hatte.

»Kann es bei dem Sturz passiert sein?«

»Nein, das ist sehr unwahrscheinlich. Die Sternum- und Trapezmuskeln allein reichen schon, um das zu verhindern. Dann müssen auch noch die verschiedenen Gelenkverbindungen der Nackenwirbel zerrissen werden, ebenso die Bänder, von denen die Knochen zusammengehalten werden.«

»Verständlich gesprochen, ist es unmöglich?«

»Nun ja, er war betrunken, und die Muskeln waren zweifellos etwas entspannt. Vielleicht, wenn die Wucht des ersten Aufpralls stark genug war und …«

»Wenn er acht bis zehn Meter tief fällt, bevor er aufschlägt?«

»Ja. Und wenn sofort nach dem Aufschlag sein Kopf in irgend etwas steckenbleibt. Mit anderen Worten, wenn es eine sofortige Störung der normalen Drehung des Kopfes und Körpers als Einheit gibt, kann es vielleicht – ich sage nur vielleicht – zu diesem Ergebnis kommen.«

»Könnte ein anderer Mensch das getan haben?«

»Ja. Aber es müßte ein außergewöhnlich kräftiger Mensch sein.« Kinderman hatte Karl Engstroms Geschichte bezüglich seines

Aufenthaltsorts zur Zeit von Dennings' Tod überprüft. Die Spielzeiten des Kinos stimmten ebenso wie der Busfahrplan am fraglichen Abend. Darüber hinaus hatte der Fahrer des Busses, in den Karl nach eigener Aussage am Kino eingestiegen war, um etwa 21 Uhr 20 an der Ecke Wisconsin und M seinen Dienst beendet. Er war von einem Kollegen abgelöst worden, und der dienstfreie Fahrer hatte den Zeitpunkt seines Eintreffens an der Ablösehaltestelle mit genau 21 Uhr 18 eingetragen.

Auf Kindermans Schreibtisch lag jedoch die Akte einer Anklage vom 27. August 1963 gegen Engstrom, in der ihm der Diebstahl einer großen Menge Rauschgift über einen Zeitraum von mehreren Monaten aus dem Haus eines Arztes in Beverly Hills zur Last gelegt wurde, wo er und Willie zur damaligen Zeit angestellt gewesen waren.

> … geboren am 20. April 1921 in Zürich, Schweiz. Verheiratet mit Willie, geborene Braun, seit dem 7. September 1941. Tochter Elvira, geboren am 11. Januar 1943 in New York City. Derzeitige Adresse unbekannt. Die Anklage …

Der Rest verblüffte den Detective.

Der Arzt, dessen Aussage für eine erfolgreiche Strafverfolgung unerläßlich war, hatte plötzlich und ohne irgendeine Erklärung die Anzeige zurückgezogen.

Warum?

Die Engstroms waren von Chris MacNeil nur zwei Monate später angestellt worden, was bedeutete, daß der Arzt positive Auskünfte über sie erteilt hatte.

Warum hatte er das getan?

Engstrom hatte die Drogen mit Sicherheit gestohlen, doch eine ärztliche Untersuchung zum Zeitpunkt der Anklage hatte nicht das geringste Anzeichen ergeben, daß der Mann süchtig oder auch nur Konsument von Rauschgift war.

Warum hatte die Untersuchung nichts ergeben?

Mit immer noch geschlossenen Augen zitierte der Detective leise eine Passage aus Lewis Carrols ›Jabberwocky‹ – ein weiterer seiner Tricks, um einen klaren Verstand zu bekommen.

Dann schlug er die Augen auf, richtete den Blick auf den Rundbau des Capitols und versuchte, völlig abzuschalten. Wie üblich klappte es nicht. Seufzend warf er einen Blick auf den Bericht des Polizeipsychologen über die Schändungen in der Dreieinigkeitskirche: »*... Statue ... Phallus ... menschliche Exkremente ... Damien Karras*«, hatte er rot unterstrichen. Er atmete schnaufend und griff dann nach einem wissenschaftlichen Lehrbuch über Hexerei. Er schlug die Seite auf, die er mit einer Büroklammer markiert hatte.

Schwarze Messe ... eine Form von Teufelsanbetung, deren Rituale im wesentlichen bestehen in: (1) Ermunterung (›Sermon‹), Teuflisches in der Gemeinde zu leisten. (2) Geschlechtsverkehr mit dem Dämon (angeblich schmerzvoll, denn der Penis des Dämons wird ausnahmslos als ›eiskalt‹ bezeichnet). (3) eine Vielzahl von Schändungen, hauptsächlich sexueller Natur. Zum Beispiel werden Hostien in ungewöhnlicher Größe vorbereitet (zusammengesetzt aus Mehl, Kot, Menstruationsblut und Eiter), in die dann ein Schlitz geschnitten wird und die als künstliche Vagina benutzt werden, mit der die Priester kopulieren, wobei sie sich vorstellen, die jungfräuliche Mutter Gottes zu vergewaltigen oder mit Christus widernatürliche Unzucht zu treiben. Bei einem anderen Beispiel für solche Praktiken wird eine Statue Christi tief in die Vagina eines Mädchens eingeführt, während die Hostie in ihren After geschoben wird, die der Priester dann beim Analverkehr zerquetscht, während er Blasphemien schreit. Auch lebensgroße Bilder von Christus und der Jungfrau Maria spielen häufig eine Rolle bei dem Ritual. Das Bild der Jungfrau etwa – normalerweise dergestalt gemalt, daß sie liederlich und unzüchtig aussieht – wird bestückt mit Brüsten, an denen der Anhänger des Kults saugt, und ebenfalls mit einer Vagina, in die er den Penis einführen kann. Die Statuen Christi werden mit einem Phallus für Fellatio sowohl von Männern als auch Frauen versehen, der überdies in die Vagina oder den männlichen After eingeführt wird. Gelegentlich wird statt eines Bildes ein Mann an ein Kreuz gebunden und erfüllt die Funktion der Statue. Ejakuliert der Betreffende, wird sein Samen in einem blasphemisch geweihten Abendmahlskelch gesammelt und bei der Herstellung der Kommunionshostien benutzt, die dazu bestimmt sind, auf einem Altar geschändet zu werden, der mit Exkrementen bedeckt ist. Dies …

Kinderman blätterte weiter zu einem unterstrichenen Absatz, der von Ritualmorden handelte. Er las ihn langsam und nagte dabei an einem Zeigefinger. Als er den Absatz beendet hatte, blickte er mit gerunzelter Stirn auf die Seite und schüttelte den Kopf. Er schaute brütend zu der Lampe. Dann knipste er sie aus, verließ sein Büro und fuhr zum Leichenschauhaus.

Der junge Diensthabende am Schreibtisch mampfte ein Schinken- und Käsesandwich und wischte die Krümel von einem Kreuzworträtsel, als Kinderman sich näherte.

»Dennings«, flüsterte der Detective heiser.

Der Diensthabende nickte, schrieb ein Wort – fünf Buchstaben, waagerecht – in das Kreuzworträtsel, erhob sich mit dem Sandwich und ging kauend durch die Leichenhalle. Kinderman, den Hut in der Hand, folgte dem Mann und dem Geruch von Kümmel und Senf zu den Reihen von Kühlboxen und zu dem Schrank, der für die Ablage blinder Augen benutzt wurde.

Sie blieben an Kühlbox zweiunddreißig stehen. Der Diensthabende mit der ausdruckslosen Miene zog die Box auf. Er biß in sein Sandwich, und ein Stückchen mit Mayonnaise gesprenkelte Kruste fiel auf das Leichentuch.

Kinderman starrte einen Moment darauf, dann zog er, langsam und behutsam, das Tuch zurück, um zu entblößen, was er gesehen hatte und trotzdem nicht akzeptieren konnte.

Burke Dennings Kopf war um hundertachtzig Grad gedreht, so daß sein Gesicht nach hinten gerichtet war.

5

In der warmen, grünen Mulde des Campus joggte Damien Karras mit Khakishorts und T-Shirt, das von heilsamem Schweiß getränkt war, allein auf einer ovalen lehmigen Bahn. Voraus, auf einem kleinen Hügel, schien die kalkweiße Kuppel des Observatoriums im Rhythmus seiner Schritte zu pulsieren; hinter ihm blieb die medizinische Fakultät zurück.

Seit er von seinen Pflichten entbunden war, kam er täglich her, drehte seine Runden und lief sich müde. Er hatte es fast gepackt, hatte fast die Umklammerung der Trauer gelockert, die wie eine tiefe Narbe nach seinem Herzen gegriffen hatte. Es war jetzt leichter.

Zwanzig Runden ...

Viel leichter.

Noch mehr. Zwei weitere.

Viel leichter ...

Mit schmerzenden Beinmuskeln lief Karras mit langen Schritten, bog auf die Tribünengerade ein, als er jemand auf einer Bank bemerkte, wo er sein Handtuch, den Pullover und die lange Hose abgelegt hatte. Es war ein Mann in mittleren Jahren mit einem zu weiten Mantel und einem zerknautschten Schlapphut. Er schien

Damien zu beobachten. Tatsächlich? Ja … er drehte den Kopf, als Karras ihn passierte.

Der Pater beschleunigte mit weit ausholenden Schritten zur letzten Runde und verlangsamte dann zum keuchenden Gehen, als er die Bank passierte, ohne hinzublicken, beide Hände in die schmerzenden Seiten gestemmt. Die breiten Schultern und seine muskulöse Brust, die sich hob und senkte, spannte sein T-Shirt, verzerrte und entzerrte das Wort PHILOSOPHEN, das in einst schwarzen Lettern auf der Brustseite aufgedruckt und inzwischen vom oftmaligen Waschen verblichen war.

Der Mann mit dem Mantel stand auf und näherte sich ihm.

»Pater Karras?« rief Lieutenant Kinderman heiser.

Karras wandte sich um und nickte knapp, blinzelte in den Sonnenschein, wartete auf den Mann, bis er heran war, setzte sich wieder in Bewegung und forderte ihn mit einer Geste auf, ihm zu folgen. »Macht es Ihnen etwas aus? Ich bekomme sonst einen Krampf«, keuchte er.

»Nein, natürlich nichts«, erwiderte der Detective wenig begeistert und steckte die Hände in die Taschen. Der Spaziergang vom Parkplatz bis zur Bank hatte ihn ermüdet.

»Sind wir uns schon mal begegnet?« fragte der Jesuit.

»Nein, Pater. Aber man sagte mir, Sie sähen aus wie ein Boxer. Irgendein Priester im Wohnheim der Jesuiten hat das gesagt. Den Namen habe ich vergessen.« Er zog seine Brieftasche. »Ich kann mir einfach keinen Namen merken.«

»Und Ihren?«

»William Kinderman, Pater.« Er zeigte seinen Ausweis. »Mordkommission.«

»Tatsächlich?« Karras betrachtete die Polizeimarke und den Ausweis mit jungenhaftem Interesse. Sein gerötetes, verschwitztes Gesicht besaß einen Ausdruck der Unschuld, als er sich dem watschelnden Detective zuwandte. »Was hat das zu bedeuten?«

»He, wissen Sie was, Pater?« antwortete Kinderman und musterte die zerfurchten Gesichtszüge des Jesuiten. »Es stimmt, Sie sehen wirklich wie ein Boxer aus. Verzeihen Sie, aber die Narbe dort am Auge erinnert mich an die von Brando in *Waterfront.*« Er wies hin. »*Genau* wie die von Marlon Brando. Man verpaßte ihm eine Narbe ...«, er zeigte es, indem er den Augenwinkel herabzog, »... so daß sein Auge ein wenig geschlossen wirkte, nur ein bißchen, wodurch er die ganze Zeit träumerisch, stets traurig wirkte. Tja, das gilt auch für Sie. Sie sind Brando. Hat man Ihnen das schon gesagt, Pater?«

»Nein, noch nie.«

»Schon mal geboxt?«

»Ein bißchen.«

»Sind Sie aus diesem Distrikt?«

»New York.«

»Sie waren Amateurchampion. Halbschwergewicht. Habe ich recht?«

»Sie haben es soeben vom Lieutenant zum Captain geschafft.« Karras lächelte. »Was kann ich für Sie tun?«

»Gehen Sie etwas langsamer, bitte. Emphysem.« Der Detective wies zu seinem Hals.

»Oh, tut mir leid.« Karras ging langsamer.

»Macht nichts. Rauchen Sie?«

»Ja.«

»Das sollten Sie nicht.«

»Sagen Sie mir lieber, welches Problem es gibt.«

»Selbstverständlich. Ich schweife ab. Übrigens, sind Sie beschäftigt?« Der Detective blickte Karras fragend an. »Ich störe doch nicht?«

»Wobei sollten Sie stören?« fragte Karras belustigt.

»Nun, vielleicht bei Gebeten.«

»Sie *werden* Captain.« Karras lächelte geheimnisvoll.

»Verzeihung, ist mir was entgangen?«

Karras schüttelte den Kopf, aber das Lächeln blieb. »Ich bezweifle, daß *Ihnen* jemals etwas entgeht«, bemerkte er. Sein Seitenblick zu Kinderman war listig, und er zwinkerte ihm zu.

Kinderman blieb stehen und bemühte sich vergebens um eine belämmerte Miene, doch nach einem Blick zu den Lachfältchen um die Augen des Jesuiten senkte er den Kopf und lachte wie ein ertappter Sünder. »Ah, ja, natürlich … natürlich … ein Psychiater. Wie will ich *den* beschwindeln?« Er zuckte die Achseln. »Wissen Sie, das ist eine Angewohnheit von mir, Pater. Vergeben Sie mir. *Schmalz* – das ist die Kinderman-Methode: reines *Schmalz*. Nun, ich werde damit aufhören und Ihnen offen sagen, was das alles zu bedeuten hat.«

»Die Schändungen«, sagte Karras und nickte.

»Da hab' ich mein Schmalz wohl vergeudet«, sagte der Detective wie im Selbstgespräch.

»Tut mir leid.«

»Macht nichts, Pater, ich hab's verdient. Ja, die Dinge in der Kirche. Und vielleicht noch etwas anderes, etwas Ernstes.«

»Mord?«

»Woher wissen Sie das?«

»Sie sind von der Mordkommission.«

»Schon gut, schon gut, Marlon Brando. Lassen Sie's gut sein. Hat man Ihnen schon gesagt, daß Sie für einen Priester ein bißchen klugscheißerisch sind?«

»*Mea culpa*«, murmelte Karras. Obwohl er lächelte, hatte er das Gefühl, möglicherweise die Selbstachtung des Mannes angeknackst zu haben. Das hatte er nicht gewollt. Und jetzt war er froh, eine Möglichkeit zu haben, echte Verwirrung zu zeigen. »Aber das begreife ich nicht«, fügte er hinzu und bemühte sich, die Stirn zu runzeln. »Wo ist da ein Zusammenhang?«

»Kann das unter uns bleiben, Pater? Vertraulich? Sozusagen wie eine Beichte?«

»Selbstverständlich.« Karras musterte den Detective ernst. »Was ist denn?«

»Kennen Sie den Regisseur, der den Film hier gedreht hat, Pater? Burke Dennings?«

»Ich habe ihn gesehen.«

»Sie haben ihn gesehen.« Der Detective nickte. »Ist Ihnen auch bekannt, wie er gestorben ist?«

»In den Zeitungen stand ...« Wieder zuckte Karras mit den Schultern.

»Das ist nur ein Teil der ganzen Geschichte.«

»So?«

»Ja, ein Teil. Nur ein Teil. Was wissen Sie über das Thema Hexerei?«

»Bitte?«

»Haben Sie Geduld mit mir. Ich will auf etwas Bestimmtes hinaus. Also, Hexerei ... kennen Sie sich da aus?«

»Ein wenig.«

»Von seiten der Hexer, nicht von der ihrer Jäger.«

»Ich habe mal einen Aufsatz darüber geschrieben.« Karras lächelte. »Aus psychiatrischer Sicht.«

»Tatsächlich? Wunderbar! Das ist ein Bonus. Ein dicker Pluspunkt. Sie könnten helfen, viel mehr als ich gedacht habe. Also, Pater, zurück zum Thema Hexerei ...«

Er ergriff den Arm des Jesuiten, als sie um eine Biegung gingen und sich der Bank näherten. »Wissen Sie, ich bin Laie und offen gesagt nicht sehr gebildet. Aber ich kann lesen. Ich weiß, was man über Autodidakten sagt, daß sie schreckliche Beispiele für ungeschickte Arbeiter sind. Aber ich will ganz offen sein – ich schäme mich dessen nicht. Überhaupt nicht. Ich ...« Abrupt verstummte er in seinem Redeschwall, senkte den Blick und schüttelte den Kopf. »*Schmalz*. Es ist eine Angewohnheit. Ich kann mit dem *Schmalz* einfach nicht aufhören. Verzeihen Sie. Sie sind gewiß beschäftigt.«

»Ja, ich bete.«

Der Jesuit hatte es trocken und mit ausdrucksloser Miene

gesagt. Kinderman blieb kurz stehen und musterte ihn. »Im Ernst? Nein.«

Der Detective blickte wieder nach vorn, und sie gingen weiter. »Kommen wir zur Sache. Diese Schändungen … erinnern Sie die an etwas, das mit Hexerei zu tun hat?«

»Vielleicht. Einige Rituale werden in schwarzen Messen angewandt.«

»Eins plus. Und jetzt zu Dennings. Sie haben gelesen, wie er starb?«

»Bei einem Sturz.«

»Nun, ich werde Ihnen mehr sagen, und … *bitte vertraulich!*«

»Selbstverständlich.«

Der Detective wirkte plötzlich gequält, als ihm klar wurde, daß Karras nicht die Absicht hatte, bei der Bank stehenzubleiben. »Macht es Ihnen etwas aus?« fragte er beinahe flehend.

»Was?«

»Können wir anhalten? Uns vielleicht hinsetzen?«

»Ja, sicher.« Sie gingen zur Bank zurück.

»Sie werden keinen Krampf bekommen?«

»Nein.«

»Sind Sie sicher?«

»Mir geht's prima.«

»In Ordnung.«

»Sie sagten …?«

»Eine Sekunde, bitte, nur eine Sekunde.«

Kinderman ließ seine schmerzenden Massen mit einem Seufzer der Zufriedenheit auf die Bank sinken. »Ah, besser, viel besser«, sagte er, als der Jesuit sein Handtuch nahm und sich Schweiß vom schwitzenden Gesicht wischte. »Ich werde alt. Was für ein Leben.«

»Sie sprachen von Burke Dennings.«

»Burke Dennings, Burke Dennings …« Der Detective nickte und blickte auf seine Schuhe. Dann sah er zu Karras auf. Der Priester wischte sich mit dem Handtuch den Nacken ab. »Burke Dennings, Pater, wurde am Fuß dieser langen Treppe gefunden. Um genau neunzehn Uhr fünf. Sein Kopf war völlig umgedreht, so daß sein Gesicht nach hinten gerichtet war.«

Anfeuerungsrufe drangen gedämpft vom Baseball-Spielfeld herüber, wo das Team der Uni trainierte. Karras hörte mit dem Abwischen des Schweißes auf und hielt dem ruhigen Blick des Lieutenants stand. »Es ist nicht bei dem Sturz passiert?« sagte er schließlich.

»Doch, das ist möglich.« Kinderman zuckte die Achseln. »Aber …«

»Unwahrscheinlich«, sagte Karras grübelnd.

»Und was kommt einem im Zusammenhang mit Hexerei in den Sinn?«

Der Jesuit setzte sich langsam hin. Er wirkte nachdenklich. »Nun«, sagte er schließlich, »angeblich haben Dämonen das Genick von Hexen auf diese Weise gebrochen. So heißt es jedenfalls in der Sage.«

»Eine Sage?«

»Nicht nur«, sagte Karras und wandte sich Kinderman zu. »Es sind tatsächlich Menschen auf diese Weise gestorben. Ich nehme an, es waren Mitglieder eines Hexensabbats, die entweder abtrünnig wurden oder Geheimnisse verrieten. Das ist aber nur eine Vermutung. Aber ich weiß, daß es eine Art Markenzeichen dämonischer Mörder war.«

Kinderman nickte. »Genau. Genau. Ich erinnerte mich an den Zusammenhang von einem Mord in London her. Der *heutzutage* verübt wurde, vor vier oder fünf Jahren, Pater. Ich weiß noch, daß ich in den Zeitungen davon gelesen habe.«

»Ja, ich hab's ebenfalls gelesen. Aber ich glaube, es hat sich als Zeitungsente erwiesen. Irre ich mich da?«

»Nein, das ist richtig, Pater, absolut richtig. Aber im Fall Burke Dennings … können Sie da irgendeine Verbindung mit den Vorfällen in der Kirche sehen? Einen Zusammenhang mit irgendeinem Verrückten? Vielleicht jemand, der die Kirche haßt. Eine unbewußte Rebellion vielleicht …«

»Ein kranker Priester?« murmelte Karras. »Meinen Sie das?«

»Sie sind der Psychiater, Pater. Sagen Sie's mir.«

»Natürlich sind die Schändungen eindeutig pathologisch«, sagte Karras nachdenklich und zog seinen Pullover an. »Und wenn Dennings ermordet wurde … nun, ich nehme an, daß der Mörder ebenfalls pathologisch ist.«

»Und vielleicht Kenntnis über die Hexerei hat?«

»Könnte sein.«

»Könnte sein.« Der Detective stieß einen Grunzlaut aus. »Wer paßt also zu dem Bild, lebt in dieser Gegend und hat in der Nacht Zugang zur Kirche?«

»Ein kranker Priester«, sagte Karras und nahm betrübt die von der Sonne gebleichte Khakihose, die neben ihm auf der Bank lag.

»Das ist hart für Sie, Pater, ich weiß. Aber für die Priester auf dem Campus hier sind Sie der Psychiater, deshalb …«

»Nein. Ich habe eine andere Aufgabe bekommen.«

»Ach, wirklich? Mitten im Jahr?«

»So ist das im Orden.« Karras zuckte die Achseln und schlüpfte in die Hose.

»Trotzdem würden Sie wissen, wer zur Tatzeit krank war und wer nicht, stimmt's? Ich meine, *diese* Art Krankheit. Davon würden Sie *wissen*.«

»Nein, Lieutenant. Überhaupt nicht. Es wäre nur ein Zufall, wenn ich davon wüßte. Ich bin kein Psychoanalytiker, ich berate nur.« Er knöpfte die Hose zu. »Jedenfalls kenne ich niemanden, auf den die Beschreibung paßt.«

»Ah, ja, ärztliche Ethik. Wenn Sie es wüßten, würden Sie es nicht sagen.«

»Stimmt, vermutlich würde ich's nicht sagen.«

»Zufällig – und ich erwähne das nur am Rande – wird diese

Ethik seit nicht allzu langer Zeit als ungesetzlich betrachtet. Ich will Sie nicht mit Bagatellen langweilen, aber vor kurzem wurde ein Psychiater im sonnigen Kalifornien ins Gefängnis gesteckt, weil er der Polizei sein Wissen über einen Patienten vorenthielt.«

»Ist das eine Drohung?«

»Reden Sie kein dummes Zeug. Ich hab' das am Rande erwähnt.«

»Ich könnte dem Richter immer sagen, es fiele unter das Beichtgeheimnis«, erwiderte der Jesuit und grinste schief, als er aufstand, um sein Hemd in die Hose zu stopfen.

Der Detective blickte zu ihm auf. Seine Miene war düster. »Wollen Sie zur Sache kommen, Pater?« sagte er. Dann wandte er den Blick ab. »Pater? Welcher Pater?« fragte er rhetorisch. »Sie sind Jude. Das wußte ich auf Anhieb.«

Der Jesuit lachte.

»Ja, lachen Sie nur«, sagte Kinderman. »Lachen Sie nur.« Doch dann lächelte er und wirkte selbstzufrieden. Mit strahlenden Augen wandte er sich Karras zu. »Das erinnert mich an meine Aufnahmeprüfung als Polizist, Pater. Eine Frage lautete ungefähr: ›Was ist rabies, und was würden Sie dagegen unternehmen?‹ Wissen Sie, was irgendein Schwachkopf als Antwort auf die Frage nach rabies – also Tollwut – gab? ›Rabies‹, sagte er, ›sind jüdische Priester, und ich würde alles für sie tun, was ich könnte. Ehrlich!‹« Kinderman hob eine Hand wie zum Schwur.

Karras lachte. »Kommen Sie, ich begleite Sie zu Ihrem Wagen. Steht er auf dem Parkplatz?«

Der Detective schaute zu ihm auf, wollte nur ungern gehen. »Dann sind wir fertig?«

Der Pater stellte einen Fuß auf die Bank, neigte sich vor und stützte einen Arm aufs Knie. »Hören Sie, ich decke wirklich niemanden«, sagte er. »Bestimmt nicht. Würde ich einen Priester kennen, der auf denjenigen passen könnte, den Sie suchen, würde ich Ihnen zumindest erzählen, daß es einen solchen Mann gibt, ohne Ihnen seinen Namen zu nennen. Dann würde ich es vermutlich dem Provinzial melden. Aber ich kenne keinen, der auch nur annähernd in Frage kommt.«

»Na dann«, sagte der Detective und seufzte. »Ich hätte zuerst auch nie gedacht, daß es ein Priester sein könnte.« Er nickte zum Parkplatz. »Der Wagen steht da drüben.«

Sie schlenderten dorthin.

»Ich nehme an, wenn ich es ausspreche, werden Sie mich für irre halten. Aber ich kann mir nicht helfen.« Er schüttelte den Kopf. »All diese Sekten und Kulte, bei denen grundlos getötet wird. Das bringt einen auf absonderliche Gedanken. Um heutzutage auf dem laufenden zu bleiben, muß man ein bißchen verrückt sein.«

Karras nickte.

»Was ist das da?« fragte der Detective und zeigte auf die Brust des Jesuiten.

»Was?«

»Auf dem T-Shirt. Die Aufschrift. ›Philosophen‹.«

»Oh, ich leitete in einem Jahr ein paar Kurse im Woodstock-Seminar in Maryland«, sagte Karras. »Ich spielte im Baseballteam der Unterstufe. Sie nennen sich die Philosophen.«

»Aha. Und das Team der Oberstufe?«

»Theologen.«

Kinderman lächelte und schüttelte den Kopf. »Drei zu zwei für die Theologen gegen die Philosophen«, murmelte er.

»Drei zu zwei für die Philosophen gegen die Theologen.«

»Selbstverständlich.«

»Selbstverständlich.«

»Merkwürdig, merkwürdig.« Der Detective grübelte. »Sonderbar. Hören Sie, Pater«, dann verbesserte er sich. »Hören Sie, *Doktor* ... bin ich verrückt, oder könnte es heutzutage hier im Distrikt einen Hexensabbat geben? *Heutzutage*?«

»Na, hören Sie mal!« sagte Karras.

»Es könnte also sein?«

»Das habe ich nicht gesagt.«

»Jetzt werde *ich* mal der Doktor sein.« Kinderman stieß den Zeigefinger in die Luft. »Sie haben nicht nein gesagt. Statt dessen waren sie wieder klugscheißerisch. Das ist defensiv, Pater, verteidigend. Sie befürchten, für naiv gehalten zu werden, nicht wahr? Ein abergläubischer Priester in den Krallen vom Kinderman, dem gerissenen Schlaukopf.« Er tippte sich mit dem Finger auf die Brust. »Kinderman ist das Genie neben Ihnen, das wandelnde Zeitalter der Vernunft. Habe ich recht?«

Der Jesuit schaute ihn mit wachsendem Argwohn und Respekt an. »Sehr scharfsinnig«, bemerkte er.

»Also gut, dann frage ich Sie noch einmal«, sagte Kinderman. »Könnte es Hexensabbate hier im Distrikt geben?«

»Das würde ich wirklich nicht wissen«, antwortete Karras nachdenklich, die Arme vor der Brust verschränkt. »Aber in Teilen Europas gibt es schwarze Messen.«

»Heutzutage?«

»Heutzutage.«

»Sie meinen, genau wie in den alten Zeiten, Pater? Wissen Sie, ich habe zufällig etwas über diese Dinge gelesen, über den Sex und die Statuen und wer weiß was sonst. Übrigens will ich Sie nicht anwidern, aber sind all diese Dinge tatsächlich geschehen? Ist das *wahr?*«

»Ich weiß es nicht.«

»Und was glauben Sie?«

»Ich nehme an, es ist wahr. Zumindest habe ich den Verdacht. Aber meine Annahme beruht auf Pathologie. Schwarze Messen ... jemand, der solche Dinge tut, ist ein *sehr* gestörter Mensch, und auf eine ganz besondere Art gestört. Es gibt eine Bezeichnung für diese Art Störung. Sie heißt Satanismus – damit sind Personen gemeint, die nur dann sexuelle Lust empfinden, wenn sie mit einer blasphemischen Aktion zu tun hat. Es ist nicht selten, nicht einmal heutzutage. Und schwarze Messen werden einfach als die Rechtfertigung benutzt.«

»Ich muß noch einmal fragen, verzeihen Sie, aber was ist mit den Statuen von Jesus und Maria?«

»Was soll damit sein?«

»Ist es wahr, was man im Zusammenhang mit schwarzen Messen von diesen Statuen behauptet?«

»Ich nehme an, das könnte für Sie als Polizist interessant sein.« Bei Karras war plötzlich das Interesse der Gelehrten geweckt. »Nun, die Akten der Pariser Polizei enthalten immer noch den Fall einer Reihe von Mönchen aus einem nahen Kloster ... wie hieß es noch ...« Er kratzte sich am Kopf. »Ja, das Kloster von Crépy, glaube ich. In der Nähe von Paris. Jedenfalls kamen die Mönche in einen Gasthof und verlangten ziemlich aggressiv ein Bett für drei Personen. Die dritte Person hatten sie bei sich. Eine lebensgroße Statue der Heiligen Jungfrau.«

»Junge, Junge, das ist schockierend«, schnaufte der Detective. »Schockierend.«

»Aber wahr. Und ein Anzeichen dafür, daß es auf Tatsachen beruht, was Sie gelesen haben.«

»Nun, der Sex vielleicht. Das kann ich verstehen. Das ist eine ganz andere Geschichte. Aber die Ritualmorde, Pater? In der heutigen Zeit? Blut von Neugeborenen ...?« Der Detective bezog sich auf andere Schilderungen, die er in dem Buch über Hexerei gelesen hatte und in denen beschrieben wurde, wie ein Priester, dem das Amt entzogen war, bei schwarzen Messen bisweilen die Pulsadern eines neugeborenen Säuglings aufschnitt, damit das Blut in einen Kelch floß und später geweiht und bei der Kommunion getrunken wurde. »Das ist genau wie die Geschichten, die man über die Juden erzählte«, fuhr der Detective fort. »Daß sie christliche Säuglinge raubten und ihr Blut tranken. Verzeihen Sie, aber *Ihre* Leute erzählten all diese Geschichten.«

»Wenn wir das getan haben, dann vergeben Sie *mir*.«

»Absolution erteilt.«

Irgend etwas Düsteres, Trauriges zog über die Augen des Priesters wie der Schatten einer kurzen Erinnerung an Schmerz. Er richtete den Blick schnell auf den Weg vor ihnen.

»Nun, ich weiß wirklich nichts über Ritualmorde«, sagte Karras. »Ich nicht. Aber eine Hebamme in der Schweiz hat einst die Ermordung von dreißig oder vierzig Säuglingen gebeichtet, die bei schwarzen Messen geopfert wurden. Aber vielleicht wurde die Frau gefoltert«, fügte er hinzu. »Wer weiß? Trotzdem erzählte sie eine überzeugende Geschichte. Sie sagte, sie hätte eine lange, dünne Nadel in ihrem Ärmel versteckt, bei der Entbindung hervorgezogen, durch den Kopf des Babys gestochen und dann wieder versteckt. Keine Einstiche, keine Male.« Karras blickte Kinderman an. »Das Baby wirkte wie totgeboren. Haben Sie von den Vorurteilen europäischer Katholiken gegen Hebammen gehört? Nun, so hat es angefangen.«

»Das ist schrecklich.«

»Dieses Jahrhundert hat den Wahnsinn noch nicht im Griff gehabt. Jedenfalls ...«

»Moment mal, Moment. Diese Geschichten – sie wurden von Leuten erzählt, die gefoltert wurden, nicht wahr? Also sind sie grundsätzlich nicht besonders zuverlässig. Die Opfer der Folter unterschrieben gewissermaßen blanko, und später trugen die Folterknechte ›Geständnis‹ ein. Es gab keine Beweise, keine Gerichtsprotokolle. Habe ich recht?«

»Ja, Sie haben recht. Aber viele Geständnisse sind auch freiwillig gemacht worden.«

»Wer würde so was denn freiwillig tun?«

»Geistesgestörte.«

»Aha! Eine weitere zuverlässige Quelle!«

»Natürlich haben Sie recht, Lieutenant. Ich spiele des Teufels Advokat. Aber Menschen, die psychotisch genug sind, solche Dinge zu gestehen, sind vielleicht auch psychotisch genug, sie zu *tun*. Nehmen Sie zum Beispiel die Geschichten über Werwölfe. Okay, sie sind lächerlich. Niemand kann sich in einen Wolf verwandeln. Aber was ist, wenn ein Mensch geistig so sehr gestört ist, daß er sich nicht nur für einen Werwolf hält, sondern auch wie einer handelt?«

»Furchtbar. Was ist das jetzt, Pater? Theorie oder Tatsache?«

»Nun, da gab es zum Beispiel William Stumpf. Oder Peter. Ich kann mich nicht genau erinnern. Jedenfalls, er war Deutscher, lebte im sechzehnten Jahrhundert. Er hielt sich für einen Werwolf. Stumpf hat zwanzig oder dreißig kleine Kinder ermordet.«

»Sie meinen, er hat es gestanden?«

»Nicht verbal. Aber das Geständnis war trotzdem rechtsgültig.«

»Wie meinen Sie das?«

»Als man ihn schnappte, aß er die Gehirne von zwei jungen Schwiegertöchtern.«

Vom Übungsspielfeld hallten in der dünnen, klaren Luft des sonnigen Apriltages Rufe und das Klatschen vom Ball gegen das Schlagholz herüber. *»Los, los, Mullins, wir packen sie! Tempo!«*

Der Priester und der Detective erreichten den Parkplatz. Als sie beim Streifenwagen waren, griff Kinderman geistesabwesend nach dem Türgriff. Er verharrte kurz und blickte niedergeschlagen zu Karras auf.

»Wonach soll ich suchen, Pater?« fragte er.

»Nach einem Irren«, sagte Damien Karras leise. »Vielleicht nach einem Drogensüchtigen.«

Der Detective dachte darüber nach; dann nickte er stumm. Er blickte den Priester an. »Möchten Sie mitfahren?« fragte er und öffnete die Wagentür.

»Danke, es ist nur ein kurzer Fußweg.«

»Das hat nichts zu sagen. Genießen Sie die Mitfahrt!« Kinderman forderte Karras mit einer ungeduldigen Geste auf, einzusteigen. »Dann können Sie all Ihren Freunden erzählen, daß Sie mit einem Polizeiauto gefahren sind.«

Der Jesuit grinste und stieg hinten ein.

»Sehr gut, sehr gut«, schnaufte der Detective, zwängte sich neben Karras und schloß die Tür. »Kein Weg zu Fuß ist kurz«, bemerkte er. »Keiner.«

Unter Karras' Führung fuhren sie zum Wohnheim der Jesuiten in der Prospect Street, wo der Pater sich inzwischen einquartiert hatte.

»Mögen Sie Filme, Pater Karras?«

»Sehr.«

»Haben Sie *Lear* gesehen?«

»Nein. Ich kann mir die Karten nicht leisten.«

»Ich schon. Ich bekomme Freikarten.«

»Schön für Sie.«

»Ja. Ich bekomme Freikarten für die besten Aufführungen. Wissen Sie, ich liebe es, über Filme zu diskutieren, sie zu kritisieren.« Er schaute aus dem Fenster, den Blick vom Pater abgewandt.

Karras nickte schweigend und schaute auf seine großen und sehr kräftigen Hände. Er hatte sie zwischen den Beinen gefaltet. Ein Moment verging mit Schweigen. Dann wandte Kinderman sich ihm zögernd und mit nachdenklicher Miene zu. »Möchten Sie mal einen Film mit mir gemeinsam ansehen, Pater? Kostenlos. Wie gesagt, ich bekomme Freikarten«, fügte er hastig hinzu.

Karras schaute ihn an und grinste. »Wie Elwood P. Dowd in *Harvey* zu sagen pflegte, Lieutenant: *wann?*«

»Oh, ich werde Sie anrufen, ich werde Sie anrufen!« Der Detective strahlte.

Sie waren vor dem Wohnheim der Jesuiten angelangt, und der Fahrer hielt. Karras öffnete die Wagentür. »Tun Sie das bitte. Tut mir leid, daß ich nicht viel helfen konnte.«

»Oh, Sie waren eine Hilfe.« Kinderman hob kurz die Hand.

Karras stieg aus. »Eigentlich sind Sie für einen Mann, der als Jude durchzugehen versucht, sehr nett.«

Karras schloß die Wagentür und neigte sich mit einem leichten, herzlichen Lächeln zum Fenster. »Hat Ihnen schon jemand gesagt, daß Sie wie Paul Newman aussehen?«

»Das sagt man mir immer. Und glauben Sie mir, Mr. Newman bemüht sich, aus diesem Körper rauszukommen. Er ist zu überfüllt. Clark Gable ist auch drin.«

Karras winkte mit einem Grinsen und ging davon.

»Pater, warten Sie!«

Karras wandte sich um. Der Detective zwängte sich aus dem Wagen.

»Ich hab' was vergessen«, schnaufte er und watschelte auf den Jesuiten zu. »Diese Karte mit dem schmutzigen Text, erinnern Sie sich? Die in der Kirche gefunden wurde.«

»Sie meinen die Altarkarte?«

»Ach, so heißt das Ding? Ist sie noch da?«

»Ja, in meinem Zimmer. Ich habe das Latein überprüft. Möchten Sie die Karte haben?«

»Ja. Vielleicht gewinnen wir dadurch Erkenntnisse. Vielleicht.«

»Einen Moment, ich bin gleich zurück.«

Während Kinderman beim Streifenwagen wartete, ging der Jesuit in sein Zimmer im Erdgeschoß mit Blick auf die Prospect Street, holte die Karte und gab sie Kinderman.

»Vielleicht finden wir Fingerabdrücke«, schnaufte Kinderman, als er die Karte betrachtete. Dann verbesserte er sich rasch. »Nein, Quatsch, Sie haben sie ja in der Hand gehabt. Und vor Ihnen hat der jüdische Mr. Moto sie angefaßt.« Er fummelte an der Plastikhülle der Karte. »Nun komm schon *raus!*« Mit einem Anflug von Bestürzung blickte er zu Karras auf. »Sie haben die Innenseite ebenfalls angefaßt, Kirk Douglas?«

Karras grinste verlegen und nickte.

»Na, macht nichts, vielleicht finden wir trotzdem was. Übrigens, haben Sie den Text studiert?«

»Ja, habe ich.«

»Und zu welchen Schlüssen sind Sie gelangt?«

Karras zuckte die Achseln. »Sieht nicht wie das Werk eines Witzbolds aus. Zuerst habe ich auf einen Studenten getippt. Aber das bezweifle ich. Wer *das* getan hat, ist sehr stark gestört.«

»Wie Sie schon sagten.«

»Und das Latein ...« Karras blickte grübelnd vor sich hin. »Es ist nicht nur fehlerfrei, Lieutenant, es ist ... nun, es hat einen bestimmten Stil, der sehr persönlich ist. Als ob der Schreiber lateinisch *denkt*.«

»Tun Priester das?«

»Na, hören Sie mal!«

»Beantworten Sie bitte nur die Frage, Pater Paranoia.«

»Nun ja, an einem gewissen Punkt ihrer Ausbildung tun sie das. Jedenfalls Jesuiten und einige Pater in anderen Orden. Im Woodstock-Seminar werden Kurse in Latein gegeben.«

»Warum das?«

»Um präzises Denken zu lehren. Es ist wie Rechtswissenschaften.«

»Verstehe.«

Karras wirkte plötzlich ernst und nachdenklich. »Lieutenant, kann ich Ihnen sagen, wen ich für den oder die Täter halte?«

Der Detective beugte sich näher zu ihm. »Wen?«

»Dominikaner. Halten Sie sich an die.«

Karras lächelte, winkte zum Abschied und ging davon.

»Ich habe gelogen!« rief der Detective ihm verdrossen nach. »Sie sehen wie Sal Mineo aus!«

Kinderman sah, wie der Priester abermals kurz winkte und das Gebäude betrat. Dann wandte er sich um und stieg in den Streifenwagen. Er schnaufte, verharrte reglos, starrte auf den Wagenboden. »Er summt, er summt, dieser Mann, wie eine Stimmgabel unter Wasser«, murmelte er. Er blickte noch eine Zeitlang vor sich hin; dann wandte er sich an den Fahrer. »Also gut, zurück zum Präsidium. Beeilung. Werden Sie ruhig zum Temposünder.«

Sie fuhren los.

Karras' neues Zimmer war schlicht möbliert: ein Einzelbett, ein bequemer Sessel, ein Schreibtisch und in die Wand eingebaute Bücherregale. Auf dem Schreibtisch stand ein Foto, das seine Mutter in jungen Jahren zeigte, und an der Wand bei seinem Bett hing ein metallenes Kruzifix.

Das kleine Zimmer war Welt genug für ihn. Er machte sich wenig aus Besitz; das wenige, daß er besaß, mußte nur sauber sein.

Er duschte, schrubbte sich gründlich ab, zog dann eine Khakihose und ein T-Shirt an und schlenderte zum Refektorium der Priester, wo er Dyer entdeckte, den Mann mit den rosigen Wangen, der allein an einem Tisch in der Ecke saß. Karras gesellte sich zu ihm.

»Hi, Damien«, sagte Dyer. Der junge Priester trug einen verwaschenen Snoopy-Pullover.

Karras neigte den Kopf, als er bei seinem Stuhl stand und ein schnelles Tischgebet sprach. Dann bekreuzigte er sich, setzte sich und begrüßte seinen Freund.

»Wie geht's dem Faulenzer?« fragte Dyer, als Karras eine Serviette auf seinem Schoß ausbreitete.

»Wer ist ein Faulenzer? Ich arbeite.«

»Eine Vorlesung pro Woche?«

»Es ist die Qualität, die zählt«, sagte Karras. »Was gibt es zum Abendessen?«

»Kannst du das nicht riechen?«

»Oh, ja. Heute ist Hundetag, nicht?« Knackwurst und Sauerkraut.

»Es ist die Quantität, die zählt«, erwiderte Dyer heiter.

Karras griff kopfschüttelnd nach dem Milchkrug aus Aluminium.

»Das würde ich nicht tun«, murmelte Dyer mit ausdrucksloser Miene, während er eine Scheibe Weißbrot mit Butter bestrich. »Siehst du die Blasen? Salpeter.«

»Das brauche ich zum Leben«, sagte Karras. Als er sein Glas mit Milch füllte, hörte er, daß jemand zu ihnen an den Tisch kam.

»Ich habe das Buch endlich gelesen«, sagte der Neuankömmling fröhlich.

Karras blickte auf und verspürte schmerzhaftes Entsetzen und das weiche, schwere Gewicht, den Druck von Blei, den Druck von Knochen, als er den Priester wiedererkannte, der kürzlich wegen einer Beratung bei ihm gewesen war, weil er keine Freundschaften schließen konnte.

»Und was halten Sie davon?« fragte Karras und stellte die Milchkanne ab.

Der junge Priester redete. Eine halbe Stunde später wechselte Dyer von einem Tisch zum anderen, und das Refektorium war von Gelächter erfüllt. Karras schaute auf seine Armbanduhr. »Möchten Sie sich eine Jacke holen?« fragte er den jungen Priester. »Wir könnten auf die andere Straßenseite gehen und den Sonnenuntergang beobachten.«

Bald darauf lehnten sie an einem Geländer oben an der Treppe, die hinunter zur M Street führte. Die Strahlen der untergehenden Sonne färbten die Wolken am westlichen Himmel mit flammender Pracht und spiegelten sich als blutrote gekräuselte Tupfen im dunkler werdenden Wasser des Flusses. Einst hatte Karras in diesem Anblick Gott gesehen. Vor langer Zeit. Wie ein verlassener Geliebter ging er immer noch zu diesem Rendezvous.

»Ein wundervoller Anblick«, sagte der jüngere Mann.

»Ja«, pflichtete Karras ihm bei. »Ich versuche, jeden Abend hier rauszugehen.«

Die Uhr des Campus schlug die volle Stunde. Es war 19 Uhr.

Um 19 Uhr 23 grübelte Lieutenant Kinderman über einer spektrographischen Analyse, die zeigte, daß die Farbe von Regans gebasteltem Vogel zu Farbpartikeln von der geschändeten Statue der Jungfrau Maria paßte.

Und um 20 Uhr 47 tauchte in einem Slum im Nordosten der Stadt ein gelassen wirkender Karl Engstrom aus einem Mietshaus auf, in dem es von Ratten wimmelte. Er ging drei Querstraßen nach Süden zu einer Bushaltestelle, wartete eine Minute mit ausdrucksloser Miene und sank dann schluchzend gegen einen Laternenpfahl.

Lieutenant Kinderman war zu dieser Zeit im Kino.

6

Am Mittwoch, dem 11. Mai, waren sie zurück im Haus. Sie brachten Regan ins Bett, befestigten ein Schloß an den Fensterläden und entfernten sämtliche Spiegel aus ihrem Schlafzimmer und dem Bad.

»... immer seltener lichte Augenblicke, und nun verliert sie während der Anfälle völlig das Bewußtsein, befürchte ich. Das ist neu und schließt echte Hysterie offenbar aus. Unterdessen gibt es ein, zwei Symptome auf der Ebene parapsychischer Phänomene ...«

Dr. Klein kam vorbei. Chris und Sharon ließen sich von ihm beibringen, wie Regan mit Sustagen gefüttert werden mußte, wenn sie ins Koma fiel. Klein führte den Schlauch durch die Nase bis zum Magen ein. »Als erstes ...«

Chris zwang sich, zuzuschauen und nicht auf das Gesicht ihrer Tochter zu blicken; zu erfassen, was der Arzt sagte, und die Worte zu verdrängen, die sie in der Klinik gehört hatte. Sie zogen durch ihr Bewußtsein wie Nebel durch die Zweige einer Weide, die sich im Regen biegt.

»Sie haben hier erklärt, ›keine Religion‹, Mrs. MacNeil. Ist das richtig? Überhaupt keine religiöse Erziehung?«

»Vielleicht nur ›Gott‹. Ganz allgemein. Warum fragen Sie?«

»Nun, der Inhalt von Regans Delirien ist vielfach religiös, sofern es nicht das übliche Geschwafel ist. Woher hat sie das? Was meinen Sie?«

»Nennen Sie mir ein Beispiel.«

»Jesus und Maria bei einer 69er Nummer …«

Dr. Klein hatte den Schlauch in Regans Magen eingeführt. »Zuerst überprüfen Sie, ob Flüssigkeit in die Lunge gelangt ist«, dozierte er und drückte den Schlauch, um den Durchfluß von Sustagen abzuklemmen. »In diesem Fall …«

»… Syndrom einer Störung, die nur noch selten zu finden ist, nur bei primitiven Kulturen. Wir nennen diese Störung somnambule Besessenheit. Ehrlich gesagt, wissen wir nicht viel darüber, nur daß diese Störung mit einem Konflikt oder Schuldgefühl beginnt und schließlich zu der Wahnvorstellung des Patienten führt, sein Körper würde von einem fremden Verstand gelenkt – von einem Geist, wenn Sie so wollen. In früheren Zeiten, als der Glaube an den leibhaftigen Teufel sehr stark war, war das Wesen, von dem der Patient besessen war, für gewöhnlich ein Dämon. In neueren Fällen ist es hauptsächlich der Geist eines Toten, oftmals von jemandem, den der Patient gekannt oder gesehen hat und unbewußt nachahmen kann, zum Beispiel die Stimme und das Auftreten, manchmal sogar die Mimik. Sie …«

Nachdem der melancholische Dr. Klein das Haus verlassen hatte, telefonierte Chris mit ihrem Agenten in Beverly Hills und erklärte ihm mit müder Stimme, daß sie die Regie der Episode nicht übernehmen würde. Dann rief sie bei Mrs. Perrin an. Sie war nicht zu Hause. Mit dem Gefühl wachsender Verzweiflung legte Chris den Hörer auf. Sie brauchte Hilfe. An wen konnte sie sich wenden? Vielleicht …

»… Fälle, bei denen der Patient vom Geist eines Toten besessen ist,

sind leicht zu behandeln; in den meisten dieser Fälle findet man nicht die Raserei oder die Hyperaktivität und motorische Erregung. Doch in dem anderen Haupttypus somnambuler Besessenheit ist die neue Persönlichkeit stets bösartig, immer feindselig gegenüber der ersten. Ihr Hauptziel besteht darin, die erste Persönlichkeit zu schädigen, zu quälen und manchmal sogar zu töten.«

Ledergurte zur Fesselung wurden ins Haus geliefert. Blaß und erschöpft schaute Chris zu, wie Karl die Gurte an Regans Bett und dann an ihren Handgelenken anbrachte. Als Chris dann ein Kissen unter Regans Kopf zurechtrückte, damit sie bequemer lag, richtete Karl sich auf und blickte mitleidig auf das Gesicht das Mädchens. »Wird Sie wieder gesund?« Eine Spur von Gefühl hatte in seinen Worten mitgeklungen; sie waren leicht von Besorgnis gefärbt gewesen.

Chris konnte ihm keine Antwort geben. Als Karl fragte, hatte sie einen Gegenstand aufgehoben, der unter Regans Kissen gesteckt hatte. »Wer hat das Kruzifix dahin gelegt?« fragte sie.

»Das Syndrom ist nur das Anzeichen auf irgendeinen Konflikt, auf irgendwelche Schuldgefühle, und so versuchen wir herauszufinden, was es ist. Nun, das beste Verfahren in einem solchen Fall ist die Hypnotherapie, also Psychotherapie unter Anwendung von Hypnose; aber bei Regan führte sie anscheinend nicht zum Erfolg. Deshalb versuchten wir es mit Narkosynthese – die Freisetzung unterdrückter Affekte mit Hilfe von Arzneimitteln –, aber es sieht aus, als wäre das eine weitere Sackgasse.«

»Was kommt als nächstes?«

»Hauptsächlich warten, befürchte ich, hauptsächlich warten. Wir müssen einfach abwarten und auf eine Besserung hoffen. Unterdessen wird sie im Krankenhaus behandelt werden müssen …«

Chris traf Sharon in der Küche an, wo sie ihre Schreibmaschine auf dem Tisch abstellte. Sie hatte die Maschine soeben aus dem Spielzimmer im Kellergeschoß heraufgeholt. Willie schnitt am Spülbecken Karotten für einen Eintopf.

»Hast du das Kruzifix unter Regans Kissen gelegt, Shar?« fragte Chris mit einer Spur von Anspannung.

»Was meinst du?« fragte Sharon verwirrt.

»Hast du es nicht getan?«

»Himmel, ich weiß nicht einmal, wovon du redest. Ich habe es dir doch im Flugzeug gesagt, daß ich zu Rags nur mal gesagt habe ›Gott hat die Welt erschaffen‹ und vielleicht Dinge über …«

»Schon gut, Sharon, schon gut. Ich glaub' dir, aber …«

»Ich hab's auch nicht dorthin gelegt«, sagte Willie, als müsse sie sich verteidigen.

»Jemand *hat* es dort hingelegt, verdammt!« brach es aus Chris hervor. Dann fuhr sie zu Karl herum, der die Küche betrat und die Kühlschranktür öffnete. »Ich frage Sie noch einmal«, sagte sie mühsam beherrscht. »Haben Sie das Kruzifix unter Regans Kissen gelegt?«

»Nein, Madam«, antwortete er mit ruhiger Stimme. Er legte Eiswürfel auf ein Handtuch und faltete es zusammen. »Nein. Kein Kreuz.«

»Dieses verdammte Kreuz ist nicht einfach dorthin spaziert, verdammt noch mal! Einer von euch lügt!« Chris schrie es so zornig, daß alle in der Küche sie fassungslos anstarrten. *»Jetzt sagt ihr mir, wer es unter das Kissen gelegt hat …«* Abrupt sank sie auf einen Stuhl, schlug die Hände vors Gesicht und begann zu schluchzen. »Es tut mir leid, es tut mir leid, ich weiß nicht, was ich tue!« weinte sie. »O Gott! Ich weiß nicht, was ich tue!«

Willie und Karl schauten stumm zu, als Sharon zu ihr ging und ihr tröstend übers Haar streichelte. »He, okay. Ist schon gut.«

Chris wischte sich mit dem Ärmel Tränen aus dem Gesicht. »Ja, vermutlich hat derjenige, der es getan hat …«, sie schniefte, »… nur helfen wollen.«

»Hören Sie, ich sage es Ihnen noch einmal, und Sie sollten es glauben – ich werde sie nicht in eine verdammte Irrenanstalt stecken!«

»Aber es ist …«

»Es ist mir gleichgültig, wie Sie es nennen! Ich lasse sie nicht aus den Augen!«

»Ich bedaure wirklich …«

»Ja, Sie bedauern! Himmel! Achtundachtzig Ärzte, und Sie können mir mit Ihrem Fachchinesisch nur sagen …«

Chris rauchte eine Zigarette, drückte die Kippe nervös aus und ging nach oben, um nach Regan zu sehen. Sie öffnete die Tür. In der Düsternis des Zimmers konnte sie eine Gestalt sehen, die auf einem Lehnstuhl neben Regans Bett saß. Karl. Was macht denn der hier? fragte sie sich.

Als Chris sich näherte, sah Karl nicht auf, sondern hielt den Blick weiterhin auf das Gesicht des Kindes gerichtet. Er hatte den Arm ausgestreckt und berührte Regans Kopf. Was war in seiner Hand? Als Chris das Bett erreichte, sah sie, was es war: die improvisierte Eispackung, die er in der Küche gemacht hatte. Karl kühlte Regans Stirn.

Chris war gerührt, beobachtete überrascht. Als Karl sich nicht rührte und von ihrer Anwesenheit keine Notiz nahm, wandte sie sich um und verließ leise das Zimmer.

Sie ging in die Küche, trank schwarzen Kaffee und rauchte noch eine Zigarette. Dann ging sie aus einem Impuls heraus ins Arbeitszimmer. Vielleicht …

»… eine außerakademische Chance, da Besessenheit insofern mit Hysterie entfernt verwandt ist, weil der Ursprung des Syndroms fast stets autosuggestiv ist. Ihre Tochter muß Kenntnis über Besessenheit gehabt haben, muß an Besessenheit geglaubt und einige ihrer Symptome gekannt haben, so daß ihr Unterbewußtsein jetzt das Syndrom hervorruft. Wenn das festgestellt wird, könnten Sie es mit einer Behandlung versuchen, die autosuggestiv ist. Ich halte es in diesen Fällen zwar für eine Schocktherapie, nehme aber an, die meisten anderen Therapeuten sind da anderer Meinung. Es ist, wie gesagt, eine sehr geringe außerakademische Chance, und da Sie gegen eine Einweisung Ihrer Tochter in eine Anstalt sind, werde ich …«

»Sagen Sie es, um Himmels willen! Was ist es?«

»Haben Sie jemals etwas von Exorzismus gehört, Mrs. MacNeil?«

Die Bücher im Arbeitszimmer gehörten beinahe zum Inventar, doch Chris kannte sie nicht. Jetzt überflog sie die Titel, suchte, suchte ...

»... ein veraltetes Ritual, bei dem Rabbis und Priester versuchten, den Dämon auszutreiben. Nur die Katholiken haben den Exorzismus noch nicht aufgegeben, aber ich glaube, sie halten das ziemlich geheim, betrachten es sozusagen als Peinlichkeit. Aber für jemanden, der sich wirklich für besessen hält, ist das Ritual ziemlich beeindruckend, würde ich sagen. Es hatte vielfach tatsächlich Erfolg, wenn auch aus einem anderen Grund, als wir dachten. Es wirkte allein durch die Kraft der Suggestion. Der Glaube des Betroffenen an die Besessenheit half, sie zu verursachen, oder zumindest das Auftreten des Syndroms, und genauso kann sein Glaube an die Kraft des Exorzismus dazu führen, daß es verschwindet. Es ist ... ah, Sie runzeln mißbilligend die Stirn. Nun, vielleicht sollte ich Ihnen von den australischen Aborigines erzählen. Sie sind überzeugt, daß sie sterben, wenn ein Zauberer aus der Ferne einen ›Todesstrahl‹ denkt und diesen Gedanken zu ihnen schickt. Und es ist eine Tatsache, daß es wirklich geschieht! Die Leute legen sich hin und sterben! Und das einzige, was sie bisweilen rettet, ist eine ähnliche Form der Suggestion: ein gegenteilig wirkender ›Todesstrahl‹ von einem anderen Zauberer.«

»Wollen Sie damit sagen, ich soll sie zu einem Medizinmann bringen?«

»Ja. Ich nehme an, daß ich genau das sagen will. Eine Verzweiflungstat, sozusagen. Und sie soll nicht zu einem Medizinmann, sondern zu einem Priester. Das ist ein ziemlich verrückter Rat, ich weiß, sogar gefährlich, es sei denn, wir können zweifelsfrei feststellen, ob Regan überhaupt etwas über Besessenheit und besonders über Exorzismus wußte, bevor das alles ausbrach. Meinen Sie, das Kind könnte es gelesen haben?«

»Nein, bestimmt nicht.«

»Könnte sie irgendwann einen Film darüber gesehen haben? Oder einen Fernsehbericht?«

»Nein.«

»Hat sie vielleicht die Bibel gelesen? Das Neue Testament?«

»Warum fragen Sie?«

»Es gibt ziemlich viele Beispiele für Besessenheit in der Bibel, und es ist von Exorzismus durch Christus die Rede. Die Beschreibungen der Symptome sind im Grunde die gleichen wie bei der Besessenheit heutzutage. Wenn Sie …«

»Hören Sie, das ist nicht gut. Lassen Sie's gut sein. Vergessen Sie's …!«

Chris' Zeigefinger glitt langsam von Buchrücken zu Buchrücken. Nichts. Keine Bibel. Kein Neues Testament. Kein …

Moment mal.

Ihr Blick zuckte zurück zu einem Titel im unteren Fach des Regals. Der Band über Hexerei, den Mary Jo Perrin ihr geschickt hatte. Chris zog das Buch aus dem Regal, blätterte es auf und fuhr mit dem Daumennagel am Inhaltsverzeichnis entlang …

Da!

Der Titel eines Kapitels lautete: *Stadien der Besessenheit.*

Chris klappte das Buch zu, schloß die Augen und überlegte.

Vielleicht … nur vielleicht …

Sie schlug die Augen auf und ging langsam zur Küche. Sharon tippte. Chris hielt das Buch hoch. »Hast du das gelesen, Shar?«

Die Blondine tippte weiter, ohne aufzublicken. »Was gelesen?«

»Dieses Buch über Hexerei.«

»Nein.«

»Hast du es ins Regal im Arbeitszimmer gestellt?«

»Nein. Ich hab's nie angerührt.«

»Wo ist Willie?«

»Auf dem Markt.«

Chris nickte und dachte nach. Dann ging sie nach oben in

Regans Schlafzimmer. Sie zeigte Karl das Buch. »Haben Sie das ins Arbeitszimmer gestellt? Ins Bücherregal?«

»Nein, Madam.«

»Vielleicht Willie«, murmelte Chris und starrte auf das Buch. Hatten die Ärzte in der Barringer-Klinik recht? Hatte Regan ihre Störung durch Autosuggestion bekommen, weil sie in diesem Buch gelesen hatte? Waren die Symptome darin aufgeführt? Irgend etwas Besonders, das Regan tat?

Chris setzte sich an den Tisch, schlug das Kapitel über Besessenheit auf und begann zu lesen …

Eine abgeleitete Form des weitverbreiteten Glaubens an Dämonen ist das Phänomen, das als Besessenheit bekannt ist, ein Zustand, in dem viele Personen glauben, daß ihre körperlichen und geistigen Funktionen von einem anderen übernommen wurden und entweder von einem Dämon (hauptsächlich im zur Debatte stehenden Zeitraum) oder vom Geist eines Verstorbenen kontrolliert werden. Es gibt keine Epoche in der Geschichte, keinen Teil des Globus, wo dieses Phänomen nicht beobachtet wurde, und zwar in ziemlich gleichbleibender Form. Dennoch ist es noch nicht hinreichend erklärt. Seit Traugott Oesterreichs 1921 veröffentlichter Studie ist ungeachtet der Fortschritte der Psychiatrie sehr wenig zum damaligen Wissensstand hinzugekommen.

Nicht hinreichend erklärt? Chris runzelte die Stirn. Die Ärzte hatten einen anderen Eindruck bei ihr erweckt.

Man weiß, daß verschiedene Personen zu unterschiedlichen Zeiten so perfekte Umwandlungen erlebt haben, daß man in ihrer Umgebung das Gefühl hat, es mit einem völlig anderen Menschen zu tun zu haben. Nicht nur die Stimme, das Auftreten, die Mimik und charakteristische Bewegungen sind verändert, sondern die betreffende Person selbst glaubt, sich von der ursprünglichen Person völlig zu unterscheiden und einen anderen Namen – ob menschlich oder dämonisch – und eine eigene Geschichte zu haben …

Die Symptome! Wo wurden die Symptome geschildert? Chris las ungeduldig weiter.

… Im Malaiischen Archipel, wo Besessenheit noch heutzutage häufig auftritt, veranlaßt der Geist eines Verstorbenen oftmals den Besessenen, seine Gesten, die Stimme und das Auftreten so verblüffend nachzuahmen, daß Verwandte des Verstorbenen in Tränen ausbrechen. Doch abgesehen von der sogenannten Quasibesessenheit – Fälle, die sich letztlich auf Tricks von Betrügern, Paranoia und Hysterie zurückführen lassen – hat das Problem stets in der Auslegung des Phänomens bestanden. Die älteste Interpretation war die der Spiritisten, ein Eindruck, der wahrscheinlich durch die Tatsache erhärtet wird, daß die zweite, sich aufdrängende Persönlichkeit über Fertigkeiten verfügen kann, die der ersten völlig fremd sind. In der dämonischen Form der Besessenheit kann der ›Dämon‹ zum Beispiel in Sprachen sprechen, die der ersten Persönlichkeit unbekannt sind, oder …

Da. Da war es! Regans unverständliches Geschwätz! Der Versuch einer Fremdsprache? Chris las schnell weiter.

… sich in verschiedenen parapsychologischen Phänomen äußern, zum Beispiel in Telekinese: das Bewegen von Gegenständen ohne Anwendung stofflicher Kraft.

Die Klopfgeräusche? Das Auf und Ab des Bettes?

… In Fällen der Besessenheit durch die Verstorbenen, gibt es Manifestationen wie Oesterreichs Bericht, in dem er einen Mönch erwähnt, der während der Besessenheit plötzlich ein begabter, brillanter Tänzer wurde, obwohl er vor der Besessenheit niemals Gelegenheit gehabt hatte, auch nur einen Tanzschritt zu machen. Diese Manifestationen sind bisweilen so eindrucksvoll, daß Jung nach dem Studium eines Falles aus erster Hand nur eine teilweise Erklärung für Phänomene geben konnte, die mit Sicherheit ›kein Betrug gewesen sein können‹ …

Beunruhigend. Das klang beunruhigend.

… und William James, der größte Psychologe, den Amerika jemals hervorgebracht hat, suchte Zuflucht bei ›der Wahrscheinlichkeit der spiritistischen Auslegung des Phänomens‹, nachdem er das ›Watseka-Wunder‹ untersucht hatte, bei dem ein halbwüchsiges Mädchen in Watseka, Illinois, nicht mehr von der Persönlichkeit eines Mädchens namens Mary Roff unterschieden werden konnte, das zwölf Jahre vor der Besessenheit in einem staatlichen Irrenhaus gestorben war …

Chris runzelte die Stirn und hörte nicht die Türglocke; bekam nicht mit, daß Sharon mit dem Tippen aufhörte und zur Tür ging.

… Der Ursprung der dämonischen Form der Besessenheit wird für gewöhnlich auf das frühe Christentum zurückgeführt; doch in Wirklichkeit sind Besessenheit und Exorzismus bis in die vorchristliche Zeit zurückzuverfolgen. Die alten Ägypter wie auch die frühesten Zivilisationen an Euphrat und Tigris glaubten, daß körperliche und geistige Störungen durch ein Eindringen von Dämonen in den Körper verursacht werden. Im folgenden ein Beispiel – die Formel für Exorzismus gegen

Krankheiten von Kindern im alten Ägypten: »Geh von hinnen, der du aus der Finsternis kommst, dessen Nase rückwärts gedreht ist, dessen Gesicht verkehrt herum ist. Bist du gekommen, dieses Kind zu küssen? Ich werde es nicht zulassen ...«

»Chris?«

Fasziniert las sie weiter. »Ich bin beschäftigt, Shar.«

»Ein Detective von der Mordkommission möchte dich sprechen.«

»*Bitte*, Sharon, sag ihm, ich bin nicht ...«

Sie verstummte.

»Nein, halt!« Chris starrte immer noch auf das Buch. »Nein. Bitte ihn herein. Führ ihn zu mir.«

Schritte.

Warten.

Worauf warte ich? dachte Chris. In ihr war eine Erwartung, die sie sich nicht erklären konnte, ebensowenig wie den lebhaften Traum, an den man sich nie erinnern kann.

Er kam mit Sharon herein, den Hut in der Hand, schnaufend und watschelnd und ehrerbietig. »Verzeihung. Sie sind beschäftigt, sehr beschäftigt. Ich bin eine Plage.«

»Wie geht's, wie steht's?«

»Sehr schlecht, sehr schlecht. Und wie geht's Ihrer Tochter?«

»Unverändert.«

»Ah, das tut mir leid. Das tut mir schrecklich leid.« Er verharrte unbeholfen am Tisch, tief besorgt. »Wissen Sie, ich möchte nicht stören. Das mit ihrer Tochter ist traurig. Gott weiß, als meine Ruthie krank war ... nein, nein, nein, es war Sheila, meine kleine ...«

»Bitte nehmen Sie Platz«, unterbrach Chris.

»O ja, danke«, schnaufte er und ließ seine Massen auf einen Stuhl am Tisch gegenüber von Sharon sinken, die jetzt zu ihrer Schreibmaschine zurückkehrte, um weiter Briefe zu tippen.

»Verzeihung, was sagten Sie?« fragte Chris den Detective.

»Nun, meine Tochter, sie … äh, es hat nichts zu sagen.« Er ließ das Thema fallen. »Sie haben zu tun. Würde ich Ihnen meine Lebensgeschichte erzählen, könnten Sie vielleicht einen Film daraus machen. Wirklich! Sie ist unglaublich! Wenn ich nur die *Hälfte* der Dinge erzählte, die in meiner verrückten Familie passiert sind … wie zum Beispiel … ach, lassen wir das, Sie haben zu tun. Aber eine Sache erzähle ich Ihnen! Zum Beispiel machte uns meine Mutter jeden Freitag gefüllten Fisch. Eine Woche lang, die ganze Woche, konnte keiner baden, weil meine Mutter einen *Karpfen* in der Badewanne hatte, und der schwamm hin und her, hin und her, die ganze Woche, denn meine Mutter sagte, das entgifte ihn. Wollen Sie jetzt hören … ach nein, das reicht jetzt.« Er seufzte müde und machte eine wegwerfende Geste. »Aber dann und wann muß man lachen, um nicht zu weinen.«

Chris betrachtete ihn ausdruckslos, wartete …

»Ah, Sie lesen.« Er blickte auf das Buch über Hexerei. »Für einen Film?«

»Nur zur Lektüre.«

»Ist es gut?«

»Ich habe gerade erst angefangen.«

»Hexerei«, murmelte er mit schiefgelegtem Kopf, als er den Titel gelesen hatte.

»Was wollen Sie?« fragte Chris.

»Ja, es tut mir leid. Sie sind beschäftigt, sehr beschäftigt. Ich werde zur Sache kommen. Wie gesagt, ich würde Sie nicht stören, aber …«

»Aber was?«

Er wirkte plötzlich ernst und faltete die Hände auf dem Tisch.

»Nun, Mr. Dennings …«

»Ja …?«

»*Verdammt*«, stieß Sharon hervor und riß einen Brief aus der Walze der Schreibmaschine. Sie zerknüllte ihn und warf ihn zu einem Papierkorb in der Nähe Kindermans. »Oh, Verzeihung«, entschuldigte sie sich, als sie erkannte, daß ihr Ausbruch gestört hatte.

Chris und Kinderman starrten sie an.

»Sie sind Miss Fenster?« fragte Kinderman.

»Spencer«, sagte Sharon und schob ihren Stuhl zurück, um aufzustehen und den Brief zu holen.

»Macht nichts, macht nichts«, sagte Kinderman, bückte sich und hob die zerknüllte Seite vom Boden auf.

»Danke«, sagte Sharon.

»Keine Ursache. Verzeihung, Sie sind die Sekretärin?«

»Sharon, das ist ...«

»Kinderman«, erinnerte der Detective. »William Kinderman.«

»Richtig. Das ist Sharon Spencer.«

»Ist mir ein Vergnügen«, sagte Kinderman zu der Blondine, die nun die Arme auf der Schreibmaschine verschränkte und den Detective neugierig betrachtete. »Vielleicht können Sie helfen«, fügte er hinzu. »Am Abend von Mr. Dennings' Tod gingen Sie in eine Apotheke und ließen ihn allein im Haus. Ist das richtig?«

»Ja ... äh, nein. Regan war hier.«

»Das ist meine Tochter«, erklärte Chris.

Kinderman befragte weiter Sharon. »Dennings war hier, um Mrs. MacNeil zu besuchen?«

»Ja, stimmt.«

»Er erwartete sie in Kürze?«

»Nun, ich sagte ihm, daß ich mit ihrer baldigen Rückkehr rechnete.«

»Sehr gut. Und wann haben Sie das Haus verlassen? Erinnern Sie sich daran?«

»Lassen Sie mich überlegen. Ich hab' mir im Fernsehen die Nachrichten angeschaut, also nehme ich an ... nein, Moment ... ja, so war's. Ich erinnere mich, daß ich verärgert war, weil der Apotheker sagte, der Zustelljunge habe Feierabend und sei nach

Hause gegangen. Ich erinnere mich, daß ich sagte: Na, das ist aber ein mieser Service, es ist ja gerade erst achtzehn Uhr dreißig. Zehn, vielleicht zwanzig Minuten danach kam Burke.«

»Nehmen wir die Mitte. Dann wäre er um achtzehn Uhr fünfundvierzig hiergewesen«, sagte der Detective.

»Und was hat das alles zu bedeuten?« fragte Chris, deren nebulöse Spannung gestiegen war.

»Nun, es wirft eine Frage auf, Mrs. MacNeil«, schnaufte Kinderman und wandte den Kopf, um sie anzuschauen. »In einem Haus … sagen wir mal, um achtzehn Uhr fünfundvierzig einzutreffen und es nur zwanzig Minuten später zu verlassen …«

»Oh, das paßt zu Burke«, sagte Chris. »Das war genau seine Art.«

»War es auch Mr. Dennings' Art, die Bars auf der M Street zu besuchen?« fragte Kinderman.

»Nein.«

»Das dachte ich mir. Ich habe da ein wenig nachgeprüft. Und es war auch nicht seine Art, mit dem Taxi zu fahren, nicht wahr? Er hätte kein Taxi vom Haus aus angerufen, wenn er ging?«

»Doch, hätte er.«

»Dann stellt sich die Frage, wie es kommt, daß er auf die Plattform oben an der Treppe ging, nicht wahr? Und warum die Taxifirmen an jenem Abend keinen Anruf aus diesem Haus aufgezeichnet haben«, fügte Kinderman hinzu, »abgesehen von der Bestellung für das Taxi, das Miss Spencer um genau achtzehn Uhr fünfundvierzig von hier abgeholt hat.«

»Ich weiß nicht«, antwortete Chris … und wartete …

»Sie wußten es die ganze Zeit!« Sharon starrte Kinderman verblüfft an.

»Ja, verzeihen Sie mir«, erwiderte der Detective. »Doch die Sache ist jetzt ernst geworden.«

Chris atmete flach und schaute den Detective mit festem Blick an. »Wieso?« Ihre Stimme klang schwach.

Er lehnte sich vor, die Hände immer noch verschränkt, die zerknüllte Seite Schreibmaschinenpapier dazwischen. »Der Bericht des Pathologen, Mrs. MacNeil, scheint zu zeigen, daß die Möglichkeit eines Unfalltods zwar immer noch sehr groß ist, aber ...«

»Wollen Sie damit sagen, er wurde ermordet?«

»Die Stellung seines ... oh, das ist schrecklich ...«

»Erzählen Sie weiter.«

»Die Stellung von Dennings' Kopf und eine gewisse Beschädigung der Nackenmuskulatur ...«

»O Gott!« Chris zuckte zusammen.

»Ja, es ist schlimm. Es tut mir leid. Es tut mir schrecklich leid. Aber wissen Sie, sein Zustand ... wir können die Einzelheiten weglassen ... aber es hätte nie passieren können, wenn Mr. Dennings nicht ziemlich tief gefallen wäre, bevor er aufschlug, so acht bis zehn Meter, und dann die Treppe hinunterrollte. Somit besteht die Möglichkeit, daß vielleicht ... Aber lassen Sie mich erst eine Frage stellen.«

Kinderman wandte sich an Sharon. »Als Sie gegangen sind, war Mr. Dennings hier? Mit dem Kind?«

»Nein, hier unten im Arbeitszimmer. Er mixte sich einen Drink.«

Kinderman wandte sich an Chris. »Könnte Ihre Tochter sich erinnern, ob Mr. Dennings an jenem Abend in ihrem Zimmer gewesen ist?«

Ist sie jemals mit ihm allein gewesen?

»Warum fragen Sie?«

»Könnte Ihre Tochter sich erinnern?«

»Nein. Ich habe Ihnen doch schon gesagt, daß sie starke Beruhigungsmittel bekommen hatte und ...«

»Ja, ja, das haben Sie mir gesagt. Ich erinnere mich. Aber vielleicht ist sie wach geworden. Und ...«

»Bestimmt nicht, das können Sie mir glau...«

»Stand sie auch bei unserem letzten Gespräch unter Beruhigungsmitteln?« unterbrach er.

»Ja«, erinnerte sich Chris. »Und?«

»Ich glaube, ich habe sie an diesem Tag an ihrem Fenster gesehen.«

»Sie müssen sich geirrt haben.«

Er zuckte die Achseln. »Könnte sein, könnte sein.«

»Warum fragen Sie das alles?« wollte Chris wissen.

»Nun, wie gesagt, besteht die Möglichkeit, daß der Verstorbene so betrunken war, daß er stolperte und aus dem Fenster im Schlafzimmer Ihrer Tochter fiel.«

Chris schüttelte den Kopf. »Nein. Das ist unmöglich. Erstens ist das Fenster stets geschlossen, und zweitens war Burke *immer* betrunken. Aber er war immer sicher auf den Beinen. Er ist nie gestolpert, nicht wahr, Shar?«

»Stimmt.«

»Burke pflegte betrunken *Regie* zu führen. Wie kann er da stolpern und aus einem Fenster fallen?«

»Haben Sie an dem Abend sonst noch jemanden hier erwartet?« fragte Kinderman.

»Nein.«

»Haben Sie Freunde oder Bekannte, die vorbeikommen, ohne sich anzumelden?«

»Nur Burke«, antwortete Chris. »Warum?«

Der Detective senkte den Kopf und schüttelte ihn, blickte stirnrunzelnd auf das zerknitterte Papier in seiner Hand. »Sonderbar … rätselhaft.« Er atmete schwer aus. »Sehr seltsam.« Dann blickte er zu Chris auf. »Der Verstorbene kommt zu Besuch, bleibt nur zwanzig Minuten, ohne Sie auch nur zu sehen, und läßt ein sehr krankes Kind allein hier. Und offen gesagt, Mrs. MacNeil, da muß ich Ihnen beipflichten – es ist unwahrscheinlich, daß er aus einem Fenster fällt. Außerdem würde ein Sturz nicht das anrichten, was wir bei seinem

Genick festgestellt haben, allenfalls in einem von tausend Fällen.«

Er wies mit einem Kopfnicken auf das Buch über Hexerei. »Haben Sie in diesem Buch über Ritualmorde gelesen?«

Irgendeine Ahnung ließ Chris erschauern, und sie schüttelte den Kopf.

»Vielleicht nicht in diesem Buch«, sagte Kinderman. »Aber … verzeihen Sie, ich erwähne das nur, damit Sie vielleicht etwas angestrengter nachdenken … der arme Mr. Dennings wurde mit einem verdrehten Genick gefunden, wie es bei Ritualmorden durch sogenannte Dämonen der Fall ist, Mrs. MacNeil.«

Chris erbleichte.

»Irgendein Wahnsinniger hat Mr. Dennings ermordet«, fuhr der Detective fort, wobei er Chris starr musterte. »Das habe ich Ihnen bisher nicht gesagt, weil ich Ihnen dieses schmerzliche Wissen ersparen wollte. Außerdem könnte es immer noch ein Unfall sein. Aber das bezweifle ich. Ich habe so eine Ahnung. Ein Gefühl. Punkt eins: Ich glaube, Dennings wurde von einem sehr kräftigen Mann ermordet. Und der Schädelbruch – Punkt zwei – plus die verschiedenen Dinge, die ich erwähnt habe, würde es sehr wahrscheinlich machen, daß der Verstorbene ermordet und danach aus dem Fenster Ihrer Tochter gestoßen wurde. Aber niemand außer Ihrer Tochter war hier. Wie kann das also sein? Nun, es könnte folgendermaßen gewesen sein: Wenn jemand in der Zeit, als Miss Spencer wegging, und vor Ihrer Rückkehr hier zu Besuch war, Mrs. MacNeil. Nicht wahr? Jetzt frage ich Sie noch einmal: Wer könnte hergekommen sein?«

»Allmächtiger! Moment mal«, flüsterte Chris, immer noch schockiert.

»Ja, es tut mir leid. Es ist schmerzlich. Und vielleicht bin ich völlig auf dem Holzweg – ich würde das zugeben. Aber Sie denken jetzt nach. Wer? Sagen Sie mir, wer vielleicht hiergewesen ist?«

Chris hatte den Kopf gesenkt und nachdenklich die Stirn

gerunzelt. Dann blickte sie zu Kinderman auf. »Nein. Nein, da gibt es niemanden.«

»Vielleicht fällt *Ihnen* etwas ein, Miss Spencer?« Er blickte sie fragend an. »Könnte jemand hiergewesen sein, Sie besuchen?«

»Oh, nein, niemand«, sagte Sharon, die Augen weit aufgerissen.

Chris wandte sich ihr zu. »Weiß der Reiter, wo du arbeitest?«

»Der Reiter?« fragte Kinderman.

»Ihr Freund«, erklärte Chris.

Die Blondine schüttelte den Kopf. »Er ist nie hergekommen. Außerdem war er an dem Abend in Boston. Auf irgendeiner Tagung.«

»Er ist Handlungsreisender? Verkäufer?«

»Anwalt.«

Der Detective wandte sich wieder an Chris. »Die Bediensteten? Bekommen die Besuch?«

»Nie. Überhaupt nicht.«

»Haben Sie an diesem Tag ein Paket oder Päckchen erwartet? Irgendeine Lieferung?«

»Nicht, daß ich wüßte. Warum?«

»Mr. Dennings war … man soll nichts Schlechtes über Tote sagen, möge er in Frieden ruhen … aber wie Sie sagten, in seinem Rausch war er irgendwie … nennen wir es gereizt. Er war imstande, einen Streit zu provozieren oder jemand wütend zu machen. In diesem Fall vielleicht einen Lieferanten, der ein Päckchen abgeben wollte. Haben Sie irgend etwas erwartet? Vielleicht Sachen aus der Wäscherei? Lebensmittel? Getränke?«

»Von so was weiß ich nichts«, sagte Chris. »Um diese Dinge kümmert sich Karl.«

»Verstehe.«

»Möchten Sie ihn fragen?«

Der Detective seufzte, lehnte sich zurück und steckte die Hände in die Taschen seines Mantels. Er starrte verdrossen auf das Buch über Hexerei. »Lassen Sie's gut sein, lassen Sie's gut sein. Es ist ziemlich weit hergeholt. Sie haben eine sehr kranke Tochter und … na ja, es hat nichts zu sagen.« Er machte eine wegwerfende Geste und stand auf. »Tja, tut mir leid. Ich habe Sie umsonst behelligt. Entschuldigen Sie bitte.«

»Ich bringe Sie zur Tür«, sagte Chris nachdenklich.

»Machen Sie sich keine Mühe.«

»Nicht der Rede wert.«

»Wenn Sie darauf bestehen. Übrigens …«, sagte er, als sie die Küche verließen, »… es ist nur eine Möglichkeit von eins zu einer Million, ich weiß, aber Ihre Tochter … könnten Sie sie vielleicht fragen, ab sie an dem Abend Mr. Dennings in ihrem Zimmer gesehen hat?«

Chris ging mit verschränkten Armen. »Dennings hatte überhaupt keinen Grund, dort oben zu sein.«

»Ich weiß. Das ist mir klar. Aber wenn gewisse britische Ärzte nie gefragt hätten ›Was sind Pilze?‹, hätten wir noch heute kein Penicillin. Stimmt's? Bitte, fragen Sie Ihre Tochter. Werden Sie das tun?«

»Wenn es ihr gut genug geht, ja. Ich werde sie fragen.«

»Sehr schön. Unterdessen …« Sie waren zur Haustür gelangt, und Kinderman zögerte verlegen. Er legte die Fingerspitzen in einer unschlüssigen Geste auf die Lippen. »Ich frage Sie wirklich ungern, aber …«

Chris spannte sich an, rechnete mit einem neuen Schock, abermals von einer schlimmen Vorahnung erfüllt. »Was?«

»Für meine Tochter … könnten Sie vielleicht ein Autogramm geben?« Sein Gesicht rötete sich, und Chris hätte vor Erleichterung beinahe über sich selbst gelacht, über die Verzweiflung und das menschliche Nervenkostüm.

»Selbstverständlich. Haben Sie etwas zu schreiben?« sagte sie.

»Gleich hier!« erwiderte er sofort und zog einen angekauten Bleistiftstummel aus der Manteltasche, während er mit der anderen Hand in der Jackettasche kramte und eine Visitenkarte hervorzog. »Sie würde sich ungemein freuen«, sagte er und gab beides Chris.

»Wie heißt sie?« fragte Chris, hielt die Visitenkarte gegen die Tür und wartete mit dem Bleistiftstummel in der Hand. Kinderman zögerte. Chris hörte nur sein Schnaufen. Die Augen des Detectives spiegelten einen schrecklichen inneren Kampf wider.

»Ich habe gelogen«, sagte er schließlich, und sein Blick wirkte auf einmal verzweifelt und trotzig. »Das Autogramm ist für mich.«

Er starrte auf das Kärtchen und wurde rot. »Schreiben Sie bitte ›Für William – William Kinderman‹. Der Name steht auf der anderen Seite.«

Chris betrachtete ihn mit einem matten Lächeln und unerwarteter Sympathie, überprüfte die Schreibweise seines Namens, schrieb *William F. Kinderman, I love you!* und setzte Ihren Namen darunter. Dann gab sie ihm das Kärtchen, das er in die Tasche steckte, ohne die Widmung zu lesen.

»Sie sind eine sehr nette Frau«, sagte er schüchtern und mit abgewandtem Blick.

»Und Sie sind ein sehr netter Mann.«

Er schien noch mehr zu erröten. »Nein, bin ich nicht. Ich bin eine Plage.« Er öffnete die Tür. »Machen Sie sich nichts daraus, was ich hier heute gesagt habe. Vergessen Sie's. Denken Sie lieber an Ihre Tochter. An ihre *Tochter*.«

Chris nickte, und ihre Verzweiflung meldete sich wieder, als Kinderman auf die Veranda trat und seinen Hut aufsetzte.

»Aber Sie werden sie fragen?« erinnerte er, als er sich umwandte.

»Das werde ich«, flüsterte Chris. »Ich verspreche es.«

»Nun, dann … auf Wiedersehen. Und passen Sie auf sich auf.«

Chris nickte abermals. »Sie auch.«

Sie schloß leise die Tür. Und öffnete sie sofort wieder, als er klopfte.

»Was für eine Plage. Ich bin eine echte Plage. Ich habe meinen Bleistift vergessen.« Er schnitt eine entschuldigende Grimasse.

Chris betrachtete den Bleistiftstummel in ihrer Hand, lächelte leicht und reichte ihn Kinderman.

»Und noch eins.« Er zögerte. »Es ist unbedeutend, ich weiß … es ist eine Belästigung, es ist dumm … aber ich würde keinen Schlaf finden, wenn ich daran denken müßte, daß ein Irrer oder Rauschgiftsüchtiger frei herumläuft, weil ich nicht jede Kleinigkeit bedacht habe. Meinen Sie, ich könnte kurz mit Mr. Engstrom sprechen? Die Lieferungen … die Frage der Lieferungen. Ich sollte wirklich …«

»Selbstverständlich, kommen Sie herein«, sagte Chris müde.

»Nein, Sie sind beschäftigt. Es reicht. Ich kann hier mit ihm reden. Hier ist es prima.«

Er lehnte sich an das Verandageländer.

»Wenn Sie wollen.« Chris lächelte leicht. »Er ist bei Regan. Ich schicke ihn sofort herunter.«

»Ich bin Ihnen zu Dank verpflichtet.«

Chris schloß schnell die Tür. Eine Minute später öffnete Karl sie. Er trat hinaus auf die Veranda, die Hand auf dem Knauf der Tür, die er einen Spalt offenhielt. Er stand groß und aufrecht da und schaute Kinderman mit klaren, kühl blickenden Augen an. »Ja?« fragte er mit ausdrucksloser Miene.

»Sie haben das Recht, die Aussage zu verweigern«, begrüßte ihn Kinderman, den stählernen Blick auf Karls Augen gerichtet. »Wenn Sie auf das Recht auf Aussageverweigerung verzichten«, sagte er schnell und monoton, »kann und wird alles, was Sie sagen, vor Gericht gegen Sie verwendet werden. Sie haben das Recht, mit einem Anwalt zu sprechen und in seinem Beisein vernommen zu werden. Können Sie sich keinen Anwalt leisten, wird Ihnen ein Rechtsvertreter zur Verfügung gestellt. Haben Sie jedes der Rechte verstanden, die ich Ihnen verlesen habe?«

Vögel zwitscherten leise in den Zweigen des Holunders, und die Geräusche des Verkehrs auf der M Street klangen gedämpft wie das Summen von Bienen auf einer fernen Wiese. Karls Blick wich niemals aus, als er antwortete: »Ja.«

»Wünschen Sie, auf das Recht der Aussageverweigerung zu verzichten?«

»Ja.«

»Möchten Sie auf das Recht verzichten, mit einem Anwalt zu sprechen und nur in seinem Beisein vernommen zu werden?«

»Ja.«

»Haben Sie zuvor ausgesagt, daß Sie am achtundzwanzigsten April, dem Abend des Todes von Mr. Dennings, einen Film besucht haben, der im Crest gezeigt wurde?«

»Ja. Die Achtzehnuhrvorstellung. Ich erinnere mich.«

»Und Sie sahen die Aufführung ... den *Film* ... von Anfang an?«

»So war es.«

»Und Sie verließen das Kino nach dem Ende des Films?«

»So war es.«

»Nicht vorher?«

»Nein, ich habe den ganzen Film gesehen.«

»Und nach Verlassen des Kinos sind Sie in den D.-C.-Transitbus gestiegen, der vor dem Kino parkte, und verließen ihn um ungefähr einundzwanzig Uhr zwanzig an der Ecke M Street und Wisconsin Avenue?«

»Ja.«

»Sie sind nach Hause gegangen?«

»Ich bin nach Hause gegangen.«

»Sie waren um ungefähr einundzwanzig Uhr dreißig in diesem Haus?«

»Ich war *genau* um einundzwanzig Uhr dreißig hier«, antwortete Karl.

»Sind Sie sicher?«

»Ja. Ich habe auf meine Uhr geschaut. Ich bin sicher.«

»Und Sie haben sich den ganzen Film bis zum Ende angesehen?«

»Ja, wie ich schon sagte.«

»Ihre Antworten werden elektronisch aufgezeichnet, Mr. Engstrom. Ich möchte, daß Sie ganz sicher sind.«

»Ich bin ganz sicher.«

»Sie wissen von dem heftigen Wortwechsel zwischen einem Platzanweiser und einem betrunkenen Zuschauer, der sich in den letzten fünf Minuten der Filmvorführung abspielte?«

»Ja.«

»Können Sie mir den Grund dafür nennen?«

»Der Mann war betrunken und störte.«

»Und was hat man mit ihm getan?«

»Ihn hinausgeworfen.«

»Es gab keine Störung. Ist Ihnen bekannt, daß es im Verlauf der Achtzehnuhrvorstellung eine technische Panne gab, die ungefähr eine Viertelstunde dauerte und eine Unterbrechung der Filmvorführung erforderlich machte?«

»Nein, das ist mir nicht bekannt.«

»Erinnern Sie sich, daß das Publikum buhte?«

»Nein, nichts. Keine Unterbrechung.«

»Sind Sie sicher?«

»Ja. Da war nichts.«

»Wie im Arbeitsbuch des Filmvorführers verzeichnet, endete der Film an diesem Abend nicht um zwanzig vor neun, sondern um ungefähr fünf vor neun. Was bedeutet, daß der früheste Bus vom Kino Sie nicht um einundzwanzig Uhr zwanzig an der Ecke M Street und Wisconsin absetzte, sondern um einundzwanzig Uhr fünfundfünfzig, und daß Sie deshalb frühestens um fünf Minuten vor zweiundzwanzig Uhr im Haus eingetroffen sein können, nicht um einundzwanzig Uhr dreißig, wie es ebenfalls von Mrs. MacNeil ausgesagt wurde. Würde es Ihnen etwas ausmachen, einen Kommentar zu dieser rätselhaften zeitlichen Diskrepanz abzugeben?«

Karl verlor keine Sekunde seine Gelassenheit und behielt sie auch jetzt bei, als er antwortete: »Nein.«

Der Detective starrte ihn einen Augenblick stumm an, dann seufzte er und blickte hinab, als er das Mithörgerät abstellte, das im Futter seines Mantels steckte. Er hielt den Blick einen Moment gesenkt; dann schaute er zu Karl auf. »Mr. Engstrom ...«, sagte er. »Möglicherweise wurde ein Kapitalverbrechen begangen. Sie stehen unter Verdacht. Mr. Dennings hat Sie beschimpft und beleidigt, wie ich aus anderen Quellen erfahren habe. Und Sie haben offenbar gelogen, was Ihren Aufenthalt zur Zeit seines Todes betrifft. Nun, so etwas geschieht manchmal. Wir alle sind nur Menschen. Ein verheirateter Mann war manchmal woanders, als er gewesen zu sein behauptet. Sie haben bemerkt, daß ich ein Gespräch unter vier Augen arrangiert habe? Ungestört? Auch ungestört von Ihrer Frau? Ich nehme jetzt nichts auf. Das Mikrofon ist ausgeschaltet. Sie können mir vertrauen. Wenn Sie zufällig an diesem Abend mit einer anderen Frau aus waren, können Sie's mir sagen. Ich werde es überprüfen lassen, Sie sind aus den Schwierigkeiten raus, und Ihre Ehefrau wird nichts erfahren. Und nun sagen Sie mir, wo Sie zum Zeitpunkt von Dennings' Tod waren.«

Für einen Moment flackerte irgend etwas in den Tiefen von Karls Augen; dann erlosch es.

»Im Kino«, beharrte er mit schmalen Lippen.

Der Detective musterte ihn mit ruhigem Blick, schweigend und reglos, und nur sein keuchendes Atmen war zu hören, als die Sekunden vergingen, schwer, lastend ...

»Werden Sie mich verhaften?« fragte Karl schließlich in die Stille, und nun zitterte seine Stimme kaum wahrnehmbar.

Der Detective gab keine Antwort, musterte ihn weiterhin stumm. Als Karl wieder etwas sagen wollte, stieß Kinderman sich abrupt vom Geländer ab und ging zum Streifenwagen, die Hände in den Taschen. Er ließ sich Zeit, betrachtete die Umgebung wie ein interessierter Besucher der Stadt.

Karl schaute gelassen zu, mit unbewegtem Gesicht, als Kinderman die Tür des Streifenwagens aufzog, sich nach innen zu einer Packung Kleenex beugte, die am Armaturenbrett befestigt war, ein Papiertaschentuch herausnahm und sich schneuzte, während er müßig zum Fluß schaute, als überlege er, wo er zu Mittag essen sollte. Dann stieg er ein, ohne zurückzublicken.

Als der Streifenwagen losfuhr und um die Ecke der Fünfunddreißigsten Straße bog, blickte Karl auf seine Hand, die auf dem Türknauf lag. Er sah, daß sie zitterte.

Chris, die grübelnd an der Bar im Arbeitszimmer stand und sich einen Wodka einschenkte, hörte das Klappen der Haustür. Schritte. Karl stieg die Treppe hinauf. Chris nahm ihr Glas und ging schnell in die Küche zurück, wobei sie ihren Wodka mit dem Zeigefinger umrührte. Ihr Blick war geistesabwesend. Irgend etwas stimmte nicht. Wie Licht, das unter der Tür aus einem Zimmer dringt, sickerte ein Schimmer von Grauen in die dunkle Halle ihres Verstandes. Was war hinter der Tür? Was?

Sieh nicht hin!

Sie betrat die Küche, setzte sich an den Tisch und nippte am Wodka.

»Ich glaube, er wurde von einem sehr kräftigen Mann umgebracht …«

Sie blickte auf das Buch über Hexerei.

Etwas …

Schritte. Sharon kam aus Regans Schlafzimmer zurück. Trat ein. Setzte sich an den Tisch hinter die Schreibmaschine. Spannte Papier ein.

Etwas …

»Ziemlich gruselig«, murmelte Sharon, die Fingerspitzen auf der Tastatur, den Blick auf ihre Stenonotizen gerichtet.

Keine Antwort. Unbehagen lag in der Luft. Chris nippte geistesabwesend an ihrem Drink.

Sharon brach die Stille mit angespannter, leiser Stimme. »Es gibt sehr viele Hippie-Lokale rings um die M Street und Wisconsin. Hascher. Okkultisten. Die Polizei nennt sie ›Höllenhunde‹.« Sie hielt inne, als wartete sie auf einen Kommentar, den Blick immer noch auf die Notizen geheftet, und fuhr dann fort: »Ich frage mich, ob Burke vielleicht …«

»Oh, *Himmel,* Sharon! Vergiß es!« brach es aus Chris hervor. »Ich habe wirklich andere Sorgen.« Sie hatte die Augen geschlossen und drückte sich das Buch an die Brust.

Sharon konzentrierte sich auf die Tastatur der Schreibmaschine, tippte rasend schnell, sprang plötzlich auf und eilte zur Tür. »Ich mache einen Spaziergang«, sagte sie mit eisiger Stimme.

»Bleib von der M Street weg!« rief Chris ihr übellaunig nach, den Blick auf das Buch gerichtet.

»Ja, ja.«

»Und von der N!«

Chris hörte, daß die Haustür geöffnet und geschlossen wurde. Sie seufzte. Empfand plötzlich Bedauern. Aber die kurze Unruhe hatte die innere Spannung nicht vertrieben. Immer noch war das Schimmern des Lichts in der dunklen Halle ihres Verstandes. Sehr schwach.

Mach es aus!

Chris atmete tief durch und versuchte, sich auf das Buch zu konzentrieren. Sie fand die Stelle, an der sie zuletzt gelesen hatte, wurde ungeduldig, begann hastig zu blättern, den Text zu überfliegen, nach Beschreibungen von Regans Symptomen zu suchen. »… dämonische Besessenheit … Syndrom … Fall eines achtzehnjährigen Mädchens … abnormal … vier starke Männer, um es festzuhalten …«

Chris blätterte um – und erstarrte.

Geräusche. Willie kam mit Lebensmitteln herein.

»Willie …«, sagte Chris tonlos.

»Ja, Madam?« Willie stellte die Tragetaschen ab. Ohne aufzublicken, hielt Chris das Buch hoch. »Haben Sie dieses Buch ins Arbeitszimmer gestellt?«

Willie warf einen Blick darauf und nickte. Dann wandte sie sich um und machte sich daran, die Tragetaschen auszupacken.

»Wo haben Sie das Buch gefunden?« fragte Chris.

»Oben im Schlafzimmer.« Willie legte Schinken in das Fleischfach des Kühlschranks.

»In *welchem* Schlafzimmer, Willie?«

»Dem von Miss Regan. Ich hab' das Buch beim Saubermachen gefunden.«

»Wann war das?« fragte Chris, den Blick immer noch auf die Seiten des Buches geheftet.

»Nachdem alle zur Klinik fuhren, Madam. Ich hatte in Regans Zimmer Staub gesaugt.«

»Sind Sie sicher?«

»Ja, Madam. Ganz sicher.«

Chris rührte sich nicht, blinzelte nicht, atmete nicht, als sie vor ihrem geistigen Auge ein offenes Fenster in Regans Schlafzimmer sah … in der Nacht, als Dennings' Unfall passierte … Dennings' entsetztes Gesicht … ausgestreckte Hände, wie die Klauen eines Raubvogels …

Chris starrte auf die aufgeschlagene Seite des Buches.

Ein kleiner Streifen war sorgfältig vom Rand abgeschnitten worden.

Chris' Kopf ruckte hoch, als sie Geräusche in Regans Zimmer hörte.

Schnelles Klopfen mit einem alptraumhaften Widerhall, so laut, als hämmere ein Vorschlaghammer in einer Gruft.

Regan schrie vor Qual und Entsetzen. Bettelnd, flehend.

Dann Karls Stimme, der Regan wütend anbrüllte.

Chris stürzte aus der Küche.

Allmächtiger, was ist da los?

Chris stürmte die Treppe hinauf zum Schlafzimmer. Sie hörte einen Schlag; jemand taumelte und krachte wie einen Fels zu Boden, während Regan schrie: »*Nein!* O nein, tu's nicht! Nein, *bitte* nicht!« Karl brüllte. Nein, es war nicht Karl. Es war jemand anders! Ein dröhnender Baß, bedrohlich, tobend vor Wut …

Chris hetzte über den Flur, stürmte ins Schlafzimmer und blieb wie betäubt vor Schreck stehen, als das Klopfen so laut dröhnte, daß es von den Wänden widerhallte; als Karl bewußtlos neben der Kommode auf dem Boden lag; als Regan, die Beine weit gespreizt, auf dem Bett stand, das heftig hüpfte und wackelte; sie hielt das knochenbleiche Kruzifix in Händen, deren Knöchel gerieben waren; sie drückte das Kreuz vor ihre Vagina, das knochenbleiche Kruzifix, auf das sie entsetzt starrte, mit hervorquellenden Augen. Der Schlauch in ihrem Magen war aus der Nase herausgerissen, und die untere Hälfte ihres Gesichts war blutüberströmt.

»Oh, bitte. Oh, nein, *bitte!*« kreischte sie, als ihre Hände das Kruzifix näher an ihren Körper führten, während sie sich verzweifelt bemühte, es von sich zu drücken.

»Du tust, was ich dir *sage*, du Dreckstück!«

Das bedrohliche Brüllen kam von *Regan;* ihre Stimme klang rauh und kehlig, troff vor Gift, während ihre Gesichtszüge sich auf schreckliche Weise blitzschnell in die der barbarischen, dämonischen Persönlichkeit verwandelten, die während der Hypnose zum Vorschein gekommen war. Als Chris jetzt benommen beobachtete, wechselten die Gesichtszüge und die Stimmen Regans und des Dämons einander rasend schnell ab:

»*Nein!*«

»Du wirst es tun!«

»*Bitte!*«

»Du *wirst* es tun, du Hure, oder ich töte dich!«

»*Bitte!*«

»Du wirst dich von Jesus *ficken* lassen, *ficken, ficken* …«

Mit weit aufgerissenen Augen, kreischend vor Angst, zuckte Regan vor irgendeiner furchtbaren Endgültigkeit zurück, vor etwas Unaufhaltsamem. Dann wurde sie abrupt wieder vom dämonischen Gesicht beherrscht. Das Zimmer war plötzlich von Gestank erfüllt, der aus Regans Nasenlöchern drang, während eisige Kälte aus den Wänden sickerte, das Klopfen verstummte und Regans schriller Entsetzensschrei zu einem kehligen Lachen der Boshaftigkeit und des Zorns wurde, als sie das Kruzifix in ihre Vagina stieß, wild zu masturbieren begann und mit tiefer, rauher, ohrenbetäubender Stimme schrie: »Jetzt bist du *mein*, du bist *mein*, du stinkendes Miststück! Du Hure! Laß dich von Jesus *ficken, ficken!*«

Chris stand wie angewurzelt da, erstarrt vor Entsetzen, und preßte die Hände gegen die Wangen, als abermals das dämonische, laute Lachen irrer Freude ertönte, während aus Regans Vagina Blut mit ihrem zerrissenen Hymen hervorströmte. Mit schrillem Kreischen sprang Chris zum Bett und griff blindlings nach dem Kruzifix. Sie schrie immer noch, als Regan mit teuflisch verzerrtem Gesicht wütend zu ihr auffuhr, eine Hand in Chris' Haar krallte, ihren Kopf zu sich herunterriß und ihr Gesicht auf ihre Vagina preßte, wobei sie den Kopf mit Blut beschmierte, als sie wie rasend ihr Becken kreisen ließ.

»Aaah, kleine Schweinemutter!« sagte Regan kehlig mit schmachtender, schwüler Wollust. »*Leck* mich, *leck* mich!« Dann riß die rechte Hand Chris' Kopf hoch, während die linke ihr einen Schlag vor den Oberkörper verpaßte, daß Chris durchs Zimmer geschleudert wurde und mit schrecklicher Wucht gegen eine Wand krachte, während Regan mit brüllender Boshaftigkeit lachte.

Chris brach zusammen, sank wie betäubt vor Entsetzen zu Boden. In einem Wirbel von Bildern und Geräuschen im Zimmer drehte sich alles wie verrückt vor ihren Augen, verwischte, verschwamm, und in ihren Ohren schallten verzerrte Laute, als sie sich zu erheben versuchte, schwankte, zum Bett blickte, das sie nur noch verschwommen sah, auf Regan starrte, die mit dem Rücken zu ihr das Kruzifix sanft und sinnlich in ihre Vagina stieß, hinein, hinaus, hinein und mit tiefer Stimme schmachtend sagte: »Aaah, da ist meine Sau, jaaa, mein süßes Ferkel, mein Schweinchen, mein …«

Die Worte verstummten, als Chris mühsam an Karl vorbei zum Bett kroch, das Gesicht mit Blut beschmiert, der Blick immer noch unscharf, die Glieder schmerzend. Dann krümmte sie sich, wich in ungläubigem Entsetzen zurück, als sie wie durch einen Nebelschleier zu sehen glaubte, wie Regan, den Rücken zu ihr, langsam den Kopf auf einem regungslosen Oberkörper drehte, unnatürlich, unerbittlich, bis er nach hinten gerichtet war.

»Weißt du, was sie *getan* hat, deine Fotze von Tochter?« kicherte eine elfenhafte, vertraute Stimme.

Chris blickte blinzelnd in die wahnsinnig starrende, grinsende Fratze, auf die aufgesprungenen, trockenen Lippen und die Augen, die wie die eines Fuchses wirkten.

Sie schrie, bis sie ohnmächtig wurde.

Dritter Teil

Die Hölle

Da sprachen sie zu ihm: »Was tust du für ein Zeichen, auf daß wir sehen und dir glauben?«

Johannes 6, 30–31

Ein (vietnamesischer) *Brigadekommandeur schrieb einen Wettbewerb aus, um seine Einheit für die Tötung des zehntausendsten Feindes zu belohnen. Der Preis war eine Woche Luxusaufenthalt im persönlichen Quartier des Colonels …*

Newsweek, 1969

Ich aber habe euch gesagt, ihr habt mich gesehen, und doch glaubt ihr nicht …

Johannes 6, 36–37

1

Chris stand auf dem Fußgängerweg der Key Bridge, die Arme auf das Geländer gestützt, und wartete nervös, während der stadteinwärts führende Verkehr sich hinter ihr staute und die Fahrer mit Alltagssorgen hupten und schimpften. Sie hatte Mary Jo erreicht, ihr Lügen erzählt.

»*Regan geht's prima. Übrigens, ich möchte eine weitere kleine Dinnerparty geben. Wie war noch mal der Name dieses Jesuiten-Psychiaters? Ich hab' mir gedacht, vielleicht sollte ich ihn auch einladen ...*«

Gelächter drang von unten herauf. Ein junges Paar in Bluejeans in einem gemieteten Kanu. Mit einer schnellen, nervösen Geste schnippte Chris Asche von ihrer Zigarette und blickte den Fußgängerweg der Brücke entlang. Jemand kam auf sie zu. Ein Mann in Khakihose und blauem Pullover – kein Priester. Chris schaute wieder auf den Fluß hinunter, auf ihre Hilflosigkeit, die im Kielwasser des knallroten Kanus wirbelte. Sie konnte den Namen auf der Seite des Bootes lesen: *Caprice.*

Schritte. Der Mann im Pullover kam näher und wurde langsamer, als er Chris erreichte. Aus dem Augenwinkel sah sie, daß er einen Unterarm auf das Geländer legte, und schnell wandte sie den Blick ab.

»Zieh Leine, du Mistkerl«, grollte sie mit belegter Stimme und schnippte die Zigarettenkippe in den Fluß, »oder ich schwöre bei Gott, daß ich nach einem Cop schreie!«

»Miss MacNeil? Ich bin Pater Karras.«

Sie zuckte zusammen, errötete, fuhr schnell herum. Das markante zerfurchte Gesicht. »O Gott! Oh, ich ... *du liebe Güte!*«

Nervös nahm Chris ihre Sonnenbrille ab und setzte sie sofort wieder auf, als die traurigen, dunklen Augen des Paters sie forschend anblickten.

»Ich hätte Ihnen sagen sollen, daß ich kein Gewand trage. Tut mir leid.«

Seine Stimme klang sanft. Sie sah, wie er die starken Hände verschränkte – große Hände, die dennoch feinfühlig wirkten. Geäderte Michelangelos. Chris' fühlte ihren Blick irgendwie davon angezogen.

»Ich dachte, es würde weniger auffallen«, fuhr Karras fort. »Sie machten einen sehr besorgen Eindruck, als wollten sie, daß niemand davon erfährt.«

»Ich fürchte, ich habe mich zum Trottel gemacht«, erwiderte Chris und kramte in ihrer Handtasche. »Ich dachte, Sie wären ...«

»Menschlich?« unterbrach er mit einem Lächeln.

»*Das* wußte ich, als ich Sie mal auf dem Campus sah«, sagte Chris und suchte nun in den Taschen ihres Kostüms. »Deshalb habe ich Sie angerufen. Weil Sie so menschlich wirkten.« Sie blickte auf und sah, daß er auf ihre Hände starrte. »Haben Sie eine Zigarette, Pater?«

Er griff in die Hemdtasche. »Rauchen Sie eine ohne Filter?«

»Im Augenblick würde ich Zigarren rauchen.«

Er klopfte eine von wenigen Camel aus der Packung. »Meine Ration für heute.«

»Das Armutsgelübde«, murmelte Chris und lächelte leicht, als sie die Zigarette nahm.

»Ein Armutsgelübde hat seinen Nutzen«, bemerkte er und zog Streichhölzer aus der Tasche.

»Zum Beispiel?«

»Dadurch schmecken Zigarren besser.«

Abermals die Andeutung eines Lächelns bei Chris, als Karras ihre Hand mit der Zigarette beobachtete. Die Hand zitterte heftig. Karras nahm Chris die Zigarette ab, schob sie sich zwischen die Lippen und zündete sie an, wobei er das Streichholz mit den Händen abschirmte. Er paffte. Gab Chris die Zigarette zurück, den Blick auf die Wagen gerichtet, die auf der Brücke vorbeifuhren. »So geht's viel leichter. Der Fahrtwind von den Autos«, sagte er.

»Danke, Pater.«

Chris betrachtete ihn abschätzend. In ihrem Blick lag Dankbarkeit, sogar Hoffnung. Sie beobachtete, wie er sich selbst eine Camel anzündete. Als er den Qualm ausstieß, lehnten sie Ellenbogen an Ellenbogen auf dem Geländer.

»Woher kommen Sie, Pater Karras?«

»New York.«

»Ich auch. Würde aber nie dorthin zurückgehen. Sie?«

Karras kämpfte gegen das ungute Gefühl an, das in ihm aufstieg. »Nein. Ich auch nicht.« Er zwang sich zu einem Lächeln. »Aber diese Entscheidungen brauche ich sowieso nicht zu treffen.«

»Als Priester müssen Sie dorthin, wohin man Sie schickt, stimmt's?«

»Stimmt.«

»Wie kommt es, daß ein Psychiater Priester wird?« fragte sie.

Karras war begierig darauf zu erfahren, was das dringende Problem war, das Chris bei Ihrem Anruf erwähnt hatte. Sie tastete sich vor, das spürte er. Wozu? Er brauchte sie nicht zu drängen. Sie würde es von selbst sagen … schon bald.

»Es ist anders herum«, verbesserte er sie freundlich. »Die Gesellschaft Jesu …«

»Wer?«

»Die Gesellschaft Jesu. Jesuiten ist die Kurzform dafür.«

»Oh, ich verstehe.«

»Die Gesellschaft Jesu wünschte, daß ich die medizinische *und* die psychiatrische Fakultät besuchte.«

»Wo?«

»Harvard, John Hopkins und Bellevue.«

Ihm wurde plötzlich bewußt, daß er sie beeindrucken wollte. Warum? fragte er sich – und sofort sah er die Antwort in den

Slums seiner Kindheit, in den schäbigen Kinos der Lower East Side. Little Dimmy mit einem Filmstar.

»Nicht schlecht«, sagte sie anerkennend und nickte.

»Wir leisten kein Gelübde für *geistige* Armut.«

Chris spürte seine Gereiztheit, zuckte die Achseln, wandte sich ab und blickte auf den Fluß. »Wissen Sie, es ist nur so, daß ich Sie nicht kenne und …« Sie nahm einen langen, tiefen Zug, stieß den Rauch aus und drückte die Kippe auf dem Geländer aus. »Sie sind ein Freund von Pater Dyer, nicht wahr?«

»Ja.«

»Sind Sie eng mit ihm befreundet?«

»Ziemlich eng.«

»Hat er von der Party erzählt?«

»Bei Ihnen?«

»Bei mir.«

»Ja. Er sagte, Sie wirken menschlich.«

Sie überhörte oder ignorierte es. »Hat er von meiner Tochter erzählt?«

»Nein. Ich wußte gar nicht, daß Sie eine Tochter haben.«

»Sie ist zwölf. Er hat sie nicht erwähnt?«

»Nein.«

»Er hat Ihnen nicht erzählt, was sie getan hat?«

»Er hat sie nie erwähnt.«

»Priester sind sehr verschwiegen, stimmt's?«

»Kommt darauf an.«

»Worauf?«

»Auf den Priester.«

Am Rande seines Bewußtseins warnte ihn etwas vor Frauen mit neurotischer Faszination für Priester – Frauen, die unbewußt und unter der Maske irgendeines anderen Problems wünschten, das Unerreichbare zu verführen.

»Über eine Beichte dürfen sie nicht reden, stimmt's?«

»Stimmt.«

»Und außerhalb der Beichte?« fragte sie. »Ich meine, was ist, wenn eine Person … sagen wir mal, ein Krimineller, vielleicht ein Mörder … wenn er Sie um Hilfe bitten würde? Müßten Sie ihn dann der Polizei melden?«

Suchte sie Rat? Wollte sie Zweifel loswerden? Karras wußte, daß es Leute gab, die sich an das Seelenheil herantasteten, als wäre es eine wacklige Brücke über einem Abgrund. »Wenn diese Person auf der Suche nach seelischem Beistand zu mir käme, würde ich sagen, nein«, erwiderte er.

»Sie würden es nicht melden?«

»Nein, ich würde es nicht melden. Aber ich würde versuchen, die Person zu überreden, sich zu stellen.«

»Und was würden Sie tun, um einen Exorzismus vornehmen zu können?«

»Wie bitte?«

»Wenn eine Person von einer Art Dämon besessen ist, wie würden Sie vorgehen, daß Sie einen Exorzismus vornehmen dürfen?«

»Zuerst würde ich die Person in eine Zeitmaschine stecken und ins sechzehnte Jahrhundert zurückbefördern.«

Chris war verwirrt. »Wie meinen Sie das?«

»Den Exorzismus gibt es nicht mehr, Miss MacNeil.«

»Seit wann?«

»Seit wir etwas über Geisteskrankheiten wissen. Über Paranoia, gespaltene Persönlichkeiten … über all die Dinge, die man mich in Harvard lehrte.«

»Sie scherzen.«

Verwundert bemerkte Karras, daß ihre Stimme bebte, und daß Hilflosigkeit und Verwirrung herauszuhören waren.

»Viele gebildete Katholiken, Miss MacNeil, glauben nicht mehr an den Teufel, und was Besessenheit anbetrifft, habe ich seit dem Tag, als ich zu den Jesuiten ging, nie einen Priester kennengelernt, der einen Exorzismus durchgeführt hat. Keinen einzigen.«

»Sind Sie wirklich Priester?« fragte sie mit bitterer Schärfe. »Was ist mit all den Geschichten in der Bibel, in denen Christus Dämonen austreibt?«

Ungewollt antwortete er mit ähnlicher Schärfe: »Hätte Christus gesagt, daß diese angeblich Besessenen unter Schizophrenie leiden, was ich mir sehr gut vorstellen kann, wäre er vermutlich Jahre früher gekreuzigt worden.«

»Tatsächlich?« Chris griff mit zitternder Hand zu ihrer Sonnenbrille und senkte die Stimme. »Es ist aber zufällig so, Pater Karras, daß jemand, der mir sehr nahe steht, vermutlich besessen ist. Sie braucht einen Exorzismus. Würden Sie ihn vornehmen?«

Mit einemmal wirkte alles unwirklich auf Karras: die Key Bridge, das Hot Shoppe am anderen Ufer des Flusses, der Verkehr und Chris MacNeil, der Filmstar. Als er sie anstarrte und nach einer Antwort suchte, nahm sie die Sonnenbrille ab. Geschockt blickte Karras in Chris' gerötete, eingesunkene Augen, in denen ein flehender Ausdruck lag. Die Bitte war der Frau ernst, das wurde ihm jetzt klar.

»Pater Karras, es geht um meine Tochter«, sagte sie mit belegter Stimme. »Meine *Tochter!*«

»Ein Grund mehr«, erwiderte er leise, »den Exorzismus zu vergessen und ...«

»*Warum?* Das verstehe ich nicht!« brach es aus Chris hervor. Ihre Stimme klang gebrochen und bestürzt.

Karras ergriff tröstend ihr Handgelenk. »Erstens könnte es die Dinge verschlimmern ...«

»Aber *wieso?*«

»Das Ritual des Exorzismus ist gefährlich. Es könnte die Vorstellung der Besessenheit *einimpfen*, wo es zuvor keine gab, oder die Besessenheit verstärken, *wenn* es sie gab. Und zweitens, Miss MacNeil – bevor die Kirche einen Exorzismus genehmigt, nimmt sie eine Ermittlung vor, um festzustellen, ob er berechtigt ist. Das dauert einige Zeit ...«

»Könnten Sie den Exorzismus nicht selbst vornehmen?« fragte sie flehend. Ihre Unterlippe begann zu zittern, und ihre Augen füllten sich mit Tränen.

»Jeder Priester hat die Befugnis, einen Exorzismus vorzunehmen, aber er muß die Genehmigung der Kirche haben, und die wird äußerst selten erteilt. Deshalb …«

»Könnten Sie sich meine Tochter nicht wenigstens anschauen?«

»Als Psychiater … ja, sicher, aber …«

»Sie braucht einen *Priester!*« rief Chris, das Gesicht vor Zorn und Angst verzerrt. »Ich habe Regan zu jedem verdammten Arzt und Psychiater geschleift, den ich auftreiben konnte, und sie schickten mich zu *Ihnen* – und nun schicken *Sie* mich zu den Ärzten und Psychiatern zurück!«

»Aber …«

»Du lieber Himmel, hilft mir denn *keiner?*« Der herzzerreißende Aufschrei hallte über den Fluß. Erschreckte Vögel stiegen kreischend von den Ufern auf. »O *Gott!*« stöhnte Chris, als sie mit krampfhaftem Schluchzen an Karras' Brust sank. »Bitte, helfen Sie mir! Helfen Sie mir! Bitte …!«

Der Jesuit drückte sie tröstend an sich, während die Fahrer im Stau stehender Autos mit flüchtigem Interesse herüberblickten.

»Alles in Ordnung«, flüsterte Karras und tätschelte Chris' Schulter, um sie zu beruhigen, die Hysterie lindern. Es war *sie,* die psychiatrische Hilfe brauchte. »Alles in Ordnung. Ich werde mir Ihre Tochter anschauen«, sagte er. »Ich werde sie besuchen.«

Schweigend näherte er sich mit ihr dem Haus, weiterhin von dem Gefühl erfüllt, etwas Unwirkliches zu erleben. In Gedanken war Karras bei der Vorlesung am nächsten Tag an der medizinischen Fakultät der Georgetown University. Er mußte noch seine Notizen vorbereiten.

Sie stiegen auf die vordere Veranda. Karras blickte die Straße hinunter zum Gebäude der Jesuiten und dachte daran, daß er das Abendessen versäumen würde. Es war kurz vor achtzehn Uhr. Er beobachtete, wie Chris den Schlüssel ins Schloß schob. Sie zögerte, wandte sich ihm zu. »Pater ... meinen Sie nicht, Sie sollten Ihr Priestergewand tragen?«

Diese Stimme. Wie kindlich sie war, wie naiv. »Zu gefährlich«, sagte er.

Chris nickte und zog die Tür auf – und in diesem Augenblick spürte es Karras: Eiseskälte, wie ein Warnsignal. Sie kroch ihm in alle Glieder, ließ ihm das Blut gefrieren.

»Pater Karras?«

Er blickte auf. Chris war ins Haus getreten. Sie hielt die Tür auf.

Einen Moment verharrte er zögernd. Dann betrat er das Haus mit dem sonderbaren Gefühl, daß es kein Zurück mehr gab.

Karras hörte Tumult im Obergeschoß. Eine tiefe, dröhnende Stimme brüllte Obszönitäten, drohte zornig und haßerfüllt.

Karras schaute fragend zu Chris. Sie blickte ihn stumm an. Dann ging sie voraus. Er folgte ihr nach oben und über den Flur zu Regans Schlafzimmer, wo Karl an der Wand gegenüber der Tür lehnte, den Kopf auf die verschränkten Arme gesenkt. Er schaute langsam zu Chris auf, und Karras sah Verwirrung und Furcht in seinen Augen. Die Stimme aus dem nahen Schlafzimmer war jetzt so laut, daß es sich beinahe so anhörte, als würde sie elektronisch verstärkt. »Sie will nicht festgeschnallt werden«, sagte Karl mit gebrochener Stimme zu Chris.

»Ich bin gleich wieder da«, wandte Chris sich an Karras.

Der Pater schaute Chris nach, als sie über den Flur in ihr eigenes Schlafzimmer ging.

Karl blickte den Besucher starr an. »Sind Sie Priester?« fragte er.

Karras nickte; dann schaute er schnell wieder zur Tür von

Regans Schlafzimmer. Die zornige Stimme war dem langgezogenen, durchdringenden Röhren eines Tieres gewichen. Es klang wie das Brüllen eines Stieres.

Etwas berührte Karras' Hand. Er blickte hinab. »Das ist sie«, sagte Chris, »das ist Regan.« Sie reichte ihm ein Foto. Er betrachtete es. Ein junges Mädchen. Sehr hübsch. Süßes Lächeln.

»Das Bild wurde vor vier Monaten aufgenommen«, sagte Chris, nahm das Foto zurück und nickte zur Schlafzimmertür. »Gehen Sie hinein, und schauen Sie sich an, wie Regan jetzt ist.« Sie lehnte sich an die Wand neben Karl. »Ich warte hier.«

»Wer ist bei ihr drinnen?« fragte Karras.

»Niemand.«

Er hielt ihrem Blick stand, wandte sich dann mit einem Stirnrunzeln zur Schlafzimmertür. Als er die Hand auf den Türgriff legte, verstummten die Geräusche im Zimmer schlagartig. In der Stille zögerte Karras; dann betrat er langsam das Zimmer – und zuckte zurück, als ihm der beißende Gestank vermoderter Exkremente entgegenschlug wie ein Pesthauch.

Er kämpfte gegen den Ekel an und schloß die Tür. Dann richtete er den Blick wie betäubt auf das *Ding*, das Regan war, auf die Kreatur, die auf dem Rücken im Bett lag, den Kopf gegen ein Kissen gestützt, während die Augen aus den Höhlen hervorquollen und mit wahnsinniger List und glühender Intelligenz funkelten, voller Interesse und mit widerwärtiger Boshaftigkeit, als der Blick sich auf ihn richtete. Aufmerksam betrachtete die Kreatur den Pater. Die Augen glühten in einem Gesicht, das zu einer skelettartigen, scheußlichen Maske geworden war, aus der nahezu unfaßbare Bosheit sprach. Karras' Blick glitt zu dem zerzausten, verfilzten Haar, zu den ausgemergelten Armen und Beinen, dem aufgeblähten Bauch, der grotesk vorstand, und dann wieder zu den Augen: Sie beobachteten ihn … fixierten ihn … verfolgten, wie er zum Schreibtisch und dem Stuhl am Fenster ging.

»Hallo, Regan«, sagte Karras in herzlichem, freundschaftlichem Tonfall. Er nahm den Stuhl und ging damit zum Bett. »Ich bin ein Freund deiner Mutter. Sie erzählte mir, daß du dich nicht gut gefühlt hast.« Er setzte sich. »Willst du mir sagen, was los ist? Ich möchte dir helfen.«

Die Augen glühten fanatisch, und gelblicher Speichel rann von einem Mundwinkel auf das Kinn des Wesens. Dann verzogen sich die Lippen zu einem barbarischen, höhnischen Grinsen.

»So, so, so«, sagte Regan hämisch. Die Härchen in Karras' Nacken prickelten, denn die tiefe Baßstimme klang bedrohlich, mächtig. »Du bist es also … sie haben *dich* geschickt. Nun, von dir haben wir überhaupt nichts zu befürchten.«

»Ja. Weil ich dein Freund bin. Ich möchte dir helfen«, sagte Karras.

»Dann könntest du mich losschnallen«, krächzte Regan. Sie hob die Handgelenke. Erst jetzt bemerkte Karras, daß sie mit Lederriemen gefesselt waren.

»Sind sie dir unbequem?« fragte er.

»Sehr. Sie sind eine Qual. Eine *höllische* Qual.« Die Augen glitzerten listig und mit geheimer Belustigung.

Karras sah die Kratzmale auf ihrem Gesicht. Die Male auf den Lippen stammten offenbar von Bissen, die sie sich selbst zugefügt hatte. »Ich befürchte, du könntest dich selbst verletzen, Regan.«

»Ich bin nicht Regan«, grollte sie, immer noch mit diesem scheußlichen Grinsen.

»Ich verstehe. Dann sollten wir uns vielleicht einander vorstellen. Ich bin Damien Karras«, sagte der Priester. »Und wer bist du?«

»Ich bin der Teufel.«

»Ah, gut. Sehr gut.« Karras nickte. »Jetzt können wir reden.«

»Eine kleine Plauderei?«

»Wenn du willst.«

»Ist gut für die Seele«, sagte Regan. »Du wirst aber feststellen, daß ich nicht frei reden kann, solange ich mit den Riemen gefesselt bin. Ich bin ans Gestikulieren gewöhnt. Wie du weißt, habe ich viel Zeit in Rom verbracht, mein lieber Karras. Jetzt sei so freundlich und mach die Riemen los.«

Welche Frühreife in der Sprache und den Gedanken, dachte Karras. Er neigte sich mit beruflichem Interesse vor. »Du sagst, du bist der Teufel?«

»Ich sage es nicht nur. Ich *bin* es.«

»Warum kannst du dann die Riemen nicht einfach verschwinden lassen?«

»Das wäre eine zu primitive Vorführung der Macht, Karras. Geschmacklos. Schließlich bin ich ein Fürst.« Ein glucksendes Lachen. »Ich setze viel lieber Überredungskunst ein, Karras. Zusammengehörigkeitsgefühl, Gemeinschaftssinn. Außerdem, wenn ich die Riemen selbst lösen würde, mein Freund, würde ich dir die Gelegenheit verweigern, etwas Barmherziges zu tun.«

»Aber barmherziges Handeln ist eine Tugend, und die würde der Teufel verhindern wollen«, sagte Karras. »So würde ich dir *helfen,* indem ich dich *nicht* losschnalle. Es sei denn …«, er zuckte die Achseln, »… du bist gar nicht der Teufel. In diesem Fall *würde* ich dich vielleicht von den Riemen befreien.«

»Wie listig, Karras! Wenn nur der liebe Herodes hier wäre, der Fuchs, um das zu genießen.«

»Welcher Herodes?« fragte Karras und kniff die Augen zu Schlitzen zusammen. Sollte es ein Wortspiel sein, weil Christus den Herodes als den Fuchs' bezeichnet hatte? »Es gab zwei Herodes. Sprichst du vom König von Judäa?«

»Dem Tetrarchen von Galiläa!« fuhr sie ihn mit Zorn und Verachtung an; dann grinste sie plötzlich wieder und sagte mit dieser bösen Stimme in einschmeichelndem Tonfall: »Da siehst du, wie sehr diese abscheulichen Riemen mich aufgeregt haben. Schnall sie los. Schnall sie los, und ich werde dir die Zukunft sagen.«

»Sehr verlockend.«

»Das kann ich sehr gut!«

»Aber woher soll ich wissen, daß du *tatsächlich* die Zukunft voraussagen kannst?«

»Ich bin der Teufel.«

»Das hast du schon gesagt, aber wo bleibt der Beweis?«

»Du hast kein Vertrauen.«

Karras versteifte sich. »Worin?«

»In *mich*, lieber Karras. In *mich!*« Irgend etwas Spöttisches und Hämisches tanzte verborgen in den scheußlichen Augen. »All diese Beweise, all diese Zeichen im Himmel!«

»Nun, etwas sehr Einfaches würde reichen«, bot Karras an. »Zum Beispiel … der Teufel weiß alles. Nicht wahr?«

»Nein, *fast* alles, Karras, fast alles. Verstehst du? Man sagt, daß ich stolz bin. Das bin ich nicht. Worauf willst du hinaus?« Die gelblichen, blutunterlaufenen Augen glänzten verschlagen.

»Ich dachte mir, wir stellen das Ausmaß deines Wissens fest.«

»Ah, ja! Der größte See in Südamerika …«, spottete Regan, und in ihren Augen spiegelte sich Heiterkeit, »… ist der Titicacasee in Peru! Reicht das?«

»Nein. Ich muß etwas fragen, das nur der Teufel wissen kann. Zum Beispiel, wo ist Regan? Weißt du das?«

»Sie ist hier.«

»Wo ist ›hier‹?«

»In dem Schwein hier auf dem Bett.«

»Laß sie mich sehen.«

»Warum?«

»Als Beweis, daß du mir die Wahrheit sagst.«

»Willst du sie ficken? Binde mich los, und ich lasse dich ran!«

»Ich will sie sehen.«

»Sehr saftige Fotze«, sagte Regan mit lüsternem Blick, und ihre belegte und heraushängende Zunge leckte Speichel von aufgesprungenen Lippen. »Aber eine schlechte Unterhalterin, mein Freund. Ich rate dir sehr, bei mir zu bleiben.«

»Offenbar weißt du nicht, wo Regan ist.« Karras zuckte die Achseln. »Also bist du nicht der Teufel.«

»Ich *bin* es!« brüllte Regan und ruckte plötzlich nach vorn, das Gesicht vor Wut verzerrt. Karras erschauerte, als die dröhnende, furchterregende Stimme von den Wänden des Zimmers widerhallte. »Ich *bin* es.«

»Dann laß mich Regan sehen«, sagte Karras. »Das würde es beweisen.«

»Ich werde es dir zeigen! Ich werde deine Gedanken lesen!« Sie kochte vor Wut. »Denk an eine Zahl zwischen eins und zehn!«

»Das würde gar nichts beweisen. Ich muß Regan sehen.«

Abrupt lachte sie und lehnte sich gegen das Kopfbrett zurück. »Nein, für dich würde überhaupt nichts Beweis genug sein, Karras. Glänzend! Großartig! Dann wollen wir mal versuchen, dich richtig aufzugeilen. Schließlich wollen wir dich nicht verlieren.«

»Wer ist ›wir‹?« fragte Karras mit schnell erwachtem Interesse.

»Wir sind eine kleine Gruppe von Ferkeln«, sagte sie nickend. »Ah, ja. Eigentlich niederschmetternd wenig. Später werde ich sie vielleicht diskret vorstellen. Unterdessen juckt's mich wahnsinnig, aber ich kann nicht heran. Würdest du für einen Moment die Riemen lösen, Karras?«

»Nein. Sag mir, wo es juckt, und ich werde dich dort kratzen.«

»Ah, raffiniert, sehr raffiniert! Ein kleiner Stinkefinger, was?«

»Zeige mir Regan, und ich binde vielleicht einen Riemen los«, bot Karras an. »Wenn …«

Plötzlich zuckte er schockiert zurück, als er in Augen starrte, die Entsetzen widerspiegelten, auf einen Mund, der in einem stummen Hilfeschrei aufklaffte.

Dann verschwand Regans wahre Identität blitzschnell in einem Schleier, und neue Gesichtszüge bildeten sich. »Möchten Sie nicht die Riemen lösen?« fragte eine schmeichlerische Stimme mit britischem Akzent.

Blitzartig kehrte die dämonische Persönlichkeit zurück.

»Könnten Se ’nem alten Meßdiener helfen, Faddah?« krächzte sie und warf brüllend vor Gelächter den Kopf zurück.

Karras saß fassungslos da. Wieder glaubte er, die eisigen Hände im Nacken zu fühlen, jetzt spürbarer, fester. Das Regan-Ding stellte das Lachen ein und fixierte ihn mit spöttischem Blick.

»Zufällig ist deine Mutter hier bei uns, Karras. Willst du ihr eine Nachricht übermitteln? Ich sorge dafür, daß deine Alte sie bekommt.« Urplötzlich schloß ein Strahl Erbrochenes auf Karras zu. Er sprang vom Stuhl auf. Das Erbrochene traf seinen Pullover und seine rechte Hand.

Mit aschfahlem Gesicht schaute der Priester auf das Bett. Regan kicherte hämisch. Von seiner Hand tropfte Erbrochenes auf den Bettvorleger. »Wenn das stimmt«, sagte Karras wie betäubt, »mußt du den Vornamen meiner Mutter wissen. Wie lautet er?«

Das Regan-Ding zischte ihn an; die Augen glänzten wie die einer Wahnsinnigen, und der Kopf bewegte sich wie der einer Kobra.

»Wie lautet er?«

Regan brüllte wie ein Stier – ein zorniges Röhren, das durch das Glas des großen Erkerfensters und die Läden drang. Sie verdrehte die Augen, bis nur noch das Weiße zu sehen war.

Eine Zeitlang beobachtete Karras, während das Gebrüll andauerte; dann blickte er auf seine Hand und verließ das Zimmer.

Chris richtete sich schnell an der Wand auf. Bestürzt starrte sie auf Karras’ Pullover. »Was ist geschehen? Hat sie sich übergeben?«

»Haben Sie ein Handtuch?« fragte er.

»Das Badezimmer ist gleich hier!« Chris wies hastig auf eine Tür ein Stück den Flur hinunter. »Karl, sehen Sie nach Regan!« verlangte sie und folgte dem Pater ins Bad.

»Es tut mir leid!« beteuerte sie aufgeregt und riß ein Handtuch vom Haken. Karras ging zum Waschbecken.

»Haben Sie ihr Beruhigungsmittel gegeben?« fragte er.

Chris drehte die Wasserhähne auf. »Ja. Librium. Hier, ziehen Sie den Pullover aus, dann können Sie sich waschen.«

»Welche Dosis?« fragte er und zog mit der sauberen linken Hand am Pullover.

»Ich helfe Ihnen.« Sie packte den Pullover am Saum und streifte ihn hoch. »Heute hat sie vierhundert Milligramm bekommen.«

»Vier*hundert?*«

Chris hatte den Pullover bis zu seiner Brust gezogen. »Ja, nur so konnten wir sie festschnallen. Wir alle mußten sie festhalten, um …«

»Sie haben Ihrer Tochter vierhundert Milligramm *auf einmal* gegeben?«

»Heben Sie die Arme, Pater.« Er hob sie, und sie zog den Pullover über den Kopf. »Sie glauben nicht, wie stark sie ist.«

Chris zog den Duschvorhang auf und warf den Pullover in die Badewanne. »Ich werde Willie sagen, daß sie den Pullover wäscht, Pater. Tut mir leid.«

»Schon gut. Es macht nichts.« Er knöpfte den rechten Ärmel des gestärkten weißen Hemds auf und krempelte ihn hoch, entblößte dichte braune Härchen auf einem kräftigen, sehr muskulösen Unterarm.

»Es tut mir leid«, wiederholte Chris leise und setzte sich auf den Rand der Wanne.

»Nimmt sie überhaupt irgendeine Nahrung zu sich?« fragte Karras und hielt die Hand unter den Heißwasserhahn, um das Erbrochene abzuspülen.

Chris' Hände krampften sich um das Handtuch und entspannten sich wieder. Es war rosafarben, und der Name *Regan* war in Blau darin eingestickt. »Nein, Pater. Nur Sustagen, wenn sie geschlafen hat. Aber sie hat den Schlauch herausgerissen.«

»Herausgerissen?«

»Ja. Heute.«

Beunruhigt seifte Karras sich die Hände ein und spülte sie ab. Dann sagte er ernst: »Sie muß in ein Krankenhaus.«

»Das geht nicht«, antwortete Chris mit tonloser Stimme.

»Warum nicht?«

»Ich kann es einfach nicht«, wiederholte sie mit zitternder Stimme. »Ich kann niemanden sonst da hineinziehen! Sie ist ...« Chris verstummte, senkte den Kopf und atmete tief durch. »Sie hat etwas getan, Pater. Ich kann nicht das Risiko eingehen, daß jemand es herausfindet. Kein Arzt ... keine Schwester.« Sie blickte auf. »Niemand.«

Er runzelte die Stirn und drehte die Wasserhähne zu. »... *Was ist, wenn eine Person ... sagen wir mal, ein Krimineller ist, ein Mörder ...«* Er starrte auf das Waschbecken. »Wer gibt ihr das Sustagen? Das Librium? Ihre Medizin?«

»Wir. Der Arzt hat uns gezeigt, wie es gemacht wird.«

»Sie brauchen Rezepte.«

»Nun, Sie können etwas davon besorgen, nicht wahr, Pater?«

Karras wandte sich ihr zu, die Hände über dem Waschbecken erhoben wie ein Chirurg nach dem Händewaschen. Einen Moment erwiderte er ihren gequälten Blick, spürte irgendein schreckliches Geheimnis, irgendein Grauen darin. Er nickte zum Handtuch in Chris' Händen. Sie blickte verständnislos. »Das Handtuch, bitte«, sagte er leise.

»Oh, Verzeihung!« Schnell hielt sie ihm das Handtuch hin und schaute ihn an, noch immer voll gespannter Erwartung. Karras trocknete sich die Hände ab. »Wie sieht es aus?« fragte Chris schließlich. »Meinen Sie, Regan ist besessen?«

»Meinen *Sie* es?«

»Ich weiß es nicht. Ich dachte, *Sie* sind der Experte.«

»Wieviel wissen Sie über Besessenheit?«

»Nur das wenige, das ich darüber gelesen habe. Und einige Dinge, von denen die Ärzte mir erzählt haben.«

»Welche Ärzte?«

»Die in der Barringer-Klinik.«

Er faltete das Handtuch und legte es sorgfältig über den Halter. »Sind Sie katholisch?«

»Nein.«

»Ihre Tochter?«

»Nein.«

»Welche Religion?«

»Keine, aber ich …«

»Warum sind Sie dann zu mir gekommen? Wer hat Ihnen dazu geraten?«

»Ich habe mich an Sie gewandt, weil ich verzweifelt bin!« erwiderte sie heftig. »Niemand hat mir dazu geraten!«

Er stand mit dem Rücken zu ihr, den Rand des Handtuchs noch in der Hand. »Sie sagten vorhin, Psychiater hätten Ihnen geraten, sich an mich zu wenden.«

»Ich … ich weiß nicht, was ich alles gesagt habe. Ich bin kopflos gewesen.«

»Wissen Sie, Ihre Motive sind mir im Grunde egal«, sagte er. »Mich interessiert nur, was das Beste für Ihre Tochter ist. Aber ich sage Ihnen gleich, wenn Sie nach einem Exorzismus als autosuggestive Schocktherapie suchen, sollten Sie sich an jemand anders wenden, Miss MacNeil, denn die Kirche wird sich nicht darauf einlassen, und Sie würden kostbare Zeit verschwenden.« Karras hielt sich am Handtuchhalter fest, um seine zitternden Hände zu beruhigen. *Was ist los? Was ist passiert?*

»Übrigens, ich bin *Mrs.* MacNeil«, hörte er Chris kühl sagen.

Er senkte den Kopf und bemühte sich um einen freundlicheren Tonfall. »Ob es ein Dämon oder eine geistige Störung ist – ich werde alles in meiner Macht Stehende tun, um zu helfen. Aber ich muß die Wahrheit wissen. Es ist wichtig für Regan. Im Moment tappe ich im dunkeln, was aber nichts Unnatürliches für mich ist, sondern meine übliche Verfassung. – Wir sollten nach unten gehen und uns dort weiter unterhalten.« Er wandte sich ihr mit einem beruhigenden Lächeln zu und streckte die Hand aus, um ihr aufzuhelfen. »Ich könnte eine Tasse Kaffee gebrauchen.«

»Und ich etwas Alkoholisches.«

Während Karl und Sharon sich um Regan kümmerten, saß Chris im Arbeitszimmer auf dem Sofa; Karras hatte in einem Sessel neben dem Kamin Platz genommen. Chris schilderte den Werdegang von Regans Krankheit, vermied es aber sorgfältig, irgend etwas von dem Phänomen bezüglich Dennings zu erwähnen.

Karras hörte zu. Er sagte nur sehr wenig, beschränkte sich auf eine gelegentliche Frage, ein Nicken, ein Stirnrunzeln.

Chris gab zu, daß sie den Exorzismus zuerst für Unsinn gehalten habe. »Jetzt weiß ich nicht, was ich davon halten soll«, sagte sie und schüttelte den Kopf. Ihre sommersprossigen, gefalteten Hände zuckten auf dem Schoß. »Ich weiß es nicht.« Sie blickte zu dem nachdenklichen Priester hinüber. »Was ist mit Regan? Was meinen Sie, Pater?«

»Zwanghaftes Verhalten, möglicherweise verursacht durch Schuldgefühle, zusammen mit einer gespaltenen Persönlichkeit.«

»Pater, all diesen Müll habe ich schon gehört! Wie können Sie das jetzt sagen, nach allem, was Sie vorhin gesehen haben!«

»Wenn Sie so viele Patienten in psychiatrischen Stationen gesehen hätten wie ich, könnten Sie das sehr leicht beurteilen«, versicherte er ihr. »Besessen von Dämonen? Gut, nehmen wir es mal als eine Tatsache. Aber Ihre Tochter bezeichnet sich nicht als Dämon. Sie besteht darauf, der *Teufel persönlich* zu sein. Ebensogut könnte man behaupten, Napoleon Bonaparte zu sein. Verstehen Sie?«

»Dann erklären Sie mal all diese Klopfgeräusche und so weiter.«

»Ich habe sie nicht gehört.«

»Aber in der Barringer-Klinik hat man sie gehört, Pater, nicht nur in diesem Haus.«

»Vielleicht. Aber wir brauchen keinen Teufel, um sie zu erklären.«

»Dann erklären *Sie* sie«, verlangte Chris.

»Psychokinese.«

»Was?«

»Sie haben von dem Poltergeist-Phänomen gehört, nicht wahr?«

»Geister, die mit Geschirr und anderem um sich werfen?«

Karras nickte. »Es ist nicht so ungewöhnlich, und normalerweise geschieht es in der Umgebung eines emotional gestörten Heranwachsenden. Offenbar kann eine extreme innere Anspannung des Geistes eine unbekannte Energie freisetzen, die entfernte Objekte bewegen kann. Es ist nichts Übernatürliches daran. Wie Regans abnorme Kraft. Das ist in der Pathologie ebenfalls häufig. Nennen Sie es ›Überlegenheit des Geistes über die Materie‹, wenn Sie so wollen.«

»Ich nenne es unheimlich.«

»Nun, jedenfalls ist es keine Besessenheit.«

»Ist das nicht wunderbar«, sagte Chris müde. »Hier bin ich, die Atheistin, und da sind Sie, ein Priester, und ...«

»Die beste Erklärung für jedes Phänomen«, fiel Karras ihr ins Wort, »ist stets die einfachste, die auf alle Fakten zutrifft.«

»Vielleicht bin ich blöde«, entgegnete Chris, »aber wenn Sie mir erzählen, daß ein unbekanntes Dingsbums in jemandes Kopf Geschirr an eine Decke wirft, sagt mir das überhaupt nichts. Was *ist* dieses Etwas? Können Sie mir um Himmels willen sagen, was es *ist?*«

»Nein, wir verstehen nicht ...«

»Was eine gespaltene Persönlichkeit ist, Pater? Sie sagen es, und ich *höre* es. Und was *ist* es? Bin ich wirklich so dämlich? Können Sie mir sagen, was es ist – auf eine Weise, daß ich es endlich begreifen kann?« In Chris' geröteten Augen lagen Flehen und verzweifelte Verwirrung.

»Niemand auf der Welt erhebt Anspruch darauf, das zu begreifen«, erwiderte der Pater. »Wir wissen nur, daß es passiert. Alles, was über das Phänomen selbst hinausgeht, ist reine Spekulation. Aber sehen Sie es so, wenn Sie wollen: Das menschliche Gehirn hat, sagen wir mal, siebzehn Billionen Zellen.«

Chris neigte sich interessiert vor.

»Wenn wir uns jetzt diese Gehirnzellen anschauen«, fuhr Karras fort, »sehen wir, daß sie ungefähr hundert Millionen Botschaften pro Sekunde übermitteln können; das ist die Zahl der Empfindungen, die Ihren Körper bombardieren. Sie vereinigen nicht nur all diese Botschaften – sie tun es auch gründlich, ohne jemals Schnitzer zu machen oder einander in die Quere zu kommen. Wie könnten sie das ohne irgendeine Form der Kommunikation schaffen? Nun, sie können es anscheinend *nicht*. Also hat jede dieser Zellen offenbar ein eigenes Bewußtsein, sehr vereinfacht ausgedrückt. Nun stellen Sie sich vor, daß der menschliche Körper ein gewaltiger Ozeandampfer ist. Und daß all Ihre Gehirnzellen die Besatzung sind. Jetzt ist eine dieser Zellen auf der Brücke. Sie ist der Kapitän. Aber er weiß nie *genau*, was der Rest der Besatzung unter Deck gerade tut. Er weiß nur, daß das Schiff weiterhin fährt, daß der Job erledigt wird. Sie sind der Kapitän, es ist Ihr *waches* Bewußtsein. Und bei einer gespaltenen Persönlichkeit passiert es – vielleicht –, daß eine von den Zellen unter Deck auf die Brücke kommt und das Kommando übernimmt. Mit anderen Worten, Meuterei. Hilft Ihnen das zu verstehen?«

Sie starrte ihn ungläubig an. »Das ist so kompliziert, daß ich es für leichter halte, an den *Teufel* zu glauben!«

»Nun …«

»Hören Sie, ich weiß nichts von all diesen Theorien«, kam sie ihm mit leiser Stimme zuvor. »Aber ich sage Ihnen eins, Pater:

Wenn Sie mir Regans Zwilling zeigten, mit dem gleichen Gesicht, der gleichen Stimme, dem gleichen Geruch, alles gleich bis aufs I-Tüpfelchen, würde ich immer noch sofort wissen, daß sie es nicht wirklich ist! Ich würde es wissen! Ich würde es *spüren*, und deshalb sage ich Ihnen, *ich weiß, daß das Ding da oben im Zimmer nicht meine Tochter ist!* Ich *weiß* es!«

Sie lehnte sich erschöpft zurück. »Und jetzt sagen Sie mir, was ich tun soll«, verlangte sie herausfordernd. »Nur zu! Sagen Sie mir, Sie wissen genau, daß mit meiner Tochter bis auf ihren Geist alles in Ordnung ist … daß Sie *definitiv* wissen, daß sie keinen Exorzismus braucht … daß Sie wissen, er würde nichts Gutes bei ihr bewirken. Sagen Sie mir das. Sagen sie mir, was ich tun soll!«

Der Pater schwieg lange, bevor er leise antwortete: »Dann sagen Sie mir, woher man wissen soll, was Tatsache ist und was nicht.« Er sank grübelnd in seinen Sessel zurück. »Hat Regan normalerweise eine tiefe Stimme?«

»Überhaupt nicht. Sie hat eine sehr helle Stimme.«

»Würden Sie Regan als frühreif betrachten?«

»Ganz und gar nicht.«

»Kennen Sie ihren Intelligenzquotienten?«

»Er ist durchschnittlich.«

»Und ihre Lesegewohnheiten?«

»Hauptsächlich Nancy Drew und Comics.«

»Und ihre derzeitige Ausdrucksweise … wie sehr unterscheidet die sich Ihrer Meinung nach von der normalen?«

»Völlig. Regan hat nie auch nur die *Hälfte* dieser Wörter benutzt.«

»Nein, ich meine nicht den *Inhalt* der Worte, ich meine den *Stil*.«

»Stil?«

»Die *Art*, wie sie sich ausdrückt.«

»Ich weiß wirklich nicht, was Sie meinen.«

»Haben Sie irgendwelche Briefe, die Regan geschrieben hat? Aufsätze? Eine Aufnahme ihrer Stimme wäre ...«

»Ja, ich habe ihre Stimme auf einem Tonband für ihren Vater«, unterbrach Chris. »Sie wollte es ihm mal anstelle eines Briefes schicken, hat das Band aber nie zu Ende gesprochen. Möchten Sie es haben?«

»Ja. Und ich brauche ihre Krankenakten, besonders die von der Barringer-Klinik.«

»Hören Sie, Pater, *diesen* Weg habe ich schon hinter mir, und ich ...«

»Ja, ich weiß, aber ich muß mir die Aufzeichnungen selbst ansehen.«

»Sie sind also immer noch gegen einen Exorzismus.«

»Ich bin nur dagegen, bei Ihrer Tochter mehr Schaden als Nutzen anzurichten.«

»Aber Sie sprechen jetzt strikt als Psychiater, nicht wahr?«

»Nein, ich spreche jetzt als Priester. Wenn ich mir die Genehmigung zur Durchführung eines Exorzismus einhole, muß ich als erstes triftige Anhaltspunkte vorweisen, daß die Verfassung Ihrer Tochter nicht ein rein psychiatrisches Problem ist. Danach brauche ich Beweismaterial, das von der Kirche als Anzeichen auf Besessenheit akzeptiert werden würde.«

»Was, zum Beispiel?«

»Ich weiß es nicht. Ich muß mich informieren.«

»Soll das ein Scherz sein? Ich dachte, Sie sind Experte.«

»Sie wissen vermutlich im Augenblick mehr über dämonische Besessenheit als die meisten Priester. Können Sie mir die Krankenakten von der Barringer-Klinik besorgen?«

»Ich werde ein Flugzeug chartern, wenn es sein muß!«

»Und das Tonband?«

Chris stand auf. »Mal sehen, ob ich es finde.«

»Noch eins«, sagte Karras. Chris verharrte neben dem Sessel. »Das Buch mit dem Kapitel über Besessenheit, das Sie erwähnt haben … können Sie sich erinnern, ob Regan es *vor* dem Ausbruch der Krankheit gelesen hat?«

Chris konzentrierte sich, rieb sich mit den Fingernägeln über die Zähne. »Ich weiß, daß sie *irgend etwas* gelesen hat, bevor die … Probleme anfingen. Ich bin mir aber nicht sicher, ob es dieses Buch gewesen ist.«

»Ich möchte es gern sehen.«

»Es gehört Ihnen. Es ist aus Ihrer Bücherei ausgeliehen und überfällig. Ich werde es holen.« Sie verließ das Arbeitszimmer und sagte an der Tür: »Ich glaube, das Tonband ist im Kellergeschoß. Ich gehe nachsehen. Bin gleich zurück.«

Karras nickte geistesabwesend und starrte auf das Muster des Läufers. Nach einigen Minuten erhob er sich und ging langsam in die Eingangshalle, stand reglos in der Dunkelheit, in einer anderen Dimension, starrte ins Nichts, die Hände in den Taschen, und lauschte auf das Grunzen eines Schweins von oben, das Kläffen eines Schakals, das Keuchen und Zischen.

»Oh, da sind Sie! Ich habe im Arbeitszimmer nach Ihnen gesucht.«

Karras wandte sich um und sah Chris, die das Licht einschaltete.

»Wollen Sie gehen?« Sie ging mit dem Buch und dem Tonband zu ihm.

»Ich muß eine Vorlesung für morgen vorbereiten.«

»Eine Vorlesung?«

»An der medizinischen Fakultät.« Er nahm das Buch und das Tonband. »Ich werde versuchen, morgen nachmittag oder am Abend vorbeizukommen. Wenn sich in dieser Zeit etwas Dringendes ergibt, rufen Sie mich an, egal um welche Uhrzeit. Ich werde bei der Vermittlung Bescheid sagen, daß man Sie durchstellen soll.« Chris nickte, und Karras öffnete die Tür. »Wie ist das mit den Arzneimitteln geregelt?« fragte er.

»Kein Problem«, sagte sie. »Es ist alles auf einem Dauerrezept.«

»Sie wollen Ihren Arzt nicht noch mal rufen?«

Die Schauspielerin schloß die Augen und schüttelte leicht den Kopf.

»Sie wissen, ich bin kein Arzt«, warnte er.

»Ich kann es nicht«, flüsterte Chris. »Ich kann's nicht.«

Er konnte ihre Angst spüren, die wie Wellen an einen fremden Strand brandete. »Früher oder später werde ich meinen Vorgesetzten sagen müssen, was ich vorhabe, besonders wenn ich mich hier zu ungewöhnlicher Nachtstunde aufhalte.«

»Muß das wirklich sein?« Chris blickte ihn besorgt an.

»Ja. Sonst könnte es merkwürdig aussehen, meinen Sie nicht?«

Sie senkte den Blick. »Ich verstehe«, murmelte sie.

»Ich werde ihm nur das Nötigste sagen. Seien Sie unbesorgt«, versicherte er ihr. »Es wird sich nicht herumsprechen.«

Chris blickte in das Gesicht mit dem hilflosen, gequälten Ausdruck und blickte in die traurigen Augen, sah die Kraft darin – und den Schmerz.

»Ist gut«, sagte sie schwach.

Sie vertraute dem Schmerz.

Karras nickte. »Wir hören voneinander.«

Er wandte sich zum Gehen, blieb dann aber einen Moment auf der Türschwelle stehen, nachdenklich, eine Hand auf den Lippen. »Wußte Ihre Tochter, daß ein Priester zu ihr kommt?«

»Nein, außer mir wußte das niemand.«

»Wußten Sie, daß meine Mutter vor kurzem gestorben ist?«

»Ja. Es tut mir sehr leid.«

»Weiß Regan davon?«

»Warum?«

»Weiß sie davon?«

»Nein, überhaupt nicht.«

Er nickte.

»Warum haben Sie gefragt, Pater?«

»Ist nicht wichtig.« Er zuckte mit den Schultern. »War nur so ein Gedanke.« Er musterte ihr Gesicht mit leichter Besorgnis. »Können Sie schlafen?«

»Ein wenig.«

»Sie sollten es mit Tabletten versuchen. Nehmen Sie Librium?«

»Ja.«

»Wieviel?« fragte er.

»Zehn Milligramm, zweimal täglich.«

»Nehmen Sie zweimal täglich zwanzig Milligramm. Unterdessen sollten Sie versuchen, sich von Ihrer Tochter fernzuhalten. Je mehr Sie ihr ausgesetzt sind, desto größer die Gefahr, daß Ihre Gefühle für Regan dauerhaft Schaden nehmen. Bleiben Sie ihr fern. Und treten Sie kürzer. Mit einem Nervenzusammenbruch sind Sie Regan keine Hilfe.«

Sie nickte verzagt, den Blick gesenkt.

»Gehen Sie zu Bett«, sagte er. »Legen Sie sich jetzt gleich hin, ja?«

»Ja«, sagte sie leise. »Ich verspreche es.« Sie blickte mit der Spur eines Lächelns zu ihm auf. »Gute Nacht, Pater. Und vielen Dank.«

Er musterte sie einen Moment ausdruckslos; dann ging er schnell davon.

Chris schaute ihm von der Türschwelle nach. Er überquerte die Straße. An der Ecke Prospect und P fiel ihm das Buch aus der Hand, und er bückte sich, um es aufzuheben. Dann bog er um die Ecke und verschwand außer Sicht.

Detective Kinderman, der allein in einem Zivilfahrzeug saß, sah Chris nicht.

Sie schloß die Tür.

Eine halbe Stunde später eilte Karras mit mehreren Büchern und Zeitschriften aus der Bücherei der Georgetown University in sein

Zimmer im Jesuiten-Wohnheim. Hastig legte er sie auf seinen Schreibtisch und kramte dann in den Schubladen nach einer Packung Zigaretten. Er fand eine fast leere Packung Camels, zündete eine an und inhalierte tief den Rauch, während er an Regan dachte.

Hysterie. Er war überzeugt, daß es Hysterie sein mußte. Er stieß den Rauch aus, hakte die Daumen in seinen Hosengürtel und blickte auf die Bücher. Er hatte Oesterreichs *Besessenheit;* Huxleys *Die Teufel von Loudun; Parapraxis im Haizman-Fall von Freud;* McCaslands *Dämonische Besessenheit und Exorzismus in der frühen Christenheit unter dem Aspekt der modernen Betrachtungsweise geistiger Krankheit;* Auszüge aus psychiatrischen Zeitschriften von Freuds *Eine Neurose von dämonischer Besessenheit im 17. Jahrhundert* und *Die Dämonologie in der modernen Psychiatrie.*

Er glaubte, die Stimme des Penners zu hören: »*Könnten Se 'nem alten Meßdiener helfen, Faddah?*«

Karras betastete seine Stirn und schaute dann auf die Finger, an denen Schweiß haftete. Er bemerkte, daß die Tür seines Zimmers offenstand, durchquerte das Zimmer und schloß sie. Dann ging er zu einem Bücherregal und nahm das in rotes Leder gebundene Exemplar von *Das Römische Ritual* heraus, ein Handbuch von Riten und Gebeten. Die Zigarette zwischen den Lippen, blinzelte er durch den Rauch, als er in ›Allgemeine Regeln‹ für Exorzisten blätterte und nach den Anzeichen auf dämonische Besessenheit suchte. Er überflog den Text und begann dann langsamer zu lesen:

> … Der Exorzist sollte nicht zu bereitwillig glauben, daß eine Person von einem teuflischen Dämon besessen ist; aber er sollte bei einer besessenen Person die Anzeichen ermitteln, die von denen unterschieden werden können, an denen eine Person wegen irgendeiner Krankheit leidet, besonders an einer Krankheit psychologischer Natur. Anzeichen auf Besessenheit

können sein: die Fähigkeit, mit einiger Leichtigkeit in einer fremden Sprache zu sprechen oder sie zu verstehen, wenn sie von anderen gesprochen wird; das Vermögen, zukünftige und geheime Ereignisse preiszugeben; Kräfte zu zeigen, die über das Alter und den natürlichen Zustand der Person hinausgehen sowie verschiedene andere Zustände, die als Ganzes betrachtet das Beweismaterial bilden.

Karras dachte eine Zeitlang nach. Dann lehnte er sich an das Bücherregal und las den Rest der Anweisungen. Als er damit fertig war, blätterte er zurück und las noch einmal Anweisung Nummer acht:

Einige enthüllen ein Verbrechen, das begangen wurde, und den Täter …

Er blickte zur Tür, als es klopfte. »Damien?«

»Komm herein.«

Es war Dyer. »Chris MacNeil hat versucht, dich zu erreichen. Hat sie dich erwischt?«

»Wann? Du meinst heute abend?«

»Nein, heute nachmittag.«

»Oh, ja … ja, ich habe mit ihr gesprochen.«

»Gut«, sagte Dyer. »Ich wollte mich nur vergewissern, daß du die Nachricht erhalten hast.«

Der kleine Priester schlenderte durchs Zimmer und schaute sich um wie ein Zwerg in einem Secondhandshop.

»Was brauchst du, Joe?« fragte Karras.

»Hast du Zitronendrops?«

»Was?«

»Ich habe den ganzen Bau nach Zitronendrops abgesucht. Keiner hat welche. Junge, ich sehne mich wirklich danach.« Dyer schlenderte weiter durchs Zimmer. »Ich hab' mal ein Jahr

Kindern die Beichte abgenommen und wurde dabei zum Zitronendrops-Süchtigen. Die kleinen Bastarde hatten oft Hasch und was weiß ich geraucht und lutschten die Drops, damit man es nicht riechen konnte. Ihre Marihuana-Zitronendrops-Fahnen haben mich süchtig gemacht, nehme ich an.« Er hob den Deckel eines Feuchthaltebehälters für Pfeifentabak an, in dem Karras einige Pistazien aufbewahrte. »Was ist *das* denn?«

Karras wandte sich zu seinen Bücherregalen, suchte einen Titel. »Hör mal, Joe, ich habe keine …«

»Ist diese Chris nicht nett?« unterbrach Dyer und ließ sich aufs Bett plumpsen. Er streckte sich aus und verschränkte die Hände hinter dem Kopf. »Nette Lady. Hast du sie kennengelernt?«

»Wir haben uns unterhalten«, antwortete Karras und nahm einen in grünes Leder gebundenen Band mit dem Titel *Satan*, eine Sammlung von Artikeln und katholischen Positionspapieren von verschiedenen französischen Theologen. Er ging mit dem Buch zum Schreibtisch zurück. »Hör mal, ich habe wirklich zu tun.«

»Offen. Sachlich. Ungekünstelt«, fuhr Dyer fort. »Sie kann uns bei meinem Plan helfen, wenn wir beide das Priesteramt aufgeben.«

»Wer gibt das Priesteramt auf?«

»Schwule. In hellen Scharen. Schwarz ist nicht mehr in. Ich sage dir …«

»Joe, ich muß für morgen eine Vorlesung vorbereiten«, sagte Karras, als er das Buch auf den Schreibtisch legte.

»Ja, okay. Mein Plan ist, daß wir zu Chris MacNeil gehen und ihr sagen, ich habe eine tolle Idee für einen Film, der auf dem Leben des heiligen Ignatius von Loyola basiert. Der Titel lautet *Tapfere Jesuiten marschieren,* und …«

»Würdest du bitte verschwinden, Joe?« drängte Karras und drückte seine Zigarettenkippe in einem Aschenbecher aus.

»Langweile ich dich?«

»Ich muß arbeiten.«

»Wer hindert dich daran, verflixt noch mal?«

»Komm schon, es ist mir Ernst.« Karras knöpfte sein Hemd auf. »Ich muß duschen, und dann muß ich arbeiten.«

»Ich habe dich übrigens beim Abendessen vermißt«, sagte Dyer und erhob sich widerstrebend vom Bett. »Wo hast du gegessen?«

»Gar nicht.«

»Das ist dumm. Warum fasten, wenn man schon die Kutte trägt?« Er kam zum Schreibtisch und schnüffelte an einer Zigarette. »Trocken.«

»Gibt es hier ein Tonbandgerät?«

»Es gibt hier nicht mal Zitronendrops. Geh ins Sprachlabor.«

»Wer hat den Schlüssel?«

»Pater Janitor. Brauchst du ihn heute abend?«

»Ja«, sagte Karras und legte sein Hemd über den Rücken des Schreibtischstuhls. »Wo finde ich ihn?«

»Soll ich dir den Schlüssel besorgen?«

»Würdest du das für mich tun? Ich bin wirklich in Schwierigkeiten.«

»Nur die Ruhe, großer, seligmachender Jesuiten-Medizinmann. Ich erledige das.« Dyer öffnete die Tür und ging hinaus.

Karras duschte und zog T-Shirt und Hose an. Als er an seinem Schreibtisch saß, entdeckte er eine Stange Camel ohne Filter und daneben einen Schlüssel mit dem Anhänger SPRACHLABOR sowie einen weiteren mit dem Schildchen KÜHLSCHRANK REFEKTORIUM. An letzterem war ein Zettel befestigt. *Besser Du als die Ratten.* Karras lächelte über die Unterschrift: *Der Zitronendrops-Junkie.* Er legte den Zettel beiseite, band seine Armbanduhr ab und legte sie vor sich auf den

Schreibtisch. Es war 22 Uhr 58. Er begann zu lesen. Freud. McCasland. *Satan.* Oesterreichs erschöpfende Studie. Kurz nach vier Uhr war er fertig. Er rieb sich übers Gesicht. Über die Augen. Sie schmerzten. Er blickte auf den Aschenbecher. Zerdrückte Kippen und Asche. Der Qualm hing dicht in der Luft. Karras stand auf und ging müde zum Fenster. Zog es auf. Sog tief die kühle, feuchte Morgenluft ein und hing seinen Gedanken nach. Regan hatte das körperliche Syndrom der Besessenheit. Soviel wußte er. Daran gab es keinen Zweifel. Denn in allen Fällen, von denen er gelesen hatte, waren ungeachtet Geographie oder Zeitepoche die Symptome der Besessenheit im wesentlichen gleich. Einige hatte Regan noch nicht gezeigt: Stigmata; das Verlangen nach widerlicher Nahrung; Unempfindlichkeit gegen Schmerzen; häufiger, lauter und nicht zu unterdrückender Schluckauf. Die anderen Symptome jedoch hatte sie deutlich gezeigt: unfreiwillige motorische Erregung; übelriechender Atem; belegte Zunge; körperliche Auszehrung; aufgeblähter Bauch; Reizung der Haut und Schleimhaut. Und am ausgeprägtesten waren die wesentlichen Symptome der Fälle, die Oesterreich als ›echte‹ Besessenheit beschrieben hatte: die überraschende Veränderung der Stimme und der Gesichtszüge sowie deutliche Anzeichen auf eine neue Persönlichkeit.

Karras starrte finster auf die Straße hinunter. Durch die Zweige der Bäume konnte er das Haus und das große Erkerfenster von Regans Schlafzimmer sehen. Wenn Besessenheit freiwillig war – wie bei Medien –, war die neue Persönlichkeit oftmals gütig, freundlich. Wie *Tia,* grübelte Karras. Der Geist einer Frau, die einen Mann gehabt hatte. Einen Bildhauer. Kurz. Eine Stunde lang. Bis ein Freund des Bildhauers sich unsterblich verliebt hatte. In Tia. Die den Bildhauer angefleht hatte, ihr zu erlauben, ständig im Besitz seines Körpers zu bleiben. *Aber in Regan ist keine Tia,* dachte Karras grimmig. Die eingedrungene Persönlichkeit war bösartig. Verdorben. Typisch für Fälle dämonischer Besessenheit war, daß die neue Persönlichkeit den Körper ihres Wirts zerstören wollte. Und dieses Ziel häufig erreichte.

Niedergeschlagen ging Karras zu seinem Schreibtisch zurück, wo er eine Packung Zigaretten nahm und sich eine anzündete. *Also gut. Sie hat das Syndrom dämonischer Besessenheit. Wie behandle ich es?*

Er schnippte das Zündholz aus. *Kommt darauf an, wodurch es verursacht wurde.* Er setzte sich auf die Schreibtischkante. Überlegte. Die Nonnen im Kloster von Lille. Besessen. Im frühen 17. Jahrhundert in Frankreich. Sie gestanden ihren Exorzisten, daß sie im Stadium der Besessenheit zwar hilflos gewesen waren, jedoch regelmäßig an satanischen Orgien teilgenommen hatten. Immer wieder variierten sie ihr sexuelles Verhalten: montags und dienstags heterosexueller Verkehr, donnerstags widernatürliche Unzucht, Fellatio und Cunnilingus mit homosexuellen Partnern, samstag Perversitäten mit Haustieren und Drachen. *Drachen!* Der Jesuit schüttelte den Kopf. Wie den Fall von Lille hielt er viele Fälle von Besessenheit für eine Mischung aus Betrug und Mythomanie. Andere schienen jedoch von geistiger Krankheit verursacht worden zu sein: Schizophrenie, Neurasthenie oder Psychasthenie. Und das war der Grund dafür, wie Karras wußte, daß die Kirche jahrelang empfohlen hatte, der Exorzist solle mit einem Psychiater oder Neurologen zusammenarbeiten. Doch nicht bei allen Besessenheiten gab es so eindeutige Fälle. Viele hatten Oesterreich veranlaßt, die Besessenheit als eine getrennte Störung zu beschreiben, den Begriff ›gespaltene Persönlichkeit‹ der Psychiatrie aufzugeben und durch die okkulten Begriffe ›Dämon‹ und ›Geist des Toten‹ zu ersetzen.

Karras rieb mit einem Finger über die Falte neben seiner Nase. Die Symptome in der Barringer-Klinik, hatte Chris erzählt, hatten darauf hingedeutet, daß Regans Störung möglicherweise von Suggestion verursacht worden war; von etwas, das in irgendeinem Zusammenhang mit Hysterie stand. Karras hielt das für wahrscheinlich. Er glaubte, daß die Mehrzahl der Falle, die er studiert hatte, von genau diesen beiden Faktoren verursacht worden waren. *Klar. Zum einen trifft es hauptsächlich Frauen. Zum anderen all diese Ausbrüche grassierender Besessenheit. Und dann diese Exorzisten* ... Karras runzelte die Stirn. Sie wurden oftmals selbst Opfer der Besessenheit. Er dachte an Loudun. Frankreich. Das Kloster der Ursulinen. Vier Exorzisten waren dorthin geschickt worden, um eine seuchenartige Besessenheit zu bekämpfen, und drei – die Pater Lucas, Lactance und Tranquille – waren nicht nur besessen geworden, sondern kurz darauf gestorben, offenbar an Schock. Und der vierte, Père Surin, zur Zeit der Besessenheit dreiunddreißig Jahre alt, hatte die restlichen fünfundzwanzig Jahre seines Lebens in geistiger Umnachtung verbracht.

Karras nickte vor sich hin. Wenn Regans Störung hysterisch war, wenn der Ausbruch der Besessenheit das Ergebnis von Suggestion war, konnte die Quelle der Suggestion nur das Kapitel in dem Buch über Hexerei sein. *Das Kapitel über Besessenheit. Hat sie es gelesen?*

Er grübelte über den Seiten. Gab es da Ähnlichkeiten zwischen den Schilderungen und Regans Verhalten? *Das könnte es beweisen. Vielleicht.*

Er fand einige Entsprechungen:

... Der Fall eines achtzehnjährigen Mädchens, das laut Beschreibung in dem Kapitel ›wie ein Bulle mit dröhnender Baßstimme brüllte‹. (*Regans Röhren wie ein Stier.*)

... Der Fall Helen Smith, die von dem großen Psychologen Flournoy behandelt worden war; er beschrieb die Veränderung ihrer Stimme und Gesichtszüge in die von einer Vielzahl verschiedener Persönlichkeiten als ›schnell wie der Blitz‹. (*Wie bei Regan. Die Persönlichkeit, die mit britischem Akzent sprach. Schnelle Veränderung. Blitzschnell.*)

... Der Fall in Südafrika, berichtet aus erster Hand von dem bekannten Ethnologen Junod; seine Beschreibung einer Frau, die eines Nachts aus ihrer Wohnung verschwand und am folgenden Morgen gefunden wurde, ›mit dünnen Lianen‹ angebunden ›an die Spitze‹ eines sehr hohen Baumes, und danach ›den Baum hinabglitt, mit dem Kopf nach unten, und dabei zischte und züngelte wie eine Schlange. Sie hing dann eine Zeitlang schwebend und redete in einer Sprache, die niemand je gehört hatte.‹ (*Regans Gleiten wie eine Schlange, als sie Sharon gefolgt war, wie Chris erzählt hat. Das Kauderwelsch. Der Versuch einer ›unbekannten Sprache‹.)*

... Der Fall Joseph und Thiebaut Burner, acht und zehn Jahre: ›Sie lagen auf dem Rücken, und plötzlich wirbelten sie mit äußerster Schnelligkeit wie Kreisel herum.‹ (*Das kommt ziemlich nahe an Regans Herumkreiseln wie ein Derwisch heran.)*

Es gab andere Ähnlichkeiten; noch andere Gründe für den Verdacht auf Suggestion; die Erwähnung abnormaler Kraft und obszöner Sprache; und Berichte von Besessenheit aus der Bibel – nach Karras' Ansicht vielleicht die Basis des sonderbar religiösen Inhalts von Regans Delirien in der Barringer-Klinik. Darüber hinaus wurde in dem Kapitel der Ausbruch der Besessenheit in verschiedenen Stadien erwähnt: Zuerst die *Heimsuchung*, bestehend aus einem Angriff auf die Umgebung des Opfers: Geräusche, Gerüche, die Verlagerung von Objekten. Dann das zweite Stadium, die *Besessenheit*, bestehend aus einem persönlichen Angriff auf das Opfer, der dazu diente, Entsetzen einzuflößen durch die Art Schädigung, die ein Mensch einem anderen durch Schläge und Tritte zufügen mag. Die Klopfgeräusche. Das Wackeln des Bettes. Die Angriffe durch Captain Howdy.

Vielleicht hatte Regan das Buch gelesen. Aber Karras war nicht überzeugt. *Überhaupt nicht* ... Und Chris? Sie war sich ihrer Sache ganz und gar nicht sicher gewesen.

Er ging wieder zum Fenster. *Was ist dann die Antwort? Echte Besessenheit? Ein Dämon?* Er schaute auf die Straße und schüttelte den Kopf. *Keineswegs. Keineswegs.* Paranormale Ereignisse? *Gewiß. Warum nicht?* Zu viele kompetente Beobachter hatten davon berichtet. Ärzte. Psychiater. Männer wie Junod. *Aber das Problem ist, wie soll ich das Phänomen* deuten? Er dachte wieder an Oesterreich. Dessen Verweis auf einen Schamanen im Altai. Sibirien. Freiwillig besessen und während der Durchführung einer offenbar paranormalen Aktion – Schweben – in einer Klinik untersucht. Vorher war seine Pulsfrequenz auf einhundert gestiegen, danach auf erstaunliche zweihundert. Gravierende Veränderungen der Körpertemperatur und Atmung. *War seine paranormale Aktion also mit Physiologie verbunden gewesen? Sie wurde durch irgendeine körperliche Energie oder Kraft verursacht.* Aber als Beweis für Besessenheit wollte die Kirche eindeutige Phänomene, die darauf hindeuteten …

Karras hatte den genauen Text vergessen. Schlug nach. Glitt mit einem Finger an der Seite eines Buchs auf seinem Schreibtisch entlang. Fand die Stelle. »… nachprüfbare äußere Phänomene, die darauf schließen lassen, daß sie auf das ungewöhnliche Einwirken einer nicht vom Menschen herbeigeführten Ursache zurückzuführen sind.« Ist das bei dem Schamanen der Fall gewesen? fragte sich Karras. *Nein. Und ist es bei Regan der Fall?*

Er blätterte zu einer Stelle zurück, die er mit Bleistift unterstrichen hatte. *›Der Exorzist wird sorgfältig darauf achten, daß keine Symptome des Patienten unberücksichtigt bleiben …‹*

Er nickte. *Okay. Sehen wir mal.* Er ging auf und ab und las die Symptome von Regans Störung zusammen mit ihren möglichen Erklärungen. Er hakte sie geistig eins nach dem anderen ab.

Die verblüffende Veränderung von Regans Gesichtszügen.

Teils auf ihre Krankheit zurückzuführen. Teils auf Unterernährung. Hauptsächlich, schloß er aus dem erklärenden Text, war die Veränderung der Physiognomie Ausdruck der seelischen Verfassung. *Was auch immer damit gemeint ist,* fügte er in Gedanken trocken hinzu.

Die verblüffende Veränderung von Regans Stimme.

Er mußte sich noch die Originalstimme auf dem Band anhören. Und selbst wenn sie hell war, wie ihre Mutter gesagt hatte, würde sich ständiges Schreien auf die Stimmbänder auswirken, und schließlich würde die Stimme tiefer werden. Das einzige Problem war das gewaltige Volumen von Regans Stimme; selbst durch eine Veränderung der Stimmbänder war es physiologisch völlig unmöglich. Dennoch, überlegte Karras, bei Angstzuständen oder seelischer Krankheit waren Anzeichen auf paranormale Kraft und ein Übermaß an muskulösem Potential allgemein bekannt. Konnten Stimmbänder und Kehlkopf der gleichen mysteriösen Wirkung unterworfen sein?

Regans plötzlich erweitertes Vokabular und Wissen.

Kryptoamnesie: Vergessene Erinnerungen an Worte und Daten, denen sie einst ausgesetzt gewesen war, vielleicht sogar in der Kindheit. Bei Somnambulen – und häufig bei Sterbenden – kamen die vergessenen Informationen mit beinahe fotografischer Genauigkeit an die Oberfläche.

Regans Wissen, daß er ein Priester war.

Gut geraten. Wenn sie tatsächlich das Kapitel über Besessenheit gelesen hatte, dann hatte sie vielleicht den Besuch eines Priesters erwartet. Und laut Jung konnten das Unterbewußtsein und das Feingefühl von Patienten mit Hysterie bisweilen um fünfzig Prozent größer als normal sein, was das anscheinend authentische ›Gedankenlesen‹ durch Tischerücken bei Medien erklärte, denn das Unterbewußtsein des Mediums ›las‹ tatsächlich das Beben und die Vibrationen des Tisches, die durch die Hand der Person verursacht wurden, deren Gedanken gelesen werden sollten. Die Vibrationen bildeten ein Muster von Buchstaben oder Zahlen. So hatte Regan seine Identität vielleicht nur aus seinem Verhalten und seiner Art und Weise ›gelesen‹; aus dem Aussehen seiner Hände; aus dem Geruch des Meßweins.

Regans Kenntnis vom Tod seiner Mutter.

Gut geraten. Er war 46.

»Könnten Se 'nem alten Meßdiener helfen, Faddah?«

Lehrbücher, die in katholischen Seminaren benutzt wurden, akzeptierten Telepathie als Realität *und* als natürliches Phänomen.

Regans frühreifer Verstand.

Im Verlauf der persönlichen Beobachtung eines Falls von Mehrfachpersönlichkeit, die mit einem angeblich okkulten Phänomen verknüpft gewesen war, war der Psychiater Jung zu dem Schluß gelangt, daß bei Zuständen hysterischen Somnambulismus nicht nur die unbewußten Wahrnehmungen der Sinne gesteigert waren, sondern auch die Funktion des Intellekts, denn die neue Persönlichkeit in dem fraglichen Fall war eindeutig intelligenter als die erste. Aber war das *Berichten* des Phänomens eine *Erklärung* dafür? fragte sich Karras.

Abrupt verharrte er bei seinem Schreibtisch, denn plötzlich erkannte er, daß Regans Wortspiel über Herodes komplizierter war, als es zuerst den Anschein hatte. Als die Pharisäer Christus von Herodes' Drohungen erzählt hatten, fiel Karras ein, hatte Christus ihnen geantwortet: »Geht und erzählt diesem Fuchs, daß ich *Teufel vertreibe ...«*

Karras blickte einen Moment auf das Tonband mit Regans Stimme und setzte sich dann müde an den Schreibtisch. Er zündete sich eine weitere Zigarette an ... atmete tief aus ... dachte wieder an die Burner-Jungen und an den Fall des achtjährigen Mädchens, das Symptome voll entwickelter Besessenheit gezeigt hatte. Welches Buch hatte *dieses* Mädchen gelesen, das ihr Unterbewußtsein befähigt hatte, die Symptome so perfekt zu simulieren? Und wie übermittelte das Unterbewußtsein von Opfern in China die Symptome den verschiedenen Arten des Unterbewußtseins Besessener in Sibirien, Deutschland oder Afrika, so daß die Symptome stets die gleichen waren?

»Übrigens, deine Mutter ist bei uns, Karras ...«

Er starrte vor sich hin, ohne etwas wahrzunehmen, während Rauch von seiner Zigarette aufstieg wie geflüsterte Kräusel der Erinnerung. Der Priester lehnte sich zurück und blickte hinab auf die untere linke Schublade seines Schreibtisches. Eine Zeitlang starrte er hin. Dann neigte er sich langsam hinab, zog die Schublade auf und nahm ein abgegriffenes Sprachen-Übungsheft heraus. Bildung für Erwachsene. Das Heft seiner Mutter. Er legte es auf den Schreibtisch und blätterte die Seiten mit liebevoller Behutsamkeit um. Buchstaben des Alphabets, einer nach dem anderen. Dann einfache Übungen.

LEKTION VI

MEINE VOLLSTÄNDIGE ANSCHRIFT

Zwischen den Seiten der Versuch eines Briefes:

Lieber Dimmy,
ich habe gewartet

Dann ein anderer Anfang. Unvollständig. Er blickte fort. Sah ihren Blick aus dem Fenster … wartend …

»›*Domine, non sum dignus …*‹«

Die Augen wurden zu denen von Regan … Augen, die schrien … warteten …

Sein Blick fiel auf das Tonband mit Regans Stimme.

Er verließ das Zimmer. Brachte das Tonband ins Sprachlabor. Fand ein Tonbandgerät. Setzte sich. Er spulte das Band auf eine leere Rolle. Setzte Kopfhörer auf. Stellte das Tonbandgerät an. Neigte sich vor und lauschte. Erschöpft. Angespannt.

Eine Zeitlang nur Rauschen. Quietschen des Mechanismus. Plötzlich ein dumpfer Schlag. Geräusche. »Hallo …« Dann eine Rückkoppelung. Chris MacNeil, mit gedämpftem Ton, im Hintergrund. »Nicht so nahe ans Mikrofon, Schatz. Halte es zurück.« – »So?« – »Nein, mehr.« – »So?« – »Ja, okay. Jetzt leg los, sprich einfach.« Kichern. Das Mikrofon stieß gegen einen Tisch. Dann die süße, klare Stimme von Regan MacNeil:

»Hallo, Daddy? Ich bin's. Ähm …« Kichern, dann beiseite geflüsterte Worte: »Ich weiß nicht, was ich sagen soll!« – »Oh, sag ihm einfach, wie es dir geht, Schatz. Erzähl, was du so gemacht hast.« Wieder Kichern, dann: »Äh, Daddy … hoffentlich kannst du mich richtig *hören* … ja? … äh, zuerst waren wir … nein, warte … wir sind in Washington, Daddy. Wo der Präsident wohnt und sein Haus ist … nein, ich fang' noch mal von vorne an. Weißt du, Daddy, da ist …«

Karras hörte den Rest wie aus weiter Ferne, durch das Rauschen des Blutes in seinen Ohren, während ihn eine überwältigende Erkenntnis erfüllte: *Das Ding, das ich in dem Zimmer gesehen habe, war nicht Regan!*

Er kehrte ins Jesuitenwohnheim zurück. Fand eine Zelle. Las die Messe vor dem Massenandrang. Als er die Hostie zur Einsegnung hob, zitterte sie in seinen Fingern mit einer Hoffnung, die er nicht zu hoffen wagte, gegen die er mit jeder Faser seines Willens ankämpfte.

»Denn dies ist mein Leib …«, flüsterte er mit zitternder Stimme.

Nein, das ist Brot! Nichts als Brot!

Er wagte es nicht, noch einmal zu lieben und diese Liebe zu verlieren. Der Verlust war zu groß, der Schmerz zu stark. Er neigte den Kopf und schluckte die Hostie wie eine verlorene Illusion. Einen Moment blieb sie in seiner trockenen Kehle stecken.

Nach der Messe ließ er das Frühstück aus. Machte Notizen für seine Vorlesung. Ging zu seiner Klasse in der medizinischen Fakultät der Georgetown University. Quälte sich heiser durch den schlecht vorbereiteten Vortrag: »… und in Anbetracht der Symptome manisch-depressiver Störungen werden Sie …«

»Daddy, ich bin's … ich bin's …«

Aber wer war ›ich‹?

Karras entließ die Klasse früh und kehrte auf sein Zimmer zurück, wo er sich sofort an den Schreibtisch setzte und noch einmal die Haltung der Kirche hinsichtlich paranormaler Anzeichen auf dämonische Besessenheit prüfte. *War ich in meinem Urteil zu hart?* fragte er sich. Er las die Höhepunkte in *Satan:* ›Telepathie … natürliches Phänomen … Bewegung von Objekten aus der Entfernung jetzt suspekt … vom Körper wird vielleicht Flüssigkeit austreten … unsere Ahnen … Wissenschaft … heutzutage müssen wir vorsichtiger sein. Jedoch ungeachtet paranormaler Beweise …‹ Er las langsamer. ›… alle mit dem Patienten geführten Gespräche müssen sorgfältig analysiert werden, denn sie vergegenwärtigen das gleiche System der Assoziation von Gedanken und Gewohnheiten wie in seiner normalen Verfassung; die Besessenheit muß dann angezweifelt werden.‹

Karras atmete tief ein und aus. Senkte den Kopf. *Unmöglich. Ich kann es nicht anzweifeln.* Er blickte zu der Tafel auf der gegenüberliegenden Seite. Ein Dämon. Sein Blick schweifte zu der Bildunterschrift. ›Pazuzu.‹ Karras schloß die Augen … Irgendwas stimmte nicht. *Tranquille* … Er stellte sich den Tod des Exorzisten vor: die letzten Qualen … die Schreie … das Röcheln … das Erbrechen … wie er von seinen ›Dämonen‹ vom Bett zu Boden geschleudert wurde, von den Dämonen, die vor Zorn tobten waren, weil Tranquille bald tot und über ihre Marter hinaus sein würde. *Und Lucas!* Lucas. Kniend neben dem Bett. Betend. Aber in dem Moment, in dem Tranquille starb, nahm Lucas sofort die Persönlichkeit seines Dämons an, begann bösartig auf die noch warme Leiche einzutreten, auf den zerrütteten toten Körper, der nach Exkrementen und Erbrochenem stank, während sechs kräftige Männer versuchten, ihn zurückzuhalten und es erst schafften, als die Leiche aus dem Zimmer getragen worden war. Karras sah es vor seinem geistigen Auge. Sah es deutlich.

Kann es sein? Ist es vorstellbar? Konnte die einzige Hoffnung für Regan das Ritual des Exorzismus sein? Mußte er diesen Schrank des Leidens öffnen?

Er konnte den Gedanken nicht loswerden. Ihn nicht ungeprüft lassen. Er mußte Gewißheit haben. Wie konnte er sie bekommen? Er öffnete die Augen. ›... Gespräche mit dem Patienten müssen sorgfältig ...‹ Ja. Ja, warum nicht? Wenn dabei herauskam, daß die Sprachmuster von Regan und dem ›Dämon‹ gleich waren, schloß das sogar Besessenheit *mit* paranormalen Vorfällen aus und brachte Gewißheit ... *Sicher* ... *starker* Unterschied *in den Sprachmustern sollte bedeuten, daß es vermutlich Besessenheit* ist!

Er ging auf und ab. *Was sonst? Was sonst? Etwas Schnelles. Sie ... Moment mal.* Er verharrte, starrte zu Boden, die Hände auf dem Rücken verschränkt. *Dieses Kapitel ... dieses Kapitel in dem Buch über Hexerei.* War darin erwähnt ...? Ja, daß Dämonen ausnahmslos wütend reagierten, wenn sie mit der gesegneten Hostie konfrontiert wurden ... mit Reliquien ... mit – *Weihwasser! Richtig! Das ist es! Ich werde dorthin gehen und sie mit Leitungswasser besprenkeln! Ihr aber sagen, es sei Weihwasser! Klar! Wenn sie reagiert, wie Dämonen reagieren sollen, dann weiß ich, daß sie nicht besessen ist ... daß die Symptome auf Suggestion zurückzuführen sind ... daß sie die Symptome aus dem Buch kennt. Aber wenn sie* nicht *reagiert, könnte es bedeuten ...*

Echte Besessenheit?

Vielleicht ...

Aufgeregt suchte er nach einem Fläschchen für Weihwasser.

Willie ließ ihn ins Haus ein. An der Tür blickte sie zu Regans Schlafzimmer hinauf. Schreie. Obszönitäten. Jedoch nicht in der tiefen rauhen Stimme des Dämons. Krächzend. Heller. Starker britischer Akzent … ja! … Die Symptome, die kurz aufgetreten waren, als er Regan beim letztenmal gesehen hatte.

Karras blickte auf die wartende Willie hinunter. Sie starrte verwirrt auf seinen Talar. »Wo ist *Miss* MacNeil, bitte?« fragte Karras.

Willie wies nach oben.

»Danke.«

Er stieg die Treppe hinauf und sah Chris auf dem Flur. Sie saß in einem Sessel bei Regans Schlafzimmer, den Kopf gesenkt, die Arme vor den Brüsten verschränkt. Als Karras sich näherte, hörte Chris das Rascheln seines Talars. Sie blickte auf und erhob sich schnell. »Hallo, Pater.«

Dunkle Ringe waren unter ihren Augen. Karras runzelte die Stirn. »Haben Sie geschlafen?«

»Ein wenig.«

Er schüttelte tadelnd den Kopf.

»Nun, ich konnte nicht schlafen«, seufzte sie und nickte zur Tür von Regans Zimmer. »So ging das die ganze Nacht.«

»Mußte sie sich erbrechen?«

»Nein.« Chris hielt ihn am Ärmel fest. »Kommen Sie, gehen wir nach unten, wo wir …«

»Nein, ich möchte sie sehen«, unterbrach er freundlich und widerstand ihrem drängenden Ziehen.

»Jetzt gleich?«

Da stimmt was nicht, sagte sich Karras. Chris wirkte angespannt. Ängstlich. »Warum nicht?« fragte er.

Sie blickte verstohlen zur Tür von Regans Schlafzimmer. Von drinnen schrie eine rauhe, wütende Stimme: »Verdammter *Nazi! Nazi-Arschloch!*«

Chris blickte zur Seite, nickte widerstrebend. »Nur zu. Gehen Sie hinein.«

»Haben Sie ein Tonbandgerät?«

Ihr Blick suchte schnell den seinen. In ihren Augen war ein leichtes Flackern.

»Könnten Sie es bitte mit einem leeren Band nach oben schicken lassen?«

Sie schaute ihn argwöhnisch an. »Warum?« Dann alarmiert: »Soll das heißen, Sie wollen das aufnehmen?«

»Ja, es ist wichtig.«

»Pater, ich kann nicht zulassen, daß Sie …«

»Ich muß Vergleiche des Sprachmusters anstellen«, fiel er ihr entschieden ins Wort. »Bitte! Sie müssen mir vertrauen!«

Sie wandte sich zur Tür, als Karl von einem Schwall Obszönitäten aus Regans Schlafzimmer getrieben wurde. Aschfahl im Gesicht, mit grimmiger Miene, trug er schmutzige Windeln und Bettzeug.

»Haben Sie die Windeln wechseln können?« fragte Chris, als Karl die Tür hinter sich schloß.

Karl blickte schnell zu Karras, dann zu Chris. »Sie hat frische an«, sagte er knapp und eilte über den Flur zur Treppe.

Chris schaute ihm nach. Dann wandte sie sich wieder an Karras.

»Okay«, sagte sie schwach. »Okay. Ich werde das Band raufbringen lassen.« Und abrupt ging sie zur Treppe.

Einen Moment beobachtete Karras sie verwirrt. Was war los? Dann fiel ihm die plötzliche Stille im Schlafzimmer auf. Sie währte nur kurz, denn plötzlich ertönte diabolisches Gelächter. Karras ging auf die Tür zu. Spürte das Wasserfläschchen in seiner Tasche. Er öffnete die Tür und betrat das Schlafzimmer.

Der Gestank war noch stärker als am Vorabend. Er schloß die Tür. Starrte. Dieser Horror. Dieses Ding auf dem Bett.

Als er sich näherte, beobachtete es mit spöttischem Blick. Voller Verschlagenheit. Voller Haß. Voller Macht.

»Hallo, Karras.«

Der Priester hörte das Geräusch einer durchfallartigen Entleerung in die Windeln.

Er sprach mit ruhiger Stimme vom Fuß des Bettes aus. »Hallo, Teufel. Und wie fühlst du dich?«

»Im Moment sehr glücklich, dich zu sehen. Froh.« Die Zunge hing aus dem Mund, während die Augen Karras abschätzend musterten. »Du trägst deine Uniform, wie ich sehe. Sehr gut.« Ein weiteres Furzen. »Dir macht ein bißchen Gestank doch nichts aus, Karras?«

»Überhaupt nicht.«

»Du bist ein Lügner!«

»Stört dich das?«

»Gelinde ausgedrückt.«

»Aber der Teufel *liebt* Lügner.«

»Nur gute, mein lieber Karras, nur gute.« Ein Kichern. »Außerdem, wer sagt denn, das ich der Teufel bin?«

»Hast du das nicht gesagt?«

»Oh, ich könnte es gesagt haben. Ich *könnte*. Es geht mir nicht gut. Hast du mir geglaubt?«

»Natürlich.«

»Entschuldigung.«

»Willst du damit sagen, daß du *nicht* der Teufel bist?«

»Nur ein armer, sich abmühender Dämon. Ein Teufel*chen*. Das ist zwar bloß ein feiner Unterschied, aber er läßt Unseren Vater in der Hölle nicht ganz kalt. Übrigens, du wirst ihm doch nicht verraten, daß ich ein loses Mundwerk hatte, Karras, oder? Wie? Wenn du ihn siehst?«

»Ihn siehst? Ist er hier?« fragte der Priester.

»In dem Schwein? Nein, nein. Nur eine arme kleine Familie wandernder Seelen, mein Freund. Du nimmst es uns doch nicht übel, daß wir hier sind? Schließlich können wir nirgendwo sonst hin. Wir haben kein anderes Zuhause.«

»Und wie lange wollt ihr bleiben?«

Der Kopf ruckte vom Kissen hoch, verzerrt vor Zorn, als *es* brüllte: »Bis das Ferkel *krepiert!*« Und dann setzte sich Regan ebenso plötzlich mit einem breiten Lächeln zurück. »Übrigens ist es ein ausgezeichneter Tag für einen Exorzismus, Karras.«

Das Buch! Sie muß es in dem Buch gelesen haben!

Der zynische Blick wurde zu einem durchdringenden Starren. »Fang bald damit an. Sehr bald.«

Irgend etwas paßte hier nicht zusammen. »Würde dir das gefallen?«

»Sehr!«

»Aber würde dich das nicht aus Regan vertreiben?«

Der Dämon bog den Kopf zurück, kicherte wahnsinnig, verstummte abrupt. »Es würde uns zusammenbringen.«

»Dich und Regan?«

»Dich und *uns,* mein guter Freund«, krächzte der Dämon. »Dich und *uns.*« Und tief aus der Kehle drang gedämpftes Gelächter.

Karras spürte Hände im Genick. Eisige Kälte. Eine leichte Berührung. Dann war es fort. Die Furcht, sagte er sich. Bloß die Furcht.

Furcht wovor?

»Ja, du wirst dich zu unserer kleinen Familie gesellen, Karras. Weißt du, das Dumme mit den Zeichen im Himmel ist, daß man keine Ausrede mehr hat, wenn man sie erst gesehen hat. Hast du bemerkt, daß man neuerdings nur noch von ganz wenigen Wundern hört? Da ist nicht *unsere* Schuld, Karras. Mach *uns* nicht dafür verantwortlich. *Wir bemühen uns!*«

Karras' Kopf ruckte bei einem plötzlichen lauten Knall herum. Die Schublade einer Kommode war aufgesprungen, in der gesamten Länge herausgeglitten. Er beobachtete erschauernd, wie sie abrupt zuknallte. Und dann fiel das Gefühl von ihm ab wie ein verfaultes Stück Rinde von einem Baum: *Das ist es! Psychokinese.* Karras hörte Lachen. Er blickte wieder zu Regan.

»Wie angenehm, mit dir zu plaudern, Karras«, sagte der Dämon grinsend. »Ich fühle mich frei wie ein Vogel. Ich breite meine großen Schwingen aus, mein kleiner Doktor, mein lieber, unrühmlicher Arzt.«

»Hast du das getan? Hast du eben die Schublade bewegt?«

Der Dämon hörte nicht zu. Er blickte zur Tür, lauschte dem Geräusch näher kommender Schritte. Mit einemmal nahmen Regans Gesichtszüge die einer anderen Persönlichkeit an. »Verdammter Bastard von Schlachter!« kreischte *es* in der heiseren Stimme mit britischem Akzent. »Barbarischer Scheißer!«

Karl kam ins Zimmer und brachte das Tonbandgerät. Er stellte es beim Bett ab, den Blick abgewandt, und zog sich schnell zurück.

»*Raus,* Himmler! Geh mir aus den Augen! Geh und besuche deine klumpfüßige Tochter! Bring ihr *Sauerkraut!* Sauerkraut und *Heroin,* Thorndike! Das wird ihr gefallen ...«

Weg. Karl war weg. Und jetzt war das Ding in Regan plötzlich freundlich, beobachtete Karras, als der Priester schnell das Tonbandgerät aufstellte, nach einer Steckdose suchte, das Gerät anschloß und das Band einlegte.

»O ja, hallo, hallo, hallo. Was hast du vor?« sagte *es* erfreut. »Nehmen wir was auf, Padre? Wie schön! Ich *liebe* die Schauspielerei, weißt du. *Ungemein!*«

»Ich bin Damien Karras«, sagte der Pastor. »Und wer bist du?«

»Fragst du das für den Vor- oder Nachspann, Schätzchen? Verdammt raffiniert von dir.« *Es* kicherte. »Ich war der Puck in der Aufführung der Unterstufe.« *Es* schaute sich um. »Wo ist mein Drink? Ich krepier' vor Durst.«

Der Pastor stellte das Mikrofon behutsam auf den Nachttisch.

»Wenn du mir deinen Namen nennst, werde ich versuchen, dir einen Drink zu besorgen.«

»Ja, natürlich«, erwiderte *es* mit einem Lachen der Belustigung. »Und dann säufst du ihn selbst.«

Als Karras auf den Aufnahmeknopf drückte, sagte er: »Nenne mir deinen Namen.«

»Verdammter Hurensohn!« krächzte *es.*

Und verschwand prompt und wurde durch den Dämon ersetzt. »Und was tust du jetzt, Karras? Nimmst du unseren kleinen Plausch auf?«

Karras richtete sich auf. Starrte Regan an. Dann zog er einen Stuhl neben das Bett und setzte sich. »Macht es dir etwas aus?« fragte er.

»Überhaupt nicht«, krächzte der Dämon. »Ich habe teuflische Maschinen stets gemocht.«

Plötzlich schlug Karras ein neuer, starker Geruch entgegen. Es roch nach ...

»Sauerkraut, Karras. Hast du es bemerkt?«

Es riecht tatsächlich *nach Sauerkraut,* staunte der Jesuit. Der Geruch schien vom Bett auszugehen. Von Regans Körper. Dann verschwand er, wurde verdrängt vom vorherigen fauligen Gestank. Karras runzelte die Stirn. *Habe ich mir das eingebildet?* Autosuggestion. Er dachte an das Weihwasser. *Jetzt? Nein, spar es auf. Erst noch mehr von dem Sprachmuster.* »Mit wem hatte ich zuvor gesprochen?« fragte er.

»Nur mit einem von der Familie, Karras.«

»Mit einem Dämon?«

»Du erweist mir zuviel der Ehre.«

»Wieso?«

»Das Wort ›Dämon‹ bedeutet ›Weiser‹. Er ist blöde.«

Die Anspannung des Jesuiten wuchs. »In welcher Sprache bedeutet ›Dämon‹ ›Weiser‹?«

»Griechisch.«

»Du sprichst Griechisch?«

»Fließend.«

Eines der Anzeichen! dachte Karras aufgeregt. *Das Sprechen in einer zuvor unbekannten Sprache!* Es war mehr, als er sich erhofft hatte. »*Pos egnokas hoti presbyteros eimi?*« fragte er schnell auf altgriechisch.

»Ich bin nicht in Stimmung, Karras.«

»Oh. Dann kannst du nicht …«

»Ich bin *nicht in Stimmung!*«

Enttäuschung. Karras grübelte. »Du hast die Kommodenschublade herausspringen lassen?« fragte er.

»Klar doch.«

»Sehr beeindruckend.« Karras nickte. »Du bist gewiß ein sehr, sehr mächtiger Dämon.«

»O ja.«

»Tust du das noch mal?«

»Ja, zu gegebener Zeit.«

»Tu es jetzt. Bitte. Ich möchte es gern sehen.«

»Zu gegebener Zeit.«

»Warum nicht jetzt?«

»Wir müssen dir einige Gründe zum Zweifeln geben«, krächzte *es.* »Einige. Gerade genug, um das Endergebnis sicherzustellen.« *Es* bog den Kopf böse lachend zurück. »Wie neu, durch die Wahrheit anzugreifen! Ah, welche Freude!«

Eisige Hände berührten leicht seinen Nacken. Karras starrte. Warum wieder die Furcht? Furcht? *War* es tatsächlich Furcht?

»Nein, keine Furcht«, sagte der Dämon. Er grinste. »Das war ich.«

Die Berührung der Hände war jetzt verschwunden. Karras runzelte die Stirn. Staunte von neuem. Suchte nach einer Erklärung. *Telepathie. Ist sie Telepathin? Finde es heraus. Jetzt.* »Kannst du mir sagen, was ich gerade denke?«

»Deine Gedanken sind zu dumm, um darüber zu sprechen.«

»Also kannst du meine Gedanken *nicht* lesen.«

»Du kannst es haben, wie du willst … wie du willst.«

Soll ich es mit dem Weihwasser versuchen? Jetzt? Er hörte den Mechanismus des Tonbandgeräts. *Nein. Einfach weiterforschen.*

Mehr Sprachmuster bekommen. »Du bist eine faszinierende Person«, sagte Karras.

Regan grinste höhnisch.

»O nein, wirklich«, sagte Karras. »Ich möchte mehr über dein Umfeld wissen. Du hast mir nie erzählt, wer du bist.«

»Ein Teufel«, grollte der Dämon.

»Ja, ich weiß, aber *welcher* Teufel? Wie lautet dein Name?«

»Ah, was bedeutet schon ein Name, Karras? Mach dir nichts aus meinem Namen. Nenn mich meinetwegen Howdy.«

»O ja. Captain Howdy.« Karras nickte. »Regans Freund.«

»Ihr sehr *enger* Freund.«

»Tatsächlich?«

»Ja, tatsächlich.«

»Warum quälst du sie dann?«

»Weil ich ihr Freund bin. Das Ferkel mag es!«

»Sie mag es?«

»Sie liebt es!«

»Warum?«

»Das mußt du *sie* fragen!«

»Würdest du ihr erlauben, zu antworten?«

»Nein.«

»Welchen Sinn hätte es dann, sie zu fragen?«

»Keinen!« Die Augen des Dämons glänzten vor Boshaftigkeit.

»Wer ist die Person, mit der ich früher gesprochen habe?«

»Das hast du schon gefragt.«

»Ich weiß, aber du hast nie darauf geantwortet.«

»Nur ein anderer guter Freund des süßen Ferkels, mein lieber Karras.«

»Darf ich mit ihm sprechen?«

»Nein. Er ist mit deiner Mutter zugange. Sie leckt seinen Schwanz bis zu den *Eiern*, Karras! Bis zum *Sack!« Es* lachte leise und fügte hinzu: »Wunderbare Zunge, deine Mutter. Feuchter Mund.«

Es sah ihn spöttisch an, und Karras spürte, wie Zorn in ihm aufwallte, ein Haß, der nicht auf Regan gerichtet war, wie der Pater rasch erkannte, sondern auf den Dämon. *Der Dämon! Was ist mit dir los, Karras?* Er zwang sich zur Ruhe, atmete tief durch, erhob sich, zog das Fläschchen mit Wasser aus der Hemdtasche und entkorkte es.

Der Dämon blickte mißtrauisch. »Was ist das?«

»Weißt du das nicht?« fragte Karras und verdeckte mit dem Daumen halb die Öffnung des Fläschchens, während er den Inhalt auf Regan zu sprenkeln begann. »Es ist Weihwasser, Teufel.«

Sofort krümmte sich der Dämon, wand sich, brüllte vor Entsetzen und Schmerzen: »Es brennt! Es brennt! Ah, hör auf! Aufhören, du Bastard von Priester! Aufhören!«

Mit ausdrucksloser Miene stellte Karras das Sprenkeln ein. *Hysterie. Suggestion. Sie* hat *das Buch gelesen.* Er blickte auf das Tonbandgerät. *Warum die Mühe?*

Er bemerkte die plötzliche Stille. Er schaute auf Regan. Furchte die Brauen. *Was ist das? Was geht da vor?* Die dämonische Persönlichkeit war verschwunden; an ihre Stelle waren andere Gesichtszüge getreten, die ähnlich waren. Dennoch anders. Und die Augen verdrehten sich aufwärts in den Höhlen, daß das Weiße zu sehen war. Sie murmelte jetzt. Langsam. Ein fieberhaftes Geschwafel. Karras ging zur Seite des Bettes. Neigte sich hinab, um zu lauschen. *Was ist das? Nichts.* Und doch … *Es bekommt einen Rhythmus, einen Akzent. Wie eine Fremdsprache.* Konnte es sein? Ihm war, als flatterten Schwingen in seinem Magen. *Mensch, sei kein Idiot!* Und doch …

Er blickte auf die Lautstärkeanzeige des Tonbandgeräts. Sie leuchtete nicht. Er drehte den Ton lauter und lauschte angespannt, das Ohr an Regans Lippen. Das Gestammel hörte auf und wurde durch Atmen ersetzt, keuchend, tief.

Karras richtete sich auf. »Wer bist *du?*« fragte er.

»Nowonmai«, antwortete die Persönlichkeit. Gestöhntes Flüstern. Schmerzerfüllt. Das Weiß der Augen, flatternde Lider. »Nowonmai.« Die rauhe, flüsternde Stimme, die wie die Seele ihrer Besitzerin in einem dunklen, mit Vorhängen versehenen Raum jenseits der Zeit abgeschieden zu sein schien.

»Ist das dein Name?« Karras runzelte die Stirn.

Die Lippen bewegten sich. Fieberhafte Silben. Langsam. Unverständlich. Dann hörten sie auf.

»Kannst du mich verstehen?«

Stille. Nur Atmen. Tief. Sonderbar gedämpft. Das unheimliche Geräusch des Schlafs in einem Sauerstoffzelt.

Der Jesuit wartete. Hoffte auf mehr.

Nichts.

Er spulte das Tonband zurück, packte das Gerät in die Hülle, nahm es. Dann die Tonbandspule. Ein letztes Mal blickte er zu Regan. Wußte nicht weiter. Unentschlossen verließ er das Zimmer und ging nach unten.

Er fand Chris in der Küche. Sie saß mit Sharon am Tisch. Als sie ihn kommen sah, blickte sie ihn fragend und voller besorgter Erwartung an. Mit ruhiger Stimme sagte sie zu Sharon: »Du solltest nach Regan sehen, okay?«

Sharon trank einen letzten Schluck von ihrem Kaffee, nickte Karras matt zu und ging. Er setzte sich erschöpft an den Tisch.

»Was gibt es?« fragte Chris und suchte seinen Blick.

Karras setzte zu einer Antwort an, wartete damit jedoch, als Karl leise aus dem Anrichtezimmer kam und zum Spülbecken ging, um Töpfe zu schrubben.

Chris folgte Karras' Blick. »Ist schon okay«, sagte sie leise. »Reden Sie nur. Was haben Sie erreicht?«

»Es gibt zwei Persönlichkeiten, die ich zuvor nicht bei ihr gesehen habe. Das heißt … ich nehme an, eine habe ich schon kurz erlebt, diejenige, die britisch klingt. Ist das jemand, den Sie kennen?«

»Ist das wichtig?« fragte Chris.

Karras sah ihr wieder die seltsame Anspannung an. »Ja.«

Chris senkte den Blick und nickte. »Ja, es ist jemand, den ich kenne.«

»Wer?«

Sie blickte auf. »Burke Dennings.«

»Der Regisseur?«

»Ja.«

»Der Regisseur, der …«

»Ja«, unterbrach sie ihn.

Karras dachte einen Moment über diese Antwort nach. Er sah, daß ihr Zeigefinger zuckte.

»Möchten Sie einen Kaffee oder etwas anderes, Pater?«

Er schüttelte den Kopf. »Nein, danke.« Er neigte sich vor, die Ellenbogen auf dem Tisch. »Kannte Regan ihn?«

»Ja.«

»Und …«

Ein Klappern erklang, und erschreckt zuckte Chris zusammen, wandte den Kopf und sah, daß Karl eine Pfanne fallen gelassen hatte und sich bückte, um sie aufzuheben. Doch sie rutschte ihm wieder aus der Hand.

»Du liebe Zeit, Karl!«

»Verzeihung, Madam.«

»Hören Sie damit auf, Karl. Gehen Sie. Schauen Sie sich einen Film an, oder tun Sie sonst was! Wir können nicht alle in diesem Haus eingesperrt bleiben!« Sie wandte sich wieder Karras zu, nahm ein Zigarettenpäckchen und schlug es auf den Tisch, als Karl protestierte: »Nein, ich werde …«

»Karl, es ist mein Ernst!« fuhr Chris ihn nervös an, hob ihre Stimme, wandte sich jedoch nicht zu ihm um. »Gehen Sie! Verschwinden Sie für eine Weile. Wir *alle* müssen mal raus! Jetzt *gehen* Sie endlich!«

»Ja, du gehst!« sagte Willie, die soeben ins Zimmer kam und Karl die Pfanne aus der Hand riß. Gereizt schob sie ihn zum Anrichteraum.

Karl blickte zu Karras und Chris und verließ dann die Küche.

»Verzeihen Sie, Pater«, murmelte Chris und nahm eine Zigarette aus der Packung. »Er muß in jüngster Zeit schrecklich viel ertragen.«

»Sie haben recht«, sagte Karras freundlich. Er nahm die Streichhölzer. »Sie sollten sich *alle* bemühen, mal aus dem Haus herauszukommen.« Er gab Chris Feuer. »Sie auch.«

»Was hat Burke gesagt?« fragte Chris.

»Nur Obszönitäten«, sagte Karras mit einem Schulterzucken.

»War das alles?«

Er hörte die Angst in ihrer Stimme. »Es war ziemlich viel«, erwiderte er. »Übrigens, hat Karl eine Tochter?«

»Eine Tochter? Nicht, daß ich wüßte. Wenn er eine hat, dann hat er sie jedenfalls nie erwähnt.«

»Sind Sie sicher?«

Willie hantierte am Spülbecken. Chris wandte sich an sie. »Du hast keine Tochter, Willie, nicht wahr?«

»Sie starb, Madam. Vor langer, langer Zeit.«

»Oh, das tut mir leid.«

Chris wandte sich wieder an Karras. »Ich habe zum erstenmal von ihr gehört«, flüsterte sie. »Warum haben Sie gefragt? Woher wußten Sie von ihr?«

»Regan. Sie hat sie erwähnt«, sagte Karras.

Chris starrte ihn an.

»Hat Sie jemals Anzeichen auf außersinnliche Wahrnehmung gezeigt?« fragte er. »Ich meine, früher?«

»Nun …« Chris zögerte. »Ich weiß nicht. Ich bin mir nicht sicher. Ich meine, oftmals hat sie anscheinend das gleiche gedacht wie ich. Aber passiert das nicht oft bei Menschen, die einander sehr vertraut sind?«

Karras nickte. Dachte nach. »Kommen wir zu dieser anderen Persönlichkeit, die ich erwähnt habe«, begann er. »Ist es diejenige, die in der Hypnose auftauchte?«

»Die Unverständliches daherredet?«

»Ja. Wer ist das?«

»Ich weiß es nicht.«

»Sie ist überhaupt nicht vertraut?«

»Überhaupt nicht.«

»Haben Sie die Krankenakten angefordert?«

»Sie kommen heute nachmittag. Sie werden mit dem Flugzeug geschickt und sofort an Sie ausgeliefert.« Sie nippte Kaffee. »Das war die einzige Möglichkeit, sie zu beschaffen, und selbst dafür mußte ich Himmel und Hölle in Bewegung set-zen.«

»Ja, ich dachte mir schon, daß es ein Problem sein könnte.«

»O ja. Aber die Akten kommen.« Sie trank noch einen Schluck Kaffee. »Was ist jetzt mit dem Exorzismus, Pater?«

Er senkte den Blick und seufzte. »Nun, ich habe keine allzu große Hoffnung, daß ich den Bischof dafür gewinnen kann.«

»Was meinen Sie mit ›keine allzu große Hoffnung‹?« Chris stellte die Kaffeetasse ab und blickte ihn besorgt an.

Er kramte in seiner Tasche, zog das Fläschchen mit dem Wasser hervor und zeigte es Chris. »Sehen Sie das?«

Sie nickte.

»Ich habe Regan gesagt, es sei Weihwasser«, erklärte Karras. »Und als ich sie damit besprenkelte, reagierte sie sehr heftig.«

»Und?«

»Es ist kein Weihwasser. Es ist normales Leitungswasser.«

»Vielleicht kennen einige Dämonen nicht den Unterschied.«

»Sie glauben wirklich, daß ein Dämon in ihr ist?«

»Ich glaube, daß *irgend etwas* in Regan ist, das versucht, sie umzubringen, Pater Karras, und ob dieses Etwas Pisse von Wasser unterscheiden kann, hat offenbar nicht sehr viel mit alldem zu tun, finden Sie nicht auch? Entschuldigung, aber Sie haben mich um meine Meinung gebeten.« Sie drückte ihre Zigarettenkippe aus. »Was ist überhaupt der Unterschied zwischen Weihwasser und Leitungswasser?«

»Weihwasser ist gesegnet.«

»Na prima, Pater. Schön, daß ich das jetzt weiß! Und was wollen Sie mir damit sagen? Kein Exorzismus?«

»Hören Sie, ich habe gerade erst angefangen, das alles näher zu untersuchen«, sagte Karras. »Aber es gibt Kriterien, die erfüllt werden müssen, um die Erlaubnis der Kirche zu erhalten, und das aus gutem Grund – um sich von dem abergläubischen Müll freizuhalten, der die Leute ihr jahrelang angeheftet haben! Ich nenne Ihnen als Beispiel ›schwebende Priester‹ und Statuen der Heiligen Mutter, die angeblich an Karfreitag und an Fasttagen weinen. Ich glaube, ich kann damit leben, ohne *auch* noch etwas dazu beizutragen!«

»Möchten Sie eine Librium, Pater?«

»Verzeihung, aber Sie hatten mich um meine Meinung gebeten.«

»Ich habe verstanden.«

Er griff nach den Zigaretten.

»Ich auch«, sagte Chris mit belegter Stimme.

Er hielt ihr die Packung hin. Sie nahm eine Zigarette heraus. Er gab ihr Feuer, steckte sich dann eine Zigarette zwischen die Lippen und zündete sie an. Sie rauchten in tiefen Zügen.

»Tut mir leid«, sagte er leise.

»Diese filterlosen Zigaretten werden Sie umbringen.«

Er spielte mit der Zigarettenpackung und zerknitterte das Zellophan. »Es gibt Anzeichen, die von der Kirche vielleicht akzeptiert werden. Eines ist das Sprechen in einer Sprache, die der Betroffene nie gekannt hat. Nie gelernt hat. Ich werde Beweise sichern. Die Tonbänder. Dann ist da das Hellsehen, obwohl heutzutage Telepathie oder außersinnliche Wahrnehmung diesen Punkt ungültig machen könnten.«

»Sie *glauben* an diesen Unfug?« Chris runzelte skeptisch die Stirn.

Karras schaute sie an. *Sie meint es ernst*, sagte er sich. Er fuhr fort: »Und der letzte Punkt sind Regans Kräfte über ihre körperlichen Fähigkeiten, die weit über das Alter hinausgehen.«

»Und was ist mit diesen Klopfgeräuschen?«

»An sich bedeutet das nichts.«

»Und wie sie auf dem Bett auf und ab flog?«

»Das reicht nicht.«

»Was ist dann mit diesen Dingen auf ihrer Haut?«

»Welche Dinge?«

»Habe ich Ihnen das nicht erzählt?«

»Was erzählt?«

»Oh, es geschah in der Klinik«, erklärte Chris. »Da waren … nun ja …« Sie fuhr mit einem Finger über ihren Oberkörper. »Wissen Sie, wie etwas Geschriebenes. Nur Buchstaben. Sie tauchten auf ihrer Brust auf und verschwanden wieder. Einfach so.«

Karras runzelte die Stirn. »Sie sagten ›Buchstaben‹, keine Wörter?«

»Nein, keine Wörter. Nur ein oder zweimal ein M. Dann ein L.«

»Und Sie haben es gesehen?« fragte er.

»Nein. Aber man hat es mir erzählt.«

»Wer?«

»Die Ärzte in der Klinik. Sie werden es in den Krankenakten sehen. Es ist tatsächlich passiert.«

»Ja, davon bin ich überzeugt. Aber das ist wiederum ein erklärbares Phänomen.«

»Wo? In Transsylvanien?« sagte Chris ungläubig.

Karras schüttelte den Kopf. »Nein. Ich habe in den Zeitschriften von solchen Fällen gelesen. Ich erinnere mich an einen Fall, wo ein Gefängnispsychiater berichtete, daß einer seiner Patienten, ein Insasse, sich in einen selbst herbeigerufenen Trancezustand versetzen und die Tierkreiszeichen auf seiner Haut erscheinen lassen konnte.« Er wies auf seine Brust. »Die Haut hellte sich auf.«

»Es fällt Ihnen schwer, an Wunder zu glauben, wie?«

»Es fand mal ein Experiment statt«, erklärte er ihr freundlich, »bei dem die Versuchsperson hypnotisiert und in Trance versetzt wurde. Dann wurden chirurgische Einschnitte in jeden Arm gemacht. Man sagte der Person, daß ihr linker Arm bluten werde, der rechte Arm nicht. Die Kraft des Verstandes kontrollierte den Blutfluß. Wir wissen natürlich nicht, wie das vor sich geht, aber es geschieht. Bei Fällen von Stigmata – wie bei dem Gefangenen, den ich erwähnt habe, oder bei Regan – kontrolliert das Unterbewußtsein den unterschiedlichen Blutfluß zur Haut und schickt mehr Blut in die Bereiche, wo Zeichnungen oder Buchstaben oder was auch immer entstehen sollen. Das ist mysteriös, aber kaum übernatürlich.«

»Sie sind ein wirklich harter Fall, Pater Karras, wissen Sie das?«

Karras rieb mit einem Daumennagel über die Zähne. »Vielleicht wird das zu Ihrem Verständnis beitragen«, sagte er schließlich. »Die Kirche – nicht ich –, die Kirche hat einst eine Erklärung herausgegeben, eine Warnung an Exorzisten. Ich habe sie gestern nacht gelesen. Und darin steht, daß die meisten Leute, die sich für besessen halten oder von *anderen* für besessen gehalten werden – und jetzt zitiere ich – ›viel dringender einen Arzt als einen Exorzisten brauchen.‹« Er blickte auf in Chris' Augen. »Können Sie raten, wann diese Warnung erteilt wurde?«

»Nein.«

»1583.«

Chris starrte ihn überrascht an. Dachte nach. »Ja, das war gewiß ein höllisches Jahr«, murmelte sie.

Karras erhob sich. »Lassen Sie mich auf die Akten von der Klinik warten und sie überprüfen«, sagte er.

Chris nickte.

»Unterdessen werde ich die Tonbänder bearbeiten und sie dann zum Institut für Sprachen und Linguistik bringen. Es könnte sein, daß dieses Kauderwelsch irgendeine Art Sprache ist.

Ich bezweifle es zwar, aber ausgeschlossen ist es nicht. Nach dem Vergleich der Sprachmuster werden wir es wissen. Wenn die Muster gleich sind, steht fest, daß Regan nicht besessen ist.«

»Und dann?« fragte Chris besorgt.

Der Pater musterte sie forschend. Ihr Blick war unruhig. *Sie sorgt sich, daß ihre Tochter* nicht *besessen sein könnte!* Er dachte an Dennings. Da stimmte was nicht. Ganz und gar nicht. »Ich frage nur ungern, aber könnte ich mir für eine Weile Ihren Wagen leihen?«

Sie schaute betrübt zu Boden. »Sie könnten sich für eine Weile mein Leben leihen«, murmelte sie. »Bringen Sie ihn nur bis Donnerstag zurück. Man kann nie wissen. Ich könnte den Wagen brauchen.«

Mit einem schmerzlichen Gefühl starrte Karras auf den hilflos gesenkten Kopf. Er sehnte sich danach, ihre Hand zu ergreifen und zu sagen, daß alles gut werden würde. Aber wie?

»Warten Sie, ich hole Ihnen die Schlüssel«, sagte Chris.

Als sie Karras die Autoschlüssel gegeben hatte, ging er zurück auf sein Zimmer im Jesuitenwohnheim. Das Tonbandgerät ließ er dort; nur die Aufnahme von Regans Stimme nahm er mit. Er überquerte die Straße und ging zu Chris' geparktem Wagen.

Als er einstieg, hörte er Karl von der Türschwelle des Hauses rufen: »Pater Karras!« Er blickte auf. Karl eilte die Veranda herunter und streifte schnell ein Jackett über. Er winkte. »Pater Karras! Einen Moment!«

Karras neigte sich zur Beifahrerseite und kurbelte die Fensterscheibe herunter. Karl steckte den Kopf ins Wageninnere. »In welche Richtung fahren Sie, Pater?«

»Du Pont Circle.«

»Ah, gut! Könnten Sie mich dort bitte absetzen? Würde es Ihnen etwas ausmachen, mich mitzunehmen?«

»Ich nehme Sie gern mit. Steigen Sie ein.«

Karl nickte. »Sehr nett von Ihnen, Pater!«

Karras ließ den Motor an. »Sie tun gut daran, mal auszugehen.«

»Ja, ich schaue mir einen Film an. Einen schönen Film.«

Eine Zeitlang fuhren sie schweigend. Karras war in Gedanken versunken, suchte nach Antworten. *Besessenheit. Unmöglich. Das Weihwasser.* Dennoch ...

»Karl, Sie kannten Mr. Dennings ziemlich gut, würden Sie das nicht auch sagen?«

Karl starrte durch die Windschutzscheibe; dann nickte er steif. »Ja, ich kannte ihn.«

»Wenn Regan ... wenn sie sich so wie Dennings verhält, haben Sie dann den Eindruck, das sie es wirklich *ist?*«

Lange Pause. Dann ein knappes, ausdrucksloses: »Ja.«

Karras nickte, fühlte sich gequält.

Es gab keine Konversation mehr, bis sie zum Du Pont Circle gelangten, wo sie an einer Verkehrsampel halten mußten. »Ich steige hier aus, Pater Karras«, sagte Karl und öffnete die Tür. »Hier kann ich den Bus nehmen.« Er stieg aus und beugte sich ans Fenster. »Vielen Dank fürs Mitnehmen.«

Karl trat zurück auf die Verkehrsinsel und wartete an der Fußgängerampel auf Grün. Er lächelte und winkte, als der Pater weiterfuhr, und schaute dem Wagen nach, bis er um die Biegung an der Einmündung der Massachusetts Avenue verschwand. Dann rannte er, um einen Bus zu erwischen. Stieg ein. Wechselte die Busse. Fuhr schweigend, bis er schließlich in einem Stadtviertel in Nordosten ausstieg, das von Mietskasernen beherrscht wurde. Karl ging zu einem verfallenen Wohngebäude und betrat es.

Im düsteren Treppenhaus blieb er stehen, roch die scharfen Küchengerüche. Irgendwo weinte ein Baby. Er senkte den Kopf. Eine Schabe kroch unter einer Fußleiste hervor und huschte im Zickzack über eine Treppenstufe. Karl klammerte sich am Geländer fest und war drauf und dran, umzukehren, schüttelte dann aber den Kopf und stieg die Treppe hinauf. Jede Stufe knarrte protestierend unter seinen Schritten.

Im zweiten Stock ging er zu einer Tür in einem düsteren Flügel und verharrte dort für einen Moment, eine Hand am Türrahmen. Er blickte auf die Wand. Die Farbe blätterte ab. *Nicky + Ellen,* in Bleistift gekritzelt; darunter ein Datum und ein Herz im bröckelnden Verputz. Karl drückte auf den Klingelknopf und wartete mit gesenktem Kopf. Aus der Wohnung drang das Quietschen von Bettfedern. Gereiztes Gemurmel. Dann näherte sich jemand der Tür. Unregelmäßige Schritte: der schwere Tritt eines orthopädischen Schuhs. Abrupt wurde die Tür aufgerissen. Eine Sicherheitskette rasselte bis zum Anschlag, als eine Frau in einem Slip und mit einer Zigarette im Mundwinkel finster durch den Spalt spähte.

»Ah, du bist es«, sagte sie mit heiserer Stimme. Sie entfernte die Sicherheitskette.

Karl blickte in die Augen, die Spiegel der Härte, des Schmerzes und der Schuldgefühle waren; er erhaschte einen kurzen Blick auf die liederlich aufgeworfenen Lippen und das verwüstete Gesicht von Jugend und Schönheit, die in Tausenden Motelzimmern lebendig begraben worden war, in tausendfachem Erwachen aus unruhigem Schlaf mit einem erstickten Schrei bei der Erinnerung an verlorene Würde.

»Sag ihm, er soll sich verpissen!« rief eine rauhe Männerstimme aus der Wohnung. Lallend. Der Freund.

Das Mädchen wandte den Kopf und schnauzte: »Halt die Fresse, du Blödmann, es ist Pa!«

Das Mädchen wandte sich an Karl. »Er ist betrunken, Pa. Du kommst besser nicht rein.«

Karl nickte.

Die tiefliegenden Augen des Mädchens blickten auf seine Hand, mit er zu einer Gesäßtasche griff, um die Brieftasche herauszuziehen. »Wie geht's Ma?« fragte sie und sog an ihrer Zigarette, den Blick auf die Hände gerichtet, die in die Brieftasche griffen und Zehndollarscheine hervorzogen.

»Prima.« Er nickte knapp. »Deiner Mutter geht's prima.«

Als er ihr das Geld gab, begann sie zu husten. Sie hielt eine Hand auf den Mund. »Verdammte Glimmstengel!« würgte sie hervor.

Karl starrte auf den Schorf der Einstiche auf ihrem Arm.

»Danke, Pa.«

Er spürte, wie ihm das Geld aus der Hand gezogen wurde.

»He, beeil dich!« grölte der Freund aus der Wohnung.

»Hör zu, Pa, wir fassen uns kurz. Okay? Du weißt ja, wie er ist.«

»Elvira ...!« Karl hatte durch den Türspalt gegriffen und ihr Handgelenk gepackt. »Es gibt eine Klinik in New York, wo man dir helfen kann!« flüsterte er ihr flehend zu.

Sie schnitt eine Grimasse, versuchte sich loszureißen. »Quatsch!«

»Ich werde dich dorthin schicken! Du brauchst nicht ins Gefängnis! Es ist ...«

»Hör auf, Alter!« kreischte sie und riß sich los.

»Nein, bitte! Es ist ...«

Sie knallte ihm die Tür vor der Nase zu.

In dem düsteren Flur, in der Grabstätte seiner Erwartungen, starrte Karl einen Moment stumm auf die Tür; dann senkte er den Kopf in stummem Schmerz. Aus der Wohnung drangen die Laute einer gedämpften Unterhaltung. Dann ein zynisch klingendes Frauenlachen, gefolgt von Husten.

Karl wandte sich ab und erstarrte, als er Lieutenant Kinderman vor sich sah.

»Vielleicht können wir jetzt reden, Mr. Engstrom«, schnaufte er, die Hände in den Manteltaschen, mit traurigem Blick. »Vielleicht können wir jetzt miteinander reden ...«

2

Karras drehte im Büro des rundlichen, grauhaarigen Leiters des Instituts für Sprachen und Sprachwissenschaften das Tonband auf eine leere Spule. Er hatte sorgfältig bearbeitete Abschnitte seiner Bänder auf getrennte Spulen überspielt und wollte sich nun die erste anhören. Er startete das Tonbandgerät und trat vom Tisch zurück. Die Männer hörten die fiebrige Stimme ihr Kauderwelsch krächzen. Dann wandte Karras sich an den Institutsleiter. »Was ist das, Frank? Ist das eine Sprache?«

Der Institutsleiter setzte sich auf die Kante seines Schreibtisches. Als das Tonband endete, runzelte er verwirrt die Stirn. »Ziemlich sonderbar. Woher haben Sie das?«

Karras stoppte das Band. »Ach, ich habe es schon seit einigen Jahren, als ich an einem Fall gearbeitet habe, bei dem der Patient unter Persönlichkeitsspaltung litt. Ich schreibe eine Abhandlung darüber.«

»Verstehe.«

»Nun, was ist damit?«

Der Institutsleiter nahm die Brille ab und kaute auf dem Schildpattgestell. »Es ist keine Sprache, die *ich* jemals gehört habe. Allerdings …« Er runzelte die Stirn. Dann blickte er zu Karras auf. »Würden Sie es noch mal abspielen?«

Karras spulte das Band zurück und spielte es ein zweites Mal. »Was meinen Sie, Frank?«

»Nun, es hat den Rhythmus von Sprache …«

In Karras stieg Hoffnung auf. »Ja, das dachte ich auch«, pflichtete er bei.

»Aber ich erkenne sie nicht, Pater. Ist es eine alte oder eine moderne Sprache? Wissen Sie das?«

»Nein, das weiß ich nicht.«

»Nun, Sie sollten das Band hierlassen, Pater. Ich werde es mit einigen der Jungs überprüfen.«

»Könnten Sie eine Kopie davon anfertigen, Frank? Ich möchte das Original selbst behalten.«

»Selbstverständlich.«

»Unterdessen habe ich noch etwas anderes. Haben Sie Zeit?«

»Ja, natürlich. Um was geht es?«

»Was wäre, wenn ich Ihnen die Fragmente normaler Sprache gäbe, die offenbar von zwei verschiedenen Leuten gesprochen wird. Könnten Sie bei einer semantischen Analyse feststellen, ob nur *eine* Person vielleicht zu beiden Sprechweisen fähig ist?«

»Ich glaube, ja.«

»Wie?«

»Durch eine Typenbestimmung. An Hand der Muster von tausend oder mehr Wörtern kann man die Häufigkeit der verschiedenen Redeteile überprüfen.«

»Und wäre das schlüssig?«

»O ja. Sehr. Wissen Sie, ein solcher Test läßt jede Veränderung im Grundvokabular unberücksichtigt. Es geht nicht um die Wörter, sondern um deren Ausdruck: um den Stil. Wir nennen es ›Index der Verschiedenheit‹. Sehr verwirrend für den Laien – und genau das wollen wir natürlich.« Der Institutsleiter lächelte schief. Dann wies er mit einer Kopfbewegung auf die Bänder in Karras' Händen. »Sie haben zwei verschiedene Personen darauf, ist es das?«

»Nein. Die Stimme und die Wörter kamen aus dem Mund ein und derselben Person, Frank. Wie gesagt, es war ein Fall von Persönlichkeitsspaltung. Ich möchte Sie um einen großen Gefallen bitten ...«

»Sie möchten, daß ich sie analysiere? Ja, sicher, gern. Ich werde einen der Dozenten damit beauftragen.«

»Nein, Frank. Den eigentlichen Gefallen könnten Sie mir dadurch erweisen, daß Sie selbst die Analyse vornehmen, und zwar so *schnell* wie möglich. Es ist sehr wichtig.«

Der Institutsleiter sah in Karras' Augen, daß es tatsächlich

Der Doktor war beschäftigt, doch eine Arzthelferin händigte Karras das EEG aus, und bald darauf stand er in einem kleinen abgeteilten Raum und ließ den langen, schmalen Papierstreifen durch die Hände gleiten, um ihn genau zu betrachten.

Klein eilte herein und blickte verwundert auf Karras' Kleidung. »Doktor Karras?«

»Ja. Guten Tag.«

Sie schüttelten sich die Hände.

»Ich bin Dr. Klein. Wie geht es dem Mädchen?«

»Es macht Fortschritte.«

»Freut mich zu hören.« Karras schaute wieder auf die graphische Darstellung, und Klein betrachtete sie mit ihm und wies auf Muster der Wellenbewegungen. »Da, sehen Sie. Es ist sehr regelmäßig. Überhaupt keine Schwankungen.«

»Ja, ich sehe.« Karras runzelte die Stirn. »Sehr sonderbar.«

»Sonderbar?«

»Angenommen, wir haben es mit Hysterie zu tun.«

»Ich verstehe nicht.«

»Ich nehme an, das Phänomen ist nicht allzu gut bekannt«, murmelte Karras und zog den Papierstreifen in steter Folge durch die Hände, »aber ein Belgier – Iteka – hat herausgefunden, daß Hysterien offenbar eine merkwürdige Schwankung in der graphischen Darstellung hervorrufen, ein sehr geringfügiges, aber stets identisches Muster. Ich habe hier danach gesucht, und ich finde nichts.«

Klein stieß einen Grunzlaut aus. »Merkwürdig.«

Karras blickte ihn an. »Sie war ohne Zweifel gestört, als Sie dieses EEG machten? Trifft das zu?«

»Ja, das würde ich sagen. Sie war gestört.«

»Nun, ist es dann nicht seltsam, daß die Werte so perfekt sind, ohne die geringsten Schwankungen? Selbst Personen in normaler geistiger Verfassung können ihre Gehirnströme zumindest im normalen Bereich beeinflussen, und Regan war zu diesem Zeit-

dringend war. Er nickte. »In Ordnung. Ich werde mich daranmachen.«

Der Institutsleiter fertigte Kopien von beiden Bändern an, und Karras kehrte mit den Originalen zum Jesuitenwohnheim zurück. Er fand einen Zettel mit einer Nachricht in seinem Zimmer. Die Akten von der Klinik waren eingetroffen.

Er eilte zur Rezeption und unterschrieb für den Empfang des Päckchens. Wieder in seinem Zimmer, begann er sofort zu lesen und war bald überzeugt, daß sein Ausflug zum Institut Zeitverschwendung gewesen war.

»... Anzeichen auf Schuldgefühle mit daraus resultierendem hysterischen Somnambulismus ...«

Platz für Zweifel? Stets Platz? Auslegungssache. *Aber Regans Stigmata* ... Karras stützte das Kinn müde auf die Hände. Die Hautstigmata, die Chris beschrieben hatte, waren tatsächlich in Regans Krankenakte aufgeführt. Aber es war auch angemerkt, daß Regan hyperaktive Haut besaß und die mysteriösen Buchstaben selbst hervorgerufen haben konnte, indem sie sie kurze Zeit vor dem Eintreffen der Ärzte auf ihre Haut gemalt hatte: Dermographie.

Sie hat es selbst getan, grübelte Karras. Er war davon überzeugt. Regans Hände waren dann mit Riemen festgeschnallt worden, war in den Akten vermerkt, worauf das geheimnisvolle Phänomen endete und nie mehr auftrat.

Betrug. Bewußt oder unbewußt. Aber Betrug.

Er hob den Kopf und blickte zum Telefon. Frank. Seine Analyse abblasen? Er nahm den Hörer ab. Wählte. Nur der Anrufbeantworter meldete sich, und Karras bat um Rückruf. Dann stand er erschöpft auf und ging langsam zum Badezimmer. Er spritzte sich kaltes Wasser ins Gesicht. *›Der Exorzist wird sorgfältig darauf achten müssen, daß keine Symptome des Patienten unbeachtet blei-*

ben ...‹ Er blickte auf und betrachtete sein Spiegelbild. War ihm etwas entgangen? Was? *Der Geruch nach Sauerkraut.* Er nahm ein Handtuch vom Halter und wischte sich übers Gesicht. *Autosuggestion,* erinnerte er sich. Und der Geisteskranke kann bei bestimmten Umständen seinen Körper unbewußt dazu veranlassen, eine Vielzahl von Gerüchen abzusondern.

Karras trocknete sich die Hände ab. Die Klopfgeräusche ... das Öffnen und Schließen der Kommodenschublade. Psychokinese? Tatsächlich? *Glaubst du an dieses Zeug?* Er hängte das Handtuch auf den Halter und erkannte, daß er nicht klar dachte. *Zu müde.* Doch er durfte sich bei Regan nicht auf Vermutungen verlassen; auf Meinungen; auf den Betrug des Verstandes.

Karras verließ das Wohnheim und ging zur Bücherei des Campus. Er suchte im Literaturverzeichnis: *Po... Pol... Polte...* Er fand, was er suchte, setzte sich mit einer wissenschaftlichen Zeitschrift an einen Tisch und las den Artikel über Untersuchungen des Poltergeist-Phänomens durch den deutschen Psychiater Hans Bender.

Es gab keinen Zweifel, schloß er, als er mit der Lektüre fertig war: Psychokinetische Phänomene existierten; das war sorgfältig dokumentiert, gefilmt, in psychiatrischen Kliniken beobachtet. In keinem der Fälle, über die in dem Artikel berichtet wurden, gab es irgendeinen Zusammenhang mit dämonischer Besessenheit. Vielmehr lautete die Hypothese, daß vom Verstand gelenkte Energien unbewußt produziert und für gewöhnlich – bezeichnend, wie Karras fand – bei Heranwachsenden im Stadium ›extrem hoher innerer Spannung, Frustration und Zorn‹ freigesetzt wurden.

Karras rieb sich über die müden Augen. Er hatte immer noch das Gefühl, seine Pflichten zu vernachlässigen. Er ging noch einmal die Symptome durch, nahm sich jedes einzelne vor wie ein Junge, der die Stäbe eines weißen Holzzauns beim Abzählen berührt. Welches Symptom war ihm entgangen? Welches?

Die Antwort lautet, schloß er müde: *keines.*

Er brachte die Zeitschrift zurück.

Dann ging er zum MacNeil-Haus. Willie öffnete ihm und führte ihn zum Arbeitszimmer. Die Tür war geschlossen. Willie klopfte. »Pater Karras«, kündigte sie an.

»Herein.«

Karras trat ein und schloß die Tür hinter sich. Chris stand mit dem Rücken zu ihm, die Stirn auf die Hand gestützt, einen Ellenbogen auf der Bar. »Hallo, Pater.«

Ihre Stimme klang belegt, verzweifelt. Besorgt ging er zu ihr. »Alles in Ordnung?« fragte er sanft.

»Ja, mir geht's prima.«

Ihre Stimme verriet Anspannung. Karras runzelte die Stirn. Chris' Hand verdeckte ihr Gesicht. Die Hand zitterte. »Was ist los?« fragte sie.

»Nun, ich habe mir die Akten von der Klinik angesehen …«

Karras wartete. Chris sagte nichts, also fuhr er fort: »Ich glaube …« Er zögerte. »Nun, meine ehrliche Meinung ist im Augenblick, daß Regan am besten mit intensiver psychiatrischer Behandlung geholfen werden kann.«

Chris schüttelte langsam den Kopf.

»Wo ist ihr Vater?« fragte Karras.

»In Europa«, flüsterte sie.

»Haben Sie ihm gesagt, was geschehen ist?«

Sie hatte sehr oft daran gedacht, es ihm zu sagen. Die Krise konnte sie beide vielleicht wieder zusammenbringen. Aber Howard und Priester … Um Regans willen hatte Chris beschlossen, Howard lieber nichts zu sagen.

»Nein«, antwortete sie leise.

»Ich halte es für hilfreich, wenn er hier wäre.«

»Nichts wird helfen außer einem *Wunder!*« brach es plötzlich aus Chris hervor, und sie blickte mit tränennassem Gesicht zu ihm auf. »Nichts außer einem *großen Wunder.*«

»Ich glaube, Sie sollten ihn kommen lassen.«

»*Warum?*«

»Es würde ...«

»Ich habe Sie gebeten, einen Dämon *auszutreiben,* verdammt, und nicht, einen anderen *einzutreiben!*« schrie sie Karras in plötzlicher Hysterie an. Ihr Gesicht war vor Zorn verzerrt. »Was ist auf einmal mit dem *Exorzismus?*«

»Nun ...«

»Was, zum Teufel, soll ich mit *Howard?*«

»Wir können darüber reden, wenn ...«

»Wir reden *jetzt* darüber, verdammt! Was nützt *Howard* im Augenblick? Was *nützt* er?«

»Es besteht die Möglichkeit, daß Regans Störungen auf Schuldgefühle zurückzuführen sind ... Schuldgefühle wegen ...«

»Schuldgefühle wegen *was?*« schrie sie.

»Es könnte sein, daß ...«

»Nun reden Sie endlich! Wegen der Scheidung? Kommt jetzt all dieser psychiatrische Blödsinn?«

»Wissen Sie ...«

»Regan hat Schuldgefühle, weil sie *Burke Dennings umgebracht hat!*« schrie Chris ihn an, die Hände an die Schläfen gepreßt. »Sie hat ihn *getötet!* Sie hat ihn getötet, und man wird sie einsperren. O Gott ...«

Karras fing sie auf, als sie schluchzend zusammenbrach, und führte sie zum Sofa. »Es ist alles in Ordnung«, redete er beruhigend auf sie ein, »alles in Ordnung ...«

»Nein, man wird sie ... einsperren«, schluchzte sie. »Man wird sie ... *o Gott!* Oh, mein *Gott!*«

Karras ließ Chris behutsam aufs Sofa sinken und streckte sie aus. Dann setzte er sich auf die Sofakante und nahm ihre Hand in beide Hände. Gedanken an Kinderman. Dennings. Ihr Schluchzen. Unwirklichkeit. »Alles in Ordnung ... alles wird gut ...«

Bald ließ das Schluchzen nach, und er half ihr, sich aufzusetzen. Er holte Wasser und eine Packung Papiertaschentücher, die er auf einem Regal hinter der Bar gefunden hatte. Dann setzte er sich neben sie.

»Oh, bin ich froh«, sagte sie, schniefte und schneuzte sich. »Gott, bin ich froh, daß es heraus ist.«

Karras war in Aufruhr. Sein eigener Schock der Erkenntnis nahm zu, je ruhiger Chris wurde. Leises Schniefen jetzt. Zeitweiliges Stocken der Stimme. Und nun ruhte die Last wieder auf seinen Schultern, schwer und drückend. Er versteifte sich innerlich. *Nicht weiter! Sag nichts mehr!* »Wollen Sie mir mehr erzählen?« fragte er sanft.

Chris nickte. Atmete tief durch. Wischte sich über ein Auge und sprach stockend, abgehackt: von Kinderman; von dem Buch; von ihrer Überzeugung, daß Dennings in Regans Schlafzimmer gewesen war; von Regans großer Kraft; von der Persönlichkeit Dennings, den Chris mit nach hinten verdrehtem Kopf zu sehen geglaubt hatte.

Sie beendete ihre Schilderung und wartete auf Karras' Reaktion. Eine Zeitlang ließ er sich schweigend alles durch den Kopf gehen. Schließlich sagte er leise: »Sie *wissen* nicht, daß Regan es getan hat.«

»Aber der auf den Rücken gedrehte Kopf«, sagte Chris.

»Vergessen Sie nicht, daß Sie sehr heftig gegen die Wand geprallt waren«, erwiderte Karras. »Und Sie standen ebenfalls unter Schock. Sie haben sich das eingebildet.«

»Regan hat mir erzählt, daß sie es getan hat«, sagte Chris mit ausdrucksloser Miene.

»Und hat sie Ihnen gesagt, wie?« fragte Karras nach einer Pause.

Chris schüttelte den Kopf. Karras wandte sich um und schaute sie an. »Nein«, sagte sie. »Nein.«

»Dann hat es nichts zu bedeuten«, sagte Karras. »Es sei denn, sie hat Ihnen Einzelheiten genannt, die niemand außer dem Mörder wissen konnte.«

Wieder schüttelte Chris zweifelnd den Kopf. »Ich weiß es nicht«, antwortete sie. »Ich weiß nicht, ob ich das Richtige tue. Ich glaube, sie hat es getan. Ich glaube, sie ist imstande, jemand anders zu töten.« Sie hielt kurz inne. »Pater, was soll ich tun?« fragte sie dann verzweifelt.

Die Last auf seinen Schultern schien in Zement gegossen. Sie trocknete, hatte Gestalt angenommen.

Er stützte einen Ellenbogen aufs Knie und schloß die Augen. »Nun, jetzt haben Sie es jemandem erzählt«, sagte er ruhig. »Sie haben getan, was Sie tun sollten. Jetzt vergessen Sie's. Vergessen Sie's einfach, und überlassen Sie alles mir.«

Er spürte ihren Blick und schaute sie an. »Fühlen Sie sich jetzt besser?«

Sie nickte.

»Werden Sie mir einen Gefallen tun?« fragte er.

»Welchen?«

»Gehen Sie aus, und schauen Sie sich einen Film an.«

Sie wischte sich mit dem Handrücken über die Augen und lächelte. »Ich hasse Filme.«

»Dann besuchen Sie einen Freund.«

Sie legte die Hände in den Schoß und blickte ihn herzlich an. »Ich habe einen Freund gleich hier«, sagte sie schließlich.

Er lächelte. »Ruhen Sie sich ein wenig aus«, riet er ihr.

»Ja.«

Ihm fiel etwas ein. »Meinen Sie, Dennings hat das Buch nach oben gebracht? Oder war es schon dort?«

»Ich glaube, es war schon dort«, antwortete Chris.

Karras erhob er sich. »Okay. Brauchen Sie den Wagen?«

»Nein, behalten Sie ihn.«

»Gut. Ich werde später wiederkommen.«

»*Ciao*, Pater.«

»*Ciao.*«

Innerlich aufgewühlt, trat Karras auf die Straße hinaus. Regan.

Dennings. *Unmöglich! Nein!* Doch da waren Chris' feste Überzeugung, ihre Reaktion, ihre Hysterie. *Und das genau ist es – hysterische Phantasie. Und doch …*

Er jagte der Gewißheit nach wie Blättern in einem Sturm. Als er an der langen Treppe in der Nähe des Hauses vorbeiging, hörte er vom Fluß ein Geräusch. Er blieb stehen und blickte hinunter zum C&O Canal. Eine Harmonika. Jemand spielte ›Red River Valley‹, Karras' Lieblingslied seit seiner Kindheit. Er lauschte, bis Verkehrslärm die Klänge übertönte und seine Erinnerung von einer Welt ausgelöscht wurde, die jetzt und hier gepeinigt wurde, die nach Hilfe schrie und deren Blut auf Auspuffgase tropfte. Er schob die Hände in die Taschen. Dachte fieberhaft nach. Über Chris. Über Regan. Über Lucas, der auf Tranquille eintrat. Er mußte etwas tun. Aber was? Konnte er hoffen, klüger als die Ärzte in der Barringer-Klinik zu sein? »*… gehen Sie zur Nervenheilanstalt!*« Ja, ja, er wußte, das dies die Antwort war, die Hoffnung. Er erinnerte sich an den Fall Achille. Besessen. Wie Regan, hatte er sich als Teufel bezeichnet. Wie bei Regan, hatte seine geistige Störung in Schuldgefühlen gewurzelt: Gewissensbisse wegen ehelicher Untreue. Der Psychologe Janet hatte Achille geheilt, indem er ihm hypnotisch die Anwesenheit seiner Frau suggeriert hatte, die vor Achilles halluzinierenden Augen erschienen war und ihm feierlich verziehen hatte. Karras nickte vor sich hin. Suggestion konnte auch bei Regan funktionieren. Aber nicht durch Hypnose. Das hatte man in der Barringer-Klinik versucht. Nein. Das entgegenwirkende Mittel für Hypnose war das Ritual des Exorzismus, davon war er überzeugt. Regan wußte, was Exorzismus war; sie kannte die Wirkung. *Ihre Reaktion auf das Weihwasser. Das hat sie in dem Buch gelesen.* Und darin standen auch Schilderungen erfolgreicher Austreibungen. *Es könnte klappen! Es könnte!* Aber wie bekam er die Genehmigung der Kirche? Wie konnte er Beweismaterial vorbringen, ohne Dennings zu erwähnen? Er konnte den Bischof nicht belügen. Und die Fakten würde er auch nicht fälschen. *Aber ich kann die Fakten für sich selbst sprechen lassen!*

Welche *Fakten?*

Karras rieb sich mit der Hand über die Stirn. Er brauchte Schlaf, konnte aber nicht schlafen. Er spürte pochende Kopfschmerzen in den Schläfen. *»Hallo, Daddy?«*

Welche Fakten?

Die Tonbänder im Institut. Was würde Frank herausfinden? *Konnte* er etwas herausfinden? Nein. Aber wer weiß? Regan hatte nicht einmal Weihwasser von Leitungswasser unterschieden. *Aber angenommen, sie kann meine Gedanken lesen. Warum kannte sie dann nicht den Unterschied?* Er stützte die Stirn in die Hand. Die Kopfschmerzen. Verwirrung. *Mein Gott, Karras, wach auf! Jemand stirbt! Wach auf!*

Wieder in seinem Zimmer, rief er beim Institut an. Kein Frank. Er legte den Hörer auf. Weihwasser. Leitungswasser. Er öffnete das *Ritual* zu ›Anweisungen für Exorzisten‹:

›... böse Geister ... irreführende Antworten ... so daß es den Anschein hat, daß die betroffene Person keineswegs besessen ist ...‹ Karras überlegte. War es das? *Was ist damit gemeint?* Welcher *böse Geist?*

Er klappte das Buch zu und schaute sich die Krankenakten an. Er las sie noch einmal, überflog sie schnell, um irgend etwas zu finden, das ihm helfen konnte, wenn er beim Bischof um die Erlaubnis für einen Exorzismus ersuchte.

Moment mal. Keine Vorgeschichte von Hysterie. Das ist doch was! Aber zu schwach. Es mußte etwas anderes sein; irgendeine Diskrepanz. Verzweifelt kramte Karras in Erinnerungen an seine Studien. Und dann fiel es ihm ein. Nicht viel. Aber etwas.

Er nahm den Telefonhörer ab und rief Chris an. Ihre Stimme klang erschöpft.

»Hallo, Pater.«

»Hatten Sie geschlafen? Tut mir leid, wenn ich Sie geweckt habe.«

»Schon gut.«

»Chris, wo wohnt dieser Arzt … dieser Doktor …« Karras fuhr mit einem Finger an der Akte entlang, bis er den Namen gefunden hatte. »Doktor Klein.«

»In Rosslyn?«

»Der im Ärztehaus?«

»Ja.«

»Bitte rufen Sie ihn an, und sagen Sie ihm, Doktor Karras kommt vorbei und möchte einen Blick auf Regans EEG werfen. Sagen Sie ihm, *Doktor* Karras, Chris. Haben Sie verstanden?«

»Verstanden.«

»Wir unterhalten uns später.«

Als er aufgelegt hatte, löste Karras seinen Priesterkragen, zog den Talar und die schwarze Hose aus und wechselte rasch in Khakihose und Pullover. Darüber zog er seinen schwarzen Priestermantel und knöpfte ihn bis zum Kragen zu. Er schaute in einen Spiegel und runzelte die Stirn. *Priester und Polizisten,* dachte er – man erkennt sie an Gerüchen ihrer Kleidung, die sich nicht verbergen lassen. Er zog die Schuhe aus und schlüpfte in das einzige Paar, das nicht schwarz war: seine abgenutzten weißen Tennisschuhe.

Mit Chris' Wagen fuhr er nach Rosslyn. Als er auf der M Street an der Ampel auf Grün wartete, um die Brücke zu überqueren, sah er etwas Beunruhigendes: Karl stieg auf der Fünfunddreißigsten Straße vor dem Dixie Liquor Store aus einer schwarzen Limousine. Der Fahrer des Wagens war Lieutenant Kinderman.

Die Ampel sprang um. Karras gab Gas, jagte los und bog auf die Brücke ein. Dann schaute er in den Innenspiegel. Hatten sie ihn gesehen? Er bezweifelte es. Aber was taten sie zusammen? Reiner Zufall? Hatte es etwas mit Regan zu tun? Mit Regan und …

Vergiß es. Eins nach dem anderen!

Er parkte beim Ärztehaus und ging hinauf in Dr. Kleins Praxis.

punkt gestört. Es wäre nur logisch, wenn es *irgendwelche* Schwankungen gäbe. Falls ...«

»Doktor, Mrs. Simmons wird ungeduldig«, rief eine Arzthelferin und öffnete die Tür einen Spalt weit.

»Ja, ich komme.« Klein seufzte. Als die Arzthelferin davoneilte, trat er einen Schritt auf den Gang hinaus und wandte sich dann mit der Hand auf dem Türgriff um. »Wenn man von Hysterie spricht ...«, bemerkte er trocken. »Tut mir leid. Ich muß mich beeilen.«

Er zog die Tür hinter sich zu. Karras hörte seine Schritte auf dem Gang, hörte das Öffnen einer Tür, hörte: »Nun, wie fühlen wir uns heute, Mrs. ....«

Die Tür klappte zu. Karras widmete sich wieder dem EEG. Dann faltete er es, band es zusammen und brachte es zur Arzthelferin am Empfang zurück. *Etwas.* Es war etwas, das er beim Bischof als Argument benutzen konnte, daß Regan *nicht* hysterisch und deshalb möglicherweise besessen war. Dennoch hatte das EEG noch ein weiteres Geheimnis offenbart und eine neue Frage aufgeworfen: Warum gab es keine Schwankungen?

Karras fuhr zurück zu Chris MacNeils Haus, doch bei einem Stoppschild an der Ecke Prospect und 35. Straße erstarrte er hinter dem Lenkrad. Zwischen Karras' Wagen und dem Jesuitenwohnheim parkte Kinderman. Er saß allein hinter dem Steuer, den Ellenbogen aus dem Fenster, und blickte zum Gebäude der Jesuiten.

Karras bog rechts ab, bevor Kinderman ihn in Chris' Jaguar sehen konnte. Schnell fand er eine Parklücke und stellte den Wagen ab. Dann ging er zu Fuß um die Ecke, als wäre das Wohnheim sein Ziel. *Beobachtet Kinderman das Haus?* fragte er sich besorgt. Dennings' Geist stand von den Toten auf, um ihn zu verfolgen. War es möglich, daß Kinderman dachte, Regan hatte ...?

Ruhig. Langsam. Behalt die Nerven.

Er schlenderte neben den Wagen und neigte den Kopf durch das Fenster auf der Beifahrerseite. »Hallo, Lieutenant.«

Der Detective wandte schnell den Kopf und blickte ihn überrascht an. Dann strahlte er. »Pater Karras.«

Er ist nicht im Dienst, dachte Karras. Er bemerkte, daß seine Hände feucht und kalt waren. *Bleib ruhig! Laß dir nicht anmerken, daß du besorgt bist!* »Wissen Sie nicht, daß Sie einen Strafzettel bekommen? An Wochentagen ist das Parken zwischen sechzehn und achtzehn Uhr hier verboten.«

»Das macht mir nichts aus«, schnaufte Kinderman. »Ich spreche mit einem Priester. Jeder Cop in dieser Gegend ist katholisch und drückt ein Auge zu.«

»Wie geht es Ihnen?«

»Ehrlich gesagt, Pater Karras, so lala. Und Ihnen?«

»Kann mich nicht beklagen. Haben Sie diesen Fall gelöst?«

»Welchen Fall?«

»Den Regisseur.«

»Oh, *diesen* Fall meinen Sie.« Er machte eine wegwerfende Geste. »Fragen Sie nicht. Sagen Sie mal, was machen Sie heute abend? Sind Sie beschäftigt? Ich habe Freikarten für das Crest. Für *Othello.*«

»Wer spielt?«

»Molly Picon die Desdemona und Leo Fuchs den Othello. Freuen Sie sich? Das sind Gratiskarten, Pater Marlon Sowieso! Das ist William Shakespeare! Da ist es egal, wer spielt und wer nicht. Was ist nun – kommen Sie mit?«

»Ich befürchte, ich muß nein sagen. Ich bin überhäuft mit Arbeit.«

»Das kann ich verstehen. Sie sehen schrecklich aus, wenn Sie mir die Bemerkung verzeihen. Machen Sie Überstunden?«

»Ich sehe immer schrecklich aus.«

»Jetzt aber mehr als sonst. Na, kommen Sie schon! Nehmen Sie sich einen Abend frei! Wir werden ihn genießen!«

Karras beschloß, einen Nerv zu berühren. »Sind Sie sicher, daß Shakespeare gezeigt wird?« fragte er und blickte Kinderman forschend in die Augen. »Ich hätte geschworen, daß im Crest ein Film mit Chris MacNeil läuft.«

Der Detective blickte ihn verständnislos an und sagte dann hastig: »Nein, ich bin mir sicher. *Othello*. Es ist *Othello*.«

»Was führt Sie eigentlich in diese Gegend?«

»Sie. Ich bin hergekommen, um Sie zu dem Film einzuladen.«

»Ja, es ist leichter zu fahren, als einen Telefonhörer abzunehmen«, sagte Karras ruhig.

Der Detective hob die Brauen und setzte eine nicht überzeugende Unschuldsmiene auf. »Ihr Telefon war *besetzt«*, schnaufte er asthmatisch.

Der Jesuit schaute ihn ausdruckslos an.

»Was ist los?« fragte Kinderman nach einer Weile.

Mit ernster Miene griff Karras in den Wagen und hob Kindermans rechtes Lid an, betrachtete das Auge. »Ich weiß nicht. Sie sehen furchtbar aus. Es könnte ein Fall von Mythomanie sein.«

»Mytho… was?« fragte Kinderman, als Karras die Hand zurückzog. »Ist das was Schlimmes?«

»Nicht tödlich.«

»Was ist es denn? Spannen Sie mich nicht auf die Folter.«

»Lassen Sie's untersuchen«, sagte Karras.

»Seien Sie nicht so patzig. Sie sollten der Obrigkeit hin und wieder ein bißchen Gehorsam leisten. Ich bin das Gesetz. Ich könnte Sie ausweisen lassen, wissen Sie das?«

»Weswegen?«

»Ein Psychiater sollte die Leute nicht beunruhigen. Außerdem würde es, offen gesagt, den *Nichtjuden* gefallen. Sie sind ohnehin ein Ärgernis für sie. Nein, ehrlich. Sie bringen sie in eine peinliche Lage. Die würden Sie liebend gern loswerden. Wer braucht schon einen Priester, der Pullover und Turnschuhe trägt?«

Karras nickte lächelnd. »Ich muß gehen. Passen Sie auf sich

auf.« Er klopfte zum Abschied zweimal auf den Fensterrahmen, wandte sich dann ab und ging langsam zum Eingang des Wohnheims.

»Gehen Sie zu einem Psychoanalytiker!« rief der Detective ihm mit heiserer Stimme nach. Dann wurde sein herzlicher Blick besorgt. Er schaute durch die Windschutzscheibe zum Haus hinauf, ließ den Motor an und fuhr die Straße hinauf. Als er an Karras vorbeikam, hupte er und winkte.

Karras winkte zurück und beobachtete, wie Kinderman um die Ecke auf die 35. Straße bog. Dann verharrte er eine Zeitlang auf dem Bürgersteig und rieb sich mit zitternder Hand über die Stirn. War es wirklich möglich, daß Regan es getan hatte? Konnte sie Burke Dennings auf so grauenhafte Weise ermordet haben? Er blickte zu Regans Fenster hinauf. *Was, in Gottes Namen, ist in diesem Haus?* Wie lange würde es noch dauern, bis Kinderman verlangte, Regan zu sehen? Bis er eine Möglichkeit hatte, Dennings' Persönlichkeit zu sehen? Zu hören? Wie lange würde es noch dauern, bis Regan in eine Anstalt eingewiesen wurde?

Oder starb?

Er mußte der Kirche Beweismaterial vorlegen. Schnellstens.

Karras ging über die Straße zu Chris' Haus und klingelte.

Willie ließ ihn herein.

»Die junge Miss schläft jetzt ein bißchen«, sagte sie.

Karras nickte. »Gut. Sehr gut.« Er ging an ihr vorbei und nach oben zu Regans Schlafzimmer.

Als er eintrat, sah er Karl auf einem Stuhl beim Fenster sitzen. Er hatte die Arme verschränkt und beobachtete Regan. Schweigend. Wie eine dunkle Holzfigur.

Karras ging neben das Bett und blickte auf Regan hinunter. Das Weiß der Augen war wie milchiger Nebel. Sie murmelte Worte aus einer anderen Welt. Karras blickte zu Karl. Dann neigte er sich langsam vor und begann einen der Riemen zu lösen, mit denen Regan festgeschnallt war.

»Pater, *nein!*«

Karl eilte zum Bett und riß den Arm des Priesters zurück. »Nicht, Pater. Sie ist stark! Sehr stark! Lassen Sie die Riemen festgeschnallt!«

Karls Augen spiegelten eine Furcht wider, die Karras als echt erkannte. Jetzt wußte er, daß Regans Kraft keine bloße Theorie war; es war eine Tatsache. Sie hätte es tun können. Sie hätte Dennings das Genick brechen und ihm den Kopf auf den Rücken drehen können. *Mein Gott, Karras! Beeil dich! Finde Beweise! Denk nach! Beeil dich, bevor ...!*

»Ich möchte Sie etwas fragen, Engstrom!«

Überrascht und mit aufwallender Hoffnung ruckte Karras' Kopf herum, und er starrte auf das Bett hinunter. Der Dämon grinste Karl spöttisch an. »*Tanzt Ihre Tochter gern?*«

Deutsch! Sie hatte Karl auf deutsch gefragt, ob seine Tochter gern tanzte! Mit hämmerndem Herzen beobachtete Karras. Er sah, daß Karls Wangen hochrot geworden waren, daß er zitterte und seine Augen wütend funkelten. »Karl, Sie sollten hinausgehen«, riet Karras ihm.

Der Schweizer schüttelte den Kopf, die Hände zu Fäusten geballt, daß die Knöchel weiß hervortraten. »Nein, ich bleibe!«

»Gehen Sie bitte«, sagte der Jesuit mit fester Stimme und blickte Karl zwingend an.

Nach einem Moment des Widerstands gab Karl nach und eilte aus dem Zimmer.

Das Gelächter hatte aufgehört. Karras wandte sich dem Bett zu. Der Dämon beobachtete ihn. Er sah erfreut aus. »Da bist du also wieder«, krächzte er. »Ich bin überrascht. Ich hätte gedacht, die Verlegenheit wegen des Weihwassers hätte dir den Mut genommen, *jemals* zurückzukommen. Aber ich hatte vergessen, daß ein Priester kein Schamgefühl hat.«

Karras atmete flach und zwang sich, seine Erwartungen zu zügeln, klar zu denken. Er wußte, daß der Sprachentest bei

Besessenheit eine intelligente Unterhaltung erforderte, um zu beweisen, daß alles Gesprochene nicht auf verborgene linguistische Erinnerungen zurückzuführen war. *Ruhig! Langsam. Denk an den Fall mit diesem Mädchen.* Ein Teenager. Dienstmädchen. Besessen. Im Delirium hatte sie in einer Sprache geredet, die schließlich als Syrisch identifiziert worden war. Karras zwang sich, an die Aufregung zu denken, die der Fall verursacht hatte, als sich erwiesen hatte, daß das Mädchen einst in einer Pension angestellt und einer der Gäste Theologiestudent gewesen war. Am Vorabend wichtiger Prüfungen war er in seinem Zimmer auf und ab gegangen und hatte laut syrische Lektionen aufgesagt. Selbst beim Treppensteigen hatte er Passagen der Lektionen auswendig aufgesagt. Und das Mädchen hatte es gehört. *Nur die Ruhe. Verbrenn dir nicht die Finger …*

»Sprechen Sie Deutsch?« fragte Karras vorsichtig.

»Schon wieder Spielchen?«

»Sprechen Sie Deutsch?« wiederholte er, von dieser schwachen Hoffnung erfüllt.

»Natürlich.« Der Dämon starrte ihn gerissen an. *»Mirabile dictu,* meinst du nicht auch?«

Das Herz des Jesuiten hüpfte vor Freude. Nicht nur Deutsch, auch Latein! Und im Zusammenhang!

»Quod nomen mihi est?« fragte er schnell. Wie ist mein Name?

»Karras.«

Aufgeregt fuhr der Priester fort.

»Ubi sum?« Wo bin ich?

»In cubicolo.« In einem Zimmer.

»Et ubi est cubiculum?« Und wo ist das Zimmer?

»In domo.« In einem Haus.

»Ubi est Burke Dennings?« Wo ist Burke Dennings?

»Mortuus.« Tot.

»Quomodo mortuus est?« Wie ist er gestorben?

»*Inventus est capite reverso.*« Er wurde mit nach hinten gedrehtem Kopf gefunden.

»*Quis occidit eum?*« Wer hat ihn getötet?

»Regan.«

»*Quomodo ea occidit illum? Dic mihi exacte!*« Wie hat sie ihn getötet? Erzähl mir die Einzelheiten!

»Ah, das ist genug Aufregung für den Moment«, sagte der Dämon grinsend. »Es reicht. Es reicht völlig. Ich nehme an, es ist dir klar, daß du im Geiste die *Antworten* in Latein formuliert hast, während du deine Fragen in Latein gestellt hast.« Der Dämon lachte. »Alles unbewußt, natürlich. Ja, was würdest du ohne das Unterbewußtsein machen? Verstehst du, worauf ich hinauswill, Karras? Ich kann überhaupt kein Latein. Ich habe deine Gedanken gelesen. Ich habe die Antworten aus deinem Kopf gezogen!«

Karras empfand augenblicklich Bestürzung, als seine Gewißheit zusammenbrach; er fühlte sich gequält und enttäuscht durch die bohrenden Zweifel, die plötzlich in ihm waren.

Der Dämon lachte glucksend. »Ja, ich weiß, daß dir das klarwerden würde, Karras«, krächzte er. »Deshalb mag ich dich. Deshalb schätze ich *alle* vernünftigen Menschen.« Er warf den Kopf zurück und lachte schallend.

Karras Gedanken jagten sich, formulierten Fragen, auf die es mehrere Antworten gab. *Aber vielleicht würde ich an all die Antworten denken,* sagte er sich. *Also gut! Dann stell eine Frage, deren Antwort du nicht weißt!* Er konnte später überprüfen, ob die Antwort stimmte.

Er wartete, bis das Gelächter nachließ und sagte dann: »*Quam profundus est imus Oceanus Indicus?*« Wie tief ist der Indische Ozean an der tiefsten Stelle?

Die Augen des Dämons glitzerten. »*La plume de ma tante.*«

»*Responde Latine.*«

»*Bon jour! Bonne nuit!*«

»*Quam ...*«

Karras verstummte, als die Augen sich in den Höhlen verdrehten und die schwafelnde Persönlichkeit verschwand.

Ungeduldig und enttäuscht verlangte Karras: »Laß mich wieder mit dem Dämon sprechen!«

Keine Antwort. Nur das Atmen von einem anderen Ufer.

»*Qui est tu?*« fuhr er sie an. Die Stimme rauh, gereizt.

Immer noch das Atmen.

»Laß mich mit Burke Dennings sprechen!«

Ein Schluckauf. Atmen. Ein Schluckauf. Atmen.

»Laß mich mit Burke Dennings sprechen!«

Der Schluckauf dauerte an. Karras schüttelte den Kopf. Dann ging er zu einem Stuhl und setzte sich auf die Kante. Angespannt. Gequält. Und wartend …

Zeit verging. Karras döste ein. Dann ruckte sein Kopf hoch. *Bleib wach!* Blinzelnd, mit schweren Lidern, blickte er zu Regan. Kein Schluckauf. Stille.

Schläft sie?

Er ging zum Bett und blickte auf Regan hinab. Ihre Augen waren geschlossen. Schweres Atmen. Er fühlte ihren Puls, neigte sich zu ihr hinunter und untersuchte sorgfältig ihre Lippen. Sie waren ausgetrocknet. Er richtete sich auf und verließ das Zimmer, ging hinunter in die Küche, suchte nach Sharon und fand sie. Sie saß am Tisch und aß Suppe und ein Sandwich. »Soll ich Ihnen etwas zu essen machen, Pater Karras?« fragte sie. »Sie müssen hungrig sein.«

»Danke, nein, bin ich nicht«, erwiderte er. Er setzte sich an den Tisch und nahm einen Bleistift und einen Block, der bei Sharons Schreibmaschine lag. »Regan hat Schluckauf«, sagte er. »Haben Sie Compazine verschrieben bekommen?«

»Ja.«

Karras schrieb etwas auf den Block. »Geben Sie ihr heute abend die Hälfte eines 25-Milligramm-Zäpfchens.«

»In Ordnung.«

»Sie beginnt auszutrocknen«, fuhr er fort. »Deshalb stelle ich sie auf intravenöse Nahrung um. Rufen Sie als erstes am Morgen den Lieferservice einer Apotheke an, und lassen Sie sich das hier bringen.« Er schob den Block über den Tisch zu Sharon. »Sie schläft jetzt. Also könnten Sie anfangen, sie mit Sustagen zu ernähren.«

»Ist gut.« Sharon nickte. »Mach' ich.« Sie löffelte Suppe und drehte den Block herum, um die Liste zu lesen.

Karras beobachtete sie. Dann runzelte er in tiefer Konzentration die Stirn. »Sie sind ihre Privatlehrerin.«

»Ja.«

»Haben Sie ihr Lateinstunden gegeben?«

Sie blickte ihn verständnislos an. »Nein, habe ich nicht.«

»Deutsch?«

»Nur Französisch.«

»Welches Niveau? *La plume de ma tante?*«

»Ja, in der Art.«

»Aber kein Deutsch oder Latein?«

»Nein.«

»Aber die Engstroms sprechen manchmal deutsch?«

»Ja, sicher.«

»In Regans Anwesenheit?«

Sharon zuckte die Achseln. »Ich nehme es an.« Sie stand auf und brachte ihren Teller zum Spülbecken. »Eigentlich bin ich mir da ziemlich sicher.«

»Haben Sie Latein studiert?« fragte Karras.

»Nein.«

»Aber Sie würden den Klang erkennen?«

»Oh, bestimmt.« Sie spülte den Teller ab und stellte ihn in den Geschirrständer.

»Hat Regan in Ihrer Anwesenheit jemals Latein gesprochen?«

»Regan?«

»Seit ihrer Krankheit.«

»Nein, nie.«

»Überhaupt irgendeine Fremdsprache?« forschte Karras.

Sharon drehte nachdenklich den Wasserhahn zu. »Nun, vielleicht habe ich's mir nur eingebildet, aber ...«

»Was?«

»Ich meine ...« Sie runzelte die Stirn. »Na ja, ich hätte schwören können, sie auf russisch gehört zu haben.«

Karras starrte sie an. »Sprechen Sie russisch?« fragte er mit trockener Kehle.

Sie zuckte mit den Schultern und faltete die Tischdecke. »So lala. Ich hatte es eben auf dem College.«

Karras' Schultern sackten herab. *Sie hat das Latein aus meinem Gehirn gesogen.* Er starrte ins Leere, stützte die Stirn mit der Hand, zweifelnd, gepeinigt von Wissen und Vernunft. *Telepathie ist häufiger in Stadien großer Spannung; sie spricht stets in einer Sprache, die jemandem im Zimmer bekannt ist: »... denkst die gleichen Dinge, die ich denke ...« – »Bonjour ...« – »La plume de ma tante ...« – »Bonne nuit ...«* Mit solchen Gedanken beobachtete Karras langsam, wie Blut sich wieder in Wein verwandelte.

Was tun? *Ein bißchen schlafen. Dann wiederkommen und es noch einmal versuchen ... und noch einmal ... und noch einmal.*

Er stand auf und blickte Sharon mit trüben Augen an. Sie lehnte mit dem Rücken am Spülbecken, die Arme verschränkt, und sah ihn nachdenklich an. »Ich gehe zum Wohnheim«, sagte Karras. »Ich möchte, daß Sie mich anrufen, sobald Regan wach wird.«

»Ja, ist gut.«

»Und das Compazine«, erinnerte er sie. »Sie werden es nicht vergessen?«

Sie schüttelte den Kopf. »Nein, ich werde mich gleich darum kümmern.«

Er nickte. Die Hände in den Taschen, starrte er vor sich hin und überlegte, ob er etwas vergessen hatte, das er Sharon sagen sollte. Immer blieb noch etwas zu erledigen. Stets wurde etwas übersehen, wenn scheinbar alles getan worden war.

»Was ist eigentlich los, Pater?« hörte er sie ernst fragen. »Ich meine, was ist wirklich mit Rags?«

Er blickte auf. In seinen Augen spiegelten sich Qual und Erschöpfung. »Ich weiß es nicht.«

Karras wandte sich um und verließ die Küche.

Als er durch die Eingangshalle ging, hörte er hinter sich Schritte, die sich schnell näherten.

»Pater Karras!«

Er wandte sich um. Sah Karl mit seinem Pullover.

»Es tut mir sehr leid«, sagte Karl, als er Karras den Pullover reichte. »Ich wollte viel mehr saubermachen. Aber ich hatte es vergessen.«

Die Flecken von Erbrochenem waren verschwunden, und der Pullover duftete frisch. »Das war sehr aufmerksam von Ihnen, Karl«, sagte der Priester freundlich. »Danke.«

»Ich danke *Ihnen*, Pater Karras.« Karls Stimme bebte. »Danke, daß Sie Miss Regan helfen«, fügte er hinzu. Dann wandte er sich ab, befangen, und verließ rasch die Halle.

Karras schaute ihm nach und erinnerte sich, daß er ihn in Kindermans Auto gesehen hatte. Weitere Geheimnisse. Verwirrung. Müde öffnete er die Tür. Es war Abend. Verzweifelt trat er aus der Dunkelheit in die Dunkelheit.

Er ging zum Wohnheim, wollte etwas schlafen, doch als er sein Zimmer betrat, sah er eine Nachricht auf einem rosafarbenen Notizzettel auf dem Boden. Er hob den Zettel auf. Von Frank. Die Tonbänder. Private Telefonnummer. *»Bitte um Anruf …«*

Karras nahm den Hörer ab und nannte der Telefonistin die Nummer, mit der er verbunden werden wollte. Wartete. Seine Hände zitterten vor verzweifelter Hoffnung.

»Hallo?« Ein Junge. Piepsige Stimme.

»Darf ich bitte mit deinem Vater sprechen?«

»Ja. Einen Moment.« Ein Klappern, als der Hörer abgelegt und kurz darauf wieder aufgenommen wurde. Wieder war es der Junge. »Wer ist da?«

»Pater Karras.«

»Peter Karits?«

Sein Herz pochte heftig, doch er blieb ruhig. »Karras. Pater Damien Karras ...«

Wieder wurde der Hörer abgelegt.

Karras preßte eine Hand an die Stirn.

Geräusche.

»Pater Karras?«

»Ja, hallo, Frank. Ich habe versucht, Sie im Institut zu erreichen.«

»Oh, tut mir leid. Ich habe zu Hause an Ihren Tonbändern gearbeitet.«

»Sind Sie fertig?«

»Ja. Ist ziemlich sonderbar.«

»Ich weiß.« Karras bemühte sich, die Anspannung aus seiner Stimme herauszuhalten. »Was haben Sie herausgefunden, Frank?«

»Nun, der Sprachmustervergleich ...«

»Ja?«

»Ich hatte nicht genug Vergleichsmaterial, um ganz sicher zu sein, aber ich würde sagen, die beiden Stimmen auf den Bändern sind vermutlich verschiedene Persönlichkeiten.«

»Vermutlich?«

»Na ja, ich würde es nicht vor Gericht beeiden. Ehrlich gesagt, ist die Abweichung minimal.«

»Minimal ...«, wiederholte Karras. *Das bringt mich kein bißchen weiter.* »Und was ist mit dem Kauderwelsch?« fragte er ohne große Hoffnung. »Ist das irgendeine Art Sprache?«

Frank lachte leise.

»Was ist daran so lustig?«

»War das in Wirklichkeit ein hinterlistiger psychologischer Test, Pater?«

»Ich weiß nicht, was Sie meinen, Frank.«

»Nun, ich nehme an, Sie haben die Bänder präpariert.«

»Frank, ist es eine Sprache oder nicht?« unterbrach Karras.

»Oh, ich würde es ganz sicher als Sprache bezeichnen.«

»Soll das ein Witz sein?«

»Nein, keineswegs.«

»Welche Sprache ist es?« fragte Karras ungläubig.

»Englisch.«

Für einen Moment war Karras sprachlos, und als er wieder etwas sagte, zitterte seine Stimme leicht. »Frank, wir haben anscheinend eine sehr schlechte Verbindung. Oder möchten Sie mich in den Scherz einbeziehen?«

»Haben Sie Ihr Tonbandgerät da?« fragte Frank.

Es stand auf dem Schreibtisch. »Ja.«

»Hat es eine Rücklauftaste?«

»Warum?«

»Hat es eine?«

»Augenblick.« Nervös legte Karras den Hörer ab und nahm den Deckel vom Tonbandgerät, um nachzuschauen. »Ja, es hat eine Rücklauftaste. Was hat das zu bedeuten, Frank?«

»Legen Sie Ihr Band ein, und spielen Sie es rückwärts.«

»*Was?*«

»Sie haben böse Geister in dem Gerät.« Frank lachte. »Spielen Sie das Band ab, und wir sprechen morgen darüber. Gute Nacht, Pater.«

»Nacht, Frank.«

»Viel Spaß.«

Karras legte den Hörer auf. Er war verwirrt. Er stöberte das Band mit dem Kauderwelsch auf und legte es ins Gerät ein. Zuerst spielte er es vorwärts ab und lauschte. Schüttelte den Kopf. Kein Irrtum. Es war unverständliches Geschwafel.

Er ließ es bis zum Ende ablaufen und spielte es dann im Rücklauf. Er hörte seine Stimme rückwärts sprechen. Dann Regan – oder jemand – auf *englisch!*

... Marin marin karras be us let us ...

Englisch. Sinnlos, aber Englisch. *Wie, in aller Welt, hat sie das gemacht?* fragte er sich verwundert.

Er hörte sich alles an, spulte dann zurück und spielte das Band noch einmal ab. Und noch einmal. Und dann erkannte er, daß die Wortfolge umgekehrt war.

Er stoppte das Band und spulte es zurück. Mit Bleistift und Papier setzte er sich an den Schreibtisch und spielte das Band von Beginn ab, während er die Wörter aufschrieb. Er arbeitete angestrengt, wobei er das Tonbandgerät fast ständig stoppte und startete. Als er schließlich fertig war, machte er eine Abschrift auf ein zweites Blatt Papier und drehte die Wortfolge um. Dann lehnte er sich zurück und las:

> ... Gefahr. Noch nicht (?) wird sterben. Wenig Zeit. Jetzt der (?). Laß sie sterben. Nein, nein, Süßer! Es ist angenehm in dem Körper! Ich fühle es! Da ist (?). Besser (?) als die Leere. Ich fürchte den Priester. Gib uns Zeit. Fürchte den Priester. Er ist (?). Nein, der nicht; der (?), derjenige, der (?). Er ist krank. Ah, das Blut, spürst du das Blut, wie es (singt?).

An dieser Stelle fragte Karras: »Wer bist du?« Und die Antwort lautete:

> Ich bin niemand. Ich bin niemand.

Dann Karras: »Ist das dein Name?« Und dann:

Ich habe keinen Namen. Ich bin niemand. Viele. Laß uns in Ruhe. Laß uns in dem warmen Körper bleiben. Hole nicht durch (?) aus dem Körper in die Leere, in (?). Laß uns. Laß uns. Laß uns in Frieden. Karras. (Marin? Marin?) …

Wieder und wieder las er den Text, gequält durch den Tonfall, durch das Gefühl, daß mehr als eine Person sprach, bis schließlich die Wiederholung die Worte in Alltäglichkeit abstumpfte. Er schob den Schreibblock zur Seite, auf den er die Worte notiert hatte, rieb sich übers Gesicht, über die Augen, dachte nach. Keine unbekannte Sprache. Und mit einer Leichtigkeit rückwärts geschrieben, die kaum als paranormal oder auch nur ungewöhnlich bezeichnet werden konnte. Aber rückwärts *gesprochen*. Die Phonetik war so angepaßt und verändert, daß die Sätze unverständlich wurden, wenn man sie rückwärts abspielte. Ging eine solche Leistung nicht sogar über das Vermögen eines hyperstimulierten Intellekts hinaus? Das übersteigerte Unterbewußtsein, über das Jung berichtete? Nein. Etwas …

Karras erinnerte sich. Er ging zu seinen Bücherregalen. Jungs *Psychologie und Pathologie sogenannter okkulter Phänomene*. Da ist etwas ähnlich, dachte er. Was?

Er fand es: Die Schilderung eines Experiments mit automatischem Schreiben, bei dem das Unterbewußtsein des Betroffenen offenbar in der Lage war, seine Fragen und Anagramme zu beantworten.

Anagramme!

Karras legte das Buch offen auf den Tisch, neigte sich darüber und las einen Bericht über einen Teil des Experiments:

3. TAG

Was ist das? *Sad nebel sti masderwun.*
Ist das ein Anagramm? *Ja.*
Wie viele Wörter enthält es? *Vier.*
Was ist der erste Buchstabe? *D.*
Was ist der erste Buchstabe des zweiten Worts? *L.*
Aha. Soll ich das Buchstabenrätsel selbst lösen? *Versuch es!*

Jung fand diese Lösung: »*Das Leben ist wundersam.*« Er war erstaunt über diese intellektuelle Äußerung, die ihm die Existenz einer Intelligenz zu beweisen schien, die unabhängig von seiner eigenen war. Deshalb fragte er weiter:

Wer bist du? *Clelia.*
Bist du eine Frau? *Ja.*
Hast du auf der Erde gelebt? *Ja.*
Wann? *Vor sechs Jahren.*
Warum sprichst du mit mir? *Weli Cillea sad liwl.*

Jung legte die Antwort als Anagramm für ›Weil Clelia das will‹ aus.

4. TAG

Bin ich derjenige, der die Fragen beantwortet? *Ja.*
Ist Clelia da? *Nein.*
Wer ist dann da? *Niemand.*
Existiert Clelia überhaupt? *Nein.*
Mit wem habe ich dann gestern gesprochen? *Mit niemandem.*

Karras las nicht weiter. Schüttelte den Kopf. Hier ging es nicht um paranormale Leistung; nur um die grenzenlosen Fähigkeiten des Verstandes.

Er griff nach einer Zigarette, setzte sich und zündete sie an. *»Ich bin niemand. Viele.«* Unheimlich. Woher kam dieser Inhalt ihrer Worte?

»Mit niemand.«

Vom gleichen Ort, von dem Clelia gekommen war? Neu entstehende Persönlichkeiten?

»Marin … Marin …« – »Ah, das Blut …« – »Er ist krank …«

Karras blickte auf das Exemplar von *Satan* und blätterte zur Einleitung. »Auf daß ich mich nicht vom Drachen leiten lasse …«

Er stieß Rauch aus und schloß die Augen. Er hustete. Seine Kehle brannte wie entzündet. Er drückte die Zigarette aus, und seine Augen tränten vom Rauch. Vor Erschöpfung. Er stand auf und hängte ein ›Bitte-nicht-stören‹-Schild an die Tür. Dann schaltete er das Licht im Zimmer aus, legte die Fensterläden vor, zog die Schuhe aus und sank aufs Bett. Fragmente. Regan. Dennings. Kinderman. Was tun? Er mußte helfen. Wie? Es mit dem wenigen, das er hatte, beim Bischof versuchen? Sinnlos. Er konnte keine stichhaltigen Argumente vorbringen.

Der Wunsch, sich auszuziehen, unter die Bettdecke zu kriechen. Zu müde. Diese Last. Er wollte frei davon sein.

»Laß uns in Frieden!«

Laßt mich in Frieden, fügte er dem Gedankenfragment hinzu. Er fiel in tiefen, festen Schlaf.

Das Klingeln eines Telefons weckte ihn. Benommen tastete er sich zum Lichtschalter. Wie spät war es? Ein paar Minuten nach drei. Er hob blindlings den Telefonhörer ab. Meldete sich. Sharon. Ob er sofort zum Haus kommen könnte? Er würde kommen. Er legte auf, fühlte sich wieder in einer Falle gefangen, verstrickt in einem Fangnetz.

Er ging ins Badezimmer und spritzte sich kaltes Wasser ins Gesicht, trocknete sich ab und wollte das Zimmer verlassen, doch an der Tür wandte er sich um und kehrte zurück, um seinen Pullover zu holen. Er zog ihn an und ging auf die Straße hinaus.

Die Luft war dünn und still in der Dunkelheit. Einige Katzen bei einer Mülltonne ergriffen furchtsam die Flucht, als er die Straße überquerte und zum Haus ging.

Sharon erwartete ihn an der Tür. Sie trug einen Pullover und war in eine Decke gehüllt. Sie wirkte erschrocken. Verwirrt. »Es tut mir leid, Pater«, flüsterte sie, als er eintrat, »aber ich dachte, Sie sollten das sehen.«

»Was?«

»Gleich. Lassen Sie uns jetzt still sein. Ich möchte Chris nicht wecken. *Sie* sollte es nicht sehen.« Sie winkte Karras, mitzukommen.

Er folgte ihr auf Zehenspitzen die Treppe hinauf zu Regans Schlafzimmer. Beim Eintreten erschauerte er. Im Zimmer war es eisig. Er blickte Sharon bestürzt an, und sie nickte ernst. »Ja, die Heizung ist an«, wisperte sie. Dann wandte sie sich um und starrte Regan an, in das Weiße ihrer Augen, das unheimlich im Lampenschein funkelte. Sie schien im Koma zu liegen. Schweres Atmen. Regungslosigkeit. Der Schlauch durch die Nase, der in den Magen führte, war an Ort und Stelle; das Sustagen sickerte langsam in ihren Körper.

Sharon trat ans Bett. Karras folgte ihr, noch immer fassungslos wegen der Kälte. Als sie neben dem Bett standen, sah er Schweißperlen auf Regans Stirn; er blickte hinab und sah, daß ihre Hände mit den Riemen festgeschnallt waren.

Sharon neigte sich zu Regan hinunter und zog behutsam das Oberteil ihres Pyjamas auseinander, und überwältigendes Mitleid erfüllte Karras beim Anblick der ausgezehrten Brust, der vorstehenden Rippen, an denen man die verbleibenden Wochen oder Tage ihres Lebens abzählen konnte.

Er spürte Sharons gequälten Blick. »Ich weiß nicht, ob es aufgehört hat«, flüsterte sie. »Aber sehen Sie hin. Schauen Sie genau auf ihre Brust.«

Verwirrt folgte Karras ihrem Blick. Stille. Das Atmen. Die Kälte. Dann zog der Jesuit die Brauen zusammen, als er sah, daß irgend etwas mit der Haut geschah: eine schwache Rötung, aber deutlich zu erkennen. Er schaute genauer hin.

»Da kommt es«, wisperte Sharon.

Von einem Augenblick zum anderen war die Gänsehaut auf Karras' Armen nicht auf die eisige Kälte im Zimmer zurückzuführen, sondern auf das, was er auf Regans Brust sah; auf die Schrift, die in deutlichen Lettern aus blutroter Haut aufstieg. Zwei Wörter:

Helft mir

»Das ist ihre Handschrift«, flüsterte Sharon.

Um neun Uhr an diesem Morgen ging Damien Karras zum Rektor der Georgetown University und bat um die Genehmigung für einen Exorzismus. Er erhielt sie und suchte anschließend sofort den Bischof der Diözese auf, der sich mit ernster Miene anhörte, was Karras zu sagen hatte.

»Sie sind überzeugt, daß es echt ist?« fragte der Bischof schließlich.

»Nach meiner vorsichtigen Einschätzung erfüllt es die im *Ritual* festgelegten Voraussetzungen«, antwortete Karras ausweichend. Er wagte es noch immer nicht zu glauben. Nicht sein Verstand, sondern sein Herz hatte ihn zu dieser Entscheidung getrieben; Mitleid und die Hoffnung auf eine Heilung durch Suggestion.

»Sie möchten den Exorzismus selbst durchführen?« fragte der Bischof.

Karras empfand einen Moment Hochstimmung, sah die Tür zu dieser Praxis aufschwingen, sah sich der drückenden Last der Fürsorgepflicht und dieser Begegnung mit dem Geist seines Glaubens entledigt. »Ja, natürlich«, antwortete er.

»Wie steht es mit Ihrer Gesundheit?«

»Keine Probleme.«

»Haben Sie jemals einen Exorzismus durchgeführt?«

»Nein.«

»Nun, wir werden sehen. Am besten wäre ein Mann mit Erfahrung. Es gibt natürlich nicht sehr viele, aber vielleicht jemand von den Missionen im Ausland. Ich werde mich erkundigen, wer verfügbar ist. Ich rufe Sie an, sobald wir mehr wissen.«

Als Karras fort war, rief der Bischof den Rektor der Georgetown University an, und sie sprachen zum zweiten Mal an diesem Tag über ihn.

»Nun, er kennt den Hintergrund«, sagte der Rektor. »Ich bezweifle, daß es irgendeine Gefahr gibt, wenn Karras lediglich assistiert. Es sollte ohnehin ein Psychiater dabeisein.«

»Und was ist mit dem Exorzisten? Irgendwelche Vorschläge? Ich weiß nicht, wen wir nehmen könnten.«

»Nun, Lankester Merrin ist in der Gegend.«

»Merrin? Ich dachte, er ist im Irak. Ich glaube gelesen zu haben, er arbeitet bei einer Ausgrabung in der Gegend von Ninive.«

»Ja, unterhalb von Mosul. Aber die Grabungen sind zu Ende. Merrin ist vor drei oder vier Monaten zurückgekehrt, Mike. Er ist in Woodstock.«

»Ist er unterrichtet?«

»Nein, er arbeitet an einem neuen Buch.«

»Gott hilf uns! Meinen Sie nicht, er ist zu alt? Wie steht es um seine Gesundheit?«

»Nun, es muß ihm soweit gutgehen, sonst würde er nicht immer noch durch die Weltgeschichte reise und in Grabstätten buddeln, finden Sie nicht auch?«

»Wahrscheinlich haben Sie recht.«

»Außerdem hat er Erfahrung auf diesem Gebiet, Mike.«

»Das wußte ich nicht.«

»Jedenfalls sagt man so.«

»Wann hat er diese Erfahrungen gesammelt?«

»Vor zehn oder zwölf Jahren, glaube ich. In Afrika. Der Exorzismus soll monatelang gedauert haben. Ich hörte, daß es ihn beinahe das Leben gekostet hätte.«

»Nun, in diesem Fall bezweifle ich, daß er einen weiteren Exorzismus durchführen will.«

»Wir tun, was man uns sagt, Mike. All die Rebellen sind drüben bei euch Weltlichen.«

»Danke für die Erinnerung.«

»Nun, was meinen Sie?«

»Ich überlasse es Ihnen und dem Provinzial.«

Früh an diesem Abend schlenderte ein junger Schüler, der sich auf die Priesterschaft vorbereitete, über das Gelände des Woodstock-Seminars in Maryland. Er suchte nach einem hageren, grauhaarigen alten Jesuiten. Er fand ihn auf einem Pfad, auf dem er durch einen Hain schlenderte. Er überreichte ihm ein Telegramm. Der alte Mann dankte ihm mit heiterer Ruhe und gütigem Blick und setzte seine innere Einkehr fort; wandelte weiter durch eine Natur, die er liebte. Dann und wann verharrte er, um dem Lied einer Wanderdrossel zu lauschen, um einen bunten Schmetterling zu beobachten, der sich auf einem Ast niederließ. Er verzichtete darauf, das Telegramm zu öffnen und zu lesen. Er wußte, was darin stand. Er hatte es im Staub der Tempel von Ninive gelesen. Er war bereit.

Er setzte sein Abschiednehmen fort.

Vierter Teil
»Und erhöre mein Flehen ...«

»Wer der Liebe treu bleibt, der bleibt Gott treu, und Gott in ihm ...«
St. Paul

1

Im Dunkel seines stillen Büros brütete Kinderman an seinem Schreibtisch.

Er verstellte den Strahl der Schreibtischlampe ein wenig. Vor ihm lagen Berichte, Abschriften, Beweisstücke, Polizeiakten, Laborberichte, gekritzelte Notizen. In nachdenklicher Stimmung hatte er sie sorgfältig zu einer Collage in Form einer Rose ausgelegt, wie um den häßlichen Schluß Lügen zu strafen, zu dem die Papiere ihn geführt hatten und den er nicht akzeptieren konnte.

Engstrom war unschuldig. Zum Zeitpunkt von Dennings' Tod hatte er seine Tochter besucht und ihr Geld für Drogen gegeben. Er hatte gelogen, was seinen Aufenthalt an jenem Abend betraf, um seine Tochter zu schützen und ihre Mutter zu decken, die Elvira für tot hielt.

Kinderman hatte das nicht von Karl erfahren. Am Abend ihrer Begegnung vor Elviras Wohnung hatte Karl verstockt geschwiegen. Erst als Kinderman die Tochter über die Verwicklung ihres Vaters in den Fall Dennings informiert hatte, war Elvira mit der

Wahrheit herausgerückt. Und dafür gab es Zeugen. Karl Engstrom war unschuldig. Und er schwieg sich über die Ereignisse in Chris MacNeils Haus aus.

Kinderman blickte mit gerunzelter Stirn auf die Rosen-Collage. Irgend etwas an der Zusammenstellung stimmte nicht. Er schob die Ecke einer schriftlichen eidlichen Aussage, die als Blumenblatt diente, ein bißchen tiefer und nach rechts.

Rosen. Elvira. Kinderman hatte sie eindringlich gewarnt: Wenn sie nicht binnen zwei Wochen eine Entziehungskur in einer Klinik machte, würde er ihre Spur verfolgen und sie mit Vorladungen traktieren, bis er Beweise hatte, um einen Haftbefehl zu erwirken. Doch er bezweifelte, daß sie eine Entziehungskur machen würde.

Also, Engstrom war unschuldig. Was blieb?

Kinderman verlagerte schnaufend sein Gewicht. Dann schloß er die Augen und stellte sich vor, sich bei einem wohlig warmen Bad zu entspannen. *Geistiger Schlußverkauf!* feuerte er sich an. *Neue Schlüsse ziehen! Positiv denken!* Einen Moment wartete er, spürte seine Zweifel. *Positiv!* beschwor er sich noch einmal.

Er schlug die Augen auf und dachte von neuem über die verwirrenden Informationen nach.

Punkt eins: Zwischen dem Tod von Regisseur Burke Dennings und den Schändungen in der Dreieinigkeitskirche schien es irgendeinen Zusammenhang zu geben. Bei beidem spielte Hexerei eine Rolle, und der unbekannte Schänder konnte leicht Dennings' Mörder sein.

Punkt zwei: Ein Experte auf dem Gebiet der Hexerei, ein Jesuitenpater, war bei Besuchen im Hause der MacNeils gesehen worden.

Punkt drei: Das maschinegeschriebene Blatt Papier, das den Text der blasphemischen Altarkarte enthielt, die man in der Dreieinigkeitskirche gefunden hatte, war untersucht worden. Auf beiden Seiten hatte man Fingerabdrücke gefunden. Einige stammten von Damien Karras. Andere jedoch mußten der Größe nach die Fingerabdrücke einer Person mit sehr kleinen Händen sein, möglicherweise die Hände eines Kindes.

Punkt vier: Die Schreibmaschinenschrift auf der Altarkarte war analysiert und mit der Schrift auf dem unfertigen Brief verglichen worden, den Sharon Spencer aus der Maschine gezogen, zerknüllt und zu einem Papierkorb geworfen hatte, ohne zu treffen, während Kinderman Chris befragt hatte. Er hatte das zerknüllte Blatt aufgehoben und aus dem Haus geschmuggelt. Der Text des angefangenen Briefes und der auf der Altarkarte waren auf derselben Schreibmaschine getippt worden. Laut Bericht war der Anschlag jedoch unterschiedlich. Die Person, die den blasphemischen Text getippt hatte, hatte einen viel stärkeren Anschlag als Sharon Spencer. Da der blasphemische Brief darüber hinaus nicht im ›Ein-Finger-Suchsystem‹, sondern geübt geschrieben worden war, mußte der unbekannte Schreiber der Altarkarte eine Person mit außergewöhnlicher Kraft sein.

Punkt fünf: Burke Dennings – falls sein Tod kein Unfall war – war von einer Person mit außergewöhnlicher Kraft getötet worden.

Punkt sechs: Engstrom war kein Verdächtiger mehr.

Punkt sieben: Eine Überprüfung der Reservierungen inländischer Fluggesellschaften hatten ergeben, daß Chris MacNeil ihre Tochter nach Dayton, Ohio, gebracht hatte. Kinderman hatte gewußt, daß die Tochter krank war und in eine Klinik gebracht wurde. Aber die Klinik in Dayton mußte die Barringer sein. Kinderman hatte das überprüft; die Barringer-Klinik hatte ihm bestätigt, daß die Tochter zur Beobachtung dort gewesen war. Die Klinikleitung weigerte sich zwar, die Art der Krankheit zu nennen, doch es war offenbar eine ernste geistige Störung.

Punkt acht: Ernsthafte geistige Störungen führen bisweilen zu außergewöhnlicher Kraft.

Kinderman seufzte. Wieder das gleiche. Er war wieder bei dem gleichen Schluß angelangt. Er schüttelte den Kopf und starrte auf die Mitte der Papierrose: eine verblichene alte Ausgabe eines Nachrichtenmagazins. Auf der Titelseite waren Chris und Regan zu sehen. Kinderman schaute sich die Tochter an: süß, sommersprossig; Pferdeschwanz; ein fehlender Schneidezahn im lächelnden Mund. Er blickte aus dem Fenster in die Dunkelheit. Nieselregen hatte eingesetzt.

Er ging hinunter in die Garage, stieg in die neutrale schwarze Limousine und fuhr durch regennasse, glänzende Straßen zum Viertel Georgetown, wo er auf der Ostseite der Prospect Street parkte. Und im Wagen sitzenblieb. Eine Viertelstunde lang. Er starrte auf das Fenster von Regans Zimmer. Sollte er an der Haustür anklopfen und verlangen, Regan zu sehen? Er senkte den Kopf. Rieb sich über die Stirn. *William F. Kinderman, du bist krank! Krank! Fahr nach Hause! Nimm deine Medizin! Schlaf!*

Er blickte wieder zum Fenster hinauf und schüttelte traurig den Kopf. Soweit hatte seine Logik ihn gebracht.

Kinderman sah ein Taxi am Haus vorfahren. Er ließ den Motor an und schaltete die Scheibenwischer ein.

Ein großer alter Mann stieg aus dem Taxi. Schwarzer Regenmantel, Hut, verschrammter Koffer. Er bezahlte beim Fahrer, wandte sich um, verharrte regungslos und starrte auf das Haus. Das Taxi fuhr davon und bog um die Ecke der 36. Straße. Kinderman fuhr rasch aus der Parklücke, um dem Taxi zu folgen. Als er um die Ecke bog, bemerkte er, daß sich der große alte Mann nicht vom Fleck gerührt hatte. Er stand im Schein einer Straßenlaterne im Dunst und wirkte wie ein melancholischer Reisender. Der Detective blinkte das Taxi an.

Im Haus hielten Karras und Karl Regans Arme fest, als Sharon ihr Librium spritzte und die Dosis der letzten beiden Stunden auf insgesamt vierhundert Milligramm erhöhte. Karras wußte, daß diese Dosis schwindelerregend war. Aber nach einer Pause von vielen Stunden war die dämonische Persönlichkeit plötzlich in einem so wilden Tobsuchtsanfall erwacht, daß Regans geschwächter Körper nicht mehr lange durchhalten konnte.

Karras war erschöpft. Nach seinem Besuch im Büro des Provinzials an diesem Morgen war er zum Haus zurückgekehrt, um Chris zu informieren. Dann hatte er intravenöse Ernährung für Regan angeordnet, war zu seinem Zimmer zurückgekehrt und auf sein Bett gefallen. Nach nur anderthalb Stunden Schlaf hatte ihn das Klingeln des Telefons geweckt. Sharon. Regan war noch bewußtlos; ihre Pulsfrequenz war stark gefallen. Karras eilte mit seiner Arzttasche zum Haus und drückte Regans Achillessehne, suchte nach einer Reaktion auf Schmerz. Es gab keine. Er drückte fest auf einen ihrer Fingernägel. Abermals keine Reaktion. Er war beunruhigt. Er wußte, daß es bei Hysterie und in Trancezuständen manchmal zu Schmerzunempfindlichkeit kam, doch er fürchtete ein Koma, aus dem Regan leicht in den Tod gleiten konnte. Er überprüfte ihren Blutdruck: 80 zu 50. Dann die Pulsfrequenz: 40. Er wartete im Zimmer und überprüfte die Werte anderthalb Stunden lang jede Viertelstunde, bis Blutdruck und Pulsfrequenz sich stabilisiert hatten. Also war Regan nicht in einem Schockzustand, sondern in einem Stadium der Benommenheit.

Karras hatte Sharon angewiesen, den Puls jede Stunde zu überprüfen. Dann war er in sein Zimmer und ins Bett zurückgekehrt. Doch wieder weckte ihn das Klingeln des Telefons. Man teilt ihm mit, daß der Exorzist Lankester Merrin sein würde. Er, Karras, würde assistieren.

Er war nach dieser Nachricht wie betäubt gewesen. Merrin! Der Philosoph und Archäologe! Der phantastisch kluge Kopf! Seine Bücher hatten in der Kirche für Furore gesorgt, denn sie legten seinen Glauben im Sinne der Wissenschaft aus – als etwas, das sich noch entwickelte und bestimmt war, religiös zu werden und zu Gott zu führen.

Karras rief sofort Chris an, um ihr die Neuigkeiten mitzuteilen, stellte jedoch fest, daß sie bereits vom Bischof persönlich informiert worden war. Er hatte Chris mitgeteilt, Merrin würde am nächsten Tag eintreffen. »Ich habe dem Bischof gesagt, daß er im Haus wohnen kann«, sagte Chris. »Es wird doch nur ein, zwei Tage dauern, nicht wahr?« Karras zögerte, bevor er antwortete. »Ich weiß es nicht.« Dann, nach abermaligem Zögern: »Sie dürfen nicht zuviel erwarten.« »Sie meinen, es klappt nicht?« hatte Chris betroffen gefragt. »Ich wollte damit nicht sagen, daß es nicht klappen könnte«, hatte Karras ihr versichert. »Ich meinte nur, daß es einige Zeit dauern könnte.« – »Wie lange?« – »Das kann man nicht sagen.« Er wußte, daß ein Exorzismus oft wochenlang, sogar monatelang dauerte und häufig mißlang. Karras rechnete auch diesmal mit einem Fehlschlag. Er rechnete damit, daß die Last ohne Heilung durch Suggestion letztendlich auf ihn fallen würde. »Es kann ein paar Tage oder wochenlang dauern«, hatte er Chris geantwortet. – Darauf Chris, mit schluchzender Stimme: »Wird sie noch so lange leben, Pater Karras?«

Als Karras aufgelegt hatte, war er niedergeschlagen und von Zweifeln geplagt gewesen. Auf dem Bett ausgestreckt, hatte er an Merrin gedacht. *Merrin!* Aufregung und Hoffnung hatten ihn erfüllt, gefolgt von einer beklemmenden Besorgnis. Er selbst wäre als Exorzist der erste Kandidat gewesen, doch der Bischof hatte ihn übergangen. Warum? Weil Merrin Erfahrungen als Exorzist besaß?

Als Karras die Augen schloß, rief er sich in Erinnerung, daß Exorzisten auf Grund von ›Mitgefühl‹ und ›hohen moralischen Qualitäten‹ ausgewählt wurden; daß im Matthäus-Evangelium stand, Christus – von seinen Jüngern nach dem Grund ihres Scheiterns beim Versuch eines Exorzismus gefragt – habe geantwortet: »Wegen eures schwachen Glaubens.«

Der Provinzial, sagte sich Karras, hat über mein Problem

Bescheid gewußt. Er hat mich für unwürdig gehalten, für unfähig, und mich abgelehnt. Es schmerzte. Es schmerzte sehr. Dann endlich kam der Schlaf, füllte die Leere, vertrieb den Schmerz und die Selbstzweifel.

Wieder wurde Karras vom Klingeln des Telefons geweckt. Chris rief an und informierte ihn über Regans erneute Raserei. Wieder im Haus, überprüfte er Regans Puls. Er war hoch. Er verabreichte Librium, dann noch einmal. Und noch einmal. Schließlich ging er in die Küche und gesellte sich zu Chris an den Tisch, um Kaffee zu trinken. Sie las in einem Buch von Merrin, das sie sich ins Haus bestellt hatte. »Das ist mir viel zu hoch«, sagte sie leise, doch sie wirkte tief bewegt. »Aber einiges davon ist so wunderbar … so großartig.« Sie blätterte zurück zu einer Passage, die sie markiert hatte, und reichte Karras das Buch. Er las:

> … Wir sind vertraut mit der Ordnung, der Beständigkeit, der immerwährenden Erneuerung der Umwelt. Vergänglichkeit ist jeder Teil davon, Ruhelosigkeit und Wanderung sind ihre Elemente, doch sie dauert fort, wird zusammengehalten durch ein Gesetz der Dauerhaftigkeit, und wenngleich sie immer wieder stirbt, so erwacht sie immer wieder zum Leben. Zerfall führt zu neuen Formen der Organisation, und der Tod des einen ist die Geburt von Tausenden Leben. Jede Stunde gibt Zeugnis davon, wie vergänglich, zugleich aber sicher das große Ganze ist. Es ist wie ein Spiegelbild auf fließendem Wasser: stets gleich, obwohl das Wasser immer fließt. Die Sonne geht unter, um wieder aufzugehen; der Tag wird vom Dunkel der Nacht geschluckt, um neu daraus geboren zu werden, so frisch, als wäre er niemals ausgelöscht worden. Der Frühling geht in den Sommer über, Sommer und Herbst in den Winter, um durch seine Rückkehr um so sicherer über das Grab zu triumphieren, auf den er von seiner ersten Stunde an entschlossen zugeeilt ist. Wir trauern um die Blüte des Mai, weil sie ver-

welkt, doch wir wissen, daß der Mai sich eines Tages am November rächt; die Revolution des heeren Kreislaufs, der niemals endet und uns auf dem Gipfel der Hoffnung lehrt, stets besonnen zu sein und in unseren Tiefen der Trostlosigkeit niemals zu verzweifeln …

»Ja, es ist schön«, sagte Karras leise. Sein Blick war noch auf die Seite gerichtet. Das Toben des Dämons oben im Zimmer wurde lauter.

»*… Bastard … Abschaum … frömmlerischer Scheinheiliger!*«

»Sie hat oft eine Rose auf meinen Teller gelegt … am Morgen, bevor ich zum Drehort fuhr.«

Karras blickte sie fragend an.

»Regan«, erklärte Chris und senkte den Blick. »Stimmt ja, ich hatte es vergessen … Sie haben sie ja vorher nicht gekannt.« Sie schneuzte sich und wischte sich über die Augen. »Möchten Sie einen Schuß Cognac in den Kaffee, Pater Karras?« fragte sie dann.

»Danke, nein.«

»Der Kaffee ist fade«, murmelte sie. »Ich hole eine Flasche Cognac. Entschuldigen Sie mich.« Sie verließ rasch die Küche.

Karras nippte am Kaffee. Er fühlte sich warm in dem Pullover, den er unter der Soutane trug, und er fühlte sich schwach, weil er Chris nicht hatte trösten können. Dann kam ihm eine traurige Erinnerung an die Kindheit, an Ginger, seinen Mischlingshund, der abgemagert und benommen in einem Karton in der Wohnung gelegen hatte. Ginger hatte im Fieber gezittert und sich erbrochen, während Karras die Hündin mit Handtüchern zugedeckt und versucht hatte, ihr warme Milch einzuflößen, bis ein Nachbar vorbeigekommen war, die Staupe erkannt und gesagt hatte: »Dein Hund braucht sofort Spritzen.« Dann eines Nachmittags nach Schulschluß auf die Straße … seine Mutter war dort gewesen … unerwartet, traurig … sie hatte seine Hand genommen und ein glänzendes 50-Cent-Stück hineingedrückt … ein

Hochgefühl … so viel Geld! … dann ihre Stimme, leise und sanft: »Gingie ist tot …«

Er blickte auf die dampfende, bittere Schwärze in seiner Tasse und fühlte sich nicht in der Lage, zu trösten oder zu heilen.

»Frömmlerischer Hurensohn!«

Der Dämon. Immer noch tobend.

»Dein Hund braucht sofort Spritzen …«

Karras kehrte schnell in Regans Schlafzimmer zurück, wo er sie festhielt, als Sharon ihr das Librium injizierte und die Gesamtdosis auf fünfhundert Milligramm erhöhte.

Sharon tupfte die Einstichstelle ab, während Karras Regan verwirrt beobachtete. Die wilden Obszönitäten waren anscheinend auf niemanden im Zimmer gerichtet, sondern auf eine Person, die nicht zu sehen oder nicht anwesend war.

Kopfschüttelnd ging Karras zur Küche und setzte sich müde an den Tisch. Er starrte zu Boden. Hörte das Klirren von Porzellan, als Kaffee mit einem Löffel umgerührt wurde. »Haben Sie mit Regans Vater gesprochen?« fragte er.

»Ja, er hat angerufen.« Pause. »Er wollte mit ihr reden.«

»Und was haben Sie ihm gesagt?«

Wieder eine Pause. Dann: »Ich habe ihm gesagt, sie sei auf einer Party.«

Stille. Karras hörte kein Umrühren mehr. Er blickte auf und sah, daß Chris zur Decke starrte. Und dann bemerkte er es ebenfalls: Oben waren die Rufe verstummt.

»Ich nehme an, das Librium wirkt«, sagte er dankbar.

Es klingelte an der Tür. Karras schaute in Richtung des Klingelns, schaute dann Chris an, die seinen argwöhnischen Blick mit dem fragenden Anheben einer Augenbraue erwiderte.

Kinderman?

Sekunden verstrichen. Sie warteten. Willie hatte frei. Sharon und Karl waren immer noch oben. Keiner kümmerte sich um das Klingeln. Angespannt stand Chris auf und ging ins Wohnzimmer.

Sie kniete sich aufs Sofa, zog den Vorhang einen Spalt auf und spähte verstohlen durch das Fenster zu dem Besucher. *Gott sei Dank!* Kinderman war es nicht. Statt dessen sah sie einen großen alten Mann in einem abgetragenen Regenmantel. Er wartete mit gesenktem Kopf im Regen und trug einen altmodischen Koffer. Als er den Koffer in die andere Hand wechselte, glänzte für einen Augenblick eine Schnalle im Schein der Straßenlaterne.

Es klingelte von neuem.

Wer ist das?

Verwundert ging Chris zur Haustür, öffnete nur einen Spalt und spähte in die Dunkelheit. Nieselregen wehte ihr entgegen. Die Hutkrempe des Mannes verbarg sein Gesicht. »Ja? Kann ich Ihnen helfen?«

»Mrs. MacNeil?« ertönte eine Stimme aus der Dunkelheit. Sie klang freundlich, kultiviert.

Als der Mann den Hut abnahm, nickte Chris und sah plötzlich in überwältigende Augen, aus denen Intelligenz und Güte sprachen, gemischt mit heiterer Gemütsruhe, die auf sie überströmte wie das Wasser eines warmen und heilsamen Flusses, dessen Quelle in diesem Mann war wie auch außerhalb seines Körpers; dessen Flut gebändigt und dennoch ungestüm und schier unendlich war.

»Ich bin Pater Merrin.«

Einen Moment starrte Chris verständnislos auf das hagere, asketische Gesicht, auf die wie gemeißelt wirkenden Wangenknochen, dann zog sie rasch die Tür ganz auf. »Oh, kommen Sie herein! Kommen Sie! Ich weiß wirklich nicht, warum ich so durcheinander war …«

Er trat ein, und sie schloß die Tür.

»Ich meine, ich hatte Sie erst morgen erwartet!«

»Ich weiß«, hörte sie ihn erwidern.

Als sie sich zu ihm umwandte, sah sie, daß er den Kopf zur Seite geneigt hatte und nach oben blickte, als ob er auf irgend etwas lauschte, das sich im ersten Stock befand ... nein, mehr als ob er es *spürt*, dachte Chris ... irgendeine ferne Vibration, die ihm vertraut war. Verwirrt beobachtete sie Merrin. Seine Haut war von Wind und Wetter gegerbt, von einer Sonne, die in der Fremde schien, irgendwo fern dieser Zeit, fern von diesem Haus.

Was tut er?

»Darf ich Ihnen den Koffer abnehmen, Pater? Er muß Ihnen schwer geworden sein.«

»Es geht schon«, sagte er sanft. Immer noch fühlend, forschend. »Er ist wie ein Teil meines Arms. Sehr alt, sehr abgenutzt.« Er blickte mit einem herzlichen, müden Lächeln darauf. »Ich bin an das Gewicht gewöhnt. Ist Pater Karras hier?«

»Ja. Er ist in der Küche. Haben Sie schon zu Abend gegessen, Pater?«

Er blickte schnell nach oben, als eine Tür geöffnet wurde. »Ja, ich habe im Zug etwas gegessen.«

»Möchten Sie wirklich nicht noch etwas essen?«

Zögern. Dann das Zuklappen der Tür. Er senkte den Blick. »Nein, danke.«

»Schreckliches Regenwetter«, sagte Chris, immer noch durcheinander und verlegen. »Wenn ich gewußt hätte, daß Sie heute schon kommen, hätte ich Sie am Bahnhof abgeholt.«

»Ist schon in Ordnung.«

»Mußten Sie lange auf ein Taxi warten?«

»Ein paar Minuten.«

»Ich nehme das, Pater!«

Karl. Er war die Treppe hinuntergeeilt, zog dem Priester nun den Koffer aus der Hand und trug ihn durch die Halle.

»Wir haben im Arbeitszimmer ein Bett für Sie aufgestellt, Pater.« Chris war nervös. »Es ist wirklich sehr bequem, und ich dachte mir, Sie würden gern ungestört sein. Ich zeige Ihnen, wo es ist.« Sie ging ein Stück voran, verharrte dann aber. »Oder möchten Sie erst Pater Karras begrüßen?«

»Ich sollte mir zuerst Ihre Tochter ansehen«, sagte Merrin.

Sie blickte ihn verwirrt an. »Gleich jetzt, meinen Sie?«

Er blickte wieder nach oben. »Ja, jetzt gleich.«

»Aber sie schläft bestimmt.«

»Das bezweifle ich.«

»Aber wenn ...«

Plötzlich zuckte Chris zusammen, als die Stimme des Dämons von oben ertönte, dröhnend und trotzdem gedämpft, krächzend.

»Meeeriiiinnn!«

Dann ein gewaltiger, dumpfer Schlag gegen die Schlafzimmerwand.

»*Allmächtiger!*« stieß Chris hervor und preßte eine Hand aufs Herz. Benommen schaute sie zu Merrin. Der Priester hatte sich nicht bewegt. Er blickte immer noch nach oben, angespannt und dennoch gelassen; seine Augen spiegelten nicht einmal den Hauch von Erstaunen. Mehr ein *Wiedererkennen*, dachte Chris.

Ein weiterer Schlag erschütterte die Wände.

»Merrrriiiinnn!«

Der Jesuit bewegte sich langsam vorwärts, ohne Chris zu beachten, die erstaunt starrte; Karl, der ungläubig aus dem Arbeitszimmer trat; Karras, der erschreckt aus der Küche stürzte, während das alptraumhafte Hämmern und Krächzen weiterging. Merrin stieg gemächlich die Treppe hinauf, die schlanke Hand auf dem Geländer.

Karras trat neben Chris, und zusammen beobachteten sie aus der Eingangshalle, wie Merrin Regans Schlafzimmer betrat und die Tür hinter sich schloß. Eine Zeitlang war es still. Dann lachte der Dämon plötzlich, und Merrin kam aus dem Zimmer. Er schloß die Tür und kam in die Halle hinunter. Hinter ihm wurde die Schlafzimmertür von neuem geöffnet, und Sharon steckte den Kopf heraus, starrte mit sonderbarem Gesichtsausdruck hinter ihm her.

Der Jesuit stieg rasch die Treppe hinunter und streckte dem wartenden Karras die Hand entgegen.

»Pater Karras ...«

»Freut mich sehr, Pater Merrin.«

Merrin nahm Karras' Rechte in beide Hände. Er drückte sie, betrachtete Karras' Gesicht mit ernstem und besorgtem Blick, während oben das Gelächter in gemeine Obszönitäten überging, die Merrin galten.

»Sie sehen schrecklich müde aus«, sagte Merrin. »Sind Sie müde?«

»Überhaupt nicht. Warum fragen Sie?«

»Haben Sie Ihren Regenmantel dabei?«

Karras schüttelte den Kopf. »Nein.«

»Dann nehmen Sie meinen«, sagte der grauhaarige Jesuit und knöpfte den Mantel auf. »Ich möchte, Damien, daß Sie eine Soutane, zwei Chorhemden, eine purpurne Stola, etwas Weihwasser und zwei Exemplare *Römisches Ritual* holen.« Er reichte dem verdutzten Karras den Regenmantel. »Ich glaube, wir sollten beginnen.«

Karras runzelte die Stirn. »Sie meinen jetzt? Sofort?«

»Ja.«

»Möchten Sie sich nicht die Vorgeschichte des Falles anhören, Pater?«

»Weshalb?« Merrin runzelte die Stirn.

Karras erkannte, daß er keine Antwort auf diese Frage wußte. Er wandte den Blick von Merrins beunruhigenden Augen ab. »Nun ... dann gehe ich jetzt und hole die Sachen«, sagte er und zog den Regenmantel an.

Karl eilte durch die Halle und hielt Karras die Haustür auf. Sie tauschten kurz einen Blick; dann trat Karras hinaus in den Regen und die Dunkelheit. Merrin blickte zu Chris. »Es macht Ihnen doch nichts aus, wenn wir gleich beginnen?« fragte er sanft.

Sie hatte ihn betrachtet, erleichtert bei dem Gefühl, daß er

Entscheidungen fällte und Anweisungen gab – eine Autorität, die alles unter Kontrolle hatte. »Nein, ich bin froh«, sagte sie dankbar. »Aber Sie müssen müde sein, Pater.«

Er sah den besorgten Blick, den sie nach oben warf, wo der Dämon ins Regans Körper tobte.

»Möchten Sie eine Tasse Kaffee?« fragte sie. »Er ist frisch.« Drängend, beinahe flehend. »Heiß. Wie wäre es, Pater?«

Er sah, wie sie nervös die Hände ballte und öffnete, sah die tief in den Höhlen liegenden Augen. »Ja, gern«, sagte er herzlich. »Danke. Wenn es Ihnen keine Mühe macht.«

Chris führte ihn in die Küche, und bald lehnte er mit einem Becher Kaffee in der Hand am Herd.

»Möchten Sie einen Schuß Cognac in den Kaffee, Pater?« Chris hielt die Flasche in die Höhe.

Merrin senkte den Blick und schaute ausdruckslos in den Becher. »Die Ärzte raten mir davon ab«, sagte er, hielt Chris dann doch den Becher hin. »Aber Gott sei Dank ist mein Wille schwach.«

Chris zögerte einen Moment, war unsicher. Dann aber hob Merrin den Kopf, und sie sah das Lächeln in seinen Augen.

Sie schenkte ein.

»Sie haben einen wunderschönen Namen«, sagte er. »Chris MacNeil. Ist es ein Künstlername?«

Chris goß auch sich selbst Cognac in den Kaffee. Sie schüttelte den Kopf. »Nein. Nicht, daß ich Kunigunde Kotz hieße oder so.«

»Na, Gott sei Dank«, murmelte Merrin.

Chris lächelte und setzte sich. »Und was ist mit Lankester, Pater? Ein ungewöhnlicher Name. Wurden Sie nach jemandem benannt?«

»Ein Frachtschiff«, erwiderte er, starrte geistesabwesend vor sich hin und führte den Becher zum Mund. Er nippte am Kaffee. »Oder eine Brücke? Ja, ich glaube, es war eine Brücke.« Er wirkte auf einmal wehmütig. »Damien«, fuhr er fort, »ich wünschte, ich hätte einen so schönen Namen wie Damien.«

»Woher kommt dieser Name, Pater?«

Er blickte in den Kaffeebecher. »Damien war der Name eines Priesters, der sein Leben der Pflege von Leprakranken auf der Insel Molokai widmete. Er erkrankte schließlich selbst an Lepra.« Merrin schwieg kurz. »Ein schöner Name«, wiederholte er dann. »Ich glaube, mit einem Vornamen wie Damien wäre ich vielleicht sogar zufrieden, wenn ich den Nachnamen Kotz hätte. Damien Kotz.«

Chris lachte. Sie entspannte sich. Fühlte sich leichter. Längere Zeit sprachen sie und Merrin über belanglose Dinge. Schließlich erschien Sharon in der Küche; erst dann wandte sich Merrin zum Gehen. Es war, als hätte er auf Sharons Ankunft gewartet, denn sofort ging er mit dem Kaffeebecher zur Spüle, spülte ihn aus und stellte ihn behutsam auf den Geschirrständer. »Der Kaffee war gut«, sagte er. »Genau, was ich brauchte.«

Chris erhob sich. »Ich bringe Sie zu Ihrem Zimmer.«

Merrin dankte ihr und folgte ihr zur Tür des Arbeitszimmers. »Wenn Sie irgend etwas brauchen, Pater, lassen Sie's mich wissen.«

Er legte ihr die Hand auf die Schulter und drückte sie leicht und beruhigend. Chris hatte das Gefühl, daß Kraft und Wärme auf sie überströmten. Frieden. Und ein sonderbares Gefühl von … Sicherheit?

»Sie sind sehr freundlich.« Seine Augen lächelten. »Danke.«

Merrin zog die Hand zurück und schaute Chris nach, als sie davonging. Als sie fort war, nahm sein Gesicht einen schmerzlichen Ausdruck an. Er betrat das Arbeitszimmer und schloß die Tür. Aus einer Hosentasche zog er eine Schachtel Aspirin, nahm eine Pille Nitroglyzerin heraus und schob sie unter seine Zunge.

Chris betrat die Küche. Sie verharrte an der Tür und schaute zu Sharon, die beim Herd stand, die Hand auf der Kaffeemaschine, während sie wartete, daß der Kaffee durchlief.

Chris ging besorgt zu ihr. »Sharon«, sagte sie sanft. »Warum gönnst du dir nicht eine kleine Pause?«

Keine Antwort. Sharon wirkte in Gedanken versunken. Dann wandte sie sich um und blickte Chris verständnislos an. »Entschuldige. Hast du was gesagt?«

Chris sah die Anspannung in Sharons Gesicht, den geistesabwesenden Blick.

»Was ist da oben geschehen, Sharon?« fragte sie.

»Wo geschehen?«

»Als Pater Merrin in Regans Zimmer ging.«

»Oh, das ...« Sharon runzelte die Stirn. Ein Ausdruck des Zweifels legte sich auf ihr Gesicht. »Ja. Es war komisch.«

»Komisch?«

»Merkwürdig. Sie haben sich nur ...« Sie verstummte. »Sie haben sich bloß eine Zeitlang angestarrt, und dann sagte Regan ... dieses Ding ...«

»Was hat sie gesagt?«

»Das Ding in ihr sagte: ›Diesmal werde *ich* der Sieger sein.‹«

Chris starrte sie an, wartete. »Und dann?«

»Das war alles. Pater Merrin drehte sich um und ging aus dem Zimmer.«

»Und wie sah er aus?« fragte Chris.

»Komisch.«

»Himmel, Sharon, laß dir ein anderes Wort einfallen ...«, fuhr Chris sie an und verstummte, als ihr auffiel, daß Sharon den Kopf wie lauschend zur Seite geneigt hatte.

Chris blickte nach oben und bemerkte es ebenfalls: die Stille ... der Dämon tobte nicht mehr ... doch irgend etwas wurde stärker.

Die Frauen tauschten Blicke.

»Spürst du es auch?« fragte Sharon leise.

Chris nickte. Das Haus. Etwas in dem Haus. Eine Spannung. Eine allmähliche Verdichtung der Luft. Ein Pulsieren, als bauten sich langsam Energien auf.

Das Klingeln an der Tür klang unwirklich.

»Ich mach' auf«, sagte Sharon.

Sie ging zur Eingangshalle und öffnete die Tür. Karras wartete draußen. Er trug einen Wäschereikarton. »Danke, Sharon.«

»Pater Merrin ist im Arbeitszimmer«, informierte sie ihn.

Karras ging rasch dorthin, klopfte leise an die Tür und trat ein, den Karton im Arm. »Entschuldigen Sie, Pater. Es hat so lange gedauert, weil ...«

Karras verstummte abrupt. Merrin, in Hose und Unterhemd, kniete im Gebet neben dem Bett, die Stirn auf die gefalteten Hände gestützt. Karras stand für einen Moment wie angewurzelt da, als wäre er um eine Ecke gebogen und plötzlich seinem Ich im Knabenalter mit dem Chorhemd des Meßdieners über dem Arm begegnet, das ohne einen Blick des Wiedererkennens an ihm vorübereilte.

Karras richtete seinen Blick auf den offenen Wäschereikarton, auf die Regenflecken auf der Wäschestärke. Dann ging er langsam zum Sofa und legte den Inhalt des Kartons darauf. Als er fertig war, zog er den Regenmantel aus und hängte ihn sorgfältig über einen Stuhl. Als er wieder zu Merrin schaute, sah er, daß der Priester sich bekreuzigte. Er blickte rasch weg, griff nach dem größeren der weißen Chorhemden und zog es über seine Soutane. Er hörte, daß Merrin aufstand und sagte: »Danke, Damien.« Karras wandte sich ihm zu und streifte das Chorhemd ganz hinab, während Merrin zum Sofa ging und den Blick über die Gegenstände schweifen ließ, die darauf lagen.

Karras nahm einen Pullover. »Den sollten Sie unter Ihrer Soutane anziehen, Pater«, sagte er und reichte ihn Merrin. »Es wird manchmal kalt in dem Zimmer.«

Merrin strich leicht über den Pullover. »Das war sehr aufmerksam von Ihnen, Damien.«

Karras nahm Merrins Soutane vom Sofa und beobachtete, wie der alte Mann sich den Pullover über den Kopf streifte. Erst jetzt und sehr plötzlich, während Karras diese schlichte Handlung sah, spürte er die gewaltige Wirkung dieses Mannes, die ihm den Atem verschlug.

Plötzlich merkte er, daß die Soutane ihm aus den Händen genommen wurde. Merrin. Er streifte sie über. »Sie sind mit den Regeln des Exorzismus vertraut, Damien?«

»Ja«, antwortete Karras.

Merrin knöpfte die Soutane zu. »Es ist besonders wichtig, Gespräche mit dem Dämon zu vermeiden …«

»Mit dem Dämon.« Er sagt es so nüchtern, dachte Karras. Es erschütterte ihn.

»Vielleicht stellen wir Fragen, die relevant sind«, sagte Merrin, als er den Kragen der Soutane zuknöpfte. »Aber was darüber hinausgeht, ist gefährlich. Äußerst gefährlich.« Er nahm das Chorhemd von Karras entgegen und streifte es über. »Glauben Sie nicht, was er sagt. Der Dämon ist ein Lügner. Er wird lügen, um uns zu verwirren; aber er wird auch Lügen mit der Wahrheit mischen, um uns anzugreifen. Der Angriff erfolgt psychologisch, Damien. Und er ist gewaltig! Hören Sie nicht hin. Merken Sie sich das. Hören Sie nicht hin!«

Als Karras ihm die Stola reichte, fügte der Exorzist hinzu: »Möchten Sie noch irgendeine Frage stellen, Damien?«

Karras schüttelte den Kopf. »Nein. Aber ich nehme an, es könnte hilfreich sein, wenn ich Ihnen ein paar Informationen über die verschiedenen Persönlichkeiten gebe, die Regan gezeigt hat. Bis jetzt sind es anscheinend drei.«

»Es gibt nur eine«, sagte Merrin sanft und streifte die Stola über. Einen Moment hielt er sie fest und stand reglos da, während ein gequälter Ausdruck in seine Augen trat. Dann gab er ein Exemplar des *Römischen Rituals* Karras und nahm sich das andere. »Wir werden die Litanei der Heiligen weglassen. Haben Sie das Weihwasser?«

Karras nahm die kleine, mit einem Korken verschlossene Flasche aus der Tasche. Merrin nahm sie und wies mit dem Kopf auf die Tür. »Bitte gehen Sie voran, Damien.«

Oben vor Regans Schlafzimmer standen Sharon und Chris und warteten angespannt. Sie hatten dicke Pullover und Jacken an. Als sie hörten, daß unten eine Tür geöffnet wurde, schauten sie in die Halle und sahen Karras und Merrin zur Treppe kommen. Wie groß Pater Merrin ist! dachte Chris. Und Karras … sein dunkles, wie gemeißeltes Gesicht über dem unschuldigen Meßdiener-Weiß des Chorhemds wirkte düster. Als Chris die Männer die Treppe hinaufkommen sah, fühlte sie sich tief und auf sonderbare Weise bewegt. Ihr Herz schlug schneller, und beim Gedanken an den Dämon ging ihr unwillkürlich der Satz durch den Kopf: *Jetzt kommt mein großer Bruder, um dir den Schädel einzuschlagen, du Schweinehund!*

An der Tür des Zimmers verharrten die Pater. Karras blickte mit einem Stirnrunzeln auf den Pullover und die Jacke, die Chris trug. »Kommen Sie mit rein?«

»Ich dachte, das sollte ich …«

»Bitte, tun Sie es nicht«, bat er sie eindringlich. »Sie würden einen großen Fehler machen.«

Chris blickte fragend zu Merrin.

»Pater Karras weiß das am besten«, sagte der Exorzist ruhig.

Chris blickte Karras wieder an und senkte den Kopf. »Ist gut«, sagte sie verzagt. Sie lehnte sich an die Wand. »Ich warte hier draußen.«

»Wie ist der zweite Vorname Ihrer Tochter?« fragte Merrin.

»Teresa.«

»Welch ein schöner Name«, meinte Merrin herzlich und blickte sie einen Moment beruhigend an. Dann schaute er auf die Tür, und von neuem spürte Chris diese Spannung, diese Verdichtung der Finsternis. Drinnen. Im Schlafzimmer. Jenseits der Tür. Karras und Sharon schienen es ebenfalls zu spüren.

Merrin nickte. »Gehen wir«, sagte er leise.

Karras öffnete die Tür – und taumelte beinahe vor dem Schwall von Gestank und eisiger Kälte zurück. In einer Ecke des Zimmers hockte Karl zusammengesunken in einem Sessel. Er trug eine verwaschene olivgrüne Jägerjacke und drehte sich erwartungsvoll zu Karras um. Der Pater richtete den Blick auf den Dämon im Bett. Dessen glitzernde Augen starrten an ihm vorbei auf den Flur. Sein Blick war fest auf Merrin gerichtet.

Karras ging bis zum Fuß des Bettes, während Merrin langsam, groß und hoch aufgerichtet, neben das Bett schritt. Dort blieb er stehen und schaute haßvoll auf den Dämon hinunter. Totenstille herrschte im Zimmer. Dann leckte Regan sich mit einer wölfischen, geschwärzten Zunge über die aufgesprungenen und geschwollenen Lippen. Es klang, als würde eine Hand zerknittertes Pergament glätten. »Ah, du eingebildeter Abschaum!« krächzte der Dämon. »Endlich! Endlich kommst du!«

Der alte Priester hob die Hand und machte das Kreuzzeichen über dem Bett; dann wiederholte er die Geste, wobei er sich Karras und Karl zuwandte. Er zog den Korken aus dem Fläschchen mit Weihwasser.

»Aaah! Jetzt kommt die gesegnete Pisse!« krächzte der Dämon. »Das Sperma der Heiligen!«

Merrin hob das Fläschchen, und die Fratze des Dämons nahm noch gräßlichere Züge an. »Ah, das sieht dir ähnlich, Bastard!« Der Dämon schäumte vor Wut.

Merrin sprenkelte Weihwasser aufs Bett.

Der Kopf des Dämons ruckte hoch, der Mund und die Nackenmuskeln bebten. »Ja, mach nur! Mach nur, Merrin! Bade uns! Bade uns in deinem Schweiß! Dein Schweiß ist geweiht, Sankt Merrin! Bete und furze Wolken von Weihrauch! Knie nieder und zeig den heiligen Arsch, auf daß wir ihn verehren! Ihn *küssen!* Ihn *lecken …«*

»Schweig!«

Das Wort flog wie ein Pfeil. Karras zuckte zusammen und fuhr zu Merrin herum, der Regan gebieterisch anstarrte. Und der Dämon schwieg. Erwiderte Merrins Starren. Doch in den glühenden Augen spiegelte sich Unentschlossenheit. Er blinzelte. Blickte argwöhnisch.

Merrin verkorkte geschickt das Weihwasserfläschchen und gab es Karras zurück. Der schob es in die Hosentasche und beobachtete, wie Merrin sich neben das Bett kniete, die Augen schloß und leise betete. »Vater unser ...«

Regan spuckte aus und traf Merrin mit gelblichem Schleim ins Gesicht. Er rann langsam an der Wange des Exorzisten herab.

»... Dein Reich komme ...« Merrin sprach das Gebet weiter, mit gesenktem Kopf, ohne Pause, während er ein Taschentuch hervorzog und gemächlich den Speichel fortwischte. »Und führe uns nicht in Versuchung ...«

»... sondern erlöse uns von dem Bösen«, ergänzte Karras.

Er blickte kurz auf. Regans Augen rollten in den Höhlen nach hinten, bis das Weiß der Lederhaut entblößt war. Karras fühlte sich unbehaglich. Spürte, daß etwas in dem Zimmer gefror. Er widmete sich wieder seinem Text, um Merrins Gebet zu folgen:

»Gott und Vater unseres Herrn Jesus Christus, ich rufe Deinen heiligen Namen an und erbitte in Demut Deine Gnade. Hilf mir gegen diesen unreinen Geist, der Dein Geschöpf peinigt. Gib mir Kraft durch Deine göttliche Macht.«

»Amen«, sagte Karras.

Jetzt stand Merrin auf und betete ehrfurchtsvoll: »Gott, Schöpfer und Beschützer von uns Menschen, erbarme Dich Deiner Dienerin Regan Teresa MacNeil, die heimgesucht wird von der Plage der alten Schlange, dem verschworenen Feind von uns Menschen, der ...«

Karras blickte auf, als er Regan zischen hörte. Er sah, wie sie sich aufsetzte, wie das Weiß ihrer Augen entblößt war, während ihre Zunge blitzschnell aus dem Mund züngelte und ihr Kopf vor- und zurückstieß wie der einer Kobra.

Wieder verspürte Karras Unruhe und Beklemmung. Wieder schaute er auf seinen Text.

»Rette Deine Dienerin«, betete Merrin. Er las stehend aus dem *Ritual.*

»Die auf Dich vertraut, mein Gott«, antwortete Karras.

»Laß sie in Dir, o Herr, eine Festung finden.«

»Im Angesicht des Feindes.«

Als Merrin mit der nächsten Textzeile fortfuhr, hörte Karras das Keuchen Sharons hinter sich. Er wandte schnell den Kopf und sah sie wie betäubt aufs Bett starren. Verwirrt blickte er ebenfalls hin. Und ihm stockte der Atem. *Die Vorderseite des Bettes hob sich vom Boden!*

Er starrte ungläubig. 10 Zentimeter. 15. 30. Dann hoben sich auch die hinteren Beine.

»*Gott im Himmel!*« flüsterte Karl furchtsam. Karras sah, wie das Bett sich hinten hob, bis es auf einer Höhe mit der Vorderseite war. *Das geschieht gar nicht!* dachte er, während er wie versteinert beobachtete. *Das bilde ich mir bloß ein.*

Das Bett schwebte weitere 30 Zentimeter höher und verharrte dort, bewegte sich auf und ab, leicht schwankend, als würde es auf einem See treiben.

»Pater Karras?«

Er wandte sich um. Der Exorzist betrachtete ihn gelassen und nickte zum Exemplar des *Ritual* in Karras' Händen. »Die Antwort bitte, Damien.«

Karras blickte verständnislos. Sharon stürmte aus dem Zimmer.

»Laß den Feind keine Macht über sie haben«, wiederholte Merrin leise.

Hastig blickte Karras wieder auf den Text und fand die Stelle. Mit wild klopfendem Herzen sagte er: »Und der Sohn der Sünde sei machtlos, ihr Schaden zuzufügen.«

»Herr, erhöre mich«, fuhr Merrin fort.

»Und mein Flehen.«

»Der Herr sei mit dir.«

»Und mit deinem Geiste.«

Merrin sprach ein längeres Gebet, und Karras richtete den Blick wieder aufs Bett, auf die Hoffnungen auf seinen Gott, auf das übernatürliche Schweben in der Luft. Ein Hochgefühl erfüllte ihn. *Es ist da! Dort ist es! Direkt vor mir!* Er wandte den Kopf, als plötzlich die Tür geöffnet wurde. Sharon huschte herein, gefolgt von Chris, die entsetzt aufschrie.

»Allmächtiger Vater, ewiger Gott ...«

Der Exorzist hob die Hand und machte dreimal gemächlich das Zeichen des Kreuzes auf Regans Stirn, während er aus dem *Ritual* las: »... der Deinen eingeborenen Sohn in die Welt gesandt hat, um den brüllenden Löwen ...«

Das Zischen verstummte. Aus Regans Mund, der ein O bildete, drang plötzlich das nervenzerfetzende Brüllen eines Stiers.

»... errette dieses Menschenkind, das nach Deinem Abbild erschaffen ward, vor der Vernichtung aus den Klauen des Teufels ...«

Das Brüllen des Stiers wurde lauter, markerschütternd.

»Gott und Herr aller Schöpfung!« Merrin hob die Hand und drückte einen Teil der Stola an Regans Hals. »Durch die Macht, die Satan aus dem Himmel stürzen ließ, vertreibe die Bestie!«

Das Brüllen verstummte. Lastende Stille. Dann quoll dickes, stinkendes, grünliches Erbrochenes in langsamen und regelmäßigen Schüben aus Regans Mund, lief wie Lava über ihre Lippen und floß auf Merrins Hand. Aber er bewegte sie nicht. »Laß Deine mächtige Hand diesen grausamen Dämon aus Regan Teresa MacNeil vertreiben, die ...«

Karras nahm verschwommen war, daß die Tür geöffnet wurde und Chris aus dem Zimmer stürzte.

»Vertreibe diesen Peiniger der Unschuld ...«

Das Bett begann leicht zu schaukeln. Dann schwankte es heftig. Während immer noch Erbrochenes aus Regans Mund quoll, rückte Merrin ruhig die Stola zurecht und hielt sie fest an Regans Hals gedrückt.

»Erfülle Deine Diener mit dem Mut, mannhaft diesem verdammten Drachen zu widerstehen, der die verachtet, die Vertrauen in Dich setzen …«

Abrupt ließen die Bewegungen nach. Fasziniert beobachtete Karras, wie das Bett langsam zu Boden schwebte und mit einem dumpfen Aufprall auf dem Läufer stehenblieb.

»Herr, gib, daß dieses …«

Benommen blickte Karras auf Merrin. Er konnte dessen Hand nicht sehen. Sie war unter dampfendem Erbrochenen verborgen.

»Damien?«

Karras blickte auf.

»Herr, erhöre mein Gebet«, sagte der Exorzist ruhig.

Langsam drehte Karras sich zum Bett. »Und erhöre mein Flehen.«

Merrin hob die Stola an, trat einen kleinen Schritt zurück – und dann peitschte seine Stimme durchs Zimmer: »Ich vertreibe dich, unreiner Geist, zusammen mit jeder satanischen Macht des Feindes! Mit jedem Geist der Hölle! Jedem bösartigen Gefährten!« Von Merrins Hand tropfte Erbrochenes auf den kleinen Teppich. »Es ist Christus, der über dich herrscht, der einst den Wind und die See und den Sturm zähmte!«

Der unablässige Strom des Erbrochenen versiegte. Regan saß still da. Unbewegt. Das Weiße in ihren Augen funkelte Merrin mit abgrundtiefer Bosheit an. Vom Fuß des Bettes aus beobachtete Karras angespannt, als der Schock und die Aufregung nachließen, als sein Verstand fieberhaft zu arbeiten begann, als seine geistigen Finger ungebeten, wie unter Zwang, in den verborgenen Winkeln logischer Zweifel bohrten … Poltergeister … psychokinetische Aktion … pubertäre Spannungen … vom Verstand diktierte Kräfte. Er runzelte die Stirn, als ihm etwas einfiel. Er trat neben das Bett, neigte sich vor und ergriff Regans Handgelenk, Und stellte fest, was er befürchtet hatte. Wie bei dem Schamanen in Sibirien raste der Puls. Er blickte auf seine Armbanduhr, zählte fassungslos die Herzschläge.

»Er ist es, der über dich gebietet. Er ist es, der dich aus dem Himmel stürzte!«

Merrins Beschwörungen waren wie unerbittliche Schläge, doch Regan Puls wurde noch schneller. Karras schaute sie an. Sie war immer noch ruhig. Reglos. In der eisigen Luft stieg dünner Nebel vom Erbrochenen auf wie eine stinkende Opfergabe. Karras fühlte sich unbehaglich. Dann begannen sich die Härchen auf seinen Armen aufzurichten. Mit alptraumhafter Langsamkeit drehte sich Regans Kopf, schwenkte Stück für Stück herum wie der einer Schaufensterpuppe, knarrend wie von irgendeinem eingerosteten Mechanismus, bis das Weiße dieser entsetzten Augen auf ihn gerichtet war.

»So zittre vor Furcht, Satan …«

Der Kopf drehte sich langsam wieder zu Merrin.

»… Verderber der Gerechtigkeit! Vater des Todes! Verräter der Nationen! Räuber des Lebens!«

Karras blickte sich erschöpft um, als das Licht im Zimmer zu flackern begann, schwächer wurde und dann ein unheimliches, pulsierendes Gelbbraun annahm. Er schauerte. Im Zimmer wurde es kälter.

»… du Fürst der Mörder! Du Erfinder aller Obszönität! Du Feind der Menschen! Du …«

Ein gedämpftes Klopfen drang durchs Zimmer. Dann ein weiteres. Schließlich war ein stetiges Pochen in sämtlichen Wänden zu hören, am Boden, an der Decke – ein rasches Hämmern wie das Schlagen eines riesigen kranken Herzens.

»Weiche, Ungeheuer! Dein Platz ist in der Leere! Dein Wohnort ist das Nest von Vipern! Komm herunter und krieche mit ihnen! Es ist Gott, der über dich gebietet! Das Blut von …«

Das Pochen wurde lauter, drohender, schneller und schneller.

»Ich beschwöre dich, unreiner Geist …«

Noch schneller.

»… beim Richter der Lebenden und der Toten, bei deinem Schöpfer, dem Schöpfer des Himmels und der Erde …«

Sharon schrie und preßte die Fäuste auf die Ohren, als das Pochen ohrenbetäubend wurde und sich zu furchterregendem Tempo steigerte.

Regans Puls ging jetzt so schnell, daß Karras ihn nicht mehr messen konnte. Am Bett hob Merrin ruhig die Hand und machte mit dem Daumen das Zeichen des Kreuzes auf Regans Brust, die mit Erbrochenem bedeckt war. Die Worte des Gebets gingen im Hämmern unter.

Karras spürte, daß die Pulsfrequenz plötzlich fiel. Als Merrin betete und das Kreuzzeichen auf Regans Stirn machte, endete das alptraumhafte Pochen abrupt.

»Herr des Himmels und der Erde, Herr der Engel und Erzengel …« Karras konnte Merrin jetzt beten hören, als der Puls sich rasch verlangsamte.

»Du eingebildeter Schweinehund, Merrin! Abschaum! Du kannst nicht siegen! Sie wird sterben! Das Ferkel wird sterben!«

Der flackernde gelbbraune Lichtschein wurde allmählich heller. Die dämonische Persönlichkeit war zurückgekehrt und wütete haßerfüllt gegen Merrin. »Dreckiger Hurensohn! Geiler alter Bock! Sieh mich an! *Sieh mich an, du Drecksack!«* Der Dämon ruckte nach vorn und spuckte Merrin ins Gesicht. Dann krächzte er: »*So* heilt dein Meister die Blinden!«

»Gott und der Herr aller Schöpfung …«, betete Merrin, griff gelassen nach seinem Taschentuch und wischte den Speichel fort.

»Folge seiner Lehre, Merrin! *Tu es!* Steck deinen heiligen Pimmel in die Schnauze des Ferkels und *reinige* sie, *schrubb* sie ab mit dem runzeligen Relikt, und sie wird *geheilt,* Sankt Merrin! Ein *Wunder …!*«

»… erlöse diese Dienerin von …«

»*Scheinheiliger!* Du *sorgst* dich doch gar nicht um das Ferkel! Es ist dir *gleichgültig*. Du hast es zu einem *Kampf zwischen uns beiden gemacht*!«

»… Ich bitte in Demut …«

»Verlogener Bastard! Wo ist deine Demut, Merrin? In der Wüste? In den Ruinen? In den Grabstätten, in die du geflüchtet bist, um deinen Mitbrüdern zu entkommen? Um deinen Kollegen zu entkommen? Dem Stillstand und der Blödheit des Verstandes? Sprichst du zu *Männern*, du frömmlerischer Haufen Kotze …«

»… erlöse …«

»Du wohnst in den Nestern von Pfauen, Merrin! Dein Platz ist in dir selbst! Geh zurück auf den Gipfel des Berges und sprich mit deinem einzig Ebenbürtigen!«

Merrin fuhr unbeirrt mit den Gebeten fort, als der Schwall der Beleidigungen andauerte. »Hast du Hunger, Sankt Merrin? Hier hast du Nektar und Ambrosia. Ich gebe dir die Nahrung deines Gottes!« krächzte der Dämon und schied einen Schwall Durchfall aus. »Denn *dies* ist mein Leib! Jetzt segne *das*, Sankt Merrin!«

Angewidert konzentrierte Karras seine Aufmerksamkeit auf den Text, als Merrin aus dem Lukas-Evangelium las: »… Wie heißt du? Und er antwortete: Legion, denn viele Dämonen waren in ihn gefahren. Und die Dämonen baten Jesus, er möge sie nicht zur Hölle schicken. Nun weidete an dem Berg eine große Herde Schweine. Die Dämonen baten Jesus, ihnen zu erlauben, in die Schweine zu fahren, und er erlaubte es ihnen. Darauf verließen die Dämonen den Menschen und fuhren in die Schweine, und die Herde stürzte sich den Abhang hinunter in den See und ertrank. Als die Hirten …«

»Willie, ich bringe dir gute Nachrichten!« krächzte der Dämon. Karras blickte auf und sah Willie, die abrupt stehenblieb, Handtücher und Bettlaken in den Armen. »Elvira lebt. Sie *lebt*. Sie ist …«

Willie starrte schockiert auf Regan. Karl rief entsetzt: »*Nein,* Willie! *Nein!*«

»... eine Drogensüchtige, Willie, ein hoffnungsloser ...«

»Willie, hör nicht hin!« brüllte Karl.

»Soll ich dir sagen, wo sie wohnt?«

»*Hör nicht hin! Hör nicht hin!*« Karl drängte Willie aus dem Zimmer.

»Geh und besuche sie am *Muttertag,* Willie! Überrasche sie! Geh und ...«

Der Dämon verstummte abrupt und heftete den Blick auf Karras. Er hatte erneut den Puls überprüft. Regans Herz schlug wieder rasend schnell; er mußte ihr mehr Librium verabreichen. Er ging zu Sharon und wies sie an, eine Injektion vorzubereiten. »Willst du sie?« Der Dämon schielte lüstern. »Sie gehört dir! Ja, du kannst die Reitstall-Hure haben! Du kannst sie reiten, wie du willst! Sie hat nachts geile Phantasien. Deinetwegen, Karras! Sie masturbiert, träumt von deinem großen priesterlichen ...«

Sharon wurde rot und wandte den Blick ab, als Karras ihr Anweisungen für die Injektion des Libriums gab.

»Und Compazine-Zäpfchen für den Fall, daß sie sich weiterhin erbricht«, fügte er hinzu.

Sharon nickte, den Blick auf den Boden gesenkt, und ging mit steifen Schritten davon. Als sie am Bett vorbeikam, krächzte Regan: »*Nutte!*«, ruckte hoch und schlug ihr ins Gesicht, wobei sie ihr einen Schwall entgegenspuckte. Während Sharon wie gelähmt stehenblieb, kam die Persönlichkeit Dennings' zum Vorschein und kreischte: »*Hure! Fotze!*«

Sharon stürzte aus dem Zimmer.

Die Dennings-Persönlichkeit schnitt jetzt angewidert eine Grimasse, schaute sich um und sagte: »Würde jemand so nett sein und ein Fenster öffnen? Es stinkt entsetzlich in diesem Zimmer. Das ist ja nicht zum Aushalten.«

Karras starrte Regan fassungslos an.

»Nein, tut es nicht!« fügte sie hinzu. »Um Himmels willen, tut es nicht, sonst könnte jemand *krepieren*, verdammt noch mal!« Dann kicherte die Dennings-Persönlichkeit, zwinkerte Karras hämisch zu und verschwand.

»Er ist es, der dich vertreibt ...«

»*Wirklich*, Merrin? *Tut er das?*«

Der Dämon kehrte zurück, und Merrin setzte die Beschwörungen, das Auflegen der Stola und das ständige Berühren mit dem Zeichen des Kreuzes fort, während der Dämon ihn wieder obszön beschimpfte. Zu lange! dachte Karras besorgt. Der Anfall dauert viel zu lange!

»Ah, da kommt die Sau! Die Mutter des Ferkels!« spottete der Dämon.

Karras wandte den Kopf und sah Chris mit einem Schrubber und einer Einwegspritze zu ihm kommen. Sie hielt den Kopf gesenkt, als der Dämon ihr Beschimpfungen entgegenschrie.

»Sharon zieht sich um«, sagte sie zu Karras, »und Karl ...«

Karras unterbrach sie. »In Ordnung«, sagte er. Sie näherten sich dem Bett.

»Ah, ja, komm und sieh dir dein Werk an, Muttersau! Komm!«

Chris bemühte sich verzweifelt, nicht hinzuhören, nicht hinzusehen, während Karras Regan an den Armen festhielt.

»Sieh dir die *Kotze* an! Sieh dir das mörderische Weibsstück an!« tobte der Dämon. »Gefällt dir der Anblick? *Du* hast das bewirkt! Ja, *du*, mit deiner Karriere-Geilheit. Für dich kam die Karriere vor deinem *Ehemann*, vor *ihr*, vor ...«

Chris stand wie betäubt da. »Machen Sie weiter« sagte Karras. »Hören Sie nicht hin. Machen Sie weiter!«

»... vor deiner *Scheidung!* Geh zu Priestern, ja? Priester werden nicht helfen!« Chris' Hand begann zu zittern. »Sie ist *irre! Sie ist wahnsinnig!* Das Ferkel ist *wahnsinnig!* Du hast das Schwein in den *Wahnsinn* getrieben und zum *Mord* und ...«

»Ich *kann es nicht!*« Mit verzerrtem Gesicht starrte Chris auf die Spritze in ihrer zitternden Hand. Schüttelte den Kopf. »Ich schaff' es nicht!«

Karras nahm ihr die Spritze aus der Hand. »Wischen Sie Regans Arm ab!« sagte er mit fester Stimme.

»… in ihren *Sarg*, du Hure, indem du …«

»Hören Sie nicht hin«, mahnte Karras wieder, und jetzt ruckte der Kopf des Dämons zu ihm herum, und aus seinen Augen sprühte Zorn. »Und *duuu*, Karraaas!«

Chris wischte Regans Arm ab. »Gehen Sie jetzt«, wies Karras sie an und setzte die Spritze.

Chris flüchtete aus dem Zimmer.

»Ja, wir wissen von deiner Freundlichkeit gegenüber *Müttern*, lieber Karras!« krächzte der Dämon. Der Jesuit erbleichte, verharrte einen Moment reglos. Dann zog er die Nadel langsam aus Regans Arm und blickte in die Augen, die in den Höhlen nach oben verdreht waren. Aus Regans Mund kam eine langsame Melodie, beinahe wie ein Kirchenlied, mit der süßen, klaren Stimme eines Chorknaben: *»Tantum ergo sacramentum veneremur cernui …«*

Es war eine Hymne, die bei der katholischen Segnung gesungen wurde. Karras stand mit bleichem Gesicht da. Der unheimliche, deprimierende Gesang war ein Vakuum, und Karras spürte mit erschreckender Klarheit, wie diese Leere vom Entsetzen des Abends gefüllt wurde. Er blickte auf und sah Merrin mit einem Handtuch. Mit müden Bewegungen wischte er das Erbrochene von Regans Gesicht und Hals.

»… et antiquum documentum …«

Der Gesang. *Wessen Stimme?* fragte sich Karras. Und dann Fragmente: *Dennings … das Fenster …* Gequält sah er Sharon zurückkommen und das Handtuch von Merrin übernehmen. »Ich mach' das, Pater«, sagte sie. »Es geht schon wieder. Ich möchte Regans Kleidung wechseln und sie saubermachen, bevor ich ihr das Compazine gebe, ja? Könnten Sie beide solange draußen warten?«

Die Priester traten in die Wärme und das Halbdunkel des Flurs und lehnten sich erschöpft an die Wand.

Karras lauschte dem unheimlichen, gedämpften Gesang, der aus dem Zimmer drang. Nach einer Weile wandte er sich leise an Merrin. »Sie sagten, es gibt nur eine Persönlichkeit in ihr.«

»Ja.«

Der flüsternde Tonfall, die gesenkten Köpfe, eine Beichte.

»Alle anderen sind nur Formen des Angriffs«, fuhr Merrin fort. »Es gibt eine ... nur eine. Es ist ein Dämon.« Stille. Dann fuhr Merrin fort: »Ich weiß, daß Sie es bezweifeln. Aber dieser Dämon ... Ich habe ihn bereits kennengelernt. Und er ist mächtig ... sehr mächtig ...«

Wieder herrschte für einen Moment Stille. »Der Dämon kann den Willen des Opfers nicht brechen«, sagte Karras.

»Ja ... denn da gibt es keine Sünde.«

»Was ist dann der *Zweck* der Besessenheit?« fragte Karras mit gerunzelter Stirn. »Was ist der Sinn?«

»Wer kann das wissen?« antwortete Merrin. »Wer kann hoffen, es je zu erfahren?« Er überlegte einen Moment und fuhr dann nachdenklich fort: »Aber ich glaube, das Ziel des Dämons ist nicht die besessene Person. *Wir* sind es, die Beobachter ... jede Person im Haus. Und ich glaube ... der Sinn liegt darin, uns mit Verzweiflung zu erfüllen, unsere Menschlichkeit abzulehnen, Damien, uns letzten Endes selbst als Bestie zu sehen, als verdorben und verfaulend, ohne Würde, häßlich und wertlos. Darin liegt vielleicht der Kern: in der Wertlosigkeit. Denn der Glaube an Gott ist in meinen Augen keine Sache des Verstandes, sondern letztendlich eine Sache der Liebe ... wir akzeptieren die Möglichkeit, daß Gott *uns* lieben könnte.«

Merrin schwieg einen Moment. Dann fuhr er langsamer und mit einer Spur von Selbstbeobachtung fort: »Er weiß ... der Dämon weiß, wo er zuschlagen muß.« Er nickte. »Vor langer Zeit bin ich daran verzweifelt, meinen Nächsten zu lieben. Gewisse

Leute widerten mich an. Wie konnte ich sie lieben? Ich dachte darüber nach. Es verfolgte mich, Damien. Es führte mich zu Selbstzweifeln … und von da an sehr bald zum Zweifel an Gott. Mein Glaube wurde zerstört.«

Karras blickte fasziniert zu Merrin auf. »Und was geschah dann?« fragte er.

»Schließlich erkannte ich, daß Gott nie von mir verlangen würde, was psychologisch unmöglich ist, wie ich weiß … daß die Liebe, die Er verlangt, in meinem *Willen* war und gar nicht als Gefühl empfunden werden kann. Überhaupt nicht. Er verlangte, daß ich in Liebe *handle.* Daß ich diese Liebe anderen gegenüber *ausübe.* Und daß ich sie bei denjenigen ausüben soll, die mich anwidern. Ich glaube, das ist ein größerer Akt der Liebe als jeder andere.« Er schaute Karras an. »Ich weiß, daß dies alles sehr offenkundig sein muß, Damien. Aber zu jener Zeit konnte ich es nicht erkennen. Eine sonderbare Blindheit. Wie viele Männer und Frauen«, murmelte er traurig, »müssen glauben, sie könnten nicht mehr lieben, weil ihre Herzen nicht mehr klopfen, wenn sie ihre Geliebten sehen.« Er schüttelte den Kopf. »*Da* liegt es, Damien … Besessenheit. Nicht in Kriegen, wie einige annehmen, nicht so sehr … und sehr selten in außergewöhnlichen Phantasien wie bei diesem armen Mädchen. Nein, ich sehe es oftmals in den kleinen Dingen, Damien. In den sinnlosen, scheinbar geringfügigen Bosheiten. In der Grausamkeit und den höhnischen Worten, die oft ungewollt zwischen Freunden gesagt werden. Zwischen Liebenden. Aber genug davon …«, flüsterte Merrin, »… wir brauchen nicht Satan, um unsere Kriege zu führen. Das schaffen wir auch allein.«

Der Gesang aus Regans Schlafzimmer war immer noch zu hören. Merrin blickte zur Tür und lauschte einen Moment. »Dennoch wird sogar vom Bösen etwas Gutes kommen. Auf irgendeine Weise, die wir vielleicht nie verstehen oder nie jemals erkennen werden.« Er hielt kurz inne. »Vielleicht ist das Böse die Feuerprobe für Frömmigkeit. Und vielleicht dient sogar Satan ungewollt dazu, den Willen Gottes zu erfüllen.«

Er verstummte, und eine Zeitlang standen sie schweigend beisammen, während Karras nachdachte. Ein anderer Einwand kam ihm in den Sinn. »Wenn der Dämon ausgetrieben ist«, überlegte er, »was hindert ihn daran, wieder in die betroffene Person zurückzukehren?«

»Ich weiß es nicht«, antwortete Merrin. »Aber das scheint nie zu geschehen. Nie.« Merrin preßte die Hände auf die Augenwinkel. »Damien ist ein wunderschöner Name«, murmelte er. Karras hörte Erschöpfung in der Stimme. Und etwas anderes. Irgendeine Besorgnis. So etwas wie unterdrückten Schmerz.

Abrupt stieß Merrin sich von der Wand ab, das Gesicht in die Hand gestützt. Er entschuldigte sich und eilte über den Flur zum Badezimmer. Karras empfand plötzlich Neid und Bewunderung für den starken und schlichten Glauben des Exorzisten. Er wandte sich zur Tür von Regans Zimmer. Der Gesang hatte aufgehört. War die Nacht endlich vorbei?

Kurz darauf kam Sharon mit einem Bündel übelriechendem Bettzeug und Kleidung aus dem Zimmer. »Sie schläft jetzt«, sagte sie und eilte über den Flur davon.

Karras atmete tief durch und kehrte in das Zimmer zurück. Spürte die Kälte. Roch den Gestank. Er ging langsam zum Bett. Regan. Schlafend. Endlich. Und endlich konnte auch er, Karras, sich ausruhen.

Er ergriff Regans dünnes Handgelenk und schaute auf den Sekundenzeiger seiner Armbanduhr.

»Warum tust du mir das an, Dimmy?«

Karras stockte der Atem.

»Warum tust du das?«

Der Pater war wie erstarrt, atmete nicht, wagte nicht, zu dieser traurigen Stimme zu blicken, in diese Augen zu schauen …

den anklagenden Blick … die einsamen Augen. Seine Mutter. Seine *Mutter!*

»Du hast mich verlassen, um Priester zu sein, Dimmy … hast mich in die Anstalt gesteckt …«

Sieh nicht hin!

»Und jetzt verjagst du mich?«

Sie ist es nicht!

»Warum tust du das?«

Sein Kopf schmerzte, sein Puls raste. Karras schloß fest die Augen, als die Stimme flehend, ängstlich, tränenerstickt fortfuhr: »Du warst immer ein guter Junge, Dimmy. Bitte! Ich habe Angst! Bitte, verjag mich nicht, Dimmy. *Bitte!*«

… nicht meine Mutter!

»Da draußen ist *nichts!* Nur *Dunkelheit,* Dimmy! *Einsamkeit!*« Jetzt weinerlich.

»Du bist nicht meine Mutter!« flüsterte Karras.

»Dimmy, *bitte …!*«

»Du bist nicht meine …«

»*Oh,* um Himmels willen, Karras!«

Dennings.

»Es ist nicht fair, uns aus dem Ferkel zu vertreiben! Ehrlich! Es ist doch nur gerecht, daß ich hier bin! Kleines Luder! Sie hat meinen Körper genommen, und da ist es doch nur recht und billig, wenn ich in ihrem bleibe, findest du nicht auch? Um *Himmels* willen, Karras, sieh mich an. Komm schon! Es geschieht nicht sehr oft, daß ich herauskann. Dreh dich einfach um.«

Karras schlug die Augen auf und sah die Dennings-Persönlichkeit.

»So ist es besser. Sie hat mich getötet, weißt du. Nicht unsere Gastgeberin, Karras – *sie!* O ja, wirklich!« Ein bestätigendes Nicken. »*Sie.* Ich hab' mich an der Bar bedient, als ich glaubte, ihr Stöhnen zu hören. Oben. Ich *mußte* schließlich nachsehen, was ihr fehlt, also ging ich nach oben … und da packte sie mich an der *Kehle,* die kleine Fotze!« Die Stimme klang jetzt weinerlich, kläglich. »Allmächtiger, ich hab' noch nie eine solche Kraft erlebt! Regan fing an zu schreien, daß ich ihre Mutter übers Ohr haue. Oder daß ich schuld an der Scheidung wäre ... irgend so was ... es war nicht ganz klar. Aber ich sag' dir, mein Lieber, sie hat mich aus dem verdammten *Fenster* gestoßen!« Die Stimme brach. Dann wurde sie schrill. »Sie hat mich *gekillt!* Sie hat mich verdammt noch mal *gekillt!* Hältst du es da für *fair,* mich aus ihr zu *vertreiben*? Los, Karras, antworte! Hältst du das für fair?«

Karras schluckte.

»Ja oder nein? Ist das fair?«

»Wie kam es, daß der Kopf auf den Rücken gedreht war?« fragte Karras mit heiserer Stimme.

Dennings blickte ausweichend zur Seite. »Das war ein Unfall ... eine verrückte Laune. Ich bin auf die Treppenstufen gestürzt, weißt du ... Es war verrückt.«

Karras überlegte. Seine Kehle war trocken. Dann nahm er wieder Regans Handgelenk und blickte auf seine Armbanduhr.

»Dimmy, bitte! Laß mich nicht allein!«

Seine Mutter.

»Wenn du statt Priester Arzt wärst, würde ich in einem schönen Haus wohnen, Dimmy, nicht mit all den Schaben, nicht ganz allein in der kleinen Wohnung! Dann ...«

Karras versuchte, das alles zu ignorieren, doch die Stimme fing wieder zu weinen an.

»Dimmy, *bitte!*«

»Du bist nicht meine ...«

»Willst du dich nicht der Wahrheit stellen, du stinkender Abschaum?« Es war der Dämon. »Glaubst du etwa, was Merrin dir gesagt hat?« Er schäumte vor Wut. »Glaubst du, er ist heilig und gut? Das ist er *nicht!* Er ist eingebildet und wertlos! Ich werde es dir beweisen, Karras! Ich werde es beweisen, indem ich *das Ferkel töte!*«

Karras wagte immer noch nicht, aufs Bett zu schauen.

»Ja, sie wird sterben, und Merrins Gott wird sie nicht retten, Karras! *Du* wirst sie nicht retten! Sie wird an Merrins Arroganz und deiner Unfähigkeit sterben! *Stümper! Du hättest ihr nicht das Librium geben sollen!«*

Endlich wandte Karras sich um und schaute in die Augen der Kreatur. Sie glänzten triumphierend und boshaft.

»Fühl ihren Puls«, sagte der Dämon grinsend. »Los, los, Karras! Fühl ihn!«

Er hielt immer noch Regans Handgelenk umfaßt, und nun runzelte er besorgt die Stirn. Der Puls war schnell und ...

»Schwach?« krächzte der Dämon. »Ah, ja. Ein bißchen. Im Moment nur ein bißchen.«

Karras holte seine Arzttasche und nahm das Stethoskop heraus. Der Dämon krächzte: »Hör dir das an, Karras! Hör genau hin!«

Karras hörte die Pulsgeräusche. Sie klangen fern und schwach.

»Ich werde sie nicht schlafen lassen!«

Karras' Blick zuckte zu dem Dämon. Spürte eisige Kälte.

»Ja, Karras!« krächzte der Dämon. »Sie wird nicht schlafen! Hörst du? *Ich werde das Ferkel nicht schlafen lassen!«*

Der Dämon warf den Kopf in den Nacken und brach in hämisches Gelächter aus. Er hörte nicht, daß Merrin ins Zimmer zurückkehrte.

Der Exorzist blieb neben dem Bett stehen. »Was ist?« fragte er.

Karras antwortete mit tonloser Stimme: »Er sagte, er wird sie nicht schlafen lassen.« Er richtete den gequälten Blick auf Merrin. »Ihr Herz arbeitet nicht richtig, Pater. Wenn sie nicht sehr bald Ruhe bekommt, wird sie an Herzschwäche sterben.«

Merrin blickte ihn ernst an. »Können Sie ihr Drogen geben? Irgendein Schlafmittel?«

Karras schüttelte den Kopf. »Nein, das ist gefährlich. Sie könnte ins Koma fallen.« Er wandte den Kopf, als Regan wie ein

Huhn gackerte. »Wenn ihr Blutdruck weiter sinkt …« Er verstummte.

»Was können wir tun?« fragte Merrin.

»Nichts«, antwortete Karras. »Aber vielleicht gibt es neue medizinische Möglichkeiten …« Er wandte sich abrupt an Merrin. »Ich werde einen Herzspezialisten hinzuziehen, Pater.«

Merrin nickte.

Karras ging nach unten. Er fand Chris in der Küche. Aus dem Raum neben dem Anrichtezimmer hörte er Willies Schluchzen und Karls tröstende Stimme. Karras sagte Chris, daß es nötig sei, einen Spezialisten zu konsultieren, vermied es aber sorgfältig, das volle Ausmaß der Gefahr zu schildern, in der Regan sich befand. Chris willigte ein. Karras rief einen Freund an, einen bekannten Spezialisten an der medizinischen Fakultät der Georgetown University, weckte ihn und setzte ihn knapp ins Bild.

»Ich komme sofort«, sagte der Spezialist.

Er traf nach einer knappen halben Stunde im Haus ein. In Regans Schlafzimmer reagierte er mit Bestürzung auf die Kälte und den Gestank und mit Entsetzen und Mitleid auf Regans Verfassung. Sie krächzte jetzt Unverständliches. Während der Spezialist sie untersuchte, sang sie und gab tierische Laute von sich. Dann tauchte die Dennings-Persönlichkeit auf.

»Oh, es ist schrecklich«, sagte er zu dem Spezialisten. »Furchtbar. Ich hoffe, Sie können etwas tun. Ist das möglich? Wir haben kein anderes Zuhause, wissen Sie, und alles, weil … ach, zum Teufel mit dem sturen Teufel!« Als der Spezialist betroffen und ängstlich dreinschaute, während er Regans Blutdruck maß, blickte die Dennings-Persönlichkeit zu Karras und rief: »Was, zur Hölle, tust du da? Siehst du nicht, daß das kleine Weibsstück ins Krankenhaus gehört? Sie gehört in ein *Irrenhaus*, Karras! Also laß uns mit diesem beschissenen Hokuspokus aufhören! Wenn sie stirbt, ist es *deine* Schuld! Euer *aller* Schuld! Nur weil *er* stur ist, heißt das nicht, daß *ihr* euch beschissen verhalten sollt! Du bist Arzt! Psychiater! Du solltest es besser wissen, Karras! Nun mach schon! Heutzutage haben wir eine *schreckliche* Wohnungsnot. Wenn wir …«

Jetzt kam der Dämon wieder zum Vorschein, heulte wie ein Wolf. Der Spezialist verstaute mit ausdrucksloser Miene den Blutdruckmesser in der Hülle. Dann nickte er Karras zu; seine Arbeit war beendet.

Sie gingen auf den Flur hinaus, wo der Spezialist einen Moment lang zur Schlafzimmertür zurückschaute und sich dann an Karras wandte. »Großer Gott! Was geschieht da, Pater?«

Der Jesuit wandte das Gesicht ab. »Ich kann es nicht sagen«, erwiderte er leise.

»Okay.«

»Was hat die Untersuchung ergeben?«

Der Spezialist blickte Karras ernst an. »Sie muß diese Aktivität einstellen … schlafen … einschlafen, bevor der Blutdruck sinkt …«

»Kann *ich* irgend etwas tun, Bill?«

Der Spezialist blickte Karras an und sagte: »Beten.« Dann wünschte er eine gute Nacht und ging davon. Karras schaute ihm nach. Jede Ader, jeder Nerv flehte um eine Ruhepause, flehte um Hoffnung, um Wunder, obwohl Karras wußte, daß kein Wunder geschehen würde. *»… du hättest ihr kein Librium geben sollen!«*

Er ging ins Zimmer zurück, und ihm war schwer ums Herz.

Merrin stand neben dem Bett und beobachtete, während Regan schrill wieherte wie ein Pferd. Er hörte Karras eintreten und blickte ihn fragend an. Karras schüttelte den Kopf. Merrin nickte. Seine Miene spiegelte zuerst Traurigkeit wider, dann Akzeptanz und dann, als er sich wieder Regan zuwandte, wilde Entschlossenheit.

Merrin kniete sich neben das Bett. »Vater unser …«, begann er.

Regan bespuckte ihn mit dunkler, stinkender Gallenflüssigkeit und krächzte: »Du wirst *verlieren!* Sie wird *sterben!* Sie wird *sterben!*«

Karras nahm sein Exemplar von *Das Ritual.* Schlug es auf. Starrte Regan an.

»Rette Deine Dienerin!« betete Merrin.

»Im Angesicht des Feindes.«

In Karras' Herz war schreckliche Qual. *Schlaf ein! Schlaf ein!* schrie eine Stimme in ihm.

Doch Regan schlief nicht.

Nicht in der Morgendämmerung.

Nicht am Mittag.

Nicht bei Einbruch der Nacht.

Nicht am Sonntag, als die Pulsfrequenz 140 betrug und die Anfälle unablässig andauerten, während Karras und Merrin das Ritual wiederholten und keine Minute schliefen und Karras fieberhaft nach Gegenmitteln suchte: Er band Regan mit dem Laken fest, um ihre Bewegungen auf ein Minimum zu beschränken; er hielt jeden eine Zeitlang aus dem Schlafzimmer fern. Es nützte nichts. Regans Schreien war so erschöpfend wie ihre Bewegungen. Der Blutdruck blieb sehr hoch. Aber wie lange noch? Karras litt Höllenqualen. *Gott, laß sie nicht sterben! Laß sie schlafen! Laß sie schlafen!* Nie war ihm bewußt, daß seine Gedanken Gebete waren, nur daß diese Gebete niemals erhört wurden.

Am Sonntag abend um 19 Uhr saß Karras stumm neben Merrin im Schlafzimmer, erschöpft und gemartert durch die dämonischen Angriffe, seinen Mangel an Glauben, seine Unfähigkeit und seine Flucht vor der eigenen Mutter. Und Regan. Seine Schuld. *»Du hättest ihr kein Librium geben sollen …«*

Die Priester hatten soeben einen Zyklus des Rituals beendet. Nun ruhten sie aus und hörten Regan beim Singen von ›*Panis Angelicus*‹ zu. Sie verließen selten das Zimmer, Karras hatte nur einmal rasch geduscht und die Kleidung gewechselt. Doch in der Kälte war es leichter, wach zu bleiben; in dem Übelkeit erregenden Gestank nach verwestem Fleisch, der seit dem Morgen das Zimmer erfüllte.

Karras starrte mit fiebrigen, rotgeränderten Augen auf Regan. Dann schaute er zu Merrin hinüber. Im Lauf der vielen Stunden hatte der Exorzist sehr wenig gesagt; dann und wann hatte er eine Geschichte aus seiner Kindheit erzählt; Erinnerungen; kleine Dinge; eine Geschichte über eine Ente namens Clancy, die ihm gehört hatte. Karras machte sich Sorgen um Merrin. Der Mangel an Schlaf. Die Angriffe des Dämons. Karras erhob er sich müde und ging zum Bett, prüfte Regans Puls und maß den Blutdruck. Als er ihr die schwarze Manschette des Blutdruckmessers um den Arm legte, blinzelte er wiederholt, um einen klaren Blick zu bekommen, denn er sah alles verschwommen.

»Heute ist Muttertag, Dimmy.«

Einen Moment war er zu keiner Regung fähig. Er hatte das Gefühl, das Herz würde ihm aus der Brust gerissen. Dann schaute er in diese Augen, die nicht mehr die Regans zu sein schienen, sondern traurige, tadelnde Augen. Die Augen seiner Mutter.

»Bin ich nicht gut zu dir? Warum läßt du mich ganz allein sterben, Dimmy? Warum? Warum?«

»*Damien!*«

Merrin packte ihn fest am Arm. »Bitte, gehen Sie jetzt, und ruhen Sie sich ein wenig aus.«

»Dimmy, *bitte!* Warum …«

Sharon kam ins Zimmer, um das Bettzeug zu wechseln. »Gehen Sie, ruhen Sie sich aus, Damien!« drängte Merrin.

Karras glaubte einen Kloß in der Kehle zu haben, als er das Zimmer verließ. Er sehnte sich nach einer Dusche, einem Kleiderwechsel, einer Rasur. Er verließ das Haus und ging über die Straße zum Jesuitenwohnheim. Trat ein. Tastete sich zu seinem Zimmer. Und als er auf sein Bett blickte … *Vergiß die Dusche! Schlaf lieber. Eine halbe Stunde.* Als er zum Telefon griff, um den Mann am Empfang zu bitten, ihn zu wecken, klingelte es.

»Karras«, meldete er sich krächzend.

»Hier ist jemand, der mit Ihnen sprechen möchte, Pater Karras. Ein Mr. Kinderman.«

Einen Moment hielt Karras den Atem an; dann sagte er schwach: »Sagen Sie ihm bitte, ich komme sofort.«

Als er den Hörer auflegte, sah Karras die Packung Camels auf seinem Schreibtisch. Eine Notiz von Dyer war daran geheftet. Er las mit trüben Augen:

Ein Schlüssel vom Playboy Club ist auf dem Kniekissen in der Kapelle vor den Votivkerzen gefunden worden. Du kannst ihn an der Rezeption abholen.

Mit ausdrucksloser Miene legte Karras den Zettel hin, zog frische Kleidung an und verließ das Zimmer.

Am Empfang sah er Kinderman an der Telefonvermittlung, wo er behutsam die Zusammenstellung eines Blumenstraußes in einer Vase änderte. Als er sich umwandte und Karras sah, hielt er den Stiel einer rosafarbenen Kamelie in der Hand.

»Ah, Pater! Pater Karras!« Kinderman strahlte, doch seine Miene wurde besorgt, als er dem Jesuiten die Erschöpfung ansah. Rasch stellte er die Kamelie wieder in die Vase und eilte zu Karras. »Sie sehen ja schrecklich aus! Was ist? Kommt das vom vielen Joggen? Sie übertreiben es damit. Hören Sie auf mich.« Er ergriff Karras' Arm und zog ihn zur Straße. »Haben Sie einen Moment Zeit?« fragte er, als sie aus der Tür waren.

»Kaum«, murmelte Karras. »Um was geht es?«

»Um einen kleinen Plausch. Ich brauche einen Rat, nur einen Rat.«

»Wozu?«

»Gleich, gleich«, Kinderman winkte ab. »Jetzt spazieren wir

erst mal. Schnappen Luft. Werden es genießen.« Er hakte sich bei Karras ein und führte ihn über die Prospect Street. »Ah, sehen Sie sich das an! Wunderschön! Großartig!« Er wies auf die untergehende Sonne, die tief über dem Potomac stand. In der Stille wehte das Gelächter und das Stimmengewirr von Studenten der Georgetown University zu ihnen, die vor einer Trinkhalle nahe der Ecke der 36. Straße standen. Einer der Studenten boxte einem anderen auf den Arm, und eine freundschaftliche Rangelei begann. »Ah, College, College ...«, schnaufte Kinderman wehmütig und nickte zu den Studenten hin. »Ich habe es nie besucht, wollte es aber gern ...« Er sah, daß Karras den Sonnenuntergang betrachtete. »Sie sehen wirklich schlecht aus«, wiederholte er. »Was ist los? Waren Sie krank?«

Wann kommt er endlich zur Sache? dachte Karras. »Nein, nur beschäftigt«, antwortete er.

»Dann sollten Sie kürzer treten«, schnaufte Kinderman. »Es langsamer angehen lassen. Sich schonen. Übrigens, haben Sie das Bolschoi-Ballett im Watergate gesehen?«

»Nein.«

»Ich auch nicht. Aber ich möchte es sehen. Sie sind so anmutig, so niedlich.«

Sie waren zur Mauer des Car Barn gelangt. Karras legte einen Arm darauf und schaute Kinderman an, der nachdenklich über den Fluß blickte. »Was haben Sie auf dem Herzen, Lieutenant?« fragte er.

»Nun ja, Pater«, seufzte Kinderman, »ich befürchte, ich habe da ein Problem.«

Karras blickte kurz hinauf zu Regans Fenster, dessen Läden geschlossen waren.

»Was für eins?«

»Es ist hauptsächlich ...« Zögernd blickte Kinderman ihn an. »Nun, es ist hauptsächlich ethisch, könnte man sagen. Eine Frage, Pater Karras ...« Der Detective drehte sich um und lehnte sich mit dem Rücken gegen die Mauer. Er blickte stirnrunzelnd auf den Bürgersteig. Dann zuckte er die Achseln. »Es gibt keinen, mit dem ich darüber reden könnte, schon gar nicht mit meinem Captain, verstehen Sie? Ich kann es einfach nicht. Ich kann es ihm nicht sagen. Deshalb dachte ich ...« Seine Miene hellte sich plötzlich auf. »Ich hatte eine Tante ... Sie hatte seit Jahren *schreckliche* Angst vor meinem Onkel. Nie hat sie's gewagt, ihm zu widersprechen. Nie hat sie es gewagt, auch nur die Stimme zu heben. *Nie!* Wenn sie wegen irgendwas böse auf ihn war, rannte sie zum Schrank in ihrem Schlafzimmer. Und dort, im Dunkeln ... Sie werden's nicht glauben, aber dort im Dunkeln, ganz allein zwischen den Motten und den Kleidern, hat sie geflucht! Sie *fluchte* vielleicht zwanzig Minuten lang auf meinen Onkel. Sagte, was sie von ihm hielt. Sie *schrie* es. Wenn sie dann aus dem Schrank kam, fühlte sie sich besser und gab ihm einen Kuß auf die Wange. Was halten Sie davon, Pater Karras? Ist das eine gute Therapie oder nicht?«

»Es ist eine sehr gute«, sagte Karras und lächelte freudlos. »Und bin ich jetzt Ihr Schrank? Wollen Sie das damit sagen?«

»In gewisser Hinsicht«, sagte Kinderman. »Nur ist es ernster.« Er schwieg kurz. »Und der Schrank muß sprechen«, fügte er hinzu.

»Haben Sie eine Zigarette?« fragte Karras, dessen Hände zitterten.

Der Detective blickte ihn ungläubig an. »Bei meiner Kondition soll ich auch noch rauchen?«

»Nein, sollen Sie nicht«, murmelte Karras, drückte die Hände auf die Mauer und schaute darauf. *Hör auf zu zittern!*

»Sie sind mir ein Arzt! Gott behüte, sollte ich mal in irgendeinem Dschungel erkranken und statt Albert Schweitzer *Sie* als Doktor haben! Behandeln Sie Warzen immer noch mit Fröschen, Doktor Karras?«

»Es sind Kröten«, erwiderte Karras.

»Sie lachen heute gar nicht«, meinte Kinderman besorgt. »Stimmt was nicht?«

Karras schüttelte den Kopf. Dann sagte er mit leiser Stimme: »Erzählen Sie weiter.«

Der Detective seufzte und blickte über den Fluß hinweg. »Wo war ich noch mal …« Er schnaufte, kratzte sich mit dem Daumennagel an der Stirn. »Wo war ich stehengeblieben? Ach, ja. Nehmen wir mal an, ich arbeite an einem Fall, Pater Karras. An einem Mordfall.«

»Dennings?«

»Nein, nein, rein hypothetisch. Sie wüßten nichts davon. Überhaupt nichts.«

Karras nickte.

»Es sieht wie ein ritueller Hexenmord aus«, fuhr der Detective grüblerisch fort. Er runzelte die Stirn und wählte seine Worte mit Bedacht. »Sagen wir mal, in diesem Haus – diesem hypothetischen Haus – wohnen fünf Personen, und eine davon muß der Mörder sein.« Er unterstrich seine Worte mit knappen Gesten. »Ich *weiß* es. Mit hundertprozentiger Sicherheit.« Er legte eine Pause ein und atmete langsam aus. »Aber da gibt es ein Problem. Sämtliche Beweise deuten auf ein Kind als Täter hin. Auf ein Mädchen von vielleicht zehn, zwölf Jahren. Ein Kind. Sie könnte meine Tochter sein.« Er hielt den Blick auf die Böschung unter ihnen gerichtet. »Ja, ich weiß, es klingt phantastisch, lächerlich, aber es ist wahr. Dann kommt ein Priester zu diesem Haus, Pater, ein sehr berühmter Priester – und in diesem rein hypothetischen Fall erfahre ich durch mein ebenfalls hypothetisches Genie, daß dieser Priester einst eine ganz besondere Art von Krankheit geheilt hat. Eine Krankheit, die übrigens geistiger Natur ist – was ich nur erwähne, um Ihr Interesse zu wecken.«

Karras spürte, wie er blaß wurde.

»Nun, diese Krankheit hat die seltsame Eigenschaft, dem Kranken Kraft zu verleihen, unglaubliche Kraft. Das Mädchen in unserem Fall ist so stark, daß es einem Mann den Kopf umdrehen kann, daß sein Gesicht nach hinten gerichtet ist, verstehen Sie?« Er nickte vor sich hin. »Jetzt stellt sich die Frage ...« Er schnitt eine Grimasse. »Wissen Sie, das Mädchen ist nicht zurechnungsfähig, Pater. Sie ist wahnsinnig.« Er zuckte mit den Schultern. »Und sie ist ein Kind. Ein *Kind!*« Er schüttelte den Kopf. »Dennoch kann ihre Krankheit gefährlich sein. Sie könnte noch jemanden töten.« Er blickte wieder über den Fluß. »Es ist ein Problem. Was soll man tun? Hypothetisch, meine ich. Die Sache vergessen? Das Mädchen vergessen und hoffen, daß es wieder gesund wird?« Kinderman holte tief Luft und zog ein Taschentuch hervor. »Ich weiß es nicht, Pater.« Er schneuzte sich. »Es ist eine schreckliche Entscheidung.« Er suchte nach einem sauberen, unbenutzten Teil des Taschentuchs. »Schrecklich. Und ich will nicht derjenige sein, der diese Entscheidung treffen muß.« Er schneuzte sich abermals und tupfte leicht über ein Nasenloch. »Was wäre in einem solchen Fall richtig, Pater? Hypothetisch? Was wäre Ihrer Meinung nach das richtige?«

Einen Moment stieg Empörung in Karras auf, Zorn über die Last, die ihm aufgebürdet wurde. Als das Gefühl verebbte, blickte er Kinderman in die Augen und antwortete leise: »Ich würde die Entscheidung in die Hände einer höheren Macht legen.«

»Ich glaube, dort ist sie in diesem Moment«, schnaufte Kinderman.

»Ja, und ich würde sie dort lassen.«

Ihre Blicke tauchten ineinander. Dann steckte Kinderman das Taschentuch ein. »Ich dachte mir schon, daß Sie das sagen.« Er nickte und blickte zum Sonnenuntergang. »Wunderschön. Was für ein Anblick.« Er zog seinen Ärmel zurück, um einen Blick auf die Armbanduhr zu werfen. »Ah, ich muß gehen, sonst schreit Mrs. Kinderman: ›Das Abendessen wird kalt!‹« Er wandte sich wieder an Karras. »Danke, Pater. Ich fühle mich besser, viel besser. Ach, könnten Sie mir vielleicht einen Gefallen tun? Etwas für mich ausrichten? Wenn Sie einen Mann namens Engstrom treffen, sagen Sie ihm, daß Elvira in einer Klinik und wohlauf ist. Er weiß dann schon Bescheid. Würden Sie das tun? Ich meine, wenn Sie ihn treffen sollten?«

Karras war verwirrt. »Gewiß«, sagte er dann. »Gewiß.«

»Vielleicht könnten wir mal zusammen ins Kino gehen, Pater.«

Karras blickte zu Boden und murmelte: »Bald.«

»›Bald‹. Sie sind wie ein Rabbi, wenn er vom Messias spricht. Immer heißt es ›bald‹. Tun Sie mir noch einen Gefallen, Pater.« Der Detective sah tief besorgt aus. »Hören Sie eine Zeitlang mit dem Herumrennen auf dem Sportplatz auf. Spazieren Sie bloß. Nur spazieren. Langsam und gemütlich. In Ordnung?«

»Ja, sicher.«

Die Händen in den Taschen, blickte der Detective resigniert auf den Bürgersteig. »Ich weiß.« Er seufzte. »Bald. Immer heißt es *bald*.« Bevor er mit gesenktem Kopf davonging, drückte er leicht Karras' Schulter. »Elia Kazan läßt grüßen.«

Karras schaute ihm nach, als er die Straße hinunter schlenderte. Mit Staunen erfüllt. Mit Liebe. Und Verwunderung über die verschlungenen Wege des Herzens. Er blickte zu den rosaroten Wolken über dem Fluß, dann nach Westen, wo sie am Rand der Welt dahinzogen, schwach glühend wie ein erinnertes Versprechen. Er preßte eine Faust auf die Lippen, und Traurigkeit überkam ihn. Er wartete. Wagte keinen neuerlichen Blick auf den Sonnenuntergang. Er schaute zum Fenster von Regans Zimmer hinauf; dann ging er zum Haus.

Sharon öffnete und sagte ihm, daß sich nichts verändert habe. Sie hielt ein Bündel übelriechender Wäsche in den Händen und entschuldigte sich. »Ich muß das in die Waschmaschine stecken.«

Karras blickte zur Treppe – und hörte den Dämon, der Merrin bösartig ankreischte. Dann erinnerte er sich an die Botschaft. Karl. Wo war er? Karras wandte sich um, wollte Sharon fragen, doch sie verschwand gerade auf der Treppe in den Keller. Karras ging in die Küche.

Chris saß am Tisch und blätterte in einem Album mit alten Fotos, den Kopf in die Hände gestützt.

»Verzeihung«, sagte Karras leise. »Ist Karl in seinem Zimmer?«

Sie schüttelte den Kopf. »Er macht Besorgungen«, flüsterte sie. Karras hörte sie schniefen. Dann murmelte Chris: »Da ist Kaffee, Pater. Bedienen Sie sich.« Sie stand auf und ging schnell, mit abgewandtem Gesicht an ihm vorbei. Mit zitternder Stimme sagte sie: »Entschuldigen Sie mich bitte.« Sie verließ die Küche.

Karras' Blick glitt zu dem Fotoalbum. Er ging hin und betrachtete es genauer. Schnappschüsse. Ein junges Mädchen. Mit plötzlichem Schmerz erkannte Karras, daß er auf Regan blickte, wie sie die Kerzen auf einem Geburtstagskuchen auspustete, wie sie in Shorts und T-Shirt auf einem Bootssteg an einem See saß und fröhlich in die Kamera winkte. Auf die Brustseite des T-Shirts war etwas aufgedruckt: CAMP ... Den Rest konnte Karras nicht erkennen.

Neben die Fotos war ein Blatt Papier eingeklebt, das die Schrift eines Kindes trug.

Wenn ich statt aus Ton
Die schönsten Dinge zaubern könnte
Einen Regenbogen oder Wolken
Oder den Gesang der Vögel,
Wenn ich alles zusammenstellen könnte,
Vielleicht, liebste Mom, könnte ich dann
Eine *richtige* Skulptur von Dir machen.

Unter dem Text: ICH LIEBE DICH! ALLES GUTE ZUM MUTTERTAG! Die Unterschrift, mit Bleistift geschrieben, lautete *Rags*.

Karras schloß die Augen. Er konnte diese zufällige Begegnung mit Regan nicht ertragen. Müde wandte er sich ab und schenkte sich eine Tasse Kaffee ein. Mit gesenktem Kopf klammerte er sich am Tisch fest. *Verschließe dich,* dachte er. *Verschließe dich vor alldem.* Aber er konnte es nicht. Er starrte in die Kaffeetasse und spürte, wie seine Hände zu zittern begannen. Sein Mitleid wandelte sich plötzlich in wilden Zorn gegen Krankheit und Schmerz, gegen das Leiden von Kindern und die Gebrechlichkeit des Körpers, gegen den abscheulichen Verfall durch den Tod.

»Wenn ich statt aus Ton …«

Sein Zorn verwandelte sich in Kummer, Hilflosigkeit und Verzweiflung.

»… all die schönsten Dinge …«

Er mußte etwas tun … helfen … versuchen …

Karras verließ die Küche. Als er am Wohnzimmer vorbeikam, schaute er hinein. Chris saß auf dem Sofa und schluchzte krampfhaft. Sharon tröstete sie. Karras wandte den Blick ab und stieg die Treppe hinauf. Er hörte den Dämon, wie er Merrin anschrie: »… hättest du *verloren!* Du hättest *verloren*, und du *weißt* es! Du *Abschaum,* Merrin. Bastard! Komm *zurück!* Komm und …« Karras hörte nicht mehr hin.

»… oder den Gesang der Vögel …«

Als er das Schlafzimmer betrat, wurde ihm klar, daß er vergessen hatte, einen Pullover anzuziehen. Er schaute Regan an. Ihr Kopf war von ihm abgewandt, während der Dämon in ihr weiter tobte.

»… all die schönsten …«

Karras ging langsam zu seinem Stuhl und nahm eine Wolldecke. Erst jetzt bemerkte er in seiner Erschöpfung, daß Merrin offenbar nicht im Zimmer war. Doch als er zu Regan wollte, um ihren Blutdruck zu messen, stolperte er fast über Merrin. Schlaff, mit dem Gesicht nach unten, lag er neben dem Bett auf dem Boden. Schockiert kniete Karras sich neben ihn. Drehte ihn um. Sah die bläuliche Färbung seines Gesichts. Fühlte nach dem

Puls. Und in einem schmerzlichen Moment der Seelenqual erkannte Karras, daß Merrin tot war.

»... Heilige Blähung! Du willst *sterben*, wie? *Sterben*? Karras, *heile* ihn!« tobte der Dämon. »Hol ihn zurück, und laß es uns abschließen, laß uns ...«

Herzversagen. »O Gott!« flüsterte Karras. »Gott, *nein!*« Er schloß die Augen und schüttelte den Kopf, ungläubig, verzweifelt. Mit einem Aufwallen von Schmerz drückte er den Daumen mit brutaler Kraft in Merrins bleiches Handgelenk, wie um den verschwundenen Herzschlag aus den Adern zu pressen.

»... du frommer ...«

Karras sank zurück und atmete tief durch. Dann sah er die winzigen Pillen, die auf dem Boden verstreut waren. Er hob eine auf und erkannte voller Schmerz, daß Merrin Bescheid gewußt hatte. Nitroglyzerin. Er hatte es gewußt. Mit geröteten, brennenden Augen blickte Karras in Merrins Gesicht. »... *ruhen Sie sich jetzt ein wenig aus, Damien.«*

»... Selbst die Würmer werden deinen Kadaver nicht fressen, du ...«

Karras hörte die Worte des Dämons und begann mit mörderischem Zorn zu zittern.

Hör nicht hin!

»... Du homosexuelle ...«

Hör nicht hin! Hör nicht hin!

Eine Zornesader trat an Karras' Stirn hervor. Als er Merrins Hände nahm und sie behutsam auf die Brust des Toten legte, hörte er den Dämon krächzen: »Jetzt leg seinen *Schwanz* in seine Hände!« Stinkender Speichel traf ein Auge des Toten. »Die Sterbesakramente!« höhnte der Dämon, warf den Kopf in den Nacken und lachte wild.

Karras starrte benommen auf den Speichel. Reglos. Er hörte nur das Rauschen seines Blutes in den Ohren. Dann blickte er langsam auf, mit zitternden, ruckartigen Bewegungen, und sein

Gesicht war von Haß und Zorn verzerrt. »*Du Hurensohn!*« wisperte Karras, und sein Flüstern zischte wie geschmolzener Stahl. »Du Bastard!« Obwohl Karras sich nicht bewegte, schien sein Körper sich zu spannen; die Sehnen am Hals traten dick hervor. Das Gelächter des Dämons verstummte; er beäugte ihn feindselig und boshaft. »Du hast verloren! Du bist ein Verlierer! Du bist *immer* ein Verlierer gewesen!« Regan bespritzte Karras mit Erbrochenem. Er beachtete es nicht. »Ja, du bist sehr gut bei Kindern!« sagte er zitternd. »Bei kleinen Mädchen! Na los! Versuch dich an mir! Los, komm schon!« Er breitete die Hände aus wie große, fleischige Haken und winkte langsam. »Los, komm! Komm, du Verlierer! Versuch es bei *mir!* Laß das Mädchen in Frieden und nimm mich! Nimm *mich!* Komm …«

Kaum eine Minute später hörten Chris und Sharon die Geräusche von oben. Sie waren im Arbeitszimmer. Chris saß mit rotgeweinten Augen vor der Bar, während Sharon einen Drink für sie mixte. Als sie den Wodka Tonic auf die Bar stellte, blickten beide Frauen zur Decke. Gepolter. Heftige Stöße gegen Möbelstücke. Gegen die Wände. Dann die Stimme des … des Dämons? Ja, des Dämons. Obszönitäten. Dann eine andere Stimme. Abwechselnd. Karras? Ja, Karras. Doch stärker. Tiefer.

»Nein, ich lasse nicht zu, daß du ihnen etwas tust! *Du wirst ihnen nichts antun!* Du wirst mit mir …«

Das Klirren von zersplitterndem Glas ertönte, und Chris warf ihren Wodka um. Sie und Sharon rannten aus dem Arbeitszimmer und die Treppe hinauf zur Tür von Regans Schlafzimmer. Sie stürzten hinein. Sahen die Fensterläden auf dem Boden. Sie waren aus den Angeln gerissen. Und die Fensterscheibe war völlig zersplittert.

Alarmiert eilten sie zum Fenster – und in diesem Moment sah Chris Merrin auf dem Boden neben dem Bett. Vor Schock blieb sie wie angewurzelt stehen. Dann lief sie zu ihm. Kniete sich bei ihm nieder. Schnappte nach Luft. »O Gott!« wimmerte sie. »Sharon, komm her! Schnell, komm …«

Sharon schaute aus dem Fenster und schrie gellend auf, rannte zur Tür.

»Shar, was ist?«

»Pater Karras! Pater Karras!«

Sie stürzte hysterisch aus dem Zimmer. Chris erhob sich, lief zitternd zum Fenster und blickte nach unten. Ihr stockte der Atem. Am Fuß der Treppe, auf der belebten M Street, lag Karras inmitten einer gaffenden Menschenmenge.

Chris war wie gelähmt. Versuchte, ihre Erstarrung zu überwinden.

»Mommy?«

Ein dünne, schwache Stimme rief zaghaft und furchtsam hinter ihr. Chris schluckte. Wagte nicht zu glauben … »Was ist passiert, Mommy? Oh, bitte! Komm zu mir! Mommy, bitte! Ich hab' *Angst!*«

Chris fuhr herum und sah die Tränen der Verwirrung, hörte das Flehen und eilte weinend zum Bett. »Rags! Oh, mein Baby! Oh, Rags!«

Unten stürzte Sharon aus dem Haus und rannte zum Wohnheim der Jesuiten, fragte drängend nach Dyer. Er kam an den Empfang. Sharon sagte ihm, was geschehen war. Dyer wurde bleich.

»Haben Sie einen Notarzt gerufen?«

»Mein Gott, daran habe ich nicht gedacht!«

Schnell gab Dyer dem Telefonisten Anweisungen; dann rannte er aus dem Gebäude, gefolgt von Sharon. Über die Straße. Die Treppe hinunter.

»Lassen Sie mich durch, bitte! Lassen Sie mich durch!« Als er sich einen Weg durch die Schaulustigen bahnte, hörte Dyer Bruchstücke der Litanei der Gleichgültigkeit. »Was ist passiert?« – »Jemand ist die Treppe hinuntergefallen.« – »Haben Sie gesehen ...?« – »Muß besoffen gewesen sein. Sehen Sie das Erbrochene?« – »Los, wir kommen zu spät ...«

Dyer brach durch den Ring der Gaffer. Für einen Moment fühlte er sich wie eingefroren in einer zeitlosen Dimension aus Schmerz und Kummer, in einem Raum, in dem die Luft zu schmerzlich zum Atmen war. Karras lag mit verrenkten Gliedern auf dem Rücken, den Kopf in der Mitte einer sich ausbreitenden Blutlache. Er starrte ins Leere, der Mund war geöffnet. Dann kam noch einmal Leben in seinen Körper. Langsam richtete er den Blick auf Dyer. Sein geschundenes Gesicht schien in freudiger Erregung zu glühen.

»Zurück bitte! Zurücktreten! Machen Sie Platz!« rief ein Polizist. Dyer kniete sich neben Karras und berührte sanft das Gesicht des Sterbenden. So viele Wunden. So viel Schmerz. Ein Blutfaden sickerte aus Karras' Mund. »Damien ...« Dyer konnte nicht weitersprechen, glaubte, einen Kloß in der Kehle zu haben. In Karras' Augen lag immer noch das schwache, freudige Leuchten – und eine flehentliche Bitte. Er neigte sich näher. »Kannst du sprechen?«

Langsam glitt Karras' Hand zu Dyers Handgelenk. Mit starrem Blick umfaßte er es. Drückte es kurz.

Dyer kämpfte gegen die Tränen an. Er neigte sich näher, bis sein Mund fast an Karras' Ohr war. »Willst du jetzt die Beichte ablegen, Damien?«

Ein Drücken des Handgelenks.

»Bereust du alle Sünden deines Lebens und daß du gegen Gott den Allmächtigen gesündigt hast?«

Ein Drücken.

Dyer neigte sich zurück, und als er langsam das Kreuzzeichen über Karras machte, sprach er die Worte der Absolution: »*Ego te absolvo* ...«

Eine Träne lief aus Karras' Augenwinkel. Dyer spürte, wie sein Handgelenk noch fester gedrückt wurde, während er die Absolution beendete. »… *in nomine Patris et Filii et Spiritus Sancti. Amen.*«

Wieder brachte Dyer den Mund dicht an Karras' Ohr. Er wartete, schluckte schwer und murmelte: »Bist du …« Er verstummte jäh, als der Druck auf sein Handgelenk abrupt nachließ. Dyer sah, daß Karras' Augen den Ausdruck von Frieden widerspiegelten, und noch etwa – irgend etwas Geheimnisvolles. Tiefe Freude über eine erfüllte Sehnsucht. Karras' Augen starrten immer noch. Doch sie sahen nichts mehr. Nicht auf dieser Welt.

Behutsam drückte Dyer ihm die Augen zu. Er hörte das Heulen der Sirene eines Krankenwagens in der Ferne. »Lebwohl, mein …«, begann er, konnte aber nicht weitersprechen. Er senkte den Kopf und weinte.

Der Notarztwagen traf ein. Die Helfer legten Karras auf eine Trage. Als sie ihn ins Fahrzeug schoben, stieg Dyer mit ein, setzte sich neben den Notarzt und ergriff Karras' Hand.

»Sie können nichts mehr für ihn tun, Pater«, sagte der Notarzt mit ruhiger Stimme. »Machen Sie es sich nicht unnötig schwer. Fahren Sie nicht mit.«

Dyer hielt den Blick auf das verunstaltete, zerschnittene Gesicht gerichtet und schüttelte den Kopf.

Der Notarzt blickte zur Hecktür des Unfallwagens, wo der Fahrer ungeduldig wartete. Er nickte. Die Hecktür schloß sich mit einem dumpfen Laut.

Auf dem Bürgersteig beobachtete Sharon wie betäubt, als der Notzarztwagen langsam davonfuhr. Sie hörte das Stimmengewirr der Umstehenden.

»Was ist passiert?«

»Wer weiß, Buddy? Wer weiß?«

Das Heulen der Sirene des Krankenwagens gellte über den Fluß in die Nacht, bis der Fahrer sich erinnerte, daß Zeit keine Rolle mehr spielte. Er stellte die Sirene ab. Der Fluß strömte wieder still an ruhigere Ufer.

Epilog

Der Sonnenschein des späten Juni fiel durchs Fenster von Chris McNeils Schlafzimmer. Sie faltete eine Bluse zusammen, legte sie auf den Inhalt des Koffers und schloß den Deckel. Dann ging sie zur Tür. »Okay, das ist alles«, sagte sie zu Karl. Als der Schweizer kam, um den Koffer zu schließen, ging Chris auf den Flur und zu Regans Schlafzimmer. »Kommst du, Rags?«

Seit Karras' und Merrins Tod, seit dem Schock, seit dem Abschluß der Ermittlungen durch Kinderman waren sechs Wochen vergangen. Und immer noch blieben Fragen unbeantwortet. Es gab nur quälende Spekulationen und häufiges Erwachen unter Tränen. Merrin war an einer Erkrankung der Herzkranzgefäße gestorben. Aber was Karras' Tod betraf... »Verwirrend«, hatte Kinderman geschnauft. Es war nicht das Mädchen gewesen, hatte er erklärt. Regan war schließlich mit Riemen und einem Bettlaken festgeschnallt gewesen. Offenbar hatte Karras die Fensterläden abgerissen und war in den Tod gesprungen. Aber warum? Angst? Der Versuch, etwas Schrecklichem zu entkommen? Nein. Kinderman hatte beide Möglichkeiten ausgeschlossen. Hätte Karras entkommen wollen, hätte er durch die Tür aus dem Zimmer gehen können. Außerdem war er kein Mann gewesen, der vor irgend etwas flüchtete.

Aber warum der tödliche Sprung?

Für Kinderman nahm die Antwort Form an, als Dyer bei seiner Aussage Karras' seelische Konflikte erwähnte: die Schuldgefühle seiner Mutter wegen, ihr Tod, sein Glaubensproblem. Kinderman zählte auch den ständigen Mangel an Schlaf mehrere Tage hintereinander dazu, die Sorge und Schuldgefühle über Regans drohenden Tod und die dämonischen Angriffe in Gestalt seiner Mutter. Kinderman gelangte zu dem Schluß, daß Karras durch den Schock über Merrins Tod den Verstand verloren hatte, der durch die Last der Schuldgefühle zerstört worden war, die Karras nicht mehr hatte ertragen können. Darüber hinaus hatte der Detective bei der Ermittlung im Fall Dennings bei seiner Lektüre über Besessenheit erfahren, daß Exorzisten häufig selbst zu Besessenen wurden, durch heftige Schuldgefühle und das Verlangen, bestraft zu werden, verstärkt durch die Macht der Autosuggestion. Das alles traf auf Karras zu. Und die Kampfgeräusche sowie die veränderte Stimme des Priesters, die Chris und Sharon gehört hatten, schienen die Hypothese des Detectives zu erhärten.

Aber Dyer hatte das nicht akzeptieren wollen. Immer wieder kehrte er ins Haus zurück, um mit Chris zu sprechen, während Regan sich allmählich erholte. Immer wieder fragte er, ob Regan sich inzwischen erinnern könne, was in der Nacht im Zimmer geschehen war. Doch die Antwort bestand stets aus einem Kopfschütteln oder einem Nein, und schließlich waren die Ermittlungen eingestellt worden.

Chris steckte den Kopf in Regans Schlafzimmer. Sie sah ihre Tochter mit zwei Stofftieren im Arm. Mit kindlicher Unzufriedenheit blickte sie auf den gepackten, offenen Koffer auf ihrem Bett. »Bist du mit dem Packen fertig, Schatz?« fragte Chris.

Regan blickte auf. Sie war ein bißchen blaß. Ein bißchen eingefallen. Ein bißchen dunkel unter den Augen. »Es ist nicht genug Platz in diesem Ding!« sagte sie schmollend.

»Du kannst nicht alles mitnehmen, mein Schatz. Laß es hier, Willie wird es später mitbringen. Komm schon, Baby, sonst verpassen wir unser Flugzeug.«

Sie wollten die Nachmittagsmaschine nach Los Angeles erreichen. Sharon und die Engstroms blieben noch ein paar Tage, um alles zu regeln. Dann würde Karl mit dem Jaguar zum Haus in L. A. fahren.

»Na gut.« Regan schmollte immer noch.

»Ganz mein Baby.« Chris lachte und stieg die Treppe hinunter. Als sie in der Eingangshalle war, klingelte jemand an der Tür. Sie öffnete.

»Guten Tag, Chris.« Es war Pater Dyer. »Ich kam gerade vorbei und wollte tschüs sagen.«

»Oh, das freut mich, Pater. Ich hätte Sie sowieso noch angerufen.« Sie trat zur Seite. »Kommen Sie herein.«

»Nein, lassen Sie nur, Chris. Ich weiß, daß Sie in Eile sind.«

Sie nahm seine Hand und zog ihn ins Haus. »Bitte. Ich wollte gerade eine Tasse Kaffee trinken.«

»Na, wenn Sie meinen …«

Sie gingen in die Küche, setzten sich an den Tisch, tranken Kaffee und plauderten, während Sharon und die Engstroms geschäftig umhereilten. Chris sprach von Merrin und wie beeindruckt sie gewesen war, als sie die viele Prominenz und die ausländischen Würdenträger auf seiner Beerdigung gesehen hatte. Dann schwiegen sie beide, während Dyer traurig in seine Kaffeetasse starrte. Chris erriet seine Gedanken. »Regan kann sich immer noch nicht erinnern«, sagte sie leise. »Tut mir leid.«

Der Jesuit nickte deprimiert. Chris blickte zu ihrem Frühstücksteller. Sie war aufgeregt und hatte noch nichts gegessen. Die Rose lag noch auf dem Teller. Sie nahm sie und drehte sie nachdenklich am Stiel hin und her. »Und er hat Regan nie kennengelernt«, murmelte sie geistesabwesend. Sie hob den Blick, als sie bemerkte, daß Dyer sie anschaute. »Was glauben Sie, ist wirklich geschehen?« fragte er leise. »Meinen Sie, Regan war tatsächlich besessen?«

Chris überlegte, senkte den Blick, spielte wieder mit der Rose.

»Nun, was Gott betrifft, *bin* ich eine Ungläubige. Immer noch. Aber was den Teufel angeht – das ist etwas anderes. Das kann ich glauben. Eigentlich *glaube* ich es. Und nicht nur wegen Rags … was ihr widerfahren ist, sondern im allgemeinen.« Sie zuckte die Achseln. »Wenn Sie glauben, daß es einen Gott gibt, muß er jede Nacht Millionen Jahre schlafen oder sich ärgern. Verstehen Sie, was ich meine? Er meldet sich nie zu Wort. Aber der Teufel macht Reklame, Pater. Der Teufel macht sehr viel Werbung.«

Einen Moment schaute Dyer sie an; dann sagte er ruhig: »Aber wenn alles Böse auf der Welt Sie auf den Gedanken bringt, daß es einen Teufel geben könnte, wie erklären Sie sich dann das *Gute?*«

Bei diesem Gedanken kniff Chris die Augen zu Schlitzen zusammen, während sie den Blick des Paters erwiderte. Dann senkte sie den Kopf. »Ja … ja«, murmelte sie. »Das ist die Frage.« Trauer und Schock über Karras' Tod legten sich wie ein Schleier über ihr Inneres. Doch durch diesen Schleier sah sie ein Licht und versuchte, sich darauf zu konzentrieren, rief sich in Erinnerung, wie Dyer sie nach Karras' Beerdigung vom Friedhof zu ihrem Wagen geführt hatte. *»Können Sie eine Weile zum Haus mitkommen?«* hatte sie ihn gefragt. *»Oh, das möchte ich gern, aber ich darf das Festmahl nicht versäumen«*, hatte er erwidert. Chris hatte ihn verwirrt angeschaut. *»Wenn ein Jesuit stirbt«*, hatte Dyer ihr erklärt, *»haben wir immer ein Festmahl. Für ihn ist es ein Beginn, und deshalb feiern wir.«*

Chris hatte einen anderen Gedanken. »Sie sagten, Pater Karras hatte ein Glaubensproblem.«

Dyer nickte.

»Das kann ich mir nicht vorstellen. Ich habe nie im Leben einen so festen Glauben erlebt wie bei ihm.«

Karl erschien. »Verzeihung, das Taxi ist da, Madam.«

Chris wurde aus ihren Gedanken gerissen. »Danke, Karl.« Sie und Dyer standen auf. »Nein, bleiben Sie, Pater. Ich bin sofort zurück. Ich hole nur Rags von oben.«

Er nickte geistesabwesend und schaute ihr nach. Er dachte an Karras' verwirrende letzte Worte, die Rufe, die vor seinem Tod unten im Haus gehört worden waren. Da war etwas gewesen. Irgend etwas. Aber was? Er wußte es nicht. Chris' und Sharons Erinnerungen waren verschwommen gewesen. Nun aber dachte Dyer wieder an diesen geheimnisvollen Ausdruck der Freude in Karras' Augen. Und noch etwas fiel ihm plötzlich wieder ein: ein tiefes und glühendes Leuchten von ... Triumph? Er war sich nicht sicher, doch sonderbarerweise fühlte er sich leichter. Warum? fragte er sich.

Er ging zur Eingangshalle. Die Hände in den Taschen, lehnte er sich an den Türrahmen und schaute zu, als Karl half, das Gepäck im Taxi zu verstauen. Die Luft war heiß und feucht, und er wischte sich über die Stirn. Dann wandte er sich um, als er Schritte hörte, die sich von der Treppe her näherten. Chris und Regan, Hand in Hand. Sie kamen zu ihm. Chris küßte ihn auf die Wange. Dann reichte sie ihm die Hand und schaute ihn forschend an.

»Es ist alles in Ordnung«, sagte er und zuckte mit den Schultern. »Ich habe das Gefühl, daß alles in Ordnung ist.«

Chris nickte. »Ich werde Sie von L. A. anrufen. Passen Sie auf sich auf.«

Dyer blickte auf Regan hinab. Sie schaute ihn mit gerunzelter Stirn an, wie in einer plötzlichen Erinnerung an eine vergessene Sorge. Impulsiv reckte sie die Arme zu ihm hoch. Er beugte sich zu ihr hinunter, und sie gab ihm einen Kuß, verharrte einen Moment und blickte ihn immer noch merkwürdig an. Nein, nicht ihn. Seinen runden römischen Kragen.

»Komm«, sagte Chris mit belegter Stimme und nahm Regans Hand. »Sonst verspäten wir uns, Schatz. Komm!«

Dyer schaute ihnen nach, als sie zum Taxi gingen. Erwiderte Chris' Winken. Sah, wie sie ihm eine Kußhand zuwarf und dann schnell hinter Regan einstieg. Und als Karl sich vorn neben den

Fahrer setzte, winkte Chris noch einmal durchs Fenster. Das Taxi fuhr los. Dyer ging zum Bordstein und schaute dem Wagen nach, bis er um eine Ecke bog und verschwand.

Auf der anderen Straßenseite hörte er das Kreischen von Bremsen. Ein Streifenwagen hielt. Kinderman stieg aus, ging langsam um den Wagen herum und kam zu Dyer. Er winkte. »Ich bin vorbeigekommen, um auf Wiedersehen zu sagen.«

»Sie haben die beiden knapp verpaßt«, sagte Dyer.

Kinderman blieb abrupt stehen und wirkte niedergeschlagen. »Sie sind schon weg?«

Dyer nickte.

Kopfschüttelnd blickte Kinderman die Straße entlang. Dann sah er zu Dyer auf. »Wie geht es dem Mädchen?«

»Prima, wie's aussieht.«

»Ah, das ist gut. Sehr gut. Das ist das wichtigste. Nun, dann wollen wir mal wieder«, schnaufte er. »Zurück an die Arbeit. Auf Wiedersehen, Pater.« Er wandte sich um und machte einen Schritt auf den Streifenwagen zu, verharrte dann und drehte sich um, blickte Dyer forschend an. »Gehen Sie ins Kino, Pater Dyer? Mögen Sie Filme?«

»Ja, klar.«

»Ich bekomme Freikarten.« Kinderman zögerte einen Moment. »Ich hab' eine Freikarte für die morgige Abendvorstellung im Crest. Möchten Sie hin?«

Dyer hatte die Hände in den Taschen. »Welcher Film wird denn gezeigt?«

»*Wuthering Heights.*«

»Welche Schauspieler?«

»Heathcliff, Jackie Gleason und Lucille Ball in der Rolle der Catherine Earnshaw. Na, wie wär's?«

»Ich habe den Film gesehen«, sagte Dyer mit ausdrucksloser Miene.

Kinderman starrte ihn einen Moment verdutzt an. »Noch

einer«, murmelte er; dann trat er auf den Bürgersteig, hakte sich bei Dyer unter und spazierte mit ihm langsam die Straße hinunter. »Das erinnert mich an eine Szene in *Casablanca*«, sagte er. »Am Ende sagt Humphrey Bogart zu Claude Rains: ›Louie, ich glaube, das ist der Beginn einer wunderbaren Freundschaft.‹«

»Wissen Sie, Sie sehen ein bißchen wie Bogart aus.«

»Ah! Ist Ihnen das endlich aufgefallen!«

Im Vergessen versuchten sie sich zu erinnern.